Patricia Highsmith

Zwei Fremde im Zug

Roman

Aus dem Amerikanischen

von [illegible]

W0294857

Diogenes

Titel der amerikanischen Originalausgabe
›Strangers on a Train‹
Copyright © 1950 by Patricia Highsmith
Die deutsche Erstausgabe erschien 1967 unter dem Titel
›Alibi für zwei‹
Umschlagzeichnung von Tomi Ungerer

Erstmals ungekürzte Ausgabe, 1977
Alle deutschen Rechte vorbehalten
Copyright © 1974 by
Diogenes Verlag AG Zürich
150/88/29/14
ISBN 3 257 20173 7

Für alle Virginias

I

Der Zug jagte dahin in einem zornigen, unregelmäßigen Rhythmus. Er mußte von jetzt an öfter und an kleineren Stationen halten, wo er ungeduldig einen Augenblick warten würde, bevor er wieder auf die Prärie losging. Daß man vorwärtskam, war kaum zu merken. Wie eine leicht geschüttelte braunrosa Decke wellte sich die Prärie. Je schneller der Zug fuhr, desto übermütiger tanzten die Wellenlinien.

Guy löste seinen Blick vom Fenster und ruckte sich wieder in den Sitz zurück.

Bestenfalls würde Miriam die Scheidung hinauszögern wollen, dachte er. Vielleicht war sie auch nur auf Geld aus. Ob sie sich überhaupt jemals auf eine Scheidung einließ?

Vor Haß konnte er schon nicht mehr klar denken ... Was in New York noch ganz einfach ausgesehen hatte, erschien jetzt dunkel und ausweglos. Jetzt, wo er auf dem Weg zu Miriam war, spürte er bereits ihre Nähe. Eine ungesunde Hitze ging von ihr aus, wie von der Prärie draußen – böse und erbarmungslos.

Automatisch griff er nach einer Zigarette, wobei ihm zum zehntenmal einfiel, daß er im Pullman nicht rauchen durfte; trotzdem nahm er sie. Er klopfte mit der Zigarette auf das Glas seiner Armbanduhr – es war 5 Uhr 12, als ob das heute wichtig wäre! –, steckte sie sich in den Mundwinkel und ließ das Streichholz in der linken Hand aufflammen. Er behielt die Zigarette in der Hand und rauchte mit langen, stetigen Zügen. Als er wieder einen Blick aus dem Fenster warf, sah er plötzlich sein Spiegelbild. Eine Ecke seines Hemdkragens war hochgerutscht, was ihm das Aussehen eines jungen Mannes aus dem letzten Jahrhundert gab; dazu paßte auch das schwarze Haar, das hoch und weich den Kopf bedeckte und hinten fest anlag. Das Haar und der Schnitt der langen Nase verliehen dem Gesicht einen Ausdruck von Intensität und Vorwärtsdrängen, obwohl die starken, geraden Augenbrauen und der Mund, von vorn gesehen, Ruhe und Zurückhaltung ausdrückten. Er trug schlechtgebügelte Flanellhosen, eine dunkle Jacke, die lose auf dem leichtgebauten Körper hing und rötlich schimmerte, wenn das Licht darauf schien; dazu einen tomatenroten, nachlässig gebundenen Wollschlips.

Miriam bekam kein ungewolltes Kind, davon war er überzeugt. Das hieß also, daß ihr Liebhaber sie heiraten wollte. Aber warum hatte sie dann ihn – Guy – gerufen? Die paar Zeilen in Miriams runder Schrift hatten nichts gesagt, als daß sie ein Kind erwartete und ihn gern sehen wollte. Daß sie jetzt schwanger war, sicherte ihm die Scheidung – warum also war er so nervös? Quälender als alles andere blieb der hartnäckige Verdacht, daß er vielleicht irgendwo, in unergründlichen Tiefen, doch eifersüchtig war, weil sie das Kind eines anderen erwartete und sich das seine damals hatte abtreiben lassen. Nein, sagte er sich, es war nichts als Scham – Scham, weil er so jemand wie Miriam einmal geliebt hatte. Er drückte die Zigarette auf dem Heizungsgitter aus. Der Stummel fiel zu Boden, er stieß ihn mit dem Fuß unter die Heizung.

Es gab so vieles, auf das er sich jetzt freuen konnte. Die Scheidung, die Arbeit in Florida: es war so gut wie sicher, daß der Ausschuß seine Zeichnungen weiterreichen würde; diese Woche sollte der Bescheid kommen. Und dann Anne. Jetzt konnten sie endlich anfangen, Pläne zu schmieden. Ein starkes Glücksgefühl durchströmte ihn auf einmal, er lehnte sich entspannt in die Sitzecke zurück. Seit drei Jahren wartete er. Natürlich hätte er die Scheidung erkaufen können, aber dazu fehlte ihm das Geld. Es war nicht leicht gewesen – als junger Architekt ohne feste Anstellung ... Es war immer noch nicht leicht. Miriam hatte zwar keine monatliche Unterstützung verlangt; sie peinigte ihn auf andere Weise. Immer redete sie in Metcalf von ihm, als seien sie nach wie vor die besten Freunde, und er sei nur nach New York gegangen, um dort eine feste Anstellung zu finden und sie dann nachkommen zu lassen. Sie hatte ihn jedoch ab und zu um kleine, aber ärgerliche Beträge angegangen, die er ihr immer prompt überwiesen hatte, schon um zu verhindern, daß sie in ihrem Bekanntenkreis herumtratschte und ihn schlechtmachte. Schließlich lebte seine Mutter in Metcalf.

Ein großer blonder junger Mann in rostbraunem Anzug ließ sich auf den leeren Sitz ihm gegenüber fallen; er lächelte freundlich-unsicher und rutschte in die Ecke. Guy warf einen Blick auf das bleiche, zu klein geratene Gesicht. Genau in der Mitte der Stirn hatte der andere einen enormen Pickel. Guy blickte wieder aus dem Fenster.

Der junge Mann schien sich nicht ganz schlüssig zu sein, ob er schlafen oder eine Unterhaltung beginnen sollte. Guy merkte, wie sich die grauen, rotgeäderten Augen ab und zu zögernd auf ihn richteten, wobei jedesmal das weiche Lächeln erschien. Der junge Mann wirkte leicht angetrunken.

Guy schlug sein Buch auf, aber nachdem er eine halbe Seite gelesen hatte, begannen seine Gedanken wieder zu wandern. Er blickte auf, als die weiß aufflackernde Deckenbeleuchtung eingeschaltet wurde. Der junge Mann auf dem gegenüberliegenden Sitz schlief jetzt. Guy konnte das Monogramm auf dem dünnen Goldkettchen über dem Schlips erkennen – CAB. Der Schlips war aus grüner Seide. Der Schlafende hatte den Kopf zurückgelegt, was den großen Pickel auf der Stirn noch deutlicher sichtbar werden ließ. Das Gesicht war nicht uninteressant: Schmale, stark gewölbte Stirn und ein kantiges Kinn, dazwischen der kleine Mund und die tiefliegenden Augen. Der Teint war sehr blaß, weich und wachsartig wie bei einem Mädchen. Alle Unreinheit war offenbar für den einen großen Pickel draufgegangen.

Wieder las Guy eine Weile; seine Nervosität hatte sich allmählich gelegt, und nun begriff er auch den Sinn der Worte. Plato – nicht gerade die passende Reiselektüre, aber er hatte das Buch, ein altes Textbuch aus dem Philosophiekursus auf der High School, trotzdem eingepackt. Er blickte aus dem Fenster, sah sein Spiegelbild und zog die aufgerollte Kragenecke herunter. Das tat sonst immer Anne für ihn. Plötzlich kam er sich ganz hilflos vor ohne sie. Er setzte sich zurecht und stieß dabei an den ausgestreckten Fuß des schlafenden jungen Mannes. Die Augenlider zuckten und öffneten sich.

»Verzeihung«, murmelte Guy.

»O bitte«, sagte der andere. Er setzte sich auf und schüttelte kurz den Kopf. »Wo sind wir eigentlich?«

»Gerade eben in Texas.«

Der blonde junge Mann zog eine kleine, vergoldete Flasche aus der inneren Rocktasche, öffnete sie und streckte sie Guy mit freundlichem Lächeln entgegen.

»Danke, nein«, sagte Guy.

»Wo fahren Sie hin?« Der halbmondförmige Mund lächelte feucht.

»Metcalf«, sagte Guy.

»Aha. Hübsche Stadt. Beruflich unterwegs?« Die entzündeten Augen fragten höflich mit.

»Ja.«

»Was sind Sie von Beruf?«

Guy blickte unwillig von seinem Buch auf. »Architekt.«

»Ach?« Das kam mit versonnenem Interesse. »Sie bauen Häuser und so was?«

»Ja.«

»Ich glaube, ich habe mich noch gar nicht vorgestellt.« Der andere erhob sich halb von seinem Sitz. »Bruno. Charles Anthony Bruno.«

Guy schüttelte kurz die ausgestreckte Hand. »Guy Haines.«

»Freut mich. Leben Sie in New York?«

»Ja.«

»Ich in Long Island. Ich will nach Santa Fé, ein paar Tage Urlaub machen. Kennen Sie Santa Fé?«

Guy schüttelte den Kopf.

»Fabelhaft zur Erholung.« Das unsichere Lächeln zeigte schlechte Zähne. »Hauptsächlich indianische Architektur, glaube ich.«

Ein Schaffner erschien im Mittelgang, blieb stehen und blätterte in den Fahrkarten. »Ist das Ihr Platz?« fragte er Bruno.

Bruno lehnte sich gewichtig zurück in die Ecke. »Salonabteil im nächsten Wagen.«

»Nummer 3?«

»Ja, wird wohl stimmen.«

Der Schaffner ging weiter.

»Schafskopf«, murmelte Bruno. Er beugte sich vor und sah belustigt aus dem Fenster.

Guy nahm sein Buch wieder auf; aber die deutliche Langeweile seines Gegenübers und das Gefühl, der andere werde gleich wieder etwas sagen, hinderten ihn am Lesen. Der Zug fuhr jetzt langsamer. Als Bruno wieder zum Reden ansetzen wollte, stand Guy auf, ging in den nächsten Wagen und sprang auf den Bahnsteig, bevor der Zug ganz angehalten hatte.

Die weiche, warme Abendluft überfiel ihn wie ein dickes Kissen. Es roch nach Staub, sonnenwarmem Kies, Öl und heißem Metall. Im Süden flimmerten die Signallampen eines Flugzeugs rot, grün und weiß. Vielleicht war Anne gestern hier entlanggefahren, auf dem Weg nach Mexiko. Er hätte mit ihr zusammen fahren können; sie hätte gern gewollt, daß er mit ihr bis Metcalf fuhr. Er hätte sie auch bitten können, einen Tag dort zu bleiben und seine Mutter kennenzulernen, wenn es auf dieser Reise nicht um Miriam gegangen wäre. Er hatte Anne fast alles von Miriam erzählt, aber er konnte den Gedanken, daß die beiden einmal zusammentrafen, nicht ertragen. Er hatte auch allein reisen wollen, um nachdenken zu können. Und was war dabei herausgekommen? Was hatte überhaupt Nachdenken oder Logik für einen Zweck, wenn es um Miriam ging?

Der Schaffner rief ihm warnend etwas zu, aber Guy blieb bis zum letzten Augenblick auf dem Bahnsteig und schwang sich dann auf den Wagen hinter dem Speisewagen.

Der Kellner hatte gerade seine Bestellung entgegengenommen, als der blonde junge Mann leicht schwankend in der Tür erschien; er hatte eine Zigarette im Mund und sah leicht gereizt aus. Als der andere Guy sah, lächelte er und trat heran.

»Ich dachte schon, Sie würden den Zug verpassen«, sagte er munter und zog einen Stuhl heran.

»Mr. Bruno, bitte nehmen Sie es mir nicht übel, aber ich möchte jetzt gern allein sein. Ich muß einiges überlegen.«

Bruno drückte die Zigarette aus und sah ihn ausdruckslos an. Er war noch betrunkener als vorher, das Gesicht sah verschwommen und unklar aus. »Allein sein können wir auch in meinem Abteil. Da könnten wir auch essen. Was meinen Sie?«

»Danke, ich bleibe lieber hier.«

»Kommt nicht in Frage. Ober!« Bruno klatschte in die Hände. »Bitte lassen Sie die Bestellung dieses Herrn in den Salonwagen Nummer 3 bringen. Und mir bringen Sie ein Beefsteak, halb durch, mit Chips, und dazu Apfelauflauf. Und bitte zwei Whisky mit Soda, möglichst schnell, was?« Er sah Guy an und lächelte sein freundlich-nachdenkliches Lächeln. »Okay?«

Guy zögerte, stand dann auf und ging mit. Warum auch nicht – er hatte sowieso keine Lust mehr, allein zu sein.

Der Whisky war überflüssig, nur verhalf er ihnen zu Gläsern und Eis. Die vier gelbetikettierten Whiskyflaschen, die aufgereiht auf einem Krokodillederkoffer standen, waren das einzige Ordentliche in dem kleinen Raum. Taschen und Schrankkoffer versperrten den Durchgang. Auf den Koffern lagen zwei Tennisschläger, eine Tasche mit Golfschlägern, zwei Fotoapparate, ein Spankorb mit Obst und Wein, schön mit rosa Papier ausgefüttert. Eine Menge Illustrierte, Romane und Comic-Heftchen waren auf dem Fenstersitz verstreut, neben einem Kasten Pralinen mit roter Seidenschleife. »Sieht mächtig nach Sport aus, was?« sagte Bruno fast entschuldigend.

»Prima.« Guy lächelte ein wenig. Die Unordnung gab dem Raum etwas Gemütliches. Guy bahnte sich vorsichtig einen Weg zwischen den Koffern und sah sich um wie ein neugieriger Kater.

»Nagelneu«, teilte Bruno ihm mit und hielt ihm einen Tennisschläger hin. »Meine Mutter hat mir all das Zeugs mitgegeben, weil sie hofft, daß ich dann nicht soviel in den Kneipen herumsitze. Na, jedenfalls kann man alles versetzen, wenn's einem mal dreckig geht. Ich trinke gern was, wenn ich reise, Sie nicht? Ich finde, es wird dann alles noch schöner.« Der Kellner erschien mit den Highballs, denen Bruno noch Whisky aus den eigenen Flaschen hinzufügte. »Nehmen Sie Platz. Ziehen Sie doch den Mantel aus.«

Aber weder er noch Guy setzten sich oder legten ihre Mäntel ab. Beide wußten eine Weile nicht recht, was sie sagen sollten. Guy trank einen Schluck von dem Highball, der wie reiner Whisky schmeckte, und blickte auf das Durcheinander rings auf dem Fußboden. Merkwürdige Füße hatte Bruno, vielleicht waren es auch die Schuhe: kleine hellbraune Schuhe mit langen, glatten Kappen, ähnlich geformt wie Brunos viereckiges Kinn. Irgendwie altmodisch sahen die Füße aus. Bruno war auch nicht ganz so schlank, wie Guy zuerst gedacht hatte. Die langen Beine wirkten schwer, der Körper rund und korpulent.

»Hoffentlich war es Ihnen nicht unangenehm, daß ich Ihnen in den Speisewagen nachkam«, sagte Bruno tastend.

»Aber nein.«

»Wissen Sie, mir war so einsam zumute.«

Guy sagte etwas über Alleinreisen im Salonabteil und wäre dann fast über den Riemen einer Rolleiflex-Kamera gestolpert. Die Lederhülle hatte einen frischen Kratzer an der Seite. Er spürte, wie Bruno ihn unsicher anstarrte. Warum war er bloß gekommen, es wurde bestimmt langweilig. Er wäre gern in den Speisewagen zurückgegangen, aber jetzt erschien der Kellner mit dem überdeckten Tablett und zog das Tischchen aus der Wand. Der Duft von Holzkohle und gebratenem Fleisch besserte seine Laune. Bruno bestand so hartnäckig darauf, die

Rechnung zu bezahlen, daß Guy schließlich nachgab. Vor Bruno stand ein großes Steak mit Pilzen. Guy aß ein Hacksteak.

»Was bauen Sie in Metcalf?« begann Bruno von neuem.

»Gar nichts«, erwiderte Guy. »Meine Mutter wohnt dort.«

»Ach«, sagte Bruno interessiert. »Und die besuchen Sie? Sind Sie von dort?«

»Ja, ich bin da geboren.«

»Sie sehen eigentlich nicht aus wie ein Texaner.« Bruno goß sich Ketchup über Fleisch und Chips, nahm dann das Petersiliensträußchen mit zwei Fingern und hielt es hoch. »Wie lange ist es her, daß Sie zu Hause waren?«

»Zwei Jahre ungefähr.«

»Lebt Ihr Vater auch dort?«

»Mein Vater ist tot.«

»Oh. Kommen Sie mit Ihrer Mutter gut aus?«

Das bejahte Guy. Der Geschmack des Whiskys, aus dem er sich sonst nicht viel machte, war angenehm, er erinnerte ihn an Anne. Sie trank gern Whisky, wenn sie überhaupt etwas trank. Er paßte zu ihr: goldfarben, licht und hell, mit großer Kunst und Sorgfalt hergestellt. »Wo wohnen Sie in Long Island?«

»In Great Neck.«

Anne wohnte viel weiter draußen in Long Island.

»Ich nenne unser Haus immer den Fuchsbau«, fuhr Bruno fort. »Wegen der vielen Fuchsien, und weil jeder dort wie in einem Fuchsbau lebt, bis runter zum Chauffeur.« Er lachte vergnügt und beugte sich wieder über seinen Teller.

Guy blickte zu ihm hinüber und sah nur den Scheitel des dünnbehaarten Kopfes und den vorstehenden Pickel, der ihm gar nicht weiter aufgefallen war, seit er Bruno hatte schlafen sehen; jetzt sah das Ding geradezu monströs aus. »Das hört sich aber nicht sehr gesellig an«, meinte er, um etwas zu sagen.

»Das liegt an meinem Vater. Ekelhafter Kerl. Mit meiner Mutter komm ich gut aus. In ein paar Tagen kommt sie auch nach Santa Fé.«

»Wie nett.«

»Ja«, sagte Bruno herausfordernd. »Wir beide amüsieren uns immer großartig zusammen, wirklich. Manchmal gehen wir sogar zusammen auf Parties.« Er lachte halb beschämt, halb stolz; plötzlich wirkte er jung und unsicher. »Das finden Sie sicher komisch, was?«

»Nein.«

»Wenn ich bloß etwas eigenes Geld hätte! Wissen Sie, von diesem Jahr an sollte ich nämlich mein eigenes Einkommen haben, aber mein Vater rückt es nicht heraus; er läßt alles auf sein eigenes Konto gehen. So lächerlich es klingt, ich hab heute nicht mehr als ich zu meiner Schulzeit hatte. Um jede hundert Dollar muß ich meine Mutter bitten.« Er brachte ein Lächeln zustande.

»Dann hätten Sie mir aber gestatten sollen, die Rechnung zu übernehmen.«

»Kommt nicht in Frage«, protestierte Bruno. »Ich wollte damit auch nur erwähnen, wie empörend ich es finde, vom eigenen Vater ausgeplündert zu werden. Dabei stammt das Geld aus der Familie meiner Mutter.« Er hielt inne und wartete.

»Kann Ihre Mutter denn nichts dazu tun?«

»Mein Vater hat das Geld auf seinen Namen überschreiben lassen, als ich noch klein war.« Brunos Stimme klang heiser.

»Oh.« Ob Bruno wohl allen Zufallsbekanntschaften seine Familiengeschichte zum besten gab? »Warum hat er das denn getan?« erkundigte sich Guy pflichtschuldig.

Bruno hob hilflos die Hände und versteckte sie dann schnell in den Taschen. »Weil er eben so ein Ekel ist! Er behauptet, ich sei arbeitsscheu und das wolle er nicht noch unterstützen ... Dabei ist er nur wütend, weil meine Mutter und ich uns so gut amüsieren. Er gönnt es uns einfach nicht.«

Guy konnte die Mutter direkt vor sich sehen: Eine jünger aussehende Dame aus der Gesellschaft von Long Island, mit zuviel Make-up und zuviel Freizeit ... Um das Thema zu wechseln, fragte er: »Auf welchem College sind Sie gewesen?«

»Harvard. Aber schon im zweiten Jahr bin ich geflogen. Alkohol und Karten, verstehen Sie ...« Mit einer drehenden Bewegung zuckte er die schmalen Schultern. »Na schön, dann bin ich eben ein Gammler, was soll's?« Er füllte Whisky in beide Gläser nach.

»Wer sagt das denn?«

»Mein Vater. Der hätte einen netten, ruhigen Sohn haben sollen, so wie Sie, dann wäre alles in Butter gewesen.«

»Sie meinen also, ich bin nett und ruhig?«

»Sie sind doch so ernsthaft, und Sie haben richtig studiert. Ich hab einfach keine Lust zum Arbeiten, und ich muß ja nicht. Warum soll denn jemand arbeiten, wenn er nicht muß? Ich bring's eben auf leichtere Art zu Magengeschwüren. Mein Vater hat welche. Hach! Er hofft immer noch, daß ich in seine Eisenwarenfirma eintrete. Ich behaupte, sein Geschäft – überhaupt jedes Geschäft ist nichts als legalisierte Halsabschneiderei. So wie Heirat für mich nichts ist als legalisierter Beischlaf. Hab ich nicht recht?«

Guy sah ihn von der Seite an und nahm sich Salz zu seinen Chips. Er aß langsam. Er dachte an Anne. Manchmal schien ihm ihr traumartiges Bild viel wirklicher als die Außenwelt, die nur in harten Fragmenten zu ihm durchdrang: Fetzen von Bildern, wie der Kratzer auf der Kamerahülle, die lange Zigarette, die Bruno in sein Kleckschen Butter gesteckt hatte, die Glasscherben von dem Bild von Brunos Vater, das Bruno, wie er erzählte, in die Diele geschleudert hatte. Jetzt fiel Guy ein, daß er vielleicht – zwischen dem Besuch bei Miriam und der Reise nach Florida – ein paar Tage bei Anne in Mexiko einschieben könnte. Wenn er die Sache mit Miriam schnell erledigte, konnte er noch kurz nach Mexiko fliegen und von dort nach Palm Beach. Das heißt – erst mußte er den Auftrag in der Tasche haben, sonst konnte er sich diese Extratour finanziell nicht leisten.

»Können Sie sich eine größere Unverschämtheit vorstellen? Die Garage abzuschließen, wo mein Wagen drinsteht?« Brunos Stimme kippte über und brach schrill ab.

»Warum?« fragte Guy.

»Einfach weil er wußte, daß ich den Wagen abends nötig brauchte! Meine Freunde haben mich dann schließlich abgeholt, es hat ihm also nichts genützt.«

Guy wußte nicht, was er sagen sollte. »Er behält die Schlüssel?«

»Er hat meine Schlüssel genommen – aus meinem Zimmer hat er sie geholt! Deshalb hatte er ja Angst, deshalb ist er an dem Abend weggegangen, weil er Angst vor mir hatte.« Bruno hockte auf seinem Stuhl, schweratmend, und kaute an einem Fingernagel. Schweißdunkle Haarsträhnen wippten wie Antennen über seiner Stirn. »Meine Mutter war nicht zu Hause, sonst hätte das gar nicht passieren können.«

»Nein, natürlich nicht«, sagte Guy automatisch. Sicher hatte Bruno die ganze Unterhaltung auf diese Story hingesteuert, von der Guy erst die Hälfte gehört hatte. Hinter den blutunterlaufenen Augen, die ihn im Abteil so angestarrt hatten, hinter dem versonnenen Lächeln verbarg er seine Stories von Haß und Ungerechtigkeit. »Deshalb haben Sie das Bild runtergeworfen?« fragte Guy mechanisch.

»Aus dem Zimmer meiner Mutter hab ich's rausgeschmissen!« sagte Bruno betont. »Da hatte mein Vater es hingehängt. Meine Mutter kann den Captain auch nicht besser leiden als ich. Captain! Wenn ich das schon höre!«

»Aber was hat er denn gegen Sie?«

»Was weiß ich. Der hat gegen jeden was – gegen meine Mutter, gegen mich ... Er mag niemanden. Er mag überhaupt nichts als das Geld, das er sich ergaunert hat. 'türlich, smart ist er. Okay. Aber jetzt schlägt ihm das Gewissen, ganz bestimmt. Deshalb will er mich ja ins Geschäft nehmen, damit ich ebensolche Gaunereien mache und dann auch so ein schlechtes Gewissen habe, genau wie er!« Brunos steife Hand krampfte sich zusammen, Mund und Augen schlossen sich.

Guy dachte, er sei im Begriff, zu weinen, als die geschwollenen Lider sich öffneten und das unsichere Lächeln wieder erschien.

»Langweilig für Sie, was? Ich wollte bloß erklären, warum ich so schnell abgereist bin, noch vor meiner Mutter. Sie wissen gar nicht, wie lustig ich im Grunde bin. Tatsache!«

»Können Sie denn nicht von zu Hause wegziehen?«

Bruno schien die Frage zuerst nicht zu begreifen. Dann sagte er gelassen: »Klar. Ich will aber bei meiner Mutter sein.«

Und die Mutter blieb natürlich wegen des Geldes, dachte Guy. »Zigarette?«

Bruno nahm sie und lächelte. »Wissen Sie, an dem Abend hatte ich eine solche Wut, ich hätte ihn umbringen können! Haben Sie schon mal Lust gehabt, jemand umzubringen?«

»Nein.«

»Ich aber. Ganz bestimmt, manchmal könnte ich meinen Vater glatt umbringen.« Er sah nachdenklich auf seinen Teller. »Wissen Sie, was für ein Hobby mein Vater hat? Raten Sie mal.«

Guy hatte keine Lust zum Raten. Das ganze Geschwätz langweilte ihn jetzt, er wollte allein sein.

»Er sammelt Backformen!« Bruno brach in heiseres Kichern aus. »Im Ernst, Ausstechformen! Er hat schon eine ganze Menge – aus Pennsylvanien, Bayern, England, Frankreich, viele aus Ungarn, die hängen alle in seinem Zimmer. Und das im Maschinenzeitalter!« Bruno lachte wieder und zog den Kopf ein.

Guy starrte ihn an. Bruno selbst war viel komischer als das, was er da erzählte. »Benutzt er sie denn manchmal?«

»Häh?«

»Ich meine, backt er manchmal was?«

Bruno schrie vor Lachen. Er zwängte sich aus seiner Jacke und warf sie auf einen Koffer. Einen Augenblick konnte er vor Aufregung kaum sprechen, dann sagte er plötzlich ruhig: »Meine Mutter sagt immer, er soll doch wieder an seine Backformen gehen.« Feiner Schweiß bedeckte sein Gesicht wie eine dünne Ölschicht; er lächelte breit und fragte dann fast besorgt: »Hat Ihnen das Essen geschmeckt?«

»Ausgezeichnet«, sagte Guy herzlich.

»Haben Sie schon mal von der Bruno Transforming Company of Long Island gehört? Sie macht Eisenteile.«

»Nein, ich wüßte nicht.«

»Na ja, warum auch. Ist aber ein glänzendes Geschäft. Interessiert es Sie, wie man viel Geld verdient?«

»Nein, nicht übermäßig.«

»Darf ich mal fragen, wie alt Sie sind?«

»Neunundzwanzig.«

»Ach? Ich hätte Sie älter geschätzt. Für wie alt würden Sie mich halten?«

Guy blickte ihn höflich prüfend an. »Vielleicht vier- oder fünfundzwanzig«, sagte er. Bruno sah jünger aus, aber er wollte ihm etwas Nettes sagen.

»Ja, stimmt, fünfundzwanzig. Finden Sie, ich sehe wie fünfundzwanzig aus mit diesem – diesem *Dings* da mitten auf der Stirn?« Er biß sich auf die Unterlippe. Ein fast furchtsamer Blick trat in die Augen, und plötzlich hielt er sich in bitterer Scham die Hand über die Stirn. Er sprang auf und trat vor den Spiegel. »Ich wollte mir ja was drübermachen.«

Guy sagte ein paar beruhigende Worte, aber Bruno besah sich von allen Seiten im Spiegel und weidete sich an seinem Anblick. »Ein Furunkel ist das. Alles, was ich so ekelhaft finde, kommt da heraus. Eine Hiobsplage ist das.«

»Na, na.« Guy lachte tröstend.

»Montag abend, nach dem Krach, da hat's angefangen. Es wird immer schlimmer. Wird bestimmt eine Narbe hinterlassen.«

»Ach, Unsinn«, sagte Guy.

»Doch, wird es! Und damit komme ich in Santa Fé an!« Mit geballten Fäusten saß er auf seinem Stuhl, das eine Bein ausgestreckt, ein Bild der Tragik.

Guy trat zum Fenster und schlug eins der Bücher auf, die auf dem Sitz lagen. Es war ein Kriminalroman; auch die anderen Bücher waren alle Kriminalromane. Als er ein paar Zeilen zu lesen versuchte, verschwammen sie vor seinen Augen, und er schloß das Buch. Er hatte wohl allerhand getrunken. Na, heute abend war es egal.

»In Santa Fé will ich einmal richtig auf die Pauke hauen«, sagte Bruno. »Wein, Weib und Gesang.« Er lachte.

»Dann viel Vergnügen!«

Arrogant und unbekümmert verzog Bruno die Mundwinkel. »Ich will mich richtig ausleben. Wissen Sie, ich habe eine Theorie, danach sollte jeder Mensch vor seinem Tode alles tun, was er kann, und dann vielleicht sterben bei dem Versuch, irgendwas wirklich Unmögliches zu tun.«

Ein Nerv in Guys Innerem reagierte plötzlich und zog sich dann vorsichtig zurück. »Zum Beispiel?«

»Zum Beispiel eine Raketenfahrt auf den Mond. Oder ein Geschwindigkeitsrekord mit dem Wagen – mit verbundenen Augen. Das habe ich mal gemacht. Ich habe keinen Rekord gebrochen, aber hundertsechzig hab ich doch geschafft.«

»Mit verbundenen Augen?«

»Und einen Einbruch hab ich verübt.« Bruno sah ihn starr an. »Einen ganz ordentlichen. In eine Wohnung.«

Ein ungläubiges Lächeln erschien auf Guys Gesicht, obgleich er Bruno glaubte. Bruno neigte zweifellos zur Gewalt und wohl auch zu wirklichen Wahnsinnstaten. Verzweiflung, dachte Guy, nicht Wahnsinn. Es war die hoffnungslose Langeweile der Reichen, über die er oft mit Anne gesprochen hatte. Sie zerstörte anstatt aufzubauen, und sie konnte ebenso wie die Not zum Verbrechen führen.

»Dabei wollte ich gar nichts haben«, fuhr Bruno fort. »Darum hab ich's ja auch nicht getan. Ich hab nur etwas ganz Unnützes mitgenommen.«

»Und was, wenn man fragen darf?«

Bruno zuckte die Achseln. »Ein Feuerzeug – ein Tischfeuerzeug. Und eine kleine Figur vom Kaminsims, aus farbigem Glas. Und noch irgendwas.« Erneutes Achselzucken. »Sie sind der einzige, der das weiß. Ich rede sonst nicht viel. Sie glauben sicher, ich rede viel.« Er lächelte.

Guy tat einen Zug an seiner Zigarette. »Und wie haben Sie das angestellt?«

»Ich habe ein Etagenhaus in Astoria beobachtet, bis die Zeit günstig war, und bin dann einfach eingestiegen, durch ein Fenster. Zurück über die Feuerleiter. War ganz leicht. Das hab ich dann von meiner Liste gestrichen, Gott sei Dank.«

»Wieso Gott sei Dank?«

Bruno grinste unsicher. »Weiß auch nicht, warum ich das gesagt hab.« Er schenkte erst sich und dann Guy von neuem ein.

Guy blickte auf die steifen, leicht zitternden Hände, die Dieheshände mit den abgebissenen Nägeln. Ungeschickt spielten die Hände mit einer Streichholzschachtel und ließen sie auf das aschenbestreute Steak fallen. Wie sinnlos und trübe das alles war, dachte Guy. Verbrechen – oft ohne jedes Motiv. Ein Mann wurde zum Verbrecher. Sah man es etwa Brunos Händen oder seinem Zimmer oder seinem unsympathischen Gesicht an, daß er gestohlen hatte? Guy ließ sich wieder in einen Sessel fallen.

»Erzählen Sie mir was von sich«, bat Bruno.

»Da ist nichts zu erzählen.« Guy nahm seine Pfeife aus der Jackentasche, klopfte sie an seinem Absatz aus, sah die Asche auf dem Teppich liegen und vergaß sie. Er fühlte, wie der Alkohol in ihm tiefer sank und von ihm Besitz ergriff. Wenn er den Auftrag für Palm Beach bekam, dachte er, dann würden die zwei Wochen, die er vorher noch Zeit hatte, schnell vergehen. Eine Scheidung mußte nicht lange dauern. Die weißen Häuser über dem grünen Rasen auf seiner Zeichnung kamen ihm in den Sinn, vertraut in jeder Einzelheit; ohne daß er sich Mühe gab, standen sie vor ihm. Es war ein gutes Gefühl von Sicherheit und großem Glück.

»Was für Häuser bauen Sie?« fragte Bruno.

»Ach – was man so modern nennt. Ich hab ein paar Läden gebaut und ein kleines Bürohaus.« Guy lächelte. Er spürte nichts mehr von der Zurückhaltung und dem leichten Ärger, die ihn gewöhnlich bei solchen Fragen ergriffen.

»Sind Sie verheiratet?«

»Nein. Na ja, eigentlich doch. Wir leben getrennt.«

»Ach. Warum?«

»Wir passen nicht zusammen.«

»Wie lange leben Sie schon getrennt?«

»Drei Jahre.«

»Wollen Sie sich nicht scheiden lassen?«

Guy runzelte die Stirn und zögerte.

»Ist sie auch in Texas?«

»Ja.«

»Wollen Sie sie sehen?«

»Ja. Wir wollen über die Scheidung sprechen.« Er preßte die Lippen zusammen. Warum hatte er das gesagt? Bruno lachte höhnisch. »Was für Mädchen gibt's da unten zum Heiraten?«

»Manche sind sehr hübsch.«

»Aber meist dumm, was?«

»Auch das gibt's.« Guy lächelte. Miriam gehörte zu der Art Mädchen, die Bruno vermutlich meinte.

»Wie sieht Ihre Frau aus?«

»Ganz hübsch«, sagte Guy vorsichtig. »Rotes Haar. Bißchen rundlich.«

»Wie heißt sie?«

»Miriam. Miriam Joyce.«

»Hm. Klug oder dumm?«

»Keine Intellektuelle. Ich wollte keine Intellektuelle.«

»Und Sie haben sie mächtig geliebt, was?«

Wieso? Sah man ihm das an? Brunos Augen starrten ihn an, ohne zu blinzeln, als hätte die Übermüdung längst den Schlafpunkt überschritten. Guy hatte das Gefühl, die grauen Augen starrten ihn schon seit Stunden an. »Warum meinen Sie das?«

»Sie sind ein netter Kerl. Sie nehmen alles sehr ernst. Auch Frauen, was?«

»Wieso?« fragte er. Eine kleine Welle der Zuneigung stieg in ihm auf, weil Bruno gesagt hatte, was er von ihm dachte. Das taten nur wenige Menschen.

Bruno gestikulierte mit den Händen und seufzte.

»Wieso?« wiederholte Guy.

»Na, ich meine, Sie erhoffen sich viel, und dann geben sie Ihnen einen Tritt. Stimmt's?«

»Nicht immer.« Selbstmitleid wollte in ihm aufsteigen, er

nahm sein Glas und erhob sich. Man konnte sich nicht bewegen in dem engen Raum, das Schwanken des Zuges machte auch das Stehen schwierig.

Bruno starrte ihn immer noch an; der Fuß mit dem altmodischen Schuh hing an seinem übergeschlagenen Bein herab; wieder und wieder streifte der Finger die Asche von der Zigarette auf den Teller. Das übriggelassene dunkelrosa Beefsteak wurde langsam von einem Aschenregen zugedeckt. Das Gesicht sah weniger freundlich, aber neugieriger aus, fand Guy, seit er ihm von seiner Ehe erzählt hatte.

»Was war denn los mit Ihrer Frau? Hat sie sich mit andern Männern eingelassen?«

Er hatte ins Schwarze getroffen, und das irritierte Guy. »Nein. Das ist ja auch alles längst vorbei.«

»Aber Sie sind doch noch verheiratet. Konnten Sie sich denn nicht scheiden lassen?«

Scham stieg in Guy auf. »Darum habe ich mich bisher nicht viel gekümmert.«

»Und jetzt?«

»Jetzt will sie die Scheidung. Ich glaube, sie bekommt ein Kind.«

»Raffiniertes Biest. Treibt sich drei Jahre herum und jetzt hat sie 'nen Dummen gefunden, von dem sie sich ein Kind anhängen läßt. Wahrscheinlich hat er mehr Zaster als Sie.«

Genauso war es vermutlich, aber woher konnte Bruno das wissen? Sein Herz klopfte lauter als das Rütteln des Zuges. Vielleicht klopfte es so stark, weil er sich zum erstenmal seinen Kummer mit Miriam von der Seele geredet hatte. Nicht einmal Anne hatte er soviel erzählt ... Nur war Miriam früher anders gewesen: lieb und loyal und sehr einsam, sie hatte ihn sehr gebraucht und mußte sich von ihrer Familie losmachen. Morgen stand er ihr gegenüber, konnte die Hand nach ihr ausstrecken und sie berühren. Die Vorstellung, die weiche Haut zu berühren, die er einst geliebt hatte, war ihm gräßlich. Er hatte plötzlich das Gefühl völligen Versagens.

»Was war denn los mit Ihrer Ehe?« fragte Brunos sanfte Stimme. »Es interessiert mich wirklich – als Freund. Wie alt war sie?«

»Achtzehn.«

»Hat sie gleich mit dem Rumtreiben angefangen?«

Guy wandte den Blick ab, verärgert und gleichzeitig interessiert.

»Ja.« Wie gräßlich das kleine Wort in seinen Ohren klang.

»Ich kenn diesen rothaarigen Typ«, sagte Bruno und stocherte in seinem Apfelauflauf herum.

Wieder wurde Guy von einem scharfen und völlig sinnlosen Schamgefühl gepackt. Nichts, was Miriam gesagt oder getan hatte, würde Bruno überraschen. Ihn erstaunte gar nichts mehr, bei ihm wurde höchstens noch das Interesse geweckt.

Bruno blickte mit alberner Heiterkeit auf seinen Teller herab. Die Augen weiteten sich, so weit das mit dem blutunterlaufenen Rand und den blauen Kreisen darunter möglich war.

»Ehe – das ist nichts für mich«, sagte Bruno.

Das Wort ›Ehe‹ klang in Guys Ohren nach. Für ihn war es etwas Feierliches – es hatte noch den gleichen ursprünglich-erhabenen Klang wie Heilig, Liebe, Sünde. Ehe: das war Miriams dunkelroter Mund, der fragte: »Meinst du, ich mach mich verrückt für dich?« Oder Annes Augen, wenn sie von der Gartenarbeit zu ihm aufsah und sich die Haare zurückstrich. Es war Miriam, wie sie sich von dem schmalen, hohen Fenster ihres Zimmers in Chicago abwandte und ihm ihr herzförmiges, sommersprossiges Gesicht entgegenhielt wie immer, wenn sie im Begriff war zu lügen; und es war auch Steves langes, dunkles Gesicht mit dem impertinenten Lächeln. Erinnerungen bedrängten ihn; ihm war, als müsse er die Hände heben und sie wegschieben. Das Zimmer in Chicago, wo das alles passiert war ... Nein, er durfte sich nicht von diesen Erinnerungen überwältigen lassen ...

»Also mal im Ernst ...« Brunos Stimme war weit entfernt. »Was ist denn passiert? Können Sie mir doch erzählen, oder? Es interessiert mich wirklich.«

Was war passiert? Steve war passiert. Guy griff zum Glas. Er sah den Nachmittag in Chicago vor sich – abgeblaßt mittlerweile in einem grauschwarzen Foto, eingerahmt von der Türöffnung des Zimmers. Es war der Nachmittag, an dem er die beiden in der Wohnung gefunden hatte; kein anderer Nachmittag glich diesem in Farbe, Geschmack und Geräusch, es war eine Welt für sich, wie ein böses kleines Kunstwerk. In der Vergangenheit fixiert wie ein Geschichtsdatum ... oder war es nicht gerade umgekehrt? Reiste nicht eher das Geschehene immerfort mit ihm als ständiger Begleiter? Denn es war auch jetzt bei ihm, hier und heute so deutlich wie eh und je. Viel schlimmer aber war es, daß er Lust verspürte, Bruno alles zu erzählen, dem Fremden im Zug, der zuhören, teilnehmen und vergessen sollte. Die Vorstellung hatte auf einmal etwas Tröstliches. Bruno war ja kein durchschnittlicher Mitreisender. Er war brutal und korrupt genug; er würde die Geschichte von Guys erster Liebe zu schätzen wissen. Und Steve war außerdem nur das Überraschungsmoment am Ende der Geschichte, die Schlußpointe: Steve war nicht der erste gewesen, mit dem sie ihn betrog. An jenem Nachmittag war nur sein eigener sechsundzwanzigjähriger Stolz endlich explodiert. Tausendmal hatte er sich das alles selbst vorgehalten; es war die uralte, schon klassische Geschichte, dramatisch trotz seiner Dummheit und zugleich komisch wegen seiner Dummheit.

»Ich habe einfach zuviel von ihr erwartet«, sagte er obenhin. »Gott, sie wollte nun mal beachtet werden. Wahrscheinlich wird sie ihr Leben lang flirten, egal mit wem sie zusammenlebt.«

»Kenne ich. Der ewige Teenager.« Bruno winkte ab. »Kann nicht mal so tun, als ob sie einem allein gehört.«

Guy blickte ihn an. Natürlich hatte Miriam das früher fertiggebracht.

Abrupt gab er den Plan auf, Bruno davon zu erzählen. Er schämte sich, daß er fast damit begonnen hätte. Es schien Bruno jetzt auch gleichgültig zu sein. Er saß zusammengesunken am Tisch und malte mit einem Streichholz in der Sauce auf seinem Teller herum. Sein Gesicht, mit den herabgezogenen Mundwinkeln, drückte Ekel aus.

»Solche Frauen«, murmelte Bruno vor sich hin, »ziehen die Männer an wie ein Mülleimer die Schmeißfliegen.«

2

Der Schock der Worte brachte Guy zur Besinnung. »Sie müssen böse Erfahrungen gemacht haben«, sagte er. Ein von Frauen umschwärmter Bruno war allerdings schwer vorzustellen.

»Oh, mein Vater hatte mal so eine. Auch rothaarig. Carlotta hieß sie.« Er blickte auf; der Haß auf seinen Vater drang aus den verschwommenen Zügen hervor wie ein scharfer Dorn.

Carlotta. Jetzt glaubte Guy zu verstehen: hier war der Schlüssel zu seiner Persönlichkeit, zu dem Haß auf seinen Vater und zu seiner eigenen Spätentwicklung.

»Es gibt zwei Sorten Männer!« sagte Bruno laut und hielt inne. Guy sah sich selbst in einem schmalen Wandspiegel; seine Augen blickten erschreckt, und sein Mund sah hart aus. Er reckte sich, um sich zu entspannen.

»Und bloß eine Sorte Frauen!« fuhr Bruno fort. »Alles Betrügerinnen. Mit Betrug fangen sie an, und mit Hurerei hören sie auf. Mehr gibt's nicht.«

»Und Frauen wie Ihre Mutter?«

»So eine Frau wie meine Mutter gibt's nicht wieder. Wenn man bedenkt, was sie aushalten mußte ... Dabei ist sie auch noch hübsch, hat 'ne Menge Freunde, aber sie hält sich alle schön vom Leib.«

Schweigen.

Guy nahm eine neue Zigarette, klopfte damit auf seine Armbanduhr und sah, daß es halb elf war. Er wollte bald gehen.

»Wie haben Sie das rausgekriegt – das mit Ihrer Frau?«

Guy ließ sich Zeit mit seiner Zigarette.

»Wie viele hat sie gehabt?«

»Ganze Menge. Bis ich dahinterkam.« Es machte ihm jetzt nichts mehr aus, aber er wollte das Thema wechseln. »Was wollen Sie noch alles tun, bevor Sie sterben?«

»Sterben? Wer redet vom Sterben? Ich hab noch ein paar todsichere Sachen auf Lager. Eine könnte ich jeden Tag in Chicago oder in New York loslassen, oder vielleicht verkauf ich auch bloß die Idee. Und dann hab ich noch 'ne ganze Menge Ideen für den perfekten Mord.« Wieder sah Bruno ihn mit dem starren, fast herausfordernden Blick an.

»Ich hoffe, Sie haben mich nicht hierhergebeten, um einen Ihrer Pläne auszuführen.« Guy setzte sich.

»Mein Gott, Guy, Sie mag ich doch! Ganz ehrlich!«

Das Flehen um Zuneigung in dem nachdenklichen Gesicht! Und die Einsamkeit in den kleinen, gequälten Augen! Guy sah verlegen auf seine Hände. »Handelt es sich bei Ihren Plänen immer um irgendwelche Verbrechen?«

»Nein, gewiß nicht. Es sind bloß so Sachen, die ich tun möchte – zum Beispiel möcht ich mal jemand tausend Dollar schenken. Einem Bettler. Das ist das erste, was ich tue, wenn ich mein eigenes Geld kriege. Aber haben Sie niemals das Gefühl gehabt, Sie möchten was stehlen? Oder jemand umbringen? Na klar, das hat doch jeder mal. Glauben Sie nicht, daß viele Menschen Spaß daran haben, im Krieg Leute umzubringen?«

»Nein«, sagte Guy.

Bruno zögerte. »Es traut sich natürlich keiner, das zuzugeben. Aber seien Sie doch mal ehrlich, auch in Ihrem Leben muß es doch schon Leute gegeben haben, über deren Tod Sie nicht gerade unglücklich gewesen wären.«

»Nein.« Doch, Steve, fiel ihm plötzlich ein. Bei ihm hatte er sogar schon einmal an Mord gedacht.

Bruno legte den Kopf auf die Seite. »Doch. Ich sehe es Ihnen an. Warum geben Sie's nicht zu?«

»Na ja, es ist möglich, daß mir das mal durch den Kopf geschossen ist, aber ich hätte nie etwas dazu getan. Ich bin da eben anders.«

»Da irren Sie sich sehr. Jeder Mensch kann zum Mörder werden. Entscheidend sind nur die Umstände, nicht das Temperament. Man kommt innerlich bis zu einem bestimmten Punkt, dann fehlt nur noch eine Kleinigkeit, damit man die Grenze überschreitet. Das kann jeder, auch Ihre Großmutter. Ich kenne das.«

»Ich bin hier zufällig anderer Meinung«, sagte Guy knapp.

»Ich sage Ihnen, ich bin tausendmal nahe dran gewesen, meinen Vater umzubringen. Wen haben Sie gern mal umbringen wollen? Die Männer, die mit Ihrer Frau . . .?«

»Ja, einen«, murmelte Guy.

»Und?«

»Gar nichts. Es war nur eine flüchtige Idee.« Die vielen schlaflosen Nächte fielen ihm ein, wo er auf Rache gesonnen hatte. Hätte ihn damals etwas über die gewisse Grenze schieben können? Er hörte Brunos Murmeln. »Ich kann Ihnen bloß sagen, Sie waren sehr viel näher dran als Sie glauben.« Guy sah ihn verwundert an. Bruno hatte das übernächtigte, kränkliche Aussehen eines Croupiers, die Arme in Hemdsärmeln waren auf den Tisch gestützt, der dünne Kopf hing herunter.

»Sie lesen zuviel Kriminalromane«, sagte Guy. Als er die Worte ausgesprochen hatte, wußte er nicht mehr, woher sie gekommen waren.

»Die sind prima. Sie beweisen, daß jeder Mensch morden kann.«

»Ich finde immer, gerade deshalb sind sie schlecht.«

»Wieder falsch«, sagte Bruno entrüstet. »Wissen Sie, welcher Prozentsatz an Morden rauskommt?«

»Nein, das weiß ich nicht, und es ist mir auch völlig egal.«

»Ein Zwölftel! Ein Zwölftel – stellen Sie sich das vor. Was glauben Sie, wer die andern elf Zwölftel sind? Das sind lauter kleine Leute, ganz unwichtig. Und die Polizei weiß, daß sie die nie kriegen wird.« Er wollte sich Whisky einschenken, sah die leere Flasche und zog sich langsam in die Höhe. Ein goldenes Taschenmesser an fadendünnem Goldkettchen hing aus seiner Hosentasche, und Guy freute sich an dem Anblick wie an einem schönen Schmuckstück. Er beobachtete Bruno, der den Verschluß einer Whiskyflasche aufschnitt, und überlegte, daß Bruno eines Tages vielleicht mit diesem Messerchen einen Mord begehen und davonkommen werde, einfach weil es ihm ziemlich egal war, ob man ihn faßte oder nicht.

Grinsend wandte sich Bruno um, die neue Whiskyflasche in der Hand. »Kommen Sie mit mir nach Santa Fé? Paar Tage ausruhen?«

»Nein, danke, ich kann nicht.«

»Ich hab 'n Haufen Geld. Ich lade Sie ein, ja?« Er vergoß Whisky auf den Tisch.

»Danke«, sagte Guy. Vermutlich schloß Bruno aus seiner, Guys, Kleidung, daß er nicht sehr begütert war. Er hatte seine Lieblingshose aus grauem Flanell an, die er auch in Metcalf und in Palm Beach tragen wollte, wenn es nicht zu heiß war. Er lehnte sich zurück, steckte die Hände in die Taschen und fühlte ein Loch unten im rechten Jackenfutter.

»Warum nicht?« Bruno reichte ihm sein Glas. »Ich mag Sie.«

»Warum?«

»Weil Sie ein guter Kerl sind – anständig, meine ich. Ich kenne 'ne Menge Leute, aber nicht viele sind so wie Sie. Ich bewundere Sie!« stieß er hervor und setzte das Glas an die Lippen.

»Ich mag Sie auch«, sagte Guy.

»Kommen Sie doch mit, Guy! Ich habe zwei oder drei Tage nichts zu tun, bis meine Mutter kommt. Wir würden uns großartig amüsieren.«

»Nehmen Sie jemand anders mit.«

»Mein Gott, Guy, was stellen Sie sich denn vor? Ich geh doch nicht rum und sammel Mitreisende auf! Sie mag ich, deshalb bitte ich Sie, mitzukommen. Auch wenn's nur ein Tag ist.«

»Vielen Dank, wirklich sehr nett von Ihnen. Aber wenn ich meine Angelegenheit in Metcalf geregelt habe, geht's wieder an die Arbeit.«

»Ach.« Wieder erschien das bewundernd-nachdenkliche Lächeln. »Ein neues Haus?«

»Ja, ein Country Club.« Die Worte klangen ihm selber immer noch fremd und ungewohnt in den Ohren – das letzte, woran er vor zwei Monaten gedacht hätte. »Das neue *Palmyra* in Palm Beach.«

»Nein, wirklich?«

Natürlich hatte Bruno vom *Palmyra Club* gehört. Es war der größte Club in Palm Beach. Er hatte sogar gehört, daß man einen neuen bauen wollte.

»Und Sie haben den entworfen?« Mit der Bewunderung eines Schuljungen blickte er zu Guy auf. »Könnten Sie ihn mir mal aufmalen?«

Mit wenigen Strichen zeichnete Guy in Brunos Adreßbuch eine Skizze der Gebäude, die er dann auf Brunos Wunsch mit seinem Namen unterschrieb. Er erklärte die versenkbare Wand, durch die das untere Stockwerk zu einem großen Ballsaal mit Terrasse umgewandelt werden konnte, die Patentfenster, die man ihm hoffentlich zugestehen würde und die die Klimaanlage überflüssig machten. Ein Gefühl des Glücks durchströmte ihn bei diesen Plänen, und Tränen der Aufregung traten ihm in die Augen, obwohl er nur halblaut redete. Wie konnte er nur so vertraut mit Bruno sprechen und sein Bestes derartig bloßlegen? Bruno war doch gewiß der letzte, der dafür Verständnis hatte.

»Klingt ganz enorm«, sagte Bruno jetzt. »Und Sie sagen denen so einfach, wie es aussehen soll?«

»Nein. Es muß ziemlich vielen Leuten gefallen.« Guy legte den Kopf zurück und lachte.

»Passen Sie auf, Sie werden noch berühmt. Vielleicht sind Sie's jetzt schon.«

Die Zeitschriften würden wohl Fotos bringen, vielleicht kam auch etwas in die Wochenschau. Vorläufig hatten sie aber die Zeichnungen noch gar nicht weitergereicht; doch er hatte keinen Zweifel, daß das geschehen würde. Myers, der Architekt, mit dem er das New Yorker Büro teilte, war ebenfalls sicher. Auch

Anne zweifelte nicht, und ebensowenig Mr. Brillhart. Es war sein bisher größter Auftrag. »Na ja, vielleicht werde ich danach wirklich bekannt. Wenn die Zeitschriften ein paar Bilder bringen ...«

Bruno setzte an zu einer langen Geschichte über sein Leben damals im College und wie er Fotograf geworden wäre, wenn nicht irgendwas irgendwann mit seinem Vater dazwischengekommen wäre. Guy hörte kaum zu; er trank gedankenvoll schluckweise seinen Drink und dachte an die Aufträge, die nach dem Palm-Beach-Projekt kommen konnten. Vielleicht bald ein Bürohaus in New York. Dafür hatte er ein paar gute Ideen, die er gern in die Tat umgesetzt hätte. Guy Daniel Haines. Ein *Name.* Dann war es vorbei mit dem lästigen, immer leise bohrenden Bewußtsein, daß Anne mehr Geld besaß als er.

»Das wär doch ein Motiv, nicht, Guy?« wiederholte Bruno.

»Was denn?«

Bruno holte tief Atem. »Wenn Ihre Frau jetzt Krach macht – wegen der Scheidung meine ich –, und wenn Sie dadurch den Auftrag verlieren – wäre das kein ausreichendes Motiv für einen Mord?«

»An Miriam?«

»Klar.«

»Nein«, sagte Guy; aber Bruno hatte mit seiner Frage einen wunden Punkt berührt. Wahrscheinlich hatte Miriam von seiner Mutter von dem Palm-Beach-Auftrag gehört. Es war ihr zuzutrauen, daß sie sich aus reiner Bosheit etwas einfallen ließ ...

»Als sie Sie betrog, hätten Sie sie da nicht gern umgebracht?«

»Nein! Können Sie nicht mal aufhören mit dem Thema?« Einen Moment lang sah Guy die beiden Hälften seines Lebens, die Ehe und die berufliche Laufbahn, so getrennt vor sich, wie er sie nie zuvor gesehen hatte. Sein Kopf schien zu schwimmen, er begriff nicht, wie er sich in der einen Hälfte so töricht und hilflos und in der andern so tüchtig erweisen konnte. Er stellte das Glas auf den Tisch und schob es etwas von sich.

»Doch! Sie müssen es irgendwann mal gewünscht haben«, sagte Bruno mit der sanften Beharrlichkeit des Betrunkenen.

»Nein.« Wenn er bloß hinaus könnte und ein paar Schritte laufen; aber der Zug fuhr weiter, immer weiter auf dem geraden Schienenstrang, als sollte es ewig so weitergehen. Vielleicht ging ihm tatsächlich durch Miriam der Auftrag verloren. Er mußte mehrere Monate dort leben und mit den Direktoren auch gesellschaftlich verkehren. Bruno verstand so etwas ganz gut. Guy fuhr sich mit der Hand über die feuchte Stirn. Die Crux war, daß er keine Ahnung von Miriams Vorhaben hatte, bis er sie sprach. Er war müde, und wenn er müde war, ließ er sich von Miriam glatt überfahren. Das war in den zwei Jahren oft vorgekommen, als er sich innerlich von Miriam löste. Es geschah auch jetzt wieder. Er mochte Bruno nicht mehr, der da vor ihm saß und grinste.

»Soll ich Ihnen mal eine meiner Ideen verraten, wie ich meinen Vater umbringen könnte?«

»Nein«, sagte Guy. Er legte die Hand über das Glas, das Bruno von neuem füllen wollte.

»Welche soll ich – den defekten Lichtschalter im Bad oder das Kohlenoxydgas in der Garage?«

»Herrgott – meinetwegen tun Sie's doch, aber hören Sie auf mit dem Reden!«

»Ich tue es auch noch, darauf können Sie sich verlassen. Und wissen Sie, was ich auch noch tun werde? Ich werde mir das Leben nehmen, wenn ich Lust habe, und werde das so machen, daß es so aussieht, als ob mein schlimmster Feind mich umgebracht hätte.«

Guy sah ihn voller Ekel an. Bruno schien sich an den Rändern aufzulösen, als ob er zerflösse. Es blieb nur die Stimme und der Geist – ein böser Geist. Alles, was er, Guy, verachtete, schien in Bruno verkörpert. Alles, was er selbst nicht sein wollte, das war Bruno oder würde es einmal werden.

»Soll ich Ihnen mal den perfekten Mord an Ihrer Frau ausmalen? Sie können's vielleicht eines Tages gebrauchen.«

Guy erhob sich. »Ich muß ein paar Schritte gehen.«

Bruno klatschte plötzlich in die Hände. »Hach! Mensch, ich hab 'ne Idee! Wir begehen jeder einen Mord – für den andern! Ich bringe Ihre Frau um und Sie meinen Vater! Wir haben uns im Zug getroffen, und kein Mensch weiß, daß wir uns kennen. Perfekte Alibis, verstehen Sie?«

Die Wand vor seinen Augen klopfte mit rhythmischen Pulsschlägen, als sei sie im Begriff aufzuspringen. *Mord.* Das Wort erschreckte ihn, verursachte ihm Übelkeit. Er wollte weg, aus dem Abteil hinaus, aber ein Alptraum hielt ihn hier fest. Er versuchte sich aufzurichten und die Wand festzuhalten, um Brunos Worte zu verstehen; er spürte, irgendwo war Logik darin wie in einem Rätsel oder Puzzlespiel, das auf die Lösung wartete.

Brunos tabakverfärbte Hände tanzten und sprangen auf seinen Knien. »Mensch, feuerfeste Alibis!« schrie er. »Die Idee meines Lebens! Begreifen Sie das gar nicht? Ich könnte es irgendwann machen, wenn Sie nicht in der Stadt sind, und Sie könnten es machen, wenn ich nicht da bin!«

Guy begriff. Das wäre tatsächlich nicht nachzuweisen.

»Es würde mir wirklich Spaß machen, Miriams Laufbahn ein Ende zu bereiten, um Ihre damit zu fördern«, sagte Bruno und lachte. »Finden Sie nicht auch, man sollte ihr das Handwerk legen, ehe sie noch anderen Leuten das Leben ruiniert? Setzen Sie sich doch hin, Guy.«

Sie hat mein Leben nicht ruiniert, wollte Guy sagen, aber Bruno ließ ihn nicht zu Wort kommen.

»Also hören Sie zu; Sie müßten mir genau beschreiben, wo sie wohnt und so, und ich würde Ihnen eine Skizze von unserem Haus geben, damit Sie sich dort zurechtfinden.« Er lachte heiser. »Natürlich müßten ein paar Monate dazwischenliegen, und wir dürften keinerlei Verbindung haben miteinander. Mensch, das wäre einfach toll.« Er stand auf und fiel fast um, als er ein Glas füllte. Und dann sagte er genau vor Guys Gesicht mit widerwärtiger Vertraulichkeit: »Sie würden es doch fertigbringen, was? Irgendwelche Haken gäb's nicht dabei, dafür würd ich schon sorgen. Mein Wort, Guy.«

Guy stieß ihn von sich, härter, als er beabsichtigte; Bruno fiel auf den Sitz beim Fenster und sprang wieder auf. Guy sah sich um, er brauchte Luft, doch er sah nichts als feste Wände; der kleine Raum war zur Hölle geworden. Was tat er hier? Wann und warum hatte er so viel getrunken?

»Ganz bestimmt, Sie würden es fertigkriegen!« Bruno verzog die Stirn.

Hören Sie auf mit Ihren blöden Theorien, wollte Guy rufen, aber er brachte nur ein Flüstern zustande. »Mir langt's jetzt.« Er sah, wie sich das kleine Gesicht vor ihm auf merkwürdige Weise verzerrte – ein überraschtes Lächeln erschien darauf, seltsam allwissend und abstoßend. Bruno zuckte die Achseln.

»Okay. Aber Sie müssen doch zugeben, daß es eine gute Idee

ist. Ich find schon noch mal jemand, mit dem ich sie in die Tat umsetzen kann. Wo wollen Sie denn hin?«

Guy hatte endlich die Tür erreicht. Er ging hinaus, öffnete eine zweite Tür und trat auf die Plattform, wo kühlere Luft ihm entgegenschlug und der Lärm des Zuges zum Brausen wurde. Ihm war übel, am liebsten hätte er sich übergeben.

»Guy?«

Er wandte sich um und sah, wie Bruno durch die schwere Tür kam.

»Guy, ich – es tut mir leid.«

»In Ordnung«, sagte Guy hastig. Brunos Aussehen erschreckte ihn – hündisch vor Selbsterniedrigung.

»Danke, Guy.« Bruno senkte den Kopf. Das Ra-ta-ta-ta der Räder ließ nach; Guy mußte sich festhalten. Erleichtert merkte er, daß der Zug anhielt. Er schlug Bruno auf die Schulter. »Kommen Sie, wir steigen aus und schöpfen mal frische Luft.«

Sie kletterten die Stufen hinab in die schweigende Dunkelheit.

»Was soll denn das heißen?« schrie Bruno. »Hier ist ja kein Licht!«

Guy blickte auf. Kein Mond war zu sehen; die Kälte weckte ihn auf und machte ihn fast steif. Irgendwo hörte er das vertraute Geräusch einer zuschlagenden Holztür. Vor ihnen wurde ein kleines Fünkchen zur Laterne, ein Mann rannte damit den Zug entlang bis zum Ende, wo die Tür des Packwagens zurückrollte und ein hellerleuchtetes Rechteck freigab. Guy ging langsam darauf zu, und Bruno folgte ihm. Guy schob seine Hand unter Brunos Arm, aber Bruno riß sich los. »Ich will nicht gehen!« schrie er und hielt an. Er konnte sich in der frischen Nachtluft kaum auf den Beinen halten.

Der Zug fuhr an. Guy schob Brunos schlaffen, großen Körper hinauf und folgte ihm.

»Noch was trinken?« fragte Bruno an seiner Tür. Er sah zum Umfallen müde aus.

»Nein, danke, unmöglich.«

»Kommen Sie morgen früh zu mir rein, ja? Ich schließe meine Tür nicht ab.«

Guy lehnte sich einen Augenblick an die grüne Wand und schlich dann langsam in sein Abteil.

Aus Gewohnheit wollte er im Bett nach seinem Buch greifen.

Er hatte es in Brunos Abteil gelassen. Sein Plato. Jetzt mußte es die Nacht über dort bleiben, und Bruno würde es anfassen und aufschlagen. Der Gedanke war ihm unsympathisch.

3

Gleich nach seiner Ankunft in Metcalf hatte er Miriam angerufen. Sie hatten sich vor der Schule verabredet, die zwischen ihren beiden Wohnungen lag. Jetzt stand er vor dem Eingang des Sportplatzes und wartete auf sie. Natürlich war sie unpünktlich. Warum sie wohl diesen Treffpunkt vorgeschlagen hatte? Doch wohl kaum, um alte Erinnerungen heraufzubeschwören. Mein Gott, wie oft hatte er hier gestanden und auf sie gewartet! Mit klopfendem Herzen . . .

Der Himmel war klarblau und die Sonne wie geschmolzenes Blei, nicht gelb sondern farblos, wie ein Gegenstand, der durch die eigene Hitze blaßweiß geworden war. Hinter den Bäumen sah Guy das Dach eines rötlichen Gebäudes, das er nicht kannte; er war seit zwei Jahren nicht in Metcalf gewesen, in dieser Zeit mußte es entstanden sein. Er wandte sich ab. Kein Mensch war zu sehen, es war, als seien alle Leute wegen der Hitze aus der Schule und den umliegenden Häusern geflüchtet. Er blickte auf die breite graue Treppe, die hinauf führte zum Schultor. Noch heute erinnerte er sich an den tintigen, leicht schweißigen Geruch, der Miriams Algebrabuch an den Rändern anhaftete; er sah auch noch das MIRIAM, mit Bleistift an den Rand der Seiten geschrieben, und die Zeichnung des Mädchens mit der Locke auf dem Titelblatt. Wie oft hatte er das Buch aufgeschlagen, wenn er ihr bei den Arbeiten half. Warum hatte er bloß gedacht, sie sei anders als die andern?

Er schritt durch das Eingangstor mit dem Drahtgitter und blickte noch einmal die College Avenue entlang.

Jetzt sah er sie endlich kommen. Sein Herz begann schneller zu schlagen, aber er zwang sich zur Ruhe und blinzelte. Sie ging noch immer mit dem gleichen festen Schritt, den er von früher an ihr kannte. Als sie ihn erblickte, winkte sie ihm lässig zu. Sie weiß jetzt von dem *Palmyra*-Auftrag, dachte er. Seine Mutter hatte es ihm vor einer halben Stunde berichtet, daß sie Miriam bei ihrem letzten Anruf davon erzählt hatte.

»Tag, Guy«, sagte Miriam lächelnd und schloß schnell die orangeroten Lippen. Sie hatte weit auseinanderstehende Vorderzähne, das hatte er ganz vergessen.

»Tag, Miriam, wie geht es dir?« Unwillkürlich warf er einen Blick auf ihre Figur; bis jetzt war noch nichts von ihrer Schwangerschaft zu merken. Ob sie gelogen hatte? Sie trug einen buntgeblümten Rock und eine weiße, kurzärmelige Bluse, dazu eine große weiße Handtasche aus Lackleder.

Sie setzte sich auf eine steinerne Bank im Schatten, während er stehen blieb. Miriam erkundigte sich nach seiner Reise. Ihr Gesicht war etwas voller geworden, und um die Augen hatte sie kleine Fältchen. Für zweiundzwanzig Jahre hatten die Augen viel gesehen.

»Im Januar«, antwortete sie auf seine unausgesprochene Frage.

Sie war also im zweiten Monat. »Ich nehme an, du willst ihn heiraten.«

Sie wandte leicht den Kopf und blickte zu Boden. Das Sonnenlicht fiel auf die größten der Sommersprossen, und Guy erkannte das Muster, an das er seit seiner Ehezeit nicht mehr gedacht hatte. Wie sicher war er damals gewesen, daß er sie besaß, daß jeder ihrer Gedanken ihm gehörte! Plötzlich kam es ihm vor, als sei alle Liebe und Zuneigung nichts als etwas quälend Zweitbestes. Woran dachte sie? Er hatte nicht die geringste Ahnung von der Gedankenwelt, in der sie jetzt lebte.

»Das stimmt doch wohl, oder?« fragte er noch einmal.

»Doch, natürlich. Aber nicht so schnell, es sind da ein paar Schwierigkeiten aufgetreten.«

»Schwierigkeiten?«

»Wir können noch nicht heiraten.«

»Oh.« Wir hatte sie gesagt. Er konnte sich vorstellen, wie der Mann aussah: groß und dunkel, mit langem Gesicht wie Steve. Das war der Typ, auf den Miriam immer geflogen war; der einzige Typ, von dem sie sich ein Kind gewünscht hätte. Und er merkte, sie wollte das Kind haben. Er erkannte es an der Art, wie sie steif auf der Bank saß, an dem tranceartigen Ausdruck, den er immer im Gesicht schwangerer Frauen gesehen oder zu sehen gemeint hatte. »Das braucht doch aber die Scheidung nicht zu verzögern.«

»Das hatte ich auch gedacht, bis vor ein paar Tagen.«

»Ach, er ist verheiratet?«

»Ja, er ist verheiratet«, sagte sie seufzend mit halbem Lächeln.

Guy senkte unsicher den Kopf. Das hatte er geahnt. Offensichtlich hatte der Mann gar kein Interesse, Miriam zu heiraten.

»Wo ist er – hier?«

»In Houston«, erwiderte sie. »Willst du dich nicht hinsetzen?«

»Nein.«

»Immer noch der alte, du mochtest nie sitzen.«

Er schwieg.

»Hast du deinen Ring noch?«

»Ja.« Seinen Ring aus Chicago, den Miriam immer bewundert hatte, weil nur Collegestudenten ihn trugen. Unsicher lächelnd blickte sie den Ring an.

Er steckte die Hände in die Taschen. »Ich möchte die Sache ins reine bringen, solange ich jetzt hier bin. Können wir es diese Woche machen?«

»Ich möchte hier weg, Guy.«

»Wegen der Scheidung?«

Ihre kurzen Hände öffneten sich mit einer undeutlichen schlaffen Geste. Ihm fielen plötzlich Brunos Hände ein. Er hatte Bruno völlig vergessen, seit er heute früh aus dem Zug gestiegen war, und ebenso seinen Plato.

»Ich mag hier nicht mehr sein«, sagte sie.

»Wir könnten uns in Dallas scheiden lassen, wenn du das lieber willst.« Ihre Freunde hier wußten wahrscheinlich Bescheid.

»Ich möchte gern noch warten, Guy. Würde dir das was ausmachen? Eine kleine Weile nur.«

»Ich hätte angenommen, daß es dir was ausmacht. Will er dich nun heiraten oder nicht?«

»Er könnte mich im September heiraten. Dann wäre er frei, aber ...«

»Was aber?« Ihr Schweigen, die kindische Art, wie sie sich mit der Zunge über die Oberlippe fuhr, verrieten ihm, in welcher Klemme sie steckte. Sie wünschte sich das Kind so sehr, daß sie bereit war, alles auf sich zu nehmen und bis vier Monate vor der Geburt in Metcalf zu bleiben, um den Vater zu heiraten. Fast widerwillig fühlte er Mitleid in sich aufsteigen.

»Ich möcht hier weggehen, Guy. Mit dir zusammen.«

»Was willst du nun eigentlich, Miriam? Willst du Geld, damit du wegfahren kannst?«

Der träumerische Ausdruck in den graugrünen Augen verschwand wie Nebel. »Deine Mutter hat gesagt, du fährst nach Palm Beach.«

»Ja, vielleicht. Ich hab da zu arbeiten.« Mit einer Ahnung von drohendem Unheil dachte er an den Auftrag, der ihm aus den Händen zu gleiten begann.

»Guy, nimmst du mich mit? Es ist das letzte, was ich von dir erbitte. Wenn ich bis Dezember bei dir bleiben kann und wir uns dann scheiden lassen . . .«

»Oh«, sagte er ruhig, aber sein Herz klopfte zum Zerspringen. Sie war ihm plötzlich ekelhaft. Das Kind eines anderen. Und er sollte sie mitnehmen und den Ehemann spielen, bis sie das Kind des anderen zur Welt brachte.

»Wenn du mich nicht mitnimmst, komme ich trotzdem.«

»Miriam, ich könnte schon jetzt die Scheidung erzwingen.« Seine Stimme bebte.

»Das würdest du mir nicht antun«, sagte sie mit der Mischung von Flehen und Drohen, die ihn schon in alten Zeiten, als er sie noch liebte, verwirrt und Liebe und Zorn in ihm gereizt hatte.

Es verwirrte ihn auch heute. Sie hatte recht, er konnte jetzt nicht die Scheidung einleiten. Nicht weil er sie noch liebte, nicht weil sie noch immer seine Frau war und deshalb ein Recht auf seinen Schutz hatte, sondern weil sie ihm leid tat und er nicht vergessen konnte, daß er sie einmal geliebt hatte. Er wußte jetzt, daß sie ihm auch in New York leid getan hatte, selbst als sie ihn um Geld bat.

»Wenn du darauf bestehst, mitzukommen, lehne ich den Auftrag ab. Es hätte keinen Zweck mehr.« Seine Stimme klang ruhig – der Auftrag war verloren; wozu noch darüber reden?

»Das bringst du doch nicht fertig«, sagte sie herausfordernd.

Er sah ihr halb triumphierendes Lächeln und wandte sich ab. Hier irrte sie; aber er schwieg, tat zwei Schritte auf dem groben Asphalt und kehrte mit erhobenem Kopf wieder um. Ruhe, sagte er sich. Nur jetzt nicht den Kopf verlieren. Es war Miriam damals immer verhaßt gewesen, wenn er so reagierte. Ihr war lauter Streit lieber – auch heute morgen, dachte er. Er selber war ihr verhaßt gewesen, wenn er sich so verhielt, bis sie begriff, daß es ihn auf die Dauer viel mehr schmerzte, so zu reagieren. Er wußte, er tat ihr auch jetzt nur einen Gefallen damit, aber er konnte nicht anders.

»Ich habe den Auftrag noch gar nicht. Ich kann einfach ein Telegramm losschicken und meine Bewerbung zurückziehen.«

»Und was dann?«

»Oh – vieles. Aber das werde ich dir nicht auf die Nase binden.«

»Ach, du läufst also weg?« Sie wollte ihn reizen. »Das ist allerdings billig.«

Er begann auf und ab zu wandern. Anne! Anne war noch da, und mit ihr zusammen konnte er alles, auch dies, ertragen. Trotzdem stieg ein Gefühl der Hoffnungslosigkeit in ihm auf. Es war Miriam und nicht Anne, die da auf der Bank vor ihm saß, Miriam, die ihn an sein Versagen in jungen Jahren erinnerte. Wie ein Fehler in einem Brillanten, den man auf den ersten Blick nicht sieht, lebte in ihm die Furcht und Erwartung vor dem Versagen, die er nie hatte überwinden können. Zuweilen war das Versagen einfach eine Möglichkeit, die ihn reizte, wie damals auf der Schule und der Universität, als er sich das Durchfallen bei Examen geleistet hatte, die er hätte bestehen können, oder auch bei der Heirat mit Miriam, die er gegen den Willen beider Familien und aller Freunde durchgesetzt hatte. Hatte er nicht gewußt, daß es nicht gutgehen konnte? Und jetzt hatte er ohne Wimpernzucken seinen größten Auftrag aufgegeben. Er würde nach Mexiko fahren und ein paar Tage mit Anne zusammensein. Das Geld, das er hatte, ging restlos dabei drauf, aber warum auch nicht? Sollte er jetzt etwa nach New York zurückfahren und weiter arbeiten, ohne Anne gesehen zu haben?

»Noch etwas?« fragte er.

»Du hast's ja gehört«, gab sie zurück. Ihre Zähne standen weit auseinander.

4

Er ging langsam nach Hause, über Ambrose Street, wo er wohnte, und Travis Street, die im kühlen Schatten lag. An der Ecke war ein kleiner Obstladen, direkt auf dem Vorderrasen eines Hauses, wie ein Kinderkrämerladen. Aus dem großen Washatorium-Gebäude am westlichen Ende von Ambrose Street kamen viele Mädchen und Frauen, alle in Weiß, lachend und schwatzend auf dem Weg zum Lunch. Er war froh, daß er niemanden traf, mit dem er reden mußte. Ihm war still und resigniert zumute, vielleicht sogar ganz glücklich. Merkwürdig, wie fern jetzt Miriam schon war: fern und fremd und im Grunde unwichtig. Er schämte sich fast wegen seiner Anspannung auf der Fahrt.

»In Ordnung, Mama«, sagte er, als er in die Tür trat.

Seine Mutter hatte ihn mit bangem Blick und hochgezogenen Augenbrauen begrüßt. »Das freut mich, Guy«, sagte sie jetzt, zog ihren Schaukelstuhl heran und setzte sich, bereit zum Zuhören. Sie war eine kleine Frau mit hellbraunem Haar und feinem Profil mit gerader Nase; die physische Energie, die sie erfüllte, schien im Silber der braunen Haare Funken zu sprühen. Und fast immer war sie frohgelaunt – darin, dachte Guy oft, waren sie beide ganz verschieden, und das hatte ihn auch von ihr getrennt seit der Zeit, da er begann, unter Miriam zu leiden. Guy neigte dazu, seine Kümmernisse zu hegen und intensiv über sie nachzudenken, während seine Mutter immer zum Vergessen riet. »Was hat sie denn gesagt? Du warst ja nicht lange weg. Ich dachte, ihr würdet vielleicht zusammen essen.«

»Nein, Mama.« Mit einem Seufzer ließ er sich auf das Brokatsofa fallen. »Es ist alles in Ordnung, aber die Sache in Palm Beach werde ich wahrscheinlich nicht machen.«

»O Guy – warum nicht? Ist sie – bekommt sie wirklich ein Kind?«

Seine Mutter war zwar enttäuscht wegen des Auftrags, aber doch wenig im Vergleich zu dem, was der Auftrag tatsächlich bedeutete. Er war froh, daß sie das nicht wußte. »Ja, das stimmt«, sagte er und lehnte den Kopf zurück, bis er den kühlen Holzrahmen des Sofas am Hinterkopf fühlte. Eine Welt trennte sein Leben von dem seiner Mutter. Von seinem Zusammenleben mit Miriam hatte er ihr wenig erzählt. Seine Mutter war in Mississippi aufgewachsen, sie stammte aus einem gutbürgerlichen und glücklichen Milieu und lebte auch jetzt froh und voll beschäftigt mit ihrem großen Haus und dem Garten und den alten Freunden in Metcalf. Eine bösartige Natur wie Miriam war ihr fremd und ganz unverständlich. Und unverständlich mußte es ihr auch sein, daß er um seiner Arbeit willen bereit war, in New York in ganz anderem Stil und viel unbequemer zu leben, nur weil er ein paar Ideen, die mit seiner Arbeit zusammenhingen, nicht aufgeben wollte.

»Was hat denn die Sache in Palm Beach mit Miriam zu tun?« fragte sie schließlich.

»Miriam will mitkommen – sie will eine Weile Schutz haben, und das halte ich einfach nicht aus.« Guy ballte die Faust. Er sah plötzlich Miriam in Palm Beach vor sich, Miriam im Gespräch mit Clarence Brillhart, dem Manager des *Palmyra Clubs.* Aber es war nicht die Vorstellung von Brillharts Schock unter der ruhigen gleichbleibenden Höflichkeit, das wußte Guy: es war der eigene Widerwillen, der die Sache unmöglich machte. Während der Arbeit an einem solchen Projekt ertrug er es nicht, Miriam in der Nähe zu haben. »Ich halt's nicht aus«, sagte er noch einmal.

»Oh –«, sagte sie nur, aber man spürte ihr Verständnis. Wenn sie mehr darüber sagte, so mußte es ihn daran erinnern, wie sehr sie immer gegen die Heirat mit Miriam gewesen war, und das würde sie in diesem Augenblick vermeiden. »Du könntest es nicht so lange aushalten, wie es nötig wäre«, fügte sie hinzu.

»Nein, ich könnt's nicht.« Er stand auf und legte die Hände um ihr weiches Gesicht. »Mama, mir ist jetzt alles egal, glaub's mir. Wirklich alles.«

»Ich glaub's dir ja. Wieso ist dir alles egal?«

Er ging durch das Zimmer und trat ans Klavier. »Weil ich nach Mexiko fahre, um Anne zu sehen.«

»Ja – wirklich?« sagte sie lächelnd. Das Glück dieses ersten Morgens mit ihm hatte gesiegt. »Du reist dir was zurecht, Junge!«

»Willst du nicht mitkommen?« sagte er über die Schulter und begann, eine Sarabande zu spielen, die er als Kind gelernt hatte.

»Nach Mexiko – keine zehn Pferde kriegen mich nach Mexiko!« sagte sie in gespieltem Entsetzen. »Aber vielleicht kannst du Anne dazu bringen, daß sie mich auf dem Rückweg besucht.«

»Ja, vielleicht.«

Sie trat zu ihm und legte ihm behutsam die Hände auf die Schultern. »Ach Guy – manchmal denke ich, du bist doch wieder glücklich – und immer in den merkwürdigsten Augenblikken.«

5

Was ist los? Bitte schreib mir doch sofort. Oder noch besser, ruf mich mit R-Gespräch an. Wir bleiben noch zwei Wochen hier im Ritz. Du hast mir schrecklich gefehlt auf der Reise; zu schade, daß wir nicht zusammen fliegen konnten, aber ich verstehe schon. Ich wünsche Dir so sehr alles Gute, in jedem Augenblick, mein Herz. Dies muß und wird vorübergehen. Was auch passiert, erzähle es mir und laß uns klarsehen. Oft habe ich das Gefühl, daß Du das nicht tust (klarsehen meine ich).

Du bist so nahe – es ist wirklich absurd, daß Du nicht für einen Tag oder so herkommen kannst. Ich brauche Dich sehr, und die Familie würde sich auch freuen. Darling, die Zeichnungen sind fabelhaft, und ich bin so schrecklich stolz auf Dich, daß ich sogar den Gedanken ertragen kann, daß Du in den kommenden Monaten nicht bei mir bist, weil Du ja diese Bauten machen mußt. Dad war auch sehr beeindruckt. Wir sprechen viel von Dir.

Alles Liebe und Gute für Dich. Sei fröhlich, mein Liebes. A.

Das Telegramm, das Guy an Clarence Brillhart, den Manager des *Palmyra Clubs* richtete, lautete: *Umstände zwingen mich Auftrag abzulehnen. Aufrichtiges Bedauern und Dank für Hilfe und Ermutigung. Brief folgt.*

Plötzlich fielen ihm die Skizzen ein, die sie nun an Stelle von seinen verwenden würden – die billigen Imitationen à la Frank Lloyd Wright von William Harkness Ass. Schlimmer noch, dachte er, als er das Telegramm telefonisch aufgab, der Ausschuß würde vermutlich Harkness ersuchen, einige seiner Ideen zu kopieren, und das würde natürlich auch geschehen.

Er telegrafierte Anne, daß er Montag mit dem Flugzeug ankommen werde und mehrere Tage Zeit habe. Und weil es Anne gab, war es ihm völlig egal, wie viele Monate oder gar Jahre es dauern würde, bis er noch einmal einen so großen Auftrag wie die *Palmyra*-Sache erhielt.

6

An diesem Abend lag Charles Anthony Bruno in seinem Hotelzimmer in El Paso und versuchte, eine goldene Füllfeder auf der eingedrückten Nase zu balancieren. Er war zu rastlos, um schon ins Bett zu gehen, und nicht tatkräftig genug, um eine der Bars in der Umgebung aufzusuchen oder sich die Gegend anzusehen. Das hatte er den ganzen Nachmittag getan und festgestellt, daß ihm El Paso nicht gefiel. Auch zum Grand Canyon hatte er keine Lust. Viel besser gefiel ihm die Idee, die ihm vorgestern im Zug gekommen war. Schade, daß Guy ihn an dem Morgen nicht geweckt hatte. Nicht, weil er der richtige Mann für einen Mordplan war – er mochte ihn einfach, als Mensch. Mit Guy bekannt zu sein, das war etwas. Außerdem hatte Guy sein Buch liegenlassen, und das hätte er ihm zurückgeben können.

Der Ventilator an der Decke gab ein schwach sirrendes Geräusch von sich, weil einer der vier Flügel fehlte. Wären alle vier da, dachte er, dann wäre ihm kühler. Einer der Wasserhähne in der Toilette tropfte, das Lämpchen über dem Bett hing herunter, weil eine Klammer gebrochen war, und an der Schranktür sah man überall Fingerspuren. Und das im ersten Haus am Platz! In jedem Hotel, wo er jemals gewohnt hatte, war irgendwas nicht in Ordnung, manchmal nur eine Sache – warum bloß? Er war entschlossen, eines Tages das vollkommene Hotelzimmer zu finden, das wollte er dann kaufen, und wenn es in Südafrika lag.

Er setzte sich auf den Bettrand und langte nach dem Telefon. »Ich möcht ’n Ferngespräch.« Mit leeren Augen betrachtete er den rötlichen Schmutzfleck, den sein Schuh auf der weißen Bettdecke hinterlassen hatte. »Great Neck 166 ... ja, ja, Great Neck.« Er wartete. »In Long Island ... Herrgott, New York, haben Sie davon schon mal gehört?«

Nach knapp einer Minute war seine Mutter am Apparat.

»Ja, ich bin hier. Fährst du nun Sonntag? Ja, wär gut. Ja, die Eselstour hab ich gemacht, bin noch ganz erschossen ... Ja, den Canyon hab ich gesehen, 'türlich ... Okay, aber die Farben sind doch kitschig ... und wie geht's bei dir?«

Er fing an zu lachen. Er warf die Schuhe von sich und rollte sich lachend auf das Bett, den Hörer in der Hand. Sie erzählte ihm, wie sie nach Hause gekommen war und den Captain mit zwei neuen Freunden von ihr antraf – zwei Männern, die sie am Abend vorher kennengelernt hatte; sie hatten angenommen, der Captain sei ihr Vater, und hatten in der Unterhaltung immer genau das Falsche gesagt.

7

Auf einen Ellbogen gestützt, saß Guy im Bett und starrte auf den mit Bleistift adressierten Brief.

»Jetzt kann ich dich bloß noch einmal wecken und dann wieder lange Zeit gar nicht«, sagte seine Mutter.

Guy nahm den Brief aus Palm Beach in die Hand. »Vielleicht wird's gar nicht so lange sein, Mama«, sagte er.

»Wann geht dein Flugzeug morgen?«

»Ein Uhr zwanzig.«

Sie beugte sich über sein Bett und stopfte am Fußende die Decke fest ein. »Du hast wohl keine Zeit, Ethel schnell noch zu besuchen?«

»Aber ja, das tue ich noch, Mama.« Ethel Peterson gehörte zu den ältesten Freundinnen seiner Mutter; bei ihr hatte er die ersten Klavierstunden gehabt.

Der Brief aus Palm Beach kam von Mr. Brillhart. Guy hatte den Auftrag erhalten. Mr. Brillhart hatte den Ausschuß sogar zu den Patentfenstern überreden können.

»Ich habe heute besonders starken Kaffee gemacht«, sagte seine Mutter auf der Türschwelle. »Möchtest du im Bett frühstücken?«

»Und ob!« Guy lächelte ihr zu.

Er las Mr. Brillharts Brief noch einmal sorgfältig durch, steckte ihn in den Umschlag und zerriß ihn langsam in kleine Stücke. Dann öffnete er den anderen Brief; er enthielt ein Blatt, mit Bleistift bekritzelt. Er lächelte noch einmal, als er die Unterschrift mit dem großen Schnörkel sah: Charles A. Bruno.

Lieber Guy, dieser Brief kommt von Ihrem Reisefreund. Sie entsinnen sich doch? Sie haben Ihr Buch in meinem Abteil liegenlassen, und ich habe eine Adresse in Texas darin gefunden, die sicher noch stimmt. Das Buch schicke ich Ihnen zu.

Es war mir eine große Freude, neulich mit Ihnen zu essen, und ich darf Sie nun hoffentlich zu meinen Freunden zählen. Es wäre sehr schön, wenn Sie nach Santa Fé kämen; falls Sie sich also doch noch entschließen, meine Adresse ist: Hotel La Fonda, *Santa Fé, Neu-Mexiko. Das gilt für die nächsten zwei Wochen mindestens.*

Ich denke immer noch an unsere Idee mit den beiden Morden. Sie ist großartig und unbedingt durchführbar. Bestimmt. Obwohl ich weiß, daß das Thema Sie nicht interessiert.

Was gab es Interessantes mit Ihrer Frau? Bitte schreiben Sie mir doch bald mal. Außer, daß mir in El Paso meine Brieftasche gestohlen wurde (direkt vor mir an der Bar), ist hier nichts Besonderes passiert. El Paso hat mir nicht gefallen, was Sie wohl verstehen werden.

Hoffentlich höre ich bald von Ihnen.

Ihr Freund
Charles A. Bruno.

Irgendwie gefiel Guy der Brief. »Maisflocken!« sagte er fröhlich zu seiner Mutter. »Die kriege ich da oben im Norden nie zum Frühstück.«

Er zog seinen alten Lieblingsschlafrock an, der für das Wetter eigentlich zu heiß war, und setzte sich im Bett zurecht mit dem *Metcalf Star* und dem wackligen Frühstückstablett.

Danach duschte er und zog sich an, als ob er heute etwas Besonderes vorhabe, aber es gab nichts. Gestern war er bei den Cartwrights gewesen. Normalerweise hätte er auch seinen alten Schulfreund Peter Wriggs aufgesucht, aber Peter hatte jetzt eine Stellung in New Orleans. Was Miriam wohl jetzt gerade machte? Vielleicht manikürte sie sich die Nägel oder spielte ein Brettspiel mit einem kleinen Mädchen aus der Nachbarschaft ... Miriam verfiel nie ins Brüten, wenn etwas schiefging ... Guy zündete sich eine Zigarette an.

Von unten kam ein weich klapperndes Geräusch. Seine Mutter oder die Köchin war beim Silberputzen und legte die einzelnen Teile Stück für Stück auf einen Haufen.

Warum war er bloß nicht schon heute nach Mexiko gefahren? Was hielt ihn noch hier? Sicher kam sein Onkel abends noch einmal, und vielleicht auch einige Bekannte seiner Mutter. Alle wollten ihn sehen. Seit seinem letzten Hiersein hatte der *Metcalf Star* eine Spalte über seine Arbeit gebracht: die Stipendien, den *Prix de Rome*, den er wegen des Krieges nicht hatte entgegennehmen können, das Warenhaus in Pittsburgh, das er entworfen hatte, und den kleinen Krankenhausbau der Chicagoer Klinik. In der Zeitung machte sich so etwas sehr eindrucksvoll.

Er hatte plötzlich Lust, sich an den Schreibtisch zu setzen und an Bruno zu schreiben, aber als er die Feder in der Hand hielt, wußte er nichts zu sagen. Er sah Bruno in dem rostbraunen Anzug vor sich, den Lederriemen der Kamera über der Schulter; er schleppte sich in Santa Fé einen staubigen Hügel hoch, lächelte mit schlechten Zähnen über irgendwas, hob unsicher den Fotoapparat und knipste. Bruno – tausend leicht erworbene Dollar in der Tasche – saß in einer Bar und wartete auf seine Mutter. Was hatte er Bruno zu schreiben? Er schraubte den Füllfederhalter wieder zu und warf ihn auf den Tisch.

»Mama?« rief er und lief nach unten. »Hast du nicht Lust, heute nachmittag ins Kino zu gehen?«

Seine Mutter meinte, sie sei in dieser Woche schon zweimal im Kino gewesen. »Du magst doch gar keine Filme«, neckte sie ihn.

»Doch, du, ich möchte wirklich gern gehen«, beharrte er fröhlich.

8

Gegen elf Uhr abends klingelte das Telefon. Seine Mutter nahm den Hörer ab und kam dann ins Wohnzimmer, wo er mit seinem Onkel, dessen Frau und den beiden Cousinen Ritchie und Ty zusammensaß.

»Ein Ferngespräch«, sagte sie.

Guy nickte. Das konnte nur Brillhart sein; sicher wollte er weitere Erklärungen haben. Seinen Brief hatte Guy heute beantwortet.

»Hallo, Guy«, sagte eine Stimme. »Hier Charley.«

»Welcher Charley?«

»Charley Bruno.«

»Oh – wie geht's? Vielen Dank für das Buch.«

»Ich hab's noch nicht abgeschickt, aber ich tu's noch«, sagte Bruno. »Kommen Sie nach Santa Fé?«

»Nein – ich glaube nicht, daß ich es schaffe.«

»Und wie ist es mit Palm Beach? Kann ich Sie da besuchen in ein paar Wochen? Ich würd's mir gern mal ansehen.«

»Tut mir leid, aber ... aus der Sache wird nichts. Ich hab's mir anders überlegt.«

»Wegen Ihrer Frau?«

»Nnnnein ...« Die Fragerei ärgerte Guy.

»Sie will, daß Sie bei ihr bleiben?«

»Eh ... ja, so ungefähr.«

»Miriam will mitkommen nach Palm Beach, was?«

Guy war erstaunt, daß Bruno den Namen behalten hatte.

»Mit der Scheidung sind Sie noch nicht durch, was?«

»Wird schon klappen«, sagte Guy knapp.

»Ja, das Gespräch geht auf meine Rechnung«, schrie Bruno irgend jemandem zu. Dann wieder in den Apparat: »Guy, hören Sie – haben Sie ihretwegen den Auftrag abgelehnt?«

»Nein, eigentlich nicht. Ist ja auch egal jetzt, die Sache ist aus.«

»Und Sie müssen mit der Scheidung bis nach der Geburt des Kindes warten?«

Guy schwieg.

»Der andere will sie nicht heiraten, was?«

»O doch, das will er. Bloß ...«

»Wirklich?« unterbrach ihn Bruno zynisch.

»Ich kann jetzt nicht weiterreden, wir haben Gäste. Gute Reise, Charley.«

»Wann können wir uns sprechen? Morgen?«

»Morgen bin ich nicht mehr hier. Ich fahre noch kurz nach Mexiko.«

»Ach.« Es klang unsicher. Dann kam die Stimme wieder, mürrisch-vertraulich: »Hören Sie zu, Guy: wenn Sie irgendwas erledigt haben wollen, brauchen Sie mir nur ein Zeichen zu geben.«

Guy runzelte die Stirn. In seinem Gehirn nahm eine Frage Form an, und fast gleichzeitig wußte er auch die Antwort. Er entsann sich Brunos Mordidee.

»Also – wollen Sie, Guy?«

»Gar nichts will ich. Verstanden?« Prahlereien eines Besoffenen, dachte er. Wozu sollte er ernsthaft darauf eingehen.

»Guy, ich mein's ernst.«

»Auf Wiedersehen, Charley.« Guy wartete, daß Bruno den Hörer auflegte.

»Das klingt aber nicht, als ob alles in Ordnung wäre«, sagte Bruno herausfordernd.

»Sagen Sie mal, was geht Sie das eigentlich an?«

»Guy!« Die Stimme klang weinerlich.

Guy wollte etwas sagen, aber es knackte im Apparat, die Leitung war unterbrochen. Im ersten Augenblick wollte er die Telefonistin bitten, den Anrufer festzustellen; dann zuckte er die Achseln. Besoffene Prahlereien. Es ärgerte ihn, daß Bruno seine Adresse hatte. Er fuhr sich heftig mit der Hand durchs Haar und ging zurück ins Wohnzimmer.

9

Alles, was er Anne von Miriam erzählt hatte, versank ins Nichts, als er jetzt neben ihr auf dem Kiesweg auf und ab ging. Er nahm beim Gehen ihre Hand und blickte sich in der Landschaft um, in der ihm alles fremd war: die breite, mit Riesenbäumen bestandene Prachtstraße – wie die Champs-Élysées, militärische Statuen auf Podesten und dahinter Gebäude, die er nicht kannte. Der Paseo de la Reforma. Anne schritt mit gesenktem Kopf neben ihm und versuchte, ihre Schritte seinen langen Beinen anzupassen. Ihr blaßblondes Haar, das am Hinterkopf von einem silbernen Reifen gehalten wurde, bewegte sich träge im Wind. Dies war der zweite Sommer, in dem er beobachtet hatte, wie die Sonne ihr Gesicht zu bräunen begann, so daß die Haut ungefähr der Haarfarbe glich. Das Gesicht wurde schnell dunkler, doch Guy hatte es am liebsten, wenn es so war wie jetzt: wie aus Weißgold gemacht.

Jetzt sah sie zu ihm auf. »Meinst du nicht, daß du etwas übereilt gehandelt hast, so eine große Sache einfach aufzugeben?«

Das ärgerte ihn; für ihn war der Fall erledigt. »Mit Miriam zusammen? Unter diesen Umständen? Nie im Leben. Ich kann sie nicht mehr ausstehen.«

»Das solltest du aber nicht sagen!«

»Es stimmt aber, ich kann sie nicht mehr ausstehen«, wiederholte er und starrte vor sich hin. »Manchmal verabscheue ich die ganze Welt. Es gibt keine Anständigkeit, kein Gewissen. Und Miriam ist genau das, was gemeint ist, wenn man sagt, daß Amerika nie erwachsen wird und daß Korruption hier noch belohnt wird. Frauen wie sie sehen sich schlechte Filme an oder spielen selbst darin mit, lesen kitschige Liebesgeschichten, wohnen in Bungalows, brechen in anderer Leute Ehen ein und treiben ewig ihre Männer an, damit sie dieses Jahr mehr verdienen und nächstes Jahr dann noch mehr auf Abzahlung kaufen können . . .«

»Guy, hör auf! Du redest ja wie ein Kind.« Sie tat einen Schritt von ihm weg.

»Und daß ich sie und alles an ihr einmal geliebt habe, macht mich ganz krank.«

Sie sahen sich an. Er hatte die Worte aussprechen müssen, hier und jetzt, die häßlichsten Worte, die es gab. Er suchte Annes Abwehr, er wollte darunter leiden, daß sie sich abwandte und ihn stehenließ. Sie hatte ihn schon ein- oder zweimal allein gelassen, als er unvernünftig gewesen war.

Jetzt sagte sie mit der fernen, ausdruckslosen Stimme, die ihn erschreckte, weil er fürchtete, sie könnte ihn verlassen und nie wiederkommen: »Manchmal habe ich das Gefühl, daß du sie noch immer liebst.«

Er lächelte, und sie sah es und wurde weich.

»Ach, Guy!« Sie streckte die Hand aus mit einer flehenden Gebärde, und er nahm sie. »Wenn du bloß erwachsen sein wolltest!«

»Ich hab mal irgendwo gelesen, daß man emotionell nicht mehr weiterwächst.«

»Es ist mir egal, was du gelesen hast, es ist jedenfalls falsch, das werde ich dir beweisen, und wenn es mein Tod wäre.«

Er fühlte sich plötzlich ganz sicher. »Was könnte ich jetzt noch denken?« fragte er halblaut.

»Daß du noch nie so nahe dran warst, frei zu sein, wie jetzt. Was meinst du denn, weiter noch denken zu müssen?«

Guy hob den Kopf. Oben auf einem Gebäude stand ein großes Leuchtzeichen: TOME XX, und er war plötzlich neugierig und wollte Anne fragen, was es bedeutete.

Er wollte sie fragen, warum alles so viel leichter und einfacher war, wenn er bei ihr war, aber sein Stolz ließ die Frage nicht zu, und es wäre ja auch doch nur eine rhetorische Frage gewesen, denn die Antwort war: Anne. So einfach war das. So war es seit dem Tag, da er sie kennengelernt hatte, im halbdunklen Keller des Kunstinstituts in New York. Es war ein Regentag, er war durchnäßt hereingekommen und hatte sich an das einzige Lebewesen gewandt, das er dort sah, einen roten chinesischen Regenmantel mit Kapuze, der sich umwandte und sagte: »Nach 9 A kommen Sie über den ersten Stock – Sie hätten gar nicht hier herunter zu kommen brauchen.« Sie hatte dazu lustig gelacht, und seine Wut legte sich sofort. Zentimeterweise hatte er zu lächeln gelernt, ganz langsam und scheu, mit einer Spur Verachtung, als er ihren kleinen neuen grünen Wagen sah. »Wenn man in Long Island wohnt, ist ein Wagen einfach vernünftiger«, hatte Anne gesagt. Die Tage, als er allem mit leichter Verachtung begegnete und mal hier, mal da einen Kursus belegte, waren einfach Experimente, um Sicherheit zu gewinnen, um zu wissen, daß er alles begriff und merkte, wie schnell er aufnehmen und wieder aufhören konnte. »Was stellst du dir vor, wie man ohne Hilfe da reinkommt? Die können dich doch immer noch jederzeit rausschmeißen«, hatte Anne gesagt, und er hatte schließlich auch verstanden, was sie meinte, und hatte ein Jahr lang die exklusive Architekten-Akademie von Deems in Brooklyn besucht, nachdem ihr Vater sich für ihn bei einem der Leiter verwendet hatte.

»Du, Guy«, sagte Anne nach einem langen Schweigen, »ich weiß ganz sicher, du hast es in dir, schrecklich glücklich zu sein.«

Er nickte, obgleich sie ihn nicht ansah. Aus irgendeinem Grunde schämte er sich. Anne hatte es in sich, glücklich zu sein. Sie war jetzt glücklich, sie war auch glücklich gewesen, bevor sie sich kannten, und wenn etwas ihr Glück manchmal für einen Augenblick trübte, so war es nur er und seine Probleme. Er würde auch glücklich sein, wenn er mit Anne zusammenlebte, und hatte ihr das auch gesagt, aber er brachte es nicht noch einmal heraus.

»Was ist das da?« fragte er. Sie waren im Chapultepec Park und standen vor einem großen runden Glashaus.

»Der Botanische Garten«, sagte Anne.

Drinnen war niemand zu sehen, nicht mal ein Wärter. Es

roch nach frischer warmer Erde. Sie schlenderten umher und lasen unaussprechliche Namen von Pflanzen, die aus fernen Ländern stammten. Anne hatte eine Lieblingspflanze, die sie seit drei Jahren beobachtete und immer wieder aufsuchte, wenn sie im Sommer mit ihrem Vater hier war.

»Bloß die Namen kann ich nicht behalten«, sagte sie.

»Nein – warum solltest du auch?«

Sie aßen zusammen mit Annes Mutter zu Mittag. Sie war eine schlanke Frau von rastloser Energie, so groß wie Anne, und sah für ihr Alter ebensogut aus wie ihre Tochter. Guy hatte sie sehr gern, weil sie ihn ebenfalls gern hatte. Zu Anfang hatte er mit den größten Schwierigkeiten von seiten der wohlhabenden Eltern gerechnet, aber seine Befürchtungen waren nicht eingetroffen, und allmählich hatte er sie vergessen. Am Abend gingen sie alle vier zu einem Konzert und aßen hinterher noch gemeinsam in einem Restaurant zu Abend. Annes Eltern bedauerten, daß er nicht den Sommer über mit ihnen in Acapulco bleiben konnte. Ihr Vater war Importeur und wollte an den Docks dort ein Lagerhaus bauen.

»Ein Lagerhaus wird ihn kaum interessieren, wenn er einen ganzen Country Club baut«, sagte die Mutter lächelnd.

Guy schwieg und vermied Annes Blick. Er hatte sie gebeten, solange er noch da war, ihren Eltern nichts von seiner Ablehnung zu sagen. Wo würde er nächste Woche sein? Er konnte nach Chicago fahren und dort noch ein paar Monate an der Hochschule arbeiten. Seine Sachen hatte er in New York gelassen, wo seine Wirtin auf Nachricht wartete, ob sie sein Apartment vermieten könne oder nicht. In Chicago konnte er den großen Architekten Saarinen in Evanstone aufsuchen und Tim O'Flaherty, einen jungen, noch unberühmten Architekten, von dem Guy viel hielt. Vielleicht bekam er auch ein paar Aufträge in Chicago. New York ohne Anne: daran mochte er nicht denken. Er wollte jetzt mit ihr noch einen Abendspaziergang machen, aber sie bestand darauf, daß er erst mit ihr ins *Ritz* kam und den seidenen Morgenmantel besah, den sie für ihren Vetter Teddy gekauft hatte und abschicken wollte. Danach war es dann zu spät für einen Spaziergang.

Er wohnte im Hotel *Montecarlo*, etwa zehn Straßen vom *Ritz* entfernt; es war ein großes, schäbiges Gebäude, das aussah wie der frühere Wohnsitz eines Generals.

Die weite Einfahrt hatte einen schwarz-weiß gekachelten Boden wie ein Badezimmer; dahinter lag die große dunkle Hotelhalle, ebenfalls gekachelt, eine kleine grottenartige Bar und ein immer leeres Restaurant. Rund um den Patio lief eine Marmortreppe, die Guy gestern hinter dem Pagen hinaufgestiegen war. Durch die offenstehenden Türen und Fenster hatte er zwei Japaner beim Kartenspiel gesehen, eine Frau beim Gebet, mehrere Leute, die Briefe schrieben oder einfach herumstanden mit einem merkwürdigen Ausdruck von Gefangensein. Über dem ganzen Haus lag eine Art männliche Düsternis, eine unwägbare übernatürliche Aura. Guy hatte das Haus sofort gefallen, obgleich Anne und ihre Eltern ihn damit neckten. Sein billiges kleines Hinterzimmer war angefüllt mit rosa und braun gestrichenen Möbeln, das Bett sah aus wie ein eingefallener Kuchen, und das Bad lag hinten auf dem Flur. Irgendwo unten im Patio tropfte dauernd Wasser, und die sporadischen Spülgeräusche in den Toiletten hörten sich wie Wolkenbrüche an.

Guy kam vom Ritz zurück und legte seine Armbanduhr – ein Geschenk von Anne – auf das rosa Nachttischchen, Brieftasche und Schlüssel auf den zerkratzten braunen Schreibtisch, wie er es zu Hause auch getan hätte. Er war rundum zufrieden, als er dann ins Bett stieg, vor sich die mexikanischen Zeitungen und ein Buch über englische Architektur, das er nachmittags in der Buchhandlung entdeckt hatte. Nach einem erneuten Anlauf zum Spanischen legte er den Kopf zurück und ließ seinen Blick im Zimmer herumwandern, wobei er auf die gedämpften rattenähnlichen Geräusche menschlichen Lebens aus dem ganzen Hause horchte. Was mochte es sein, das ihn hier anzog? Gefiel er sich etwa in einer schäbigen, unbequemen und unwürdigen Umgebung? Oder wollte er sich vor Miriam verstecken? Zu finden war er hier gewiß schwerer als im *Ritz*. Am nächsten Morgen rief Anne an; es war ein Telegramm für ihn gekommen. »Ich hab zufällig gehört, wie sie dich hier an der Rezeption ausriefen«, sagte sie. »Sie wollten es schon zurückgehen lassen.«

»Würdest du es mir bitte vorlesen?«

»Ja. ›Miriam hatte gestern Fehlgeburt. Sehr bekümmert und möchte dich sehen. Kannst du herkommen? Mama.‹ – Oh, Guy!«

Zorn und Übelkeit stiegen in ihm hoch. »Das hat sie selbst gemacht«, brachte er hervor.

»Das kannst du nicht wissen, Guy.«

»Ich weiß es.«

»Meinst du nicht, du solltest hinfahren?«

Seine Finger schlossen sich fester um den Hörer. »Jedenfalls kann ich mich jetzt wieder um den *Palmyra*-Auftrag bemühen«, sagte er. »Wann ist das Telegramm aufgegeben worden?«

»Am neunten. Dienstag um 16 Uhr.«

Er gab ein Telegramm an Mr. Brillhart auf mit der Anfrage, ob er sich doch noch um den Auftrag bewerben dürfe. Zweifellos würde das in Ordnung gehen, aber wie blödsinnig stand er da, und nur wegen Miriam. Er schrieb ihr:

Ich kann jetzt keine Rücksicht mehr nehmen und werde die Scheidung einleiten. Ich komme auf ein paar Tage nach Texas. Hoffentlich bist du dann wieder wohlauf; wenn nicht, kann ich das Nötige auch allein unternehmen. Ich wünsche dir baldige Genesung. Guy. P. S. Bis Sonntag erreichst du mich unter dieser Adresse.

Den Brief sandte er mit Luftpost und Eilboten. Dann rief er Anne an. Er wollte sie abends ins beste Restaurant der Stadt einladen, und anfangen wollte er mit den exotischen Cocktails, und zwar mit sämtlichen.

»Bist du wirklich glücklich?« fragte Anne lachend, als könne sie es kaum glauben.

»Ja, glücklich und irgendwie fremd. *Muy extranjero.*«

»Wieso?«

»Weil ich eigentlich nie richtig daran geglaubt habe, daß es für mich in den Sternen stand, daß es für mich bestimmt war – das *Palmyra,* meine ich.«

»Ich wohl. Ich habe daran geglaubt.«

»Ja, du!«

Er erwartete eigentlich keine Antwort von Miriam; doch Freitagmorgen, als er mit Anne in Xochimilco war, hatte er das Gefühl, er müsse sein Hotel anrufen und nach Post fragen. Ein Telegramm lag für ihn da. Er bat den Empfangschef, es ihm vorzulesen. »›Muß dich unbedingt sprechen. Bitte komme bald. Herzlichst Miriam.‹«

»Sie wird Schwierigkeiten machen«, sagte Guy, nachdem er Anne davon berichtet hatte. »Ganz bestimmt. Der andere Mann wird sie nicht heiraten wollen. Er hat schon eine Frau.«

»Ach.«

Er sah sie an und wollte etwas sagen – wieviel Geduld sie mit ihm, mit Miriam, mit allem habe. »Komm, laß uns nicht mehr daran denken«, sagte er froh und schritt schneller aus.

»Willst du nun zurückfahren?«

»Nein, bestimmt nicht. Montag vielleicht oder Dienstag. Diese paar Tage will ich hier bei dir sein. Ich brauche erst in acht Tagen in Florida zu sein. Das heißt, wenn sie sich an die ersten Pläne halten.«

»Jetzt wird Miriam nicht mehr darauf bestehen, dich begleiten zu wollen, oder?«

»Nächste Woche um diese Zeit«, gab er zurück, »wird sie keinerlei Ansprüche mehr an mich haben.«

10

Im Hotel *La Fonda* in Santa Fé saß Elsie Bruno an ihrem Frisiertisch und rieb mit Watte die Nachtcreme von ihrem Gesicht. Ab und zu beugte sie sich vor, um im Spiegel das feine Netz unter den Augenlidern zu prüfen.

»Das Licht hier – wie eine Röntgenlampe«, meinte sie zu Bruno, der im Pyjama zusammengesunken in einem Ledersessel hockte.

Er warf aus verschwollenen Augen einen Blick auf das Fenster; zum Aufstehen und Herunterziehen des Rollos war er zu müde. »Du siehst gut aus, Mama«, krächzte er. Er brachte seine Lippen an den Rand des Wasserglases, das er gegen die unbehaarte Brust hielt, und zog grübelnd die Stirn zusammen.

Wie eine Riesenwalnuß in den zittrig schwachen Pfoten eines Eichhörnchens drehte sich seit Tagen eine Idee in seinem Kopf, größer und näher als je zuvor. Sobald seine Mutter abgereist war, wollte er die Schale öffnen und sich die Idee richtig vornehmen. Sie hieß Miriam, und er wollte sie packen. Es war soweit. Wenn er Guy helfen wollte, mußte es jetzt geschehen. In ein paar Tagen oder in einer Woche war es vielleicht für den *Palmyra*-Auftrag zu spät, dann brauchte er es nicht mehr.

Im Gesicht, fand Elsie, hatte sie schon ein bißchen zugenommen. Über die Lachfältchen ging sie mit einem Lächeln hinweg und legte blinzelnd den blonden Lockenkopf in den Nacken.

»Du, Charley, ich denke, ich kaufe mir heute morgen den Silbergürtel.« Die Worte klangen beiläufig, als spräche sie zu sich selbst. Es war ein erstklassiger Gürtel; er sollte etwas über zweihundertfünfzig Dollar kosten, aber – so ging der Monolog weiter – Sam wollte ihr noch tausend nach Kalifornien schicken.

»Na ja, wozu ist er sonst schon gut?« murmelte Bruno.

Elsie nahm ihre Badekappe vom Tisch und wandte sich mit dem immer gleichbleibenden strahlenden Lächeln zu ihrem Sohn um. »Darling«, sagte sie schmeichelnd.

»Hm-mmm?«

»Du wirst doch lieb sein und nichts Böses anstellen, wenn ich fort bin, nein?«

»Nein, Mama.«

Sie stülpte sich die Badekappe aufs Haar, besah sich einen langen roten Fingernagel und griff nach der Sandpapierfeile. Fred Wiley wäre gewiß selig, wenn er ihr den Silbergürtel kaufen dürfte – vermutlich kam er sowieso zum Bahnhof und brachte ihr irgendeine Scheußlichkeit, die doppelt soviel kostete –, aber sie hatte keine Lust, Fred in Kalifornien am Hals zu haben. Wenn sie ihn nur im geringsten ermutigte, kam er mit. Nein, es war viel besser, wenn er ihr hier auf dem Bahnsteig ewige Liebe schwor, eine Träne vergoß und dann heimging zu seiner Frau.

»Du, es war wirklich furchtbar nett gestern abend«, sagte sie. »Fred hat's zuerst gesehen.« Sie lachte, und die Sandpapierfeile fiel ihr aus der Hand.

»Ich hatte nichts damit zu tun«, sagte Bruno ablehnend.

»Na schön, Darling, du hattest nichts damit zu tun.«

Bruno verzog den Mund. Um vier Uhr morgens hatte ihn seine Mutter geweckt, halb hysterisch, und gesagt, im Plaza sitze ein toter Bulle. Auf einer Bank, mit Hut und Mantel und einer Zeitung vor sich. Typisch für Wilsons Art von Humor – wie ein Schüler. Wilson redete bestimmt heute noch den ganzen Tag davon, das wußte Bruno, um die Sache auszuschmücken, bis ihm etwas noch Blöderes einfiel. Er selber hatte gestern abend in der Hotelbar einen Mord geplant – während Wilson sich mit einem toten Bullen befaßte. Wilson hatte noch nie, nicht mal in seinen übertriebenen Kriegsstories, behauptet, jemand umgebracht zu haben – nicht mal einen Japsen. Gegen zehn waren Fred Wiley und ein Haufen anderer Idioten in der

Placita erschienen, halb besoffen, und hatten seine Mutter zu einer Party abgeholt. Ihn hatten sie auch mitnehmen wollen, aber er hatte behauptet, verabredet zu sein. Er wollte Zeit zum Nachdenken haben. Und gestern abend hatte er es dann beschlossen. Er hatte schon seit Sonnabend, seit dem Gespräch mit Guy, darüber nachgedacht; jetzt war bald wieder Sonnabend, und morgen mußte es geschehen, wenn seine Mutter nach Kalifornien abgereist war. Morgen oder nie. Er hatte es satt, die ewig bohrende stille Frage, ob er es fertigbrachte. Er wußte, er konnte es. Etwas in ihm drängte und sagte, Zeit, Umstände und Gelegenheit seien jetzt so günstig wie nie. Ein Mord ohne jedes persönliche Motiv! Die Aussicht, daß Guy seinen Vater umbrachte, ließ er als Motiv nicht gelten, denn das war noch nicht sicher. Vielleicht ließ sich Guy dazu überreden, vielleicht auch nicht. Wichtig war nur, daß er jetzt handeln mußte, weil alles so prima paßte. Er hatte gestern abend noch einmal in Guys Wohnung angerufen, um sicher zu sein, daß er noch nicht aus Mexiko zurück war. Ihm war, als drücke ein Daumen unten auf seine Kehle; er riß am Kragen, aber die Pyjamajacke stand weit offen. Gedankenverloren schloß er die Knöpfe.

»Und du willst wirklich nicht mitkommen?« fragte seine Mutter und stand auf. »Wenn du mitkämst, würde ich rauffahren nach Reno. Helen ist jetzt da und George Kennedy auch.«

»Ich würd dich gern in Reno sehen, aber nur zu einem einzigen Zweck, Mama.«

»Ach, Charley.« Sie legte den Kopf auf die Seite und hob ihn wieder. »Kannst du nicht ein bißchen Geduld haben? Wenn Sam nicht wäre, säßen wir nicht hier.«

»O doch.«

Sie seufzte. »Du kommst also nicht mit?«

»Mir gefällt's hier«, sagte er mit leichtem Aufstöhnen.

Sie besah sich wieder ihre Nägel. »Ich höre immer nur, wie langweilig du es findest.«

»Nur mit Wilson. Ich hab genug von ihm.«

»Du willst doch nicht schon wieder nach New York zurück?«

»Was soll ich denn in New York?«

»Grannie wäre schwer enttäuscht, wenn du ihr dies Jahr wieder einen Strich durch die Rechnung machtest.«

»Ich hab doch noch nie eine Rechnung von ihr gesehen«, scherzte Bruno mit einiger Mühe. Ihm war plötzlich sterbensübel, viel zu übel zum Erbrechen. Er kannte das, es dauerte nur eine Minute, aber, lieber Gott, flehte er, laß bloß keine Zeit mehr sein zum Frühstück vor ihrer Abfahrt, laß sie bloß kein Wort vom Frühstück sagen. Er machte sich steif und rührte keinen Muskel, die Lippen waren geöffnet, er atmete kaum und hielt ein Auge geschlossen; mit dem andern sah er seine Mutter im hellblauseidenen Morgenmantel auf sich zukommen. Sie lächelte.

»Was habt ihr beide vor, du und Wilson?«

»Dieser Blödian?«

Sie setzte sich zu ihm auf die Armlehne und schüttelte ihn leicht. »Nur weil er dir die Schau stiehlt. Ich bitte dich, Darling, stell nichts Schlimmes an, ja? Ich habe im Augenblick wirklich nicht das Geld, um hinterher alles wieder in Ordnung zu bringen.«

»Dann laß dir was von ihm geben. Und gleich tausend für mich mit.«

»Ach, Darling.« Sie drückte ihre kühlen Finger an seine Stirn. »Du wirst mir fehlen.«

»Ich komm ja nach – wahrscheinlich übermorgen.«

»Du, dann wollen wir uns amüsieren in Kalifornien, was?«

»Ja, bestimmt.«

»Warum bist du heute morgen so ernst?«

»Bin ich ja gar nicht, Mama.«

Sie zog ihn an den dünnen Haaren, die ihm in die Stirn hingen, und verschwand im Bad.

Drinnen rauschte das Badewasser. Bruno sprang auf und rief laut: »Mama, für meine Rechnung hier hab ich Geld genug!«

»Was sagst du, mein Herz?«

Er trat nahe an die Tür und wiederholte seine Worte, dann sank er erschöpft in den Sessel zurück. Seine Mutter sollte von den Ferngesprächen nach Metcalf nichts erfahren. Wenn er das verhindern konnte, war alles im Lot. Sie schien sich nicht viel daraus zu machen, daß er nicht mitkam. Eigentlich gar nichts. Ob sie diesen Kerl, diesen Fred Wiley unterwegs treffen wollte? Bruno zog sich in die Höhe; ein Widerwillen gegen Fred Wiley begann in ihm aufzusteigen. Er hätte seiner Mutter gern erzählt, daß er in Santa Fé zurückblieb, um etwas ganz Einmaliges zu unternehmen, die größte Tat seines Lebens. Sie würde da drinnen bestimmt nicht so ruhig baden und das Wasser laufen lassen, ohne sich um ihn zu kümmern, wenn sie eine Ahnung hätte. Er hätte ihr gern gesagt: Mama, paß mal auf, bald wird es uns viel besser gehen als jetzt, denn jetzt fängt es erst richtig an, und bald sind wir den Captain los. Ob Guy seinen Anteil an dem Vertrag erfüllte oder nicht – wenn er selbst die Sache mit Miriam erledigte, hatte er etwas vollbracht. Den perfekten Mord. Irgendwann später einmal kam dann jemand anders, einer, den er heute noch gar nicht kannte, und mit dem kam er dann vielleicht zu einer Abmachung. In plötzlicher Unruhe drückte Bruno das Kinn auf die Brust. Wie sollte er es seiner Mutter beibringen. Ein Mord lag nicht auf ihrer Linie. Wie unheimlich! würde sie sagen. Verstört, mit fernem Blick sah er die Badezimmertür an. Es war ihm klargeworden, daß er niemals zu jemand davon sprechen konnte. Außer zu Guy. Er setzte sich wieder.

»Hallo, Schlafmütze!«

Er blinzelte, als sie in die Hände klatschte, und lächelte dann. Allerhand würde geschehen, dachte er dumpf, bevor er sie wiedersah. Er beobachtete, wie sie die Beine spannte, als sie jetzt die Strümpfe anzog. Immer freute er sich, war er geradezu stolz, wenn er die schlanken Linien ihrer Beine sah. Die schönsten Beine, die er je gesehen hatte, ob jung oder alt. Ziegfeld hatte sie entdeckt, und der verstand was davon. Aber sie hatte dann geheiratet und war genau zu dem Leben zurückgekehrt, vor dem sie früher davongelaufen war. Bald würde er sie daraus befreien, nur ahnte sie es noch nicht.

»Hier – vergiß nicht, das zur Post zu bringen!« sagte sie.

Bruno fuhr zusammen, als die beiden Schlangenköpfe auf ihn zukamen. Sie waren auf einen Schlipshalter montiert, den seine Mutter für den Captain gekauft hatte, er bestand aus ineinandergewundenen Kuhhörnern, auf denen oben zwei ausgestopfte kleine Klapperschlangenköpfe saßen, die einander über einem Spiegel die Zungen herausstreckten. Der Captain haßte solche Halter, er haßte auch Schlangen, Hunde, Katzen, Vögel – was haßte er eigentlich nicht? Ganz gewiß würde er diesen Schlipshalter ekelhaft finden, deshalb hatte Bruno seine Mutter zu dem Kauf überredet – was allerdings nicht schwer gewesen war, dachte er mit einem liebevollen Blick auf das monströse Ding.

11

Herrgott, der verdammte Pflasterstein. Bruno flog am ganzen Körper, fast wäre er lang hingeschlagen. Gott sei Dank war er in einem kleinen Seitenweg umgefallen und nicht auf der großen Straße, sonst hätten ihn womöglich die Cops zu fassen gekriegt und er hätte den Zug verpaßt. Er blieb stehen und suchte nach seiner Brieftasche, was er vorhin schon einmal getan hatte, nur suchte er jetzt noch viel hastiger. Die Hände zitterten so, daß er kaum die Abfahrtszeit auf seiner Fahrkarte – zehn Uhr zwanzig – lesen konnte. Jetzt war es acht Uhr zehn auf mehreren Uhren ringsum. Vorausgesetzt, daß heute Sonntag war. Na klar war Sonntag, alle Indianer hatten saubere Hemden an. Er sah sich nach Wilson um; gestern hatte er ihn den ganzen Tag nicht gesehen, und jetzt war er wohl kaum schon aufgestanden. Bruno wollte nicht, daß Wilson etwas von seiner Abreise erfuhr.

Plötzlich lag die Plaza vor ihm. Überall sah man Hühner und Kinder und die üblichen alten Männer, die piñones zum Frühstück verzehrten. Er fing an, die Säulen am Gouverneurspalast zu zählen, um zu sehen, ob er bis siebzehn zählen konnte. Ja, er konnte. Nur die Entfernung konnte er nicht gut abschätzen. Abgesehen von dem üblen Katzenjammer taten ihm auch noch alle Glieder weh, weil er auf den Pflastersteinen geschlafen hatte. Warum hatte er bloß gestern abend so viel getrunken, dachte er, den Tränen nahe. Er war eben allein gewesen, und allein trank er immer viel mehr. Stimmte das auch? Ach was, wen ging das was an. Ein blendender Gedanke fiel ihm ein, der ihm gestern abend beim Fernsehen gekommen war: *Betrunken muß man die Welt betrachten.* Alles war dazu geschaffen, mit trunkenen Augen angesehen zu werden. Und jedenfalls nicht mit solchen Kopfschmerzen, wie er sie im Augenblick hatte.

Er hatte den letzten Abend in Santa Fé feiern wollen. Heute würde er nach Metcalf kommen, da mußte er seine fünf Sinne zusammen haben. Schließlich hatte er noch nie einen Kater gehabt, der nicht mit ein paar Drinks zu überwinden war. Vielleicht konnte ihm ein Kater sogar nützen; er war dann vorsichtig und machte alles langsamer als sonst. Immerhin, es war noch nichts geplant für heute. Er konnte im Zug Pläne machen.

»Post für mich da?« fragte er mechanisch an der Rezeption, aber es war nichts da.

Er badete mit Genuß und ließ sich von unten heißen Tee und ein rohes Ei kommen, um sich eine Prärieauster zu machen; dann trat er an den Schrank und blieb lange stehen, weil er nicht wußte, was er anziehen sollte. Schließlich nahm er den rostbraunen Anzug, Guy zu Ehren. Der war auch einigermaßen unauffällig; und der Gedanke, daß er ihn vielleicht deshalb ausgesucht hatte, gefiel ihm. Er goß die Prärieauster hinunter, ohne daß sein Magen aufbegehrte, und reckte die Arme; doch plötzlich war ihm alles unerträglich – die indianischen Dekorationen im Zimmer, die verrückten Zinnlampen und die bunten Streifen an den Wänden; es schüttelte ihn, in wilder Hast begann er seine Sachen zu packen. Wozu eigentlich? Er brauchte ja gar nichts, bloß das Stück Papier, auf dem alles notiert war, was er über Miriam in Erfahrung gebracht hatte. Er versicherte sich, daß der Zettel nach wie vor in seiner Brieftasche war, und steckte sie wieder ins Jackett zurück. Richtig wie ein Geschäftsmann, dachte er erfreut. Nachdem er noch das Taschentuch in seiner Brusttasche ausgewechselt hatte, ging er hinaus und schloß die Tür ab. Wenn er einen Schlafwagen für die Rückfahrt bekam, konnte er morgen abend schon wieder da sein. Heute abend!

Er konnte es kaum glauben, als er jetzt zur Bushaltestelle ging, wo man den Bus zur Endstation der Eisenbahn nehmen mußte. Er hatte sich vorgestellt, er werde glücklich und aufgeregt sein – vielleicht auch ruhig und entschlossen – und beides traf nicht zu.

Er runzelte die Stirn; das bleiche Gesicht mit den Schatten unter den Augen sah jetzt viel jünger aus. Ob irgend etwas passieren konnte, das ihm einen Strich durch die Rechnung machte? Aber was? Eigentlich war noch jedesmal etwas dazwischengekommen, das ihm den Spaß an allem verdarb, was er sich vorgenommen hatte. Diesmal durfte es nicht so kommen. Er zwang sich zum Lächeln. Vielleicht war es der Kater, der ihm solche Zweifel eingab. Er ging in eine Bar und kaufte bei dem Barkeeper, den er kannte, einen halben Liter Whisky, füllte sein Taschenflakon und bat um eine leere Flasche für den Rest. Der Barkeeper suchte, aber er fand keine.

Später ging er zum Bahnhof mit nichts als der halbleeren

Flasche in der Hand, die er in einer Tragetüte trug. Nicht mal eine Waffe hatte er bei sich. Er hatte noch immer keinen Aktionsplan, aber schließlich hing der Erfolg eines Mordes nicht von großen Plänen ab.

»Mensch, Charley! Wo willst du denn hin?«

Wilson mit einem Haufen anderer Leute kam auf ihn zu. Anscheinend waren sie gerade aus einem Zug gestiegen. Sie sahen müde und erschöpft aus.

»Wo warst du denn die letzten Tage?« fragte Bruno.

»In Las Vegas. Hab's erst gemerkt, als ich da war, sonst hätte ich gefragt, ob du mit wolltest. Hier, das ist Joe Hanover, ich hab dir von ihm erzählt.«

»Tag, Joe, ich muß meinen Zug erwischen!« Der Zug stand bereits da.

»Wo willst du hin?« fragte Wilson mit einem Stirnrunzeln, das die schwarzen Augenbrauen zusammenschob.

»Ich bin in Tulsa mit jemand verabredet«, sagte Bruno. Er stand wie auf Kohlen, ihm war zum Heulen zumute. Zu gern hätte er Wilsons schmutziges rotes Hemd mit den Fäusten bearbeitet.

Wilson machte eine Bewegung mit der Hand, als wolle er Bruno wie einen Kreidestrich auf der Tafel wegwischen. »Tulsa!«

Bruno lächelte gezwungen und wandte sich um. Er ging weiter in der Erwartung, daß die andern ihm folgen würden. Am Zug sah er sich um; die kleine Gruppe rollte geschlossen aus dem Sonnenlicht in die Dunkelheit unter dem Bahnhofsdach. Er zog die Stirn zusammen. Sahen sie nicht aus wie Verschwörer, alle so dicht beieinander? Hatten sie einen Verdacht? Flüsterten sie schon über ihn? Er bestieg den Zug, der sich in Bewegung setzte, bevor er seinen Platz gefunden hatte.

Als er aus dem Halbschlaf erwachte, hatte sich draußen die Welt verändert; der Zug jagte seidenleicht durch blaukühle Berglandschaft. Die dunkelgrünen Täler waren voller Schatten, der Himmel grau. Der klimagekühlte Zug und die Frische draußen wirkten wie eine Eiskompresse.

Ein wunderbares und nie gekanntes Gefühl stieg in ihm hoch, als ihm klarwurde, was er sich vorgenommen hatte. Er war im Begriff, einen Mord zu begehen, womit er nicht nur einen jahrelang gehegten Wunsch in die Tat umsetzen, sondern auch noch einem Freund aus der Klemme helfen würde. Vor allem das letztere war wichtig. Das auserkorene Opfer hatte sein Schicksal verdient, und wenn er an die vielen anständigen Männer dachte, die er davor bewahrte, von dieser Frau zur Verzweiflung getrieben zu werden, dann war das, was er vorhatte, direkt eine gute Tat. Ihm wurde fast schwindlig bei dem Gedanken an die Größe seiner Aufgabe. Er hockte auf der Kante seines Sitzes und wünschte, Guy säße ihm gegenüber. Aber Guy würde nur versuchen, ihm seinen Plan auszureden, das wußte er. Wenn nur der Zug etwas schneller fahren würde! All seine Muskeln juckten und zuckten.

Er nahm den Zettel mit den Notizen über Miriam aus seiner Brieftasche und las alles noch einmal sorgfältig durch. *Miriam Joyce Haines, etwa zweiundzwanzig*, stand da in sauberen, mit Tinte geschriebenen Buchstaben. *Hübsch. Rothaarig. Rundlich und nicht sehr groß. Schwanger, wahrscheinlich schon sichtbar. Laut und lebhaft, richtige Betriebsnudel. Vermutlich auffallend und etwas billig angezogen.* Viel war das nicht, aber mehr hatte er nicht. Wenigstens gut, daß sie rote Haare hatte. Aber ob er es wirklich heute abend erledigen konnte? Es hing davon ab, ob er sie bald fand. Vielleicht mußte er sich erst durch alle möglichen Joyces und Haines' hindurchfinden. Vielleicht wohnte sie bei ihrer Familie. Wenn er sie vor Augen hatte, würde er sie bestimmt erkennen! Ordinäres kleines Stück! Schon jetzt haßte er sie. Er dachte an den Augenblick, da er sie sehen und erkennen würde, und seine Füße zuckten erwartungsvoll. Leute kamen und gingen durch den Mittelgang, aber Bruno sah nicht von seiner Zeitung auf.

Sie bekommt ein Kind, sagte Guys Stimme. So ein Flittchen! Leichtfertige Frauen machten Bruno rasend, oft geradezu krank, wie früher die Freundinnen seines Vaters, die alle seine Schulferien in Alpträume verwandelt hatten, weil er nicht wußte, ob seine Mutter im Bilde war und nur so tat, als sei sie glücklich, oder ob sie keine Ahnung hatte. Er wiederholte sich jedes Wort seiner Unterhaltung mit Guy im Zug; es brachte ihm Guy wieder nahe. Guy war der beste Mensch, den er je getroffen hatte. Er hatte den Auftrag in Palm Beach verdient, und er sollte ihn auch behalten. Bruno wünschte, er könnte es sein, der Guy mitteilte, daß der Auftrag immer noch sein war.

Als Bruno schließlich die Zeitung in die Tasche steckte und

sich bequem zurücklehnte, ein Bein über das andere gelegt, die Hände auf dem Knie verschränkt, hätte ihn jeder für einen jungen Mann von Charakter und Verantwortungsgefühl gehalten, wahrscheinlich sogar für einen Mann mit Zukunft. Er sah zwar nicht allzu gesund aus, aber auf seinen Zügen stand Sicherheit und eine innere Zufriedenheit, die auf wenigen Gesichtern zu finden war und niemals zuvor bei Bruno. Sein Leben war bisher weg- und steglos verlaufen, ein Suchen ohne Richtung, ein Finden ohne Sinn. Es hatte Krisen gegeben – er liebte Krisen und konstruierte sie häufig zwischen seinen Freunden oder seinen Eltern –, aber er hatte sich immer rechtzeitig zurückgezogen, um nicht Partei ergreifen zu müssen. Dies und die Tatsache, daß er manchmal selbst für seine Mutter, wenn sein Vater sie verletzt hatte, kein Mitgefühl aufbrachte, hatte seine Mutter zu dem Glauben geführt, er habe einen grausamen Zug, während sein Vater und viele andere ihn für absolut herzlos hielten. Und doch konnte die eingebildete Abweisung eines Fremden oder der Bescheid eines Freundes, den er im Abenddämmern anrief und der ihm sagte, er könne oder wolle nicht den Abend mit ihm verbringen, ihn in düstere Melancholie stürzen. Das wußte jedoch nur seine Mutter. Er löste sich aus den Krisen, weil er Freude daran fand, sich auch von der freudigen Erregung zu lösen. Er hatte so lange vergeblich nach dem Sinn des Lebens gesucht, so lange den dunklen Wunsch gehegt, eine Tat zu vollbringen, die dem Leben einen Sinn verlieh, daß ihm die Frustration jetzt – wie einem immer wieder unglücklich Liebenden – als der bessere Teil erschien. Das köstliche Gefühl irgendeiner Erfüllung würde ihm, das spürte er, nie zuteil werden. Und ebenso hatte er nie den Mut, entschlossen nach einer Richtung, einer Hoffnung zu suchen. Aber die Energie für einen weiteren Tag hatte er immer gehabt, auch wenn der Tod ihm nichts Schreckliches bedeutete. Tod: das war nichts als ein unversuchtes Abenteuer. Wenn der Tod ihn bei einer gefahrvollen Aufgabe überraschte – um so besser. Am nächsten war er ihm damals gewesen, als er mit verbundenen Augen auf einer geraden Straße einen Wagen fuhr und das Gaspedal bis zum Boden herunterdrückte. Den Warnschuß seines Freundes, der Stop bedeutete, hatte er nicht mehr gehört, weil er mit gebrochener Hüfte und ohne Bewußtsein im Graben lag. Manchmal langweilte ihn alles so sehr, daß er an dramatischen Selbstmord dachte. Es war ihm nie eingefallen, daß es ein Akt der Tapferkeit sein könne, dem Tod ohne Angst gegenüberzutreten, daß seine Resignation der Haltung der indischen Swamis ähnelte, daß zum Selbstmord eine bestimmte Art von Mut gehörte. Diesen Mut hatte er immer besessen. Er schämte sich sogar zuweilen, daß er jemals an Selbstmord dachte – er lag so nahe und war so gar nichts Besonderes.

Jetzt, im Zug nach Metcalf, hatte er ein Ziel vor Augen. So lebendig, so wirklichkeitsnah hatte er sich nicht gefühlt, seit er als Kind mit seinen Eltern nach Kanada gereist war – auch mit der Eisenbahn, das wußte er noch. Er hatte sich vorgestellt, in Quebec gäbe es viele Schlösser, die er alle besichtigen dürfte, und dann war nicht ein einziges Schloß da gewesen, sie hatten auch gar keine Zeit gehabt, eins zu suchen, weil die Mutter seines Vaters im Sterben lag. Das war der Grund ihrer Reise gewesen, und seitdem war er immer mißtrauisch gewesen, wenn es um den Zweck einer Reise ging. Nur bei dieser Reise war er voller Selbstvertrauen und Sicherheit.

Gleich nach der Ankunft in Metcalf ging er in eine Telefonzelle und sah im Buch alle Haines' nach. Eine Miriam Haines gab es nicht, das hatte er auch nicht erwartet. Unter Joyce fand er sieben Adressen, die er sich alle notierte. Drei hatten die gleiche Adresse, 1235 Magnolia Street; eine davon war Mrs. M. J. Joyce. Brunos Zunge fuhr nachdenklich über die Oberlippe. Das konnte sie sein. Vielleicht hieß die Mutter auch Miriam. Wenn er erst die Umgebung kannte, würde er mehr wissen. Miriam würde vermutlich nicht gerade in einer eleganten Gegend wohnen. Er trat aus der Zelle und ging schnell auf ein gelbes Taxi zu, das am Straßenrand hielt.

12

Es war fast neun. Die Dämmerung war in Nacht übergegangen; das Wohnviertel mit den kleinen, etwas schäbigen Holzhäusern lag im Dunkel, bis auf ein Licht hier und da, wo die Bewohner noch draußen auf der Veranda oder auf den Treppenstufen saßen.

»Hier ist es. Ich will hier raus«, sagte Bruno zu dem Fahrer. Er stieg aus und begann die Magnolia Street hinunterzuschlendern. Auf dem Gehweg stand ein kleines Mädchen und starrte ihn an. »Tag«, sagte Bruno laut und unsicher – sie sollte ihm aus dem Weg gehen.

»Tag«, sagte das Kind. Gleich eines der ersten Häuser hatte eine erleuchtete Veranda. Interessiert betrachtete er sich die Leute: ein dicker Mann, der sich Luft zufächelte, und zwei Frauen auf einer Schaukelbank. Entweder war er besoffener als er angenommen hatte oder er hatte einfach Glück; jedenfalls schien es ihm, als sei er gleich bei seinem ersten Versuch an die richtige Adresse geraten. Die Umgebung hier paßte genau zu dem Bild, das er sich von Miriam gemacht hatte. Er blieb stehen und zündete sich eine Zigarette an, erfreut, daß seine Hände nicht zitterten. Die halbe Flasche nach dem Lunch hatte seinen Kater vertrieben und ihn in eine ruhige, milde Stimmung versetzt. Rundherum zirpten die Grillen. Plötzlich bogen einige junge Leute um die Ecke; sein Herz schlug laut bei dem Gedanken, daß Guy unter ihnen sein könnte; aber natürlich war er es nicht. Er ging weiter.

»Alter Esel«, rief einer.

»Ich hab ihr gleich gesagt, mit so einem mach ich kurzen Prozeß, der nicht mal seinen Bruder . . .«

Bruno blickte sie hochmütig an. Es klang wie eine fremde Sprache – so redete Guy niemals.

Manche Häuser hatten keine Nummer. Wenn er nun 1235 gar nicht fand? Aber als er das Haus dann erreichte, sah er die Nummer ganz deutlich in Blechziffern über der vorderen Veranda. Ein kleiner, freudiger Schauer durchfuhr ihn. Diese Stufen mußte Guy viele Male hinaufgesprungen sein, dachte er, und das allein schon machte das Haus zu etwas Besonderem. Sonst unterschied es sich in nichts von den anderen Häusern auf der Straße, außer daß die gelbbraunen Fensterläden noch dringender einen Farbanstrich benötigt hätten. Der Eingangsweg lief an der Seitenfront entlang, und am Bordstein stand ein älteres Chevrolet-Coupé. Im Parterre brannte Licht, und ein Fenster im ersten Stock war erleuchtet. Miriams Zimmer? Aber warum wußte er das nicht? Guy hatte ihm anscheinend viel zu wenig gesagt.

Auf der Veranda des Nachbarhauses ging das Licht an. Schnell blickte Bruno hinüber. Ein Mann und eine Frau traten heraus, die Frau nahm auf der Schaukelbank Platz, der Mann ging den Plattenweg hinunter. Bruno versteckte sich in der Mauernische einer vorstehenden Garage.

»Nimm Pistazien, wenn sie kein Pfirsicheis mehr haben, Don«, hörte Bruno die Frau rufen.

»Ich nehm Vanille«, murmelte Bruno und trank einen Schluck aus seiner Flasche.

Während er sich an die Wand drückte und ratlos auf das braungelbe Haus starrte, fühlte er plötzlich etwas Hartes: das Messer, das er auf dem Bahnhof in Big Springs gekauft hatte, ein Jagdmesser mit einer sechszölligen Klinge. Wenn es sich vermeiden ließ, wollte er das Messer nicht benutzen. Messer verursachten ihm Übelkeit. Und eine Pistole war zu laut. Wie war es am besten? Vielleicht kam ihm eine Idee, wenn er sie sah. Er hatte sich vorgestellt, daß ihm etwas einfallen würde, wenn er das Haus erst sah, und er war immer noch sicher, daß dies das Haus war, aber ihm kam keine Idee. Hieß das, daß es doch nicht das richtige Haus war? Guy hatte ihn wirklich nur sehr oberflächlich orientiert. Er nahm schnell noch einen Schluck aus der Flasche. Nur ruhig, sonst war alles aus. Sein Knie gab nach. Er wischte sich die feuchten Hände an den Schenkeln ab, zog dann den Zettel mit den vielen Joyce-Adressen aus der Brusttasche und hielt ihn ans Licht der Straßenlaterne. Ob er fortgehen und es mit einer anderen Adresse versuchen sollte?

Fünfzehn Minuten oder vielleicht eine halbe Stunde wollte er noch warten.

Er wollte sie draußen im Freien überfallen; diese Idee hatte während der Fahrt von ihm Besitz ergriffen, und er überlegte deshalb zunächst, wie er an sie herankommen konnte. Die Straße hier war eigentlich dunkel genug, unter den Bäumen sogar ganz dunkel. Am besten wäre es, sie mit den bloßen Händen zu packen oder ihr mit irgend etwas über den Kopf zu schlagen. Seine Aufregung wuchs. Der Gedanke, daß er sie anfassen mußte und sie sich vielleicht wehren könnte, war ihm unangenehm. Aber dann erinnerte er sich daran, wie froh Guy sein würde, wenn alles vorüber war.

Er hörte eine Männerstimme und ein Lachen, sicher kam es aus dem Zimmer oben in Nummer 1235; kurz darauf erlosch das Licht, und wenige Minuten später wurde die Beleuchtung auf der Veranda eingeschaltet. Zwei Männer und ein Mädchen – Miriam – traten aus dem Haus. Bruno hielt den Atem an und beugte sich vor. Er konnte ihre rötliche Haarfarbe erkennen. Der größere der beiden Männer war ebenfalls rothaarig, sicher ihr Bruder. Brunos Augen nahmen hundert Einzelheiten auf einmal wahr, die volle Rundlichkeit ihrer Figur, die flachen Schuhe, den leichten Gang und die Art, wie sie zu einem der Männer aufsah.

»Meinst du wirklich, wir können sie noch abholen, Dick?« fragte sie mit dünner Stimme. »Ist ja schon ziemlich spät.«

Am Vorderfenster hob sich eine Ecke der Gardine. »Honey! Komm nicht zu spät, nein?«

»Nein, Mama.«

Sie gingen auf den Wagen zu, der am Bordstein stand.

Bruno drückte sich zurück in die Ecke und blickte sich nach einem Taxi um. Natürlich – nichts zu machen in diesem Nest. Er begann zu laufen. Er war monatelang nicht richtig gelaufen und fühlte sich großartig in Form. »Taxi!« Er sah das Taxi zuerst gar nicht, dann stürzte er darauf zu.

Er ließ den Fahrer wenden und dirigierte ihn in die Richtung, in der der Chevrolet verschwunden war. Tiefe Dunkelheit überall. Weit entfernt sah er unter Bäumen ein rotes Schlußlicht blinken. »Weiter. Weiter!«

Als das Schlußlicht an einer Ampel halten mußte und Brunos Taxi die Entfernung aufholte, erkannte er den Chevrolet und sank erleichtert zurück.

»Wo wollen Sie hin?« fragte der Chauffeur.

»Fahren Sie weiter.« Der Chevrolet bog in eine breite Straße ein. »Jetzt rechts.« Bruno saß auf der Sitzkante und spähte auf die Straße.

»Wie heißen die Leute, wo Sie hinwollen?« fragte der Fahrer. »Kann sein, ich kenn sie.«

»Moment mal, Moment mal.« Bruno tat, als suche er eine Adresse in den Papieren, die er aus der Tasche gezogen hatte. Er lachte in sich hinein, unbekümmert und belustigt. Er spielte den Trottel vom Lande, der nicht mal mehr wußte, wo er hin wollte. Er senkte den Kopf, damit der Fahrer ihn nicht lachen sah, und langte automatisch nach der Taschenflasche.

»Wollen Sie Licht haben?«

»Nein, danke.« Er nahm einen kräftigen Zug. Der Chevrolet bog in die Allee ein, und Bruno sagte dem Fahrer, er solle ihm folgen.

»Wohin?«

»Los, los, weiterfahren und nicht soviel reden!« schrie Bruno mit überkippender Stimme. Der Fahrer schüttelte den Kopf und machte »Ttt – ttt«. Bruno schäumte, aber jetzt hatten sie den Chevrolet wieder vor sich. Bruno kam es vor, als nehme die Fahrt nie ein Ende und Crockett Boulevard sei eine Querstraße durch ganz Texas. Zweimal verloren sie den Chevrolet aus den Augen und fanden ihn wieder. Sie fuhren an Zeitungsbuden und Drive-in-Kinos vorbei, und dann wurde es dunkel auf beiden Seiten. Angst packte ihn. Außerhalb der Stadt oder auf der Landstraße konnten sie dem Chevrolet nicht folgen.

Jetzt erschien über der Straße ein großer Lichtbogen mit der Aufschrift WILLKOMMEN IM VERGNÜGUNGSPARK; der Chevrolet fuhr darunter hindurch auf einen Parkplatz. Eine Lichterflut glänzte in den Bäumen, überall ertönte Karussellmusik. Ein Vergnügungspark! Bruno war begeistert.

»Macht vier Dollar«, sagte der Fahrer mürrisch, und Bruno gab ihm eine Fünfdollarnote durch das vordere Fenster.

Er blieb etwas zurück, bis Miriam, die beiden Männer und ein Mädchen, das sie unterwegs abgeholt hatten, durch die Drehtür gegangen waren; dann folgte er. Miriam hatte einen gewissen Chic, mollig und eindeutig zweitklassig. Die roten Söckchen mit den roten Sandalen fand Bruno empörend. Wie hatte Guy so etwas heiraten können! Plötzlich stand er wie angewurzelt: die kriegte ja gar kein Kind! Seine Augen verengten sich vor Überraschung. Ob sie eine Fehlgeburt gehabt hatte? Er starrte sie mit zur Seite gelegtem Kopf an. Dann, bevor er noch wußte, wonach er suchte, klickte es in seinem Gehirn: wenn mit dem Kind was passiert war, hatte er um so mehr Grund, sie aus dem Wege zu räumen, sonst konnte Guy die Scheidung nicht durchsetzen. Es war durchaus möglich, daß sie schon wieder herumlief, wenn sie sich zum Beispiel das Kind hatte abtreiben lassen.

»Miriam!« Bruno tat einen Satz.

»Ah – ja!« Miriam lief hinüber zu einem Stand mit Süßigkeiten; alle vier kauften Softeis. Bruno blieb gelangweilt stehen und wartete. Weit hinten sah er durch die Bäume Lichter über einem Wasser. Der Park war wirklich groß. Er wollte auf das Riesenrad. Ihm war großartig zumute – leicht und gar nicht aufgeregt. Das Karussell spielte ›Casey would waltz with the strawberry blonde...‹ Grinsend betrachtete er Miriams Rotschopf, ihre Blicke trafen sich, aber sie blickte gleich weiter, sie hatte ihn bestimmt nicht bemerkt, aber das durfte er nicht noch mal machen. Er mußte lachen: Miriam sah nicht die Spur schick aus – eigentlich zum Lachen. Er verstand, warum Guy sie gräßlich fand; er selber fand sie auch gräßlich, geradezu ekelhaft. Vielleicht war das mit dem Kind auch alles gelogen. Guy war so ein ehrlicher Kerl, der glaubte ihr alles. Ein Biest war sie. Als sie weitergingen, ließ er den Vogel mit dem Schwalbenschwanz los, den er vor dem Luftballonstand in den Fingern gedreht hatte; dann wandte er sich noch einmal um und kaufte einen leuchtend gelben Vogel. Ihm war, als sei er wieder ein Junge; er ließ den Stock kreisen und horchte auf das ›Birr‹ des langen Schwanzes. Ein kleiner Junge kam mit seinen Eltern vorbei und streckte die Hand aus; Bruno wollte ihm den Vogel geben, tat es aber dann doch nicht.

Miriam und ihre Freunde standen jetzt auf einem hellerleuchteten Platz mit vielen kleinen und großen Buden, dort war auch der Eingang zum Riesenrad. Man hörte einen Schlag und lauten Applaus, als jemand mit dem Schmiedehammer den Lukas bis an die Spitze der Stange trieb. Mit so einem Hammer könnte er Miriam auch umbringen, überlegte Bruno. Er blickte zu ihr und den drei anderen hinüber – hatten sie ihn gesehen? Nein, bestimmt nicht. Wenn er es heute nicht tat, durften sie ihn nicht bemerken. Aber er hatte das ganz sichere Gefühl, daß er es heute tun würde. Dies war der Tag. Er ließ den Vogel kreisen. Miriams Gruppe schritt langsam weiter; er nahm schnell einen Zug aus der Flasche und schlenderte ihnen nach.

Sie standen vor dem Riesenrad, und er hoffte, sie würden sich zum Mitfahren entschließen. Wirklich großartig in Texas, dachte er bewundernd und blickte nach oben. Ein so großes Rad hatte er noch nie gesehen. Innen hatte es einen Fünfstrahlenstern aus blauen Lämpchen.

»Na, Ralph, wie wär's?« quiekte Miriam; sie stopfte sich den Rest Softeis in den Mund und hielt die Hand davor.

»Nein, keine Lust. Lieber Karussell!«

Alle vier setzten sich in Trab. Das Karussell war wie eine kleine Lichterstadt unter den dunklen Bäumen, ein Wald von vernickelten Stangen mit Zebras, Pferden, Giraffen, Bullen und Kamelen, die alle nach oben oder nach unten stürzten. Jetzt begann eine neue Runde, die Besucher suchten sich ihre Tiere aus. Miriam und ihre Freunde waren schon wieder beim Essen. Miriam griff tief in eine Tüte mit Popcorn, die Dick ihr hinhielt. Diese Schweine. Bruno war auch hungrig, er kaufte sich ein Würstchen; als er zurückkam, stiegen sie gerade aufs Karussell. Er suchte fieberhaft nach Münzen und rannte hin. Da war der Gaul, den er haben wollte, ein dunkelblauer mit hochgerecktem Hals und offenem Maul; und als er oben saß, sah er, daß das Glück es gut mit ihm meinte, denn Miriam und ihre Freunde schoben mehrere der Nickelstangen zurück und kamen ihm immer näher. Miriam und Dick setzten sich auf die Giraffe und das Pferd direkt vor ihm. Heute hatte er seinen Glückstag! Heute sollte er in ein Spielkasino gehen!

Die Musik setzte ein, und er richtete sich kerzengerade auf. Die Füße schaukelten fröhlich in den Steigbügeln. Irgend etwas stieß ihn in den Nacken, er drehte sich böse um, aber es waren nur ein paar Jungen, die sich balgten.

Jetzt begann die Fahrt, die Musik spielte einen langsamen Militärmarsch; er ritt hoch, hoch, immer höher, und Miriam fuhr weit, weit nach unten auf ihrer Giraffe. Die Welt draußen verschwamm hinter Nebel und Lichtstrahlen. Bruno hielt die Zügel in einer Hand, wie er es beim Polounterricht gelernt hatte, und das Würstchen in der anderen.

»Juhuuuu!« schrie der Rothaarige.

»Huhuhuuu!« schrie Bruno zurück. »Ich bin Texaner!«

»Katie!« Miriam beugte sich über den Giraffenhals nach vorn, ihr grauer Rock spannte sich eng. »Siehst du den da drüben in dem karierten Hemd?«

Bruno sah hinüber. Der Mann in dem karierten Hemd sah ein wenig aus wie Guy, fand er, und während er noch darüber nachdachte, bekam er nicht mit, was Miriam sagte. Das Lampenlicht schien hell auf ihre vielen Sommersprossen. Er fand sie immer ekelhafter. Nein, er wollte das klebrig-warme Fleisch nicht anfassen. Er hatte ja noch das Messer, das war ein sauberes Instrument.

»Sauberes Instrument!« schrie er jubelnd, denn hören konnte ihn niemand. Er saß in der Außenreihe, neben ihm fuhr ein Schwan mit Doppelsitz, der aber leer war. Er spuckte hinein. Dann warf er den Rest seines Würstchens in die Menge und wischte seine senfbeschmierten Finger an der Pferdemähne ab.

Jetzt wechselte die Musik zu einer anderen Melodie über. Miriams Freund sang mit schallender Stimme mit; alle fielen ein, auch Bruno. Das ganze Karussell sang mit. Wenn sie bloß jetzt was zu trinken hätten! Alle sollten sie was trinken!

Miriam sah mit offenem Mund dumm und häßlich aus, als ob einer sie würgte und sie schon blaurot anliefe. Er mochte sie nicht mehr ansehen und wandte, immer noch grinsend, den Blick ab. Das Karussell fuhr jetzt langsamer. Hoffentlich machten sie noch eine Runde – aber sie stiegen schon ab, hakten sich ein und schritten auf die flackernden Lichter des Wassers zu. Bruno blieb unter den Bäumen stehen und tat noch einen Zug aus der fast leeren Flasche.

Die vier mieteten ein Ruderboot. Die Aussicht auf eine kühle Bootsfahrt freute Bruno. Er nahm ebenfalls ein Boot und fuhr so nahe an das andere Boot heran, daß er Miriam und Dick hinten im Boot sitzen sah, wo sie kicherten und knutschten. Der Rothaarige ruderte. Bruno fuhr mit drei starken Zügen an ihnen vorbei und ließ dann die Ruder sinken.

»Wollt ihr auf die Insel oder nur rumfahren?« fragte der Rothaarige.

Gereizt ließ sich Bruno seitwärts auf die Bank sinken und wartete. Aus den kleinen Uferbuchten hörte man wie aus dunklen Zimmern das Geräusch murmelnder Stimmen, leiser Radios, Gelächter. Bruno kehrte die Flasche um und trank den Rest aus. Vielleicht waren Guy und Miriam früher zusammen hier auf dem See gewesen, vielleicht genau in dem Boot, in dem er jetzt saß. Er fühlte, wie der Alkohol ihm mit angenehmem Kitzel in die Hände und Unterschenkel kroch. Wenn er Miriam jetzt hier im Boot hätte, würde er ihr gern den Kopf unters Wasser drücken. Hier im Dunkeln. Kein Mond war zu sehen. Das Wasser leckte eilig an der Bootswand. Bruno krümmte sich plötzlich vor Ungeduld. Aus dem anderen Boot kam das saugende Geräusch von Küssen; Bruno äffte den Laut nach und stöhnte genüßlich dazu. Sie mußten es gehört haben, denn sie brachen in Gelächter aus.

Er wartete, bis sie vorbei waren, und folgte dann langsam. Eine schwarze Masse kam näher, ab und zu flammte ein Streichholz auf. Die Insel – offenbar ein Paradies für knutschende Paare. Sicher war Miriam heute abend auch mit dabei.

Miriams Boot fuhr ans Ufer. Bruno ruderte ein paar Meter

weiter und kletterte an Land; den Bug seines Bootes setzte er auf einen kleinen Ast, damit er es von den anderen unterscheiden konnte. Wieder erfüllte ihn das Bewußtsein einer Sendung, stärker und drängender noch als im Zug. Er war erst zwei Stunden in Metcalf und schon hier mit ihr auf der Insel! Er preßte das Messer gegen sein Bein. Wenn er sie bloß allein erwischen und ihr die Hand über den Mund legen konnte – ob sie ihn womöglich in die Hand biß? Ekel überkam ihn bei dem Gedanken an ihre nassen Lippen auf seiner Hand.

Langsam folgte er den vier anderen auf dem unebenen Weg, auf dem die Bäume nahe zusammenstanden.

»Hier kann man gar nicht sitzen, der Boden ist ganz naß!« beklagte sich das Mädchen Katie.

»Kannst auf meinem Jackett sitzen«, sagte jemand.

Was wollten sie nun eigentlich. Gräßlich langweilig war das alles. In der Ferne hörte man die leiernde Karussellmusik; deutlich waren nur die Klingellaute. Jetzt wandten die vier sich um und kamen direkt auf ihn zu, er mußte seitlich abbiegen und so tun, als habe er dort etwas zu suchen. Mit dem Fuß geriet er in ein Dornengestrüpp und war noch dabei, sich freizumachen, als sie an ihm vorübergingen. Dann folgte er ihnen auf dem Weg abwärts. Er meinte, Miriams Parfum zu riechen, übersüß wie aus einem dampfigen Bad. Ekelhaft.

Aus einem Radioapparat kam die Übertragung eines Boxkampfs. »... Leon ... ganz vorsichtig ... landet einen Haken ... und ...« Tobendes Gebrüll der Masse. Im Gebüsch sah Bruno einen Mann und ein Mädchen; es sah aus, als ob sie ebenfalls kämpften.

Miriam stand jetzt keine drei Meter von ihm entfernt und etwas erhöht, während die anderen schon nach unten rutschten, dem Wasser zu, Bruno schob sich näher heran. Er sah die Silhouette des Kopfes und der Schultern gegen die Lichter auf dem Wasser. Nie hatte er sie so nahe gehabt!

»Hallo!« flüsterte er und sah, wie sie sich umwandte. »Hören Sie – heißen Sie nicht Miriam?«

Sie stand vor ihm, aber er wußte, daß sie ihn kaum sehen konnte. »Jaah – und wer sind Sie?«

Er kam noch einen Schritt näher. »Haben wir uns nicht schon mal getroffen?« flüsterte er zynisch. Wieder stieg ihm das Parfum in die Nase: warm, dunkel, ekelhaft. Er sprang. Der

Sprung war gespannt und konzentriert, die Hände gespreizt, die Handgelenke berührten sich.

»Sie, was wollen ...«

Das letzte überraschte Wort erstickte unter seinen Händen, die sich fest um ihre Kehle schlossen. Er schüttelte sie. Seine Glieder wurden steinhart, er hörte seine Zähne knirschen. Aus ihrem Hals kam ein Rasseln; schreien konnte sie nicht, sein Griff war zu fest. Er stellte ein Bein hinter sie und riß sie zurück, ohne einen Laut fielen sie zusammen zu Boden, nur ein paar Blätter raschelten. Tiefer gruben sich die Finger in ihren Hals, er duldete den widerlichen Gegendruck ihres Körpers unter seinen Händen, um das Aufbäumen zu verhindern. Der Hals wurde heißer und dicker. Aufhören, aufhören! Er zwang ihr seinen Willen auf, und der Kopf hörte auf, sich hin- und herzuwinden. Sicher hatte er sie lange genug festgehalten, aber er ließ nicht locker. Er warf einen Blick hinter sich und sah nichts. Jetzt ließ er sie los; es fühlte sich an, als hätten seine Finger in ihrer Kehle Vertiefungen gemacht wie in einem Kuchenteig. Aus ihrem Hals kam ein Laut wie Husten, es erschreckte ihn, und er fiel von neuem über sie her; er kniete neben ihr und drückte so stark, daß er meinte, die Daumen müßten ihm brechen. Alles, was er an Kraft besaß, gaben die Hände her. Und wenn das alles nicht genügte? Er hörte sich selbst winseln. Sie lag still und schlaff vor ihm.

»Miriam?« kam die fragende Stimme der Freundin.

Bruno sprang auf und stürzte davon, auf die Mitte der Insel zu, dann rannte er nach links, wo sein Boot lag. Er merkte, daß er mit dem Taschentuch irgendwas von seinen Händen abwischte. Miriams Speichel. Er warf das Taschentuch weg und riß es dann wieder an sich, es trug sein Monogramm. Er konnte wieder denken. Oh, wunderbar – großartig! Er hatte es geschafft!

»Mi-ri-am!« kam der Ruf, diesmal mit leiser Ungeduld.

Und wenn er sie nun gar nicht erledigt hatte – wenn sie jetzt dasaß und redete? Der Gedanke ließ ihn vorwärtsstürzen, er fiel fast den Abhang hinunter. Am Wasser wehte ein starker Wind. Das Boot war nicht da. Er wollte schon irgendein anderes nehmen, dann besann er sich und fand seins ein paar Schritte weiter nach links, wo es auf den kleinen Ast gestützt lag.

»Mensch – sie ist ohnmächtig!«

Bruno begann zu rudern, schnell, aber ohne Hast.

»Helft mir doch mal!« rief die Mädchenstimme atemlos, halb schreiend.

»Mein Gott! Hilfe!!«

Die panische Angst in der Stimme jagte auch Bruno Angst ein. Er ruderte mit ungleichmäßigen Schlägen, zog dann die Ruder ein und ließ das Boot über das nachtdunkle Wasser gleiten. – Angst – warum denn? Kein Mensch war hinter ihm her.

»Halloooh!«

»Um Gottes willen, sie ist tot! Holt doch mal jemand!«

Der laute Schrei des Mädchens stand wie ein hoher Bogen in der schweigenden Umgebung. Jetzt erst war die Sache endgültig vorüber. Ein großartiger Schrei, dachte Bruno mit seltsam heiterer Bewunderung. Leicht glitt er hinter einem anderen Boot an die Anlegestelle. Langsam, so langsam wie er je etwas erledigt hatte, bezahlte er den Bootsverleiher.

»Auf der Insel!« sagte eine fremde Stimme erschreckt und aufgeregt in einem Boot. »Das Mädchen soll tot sein!«

»Tot?!«

»Ruf doch mal einer die Polizei!«

Schnelle Füße liefen den hölzernen Anlegesteg hinter Bruno entlang. Er schlenderte auf den Ausgang zu. Gott sei Dank, daß er besoffen oder verkatert oder sonst was war und sich so langsam bewegen konnte! Doch als er durch die Drehtür trat, packte ihn jäher Schrecken. Gleich darauf war es vorbei. Kein Mensch sah es ihm auch nur an. Um sich zu beruhigen, konzentrierte er sich auf den Gedanken an einen Drink. Oben an der Straße war ein Lokal mit rotem Licht, das wie eine Bar aussah; er ging mit festen Schritten hinüber und trat ein.

»Einen Whisky«, sagte er zu dem Barkeeper.

»Wo sind Sie denn her, mein Guter?«

Bruno sah auf. Die beiden Männer rechts von ihm blickten ihn an. »Ich möchte einen Whisky.«

»Hier gibt's keine harten Sachen.«

»Was ist denn los – gehört dies noch zum Park?« Er schrie es fast heraus.

»Im Staate Texas gibt's keine harten Sachen.«

»Geben Sie mir das!« Bruno zeigte auf die Schnapsflasche, die vor den Männern an der Bar stand.

»Da – hier haben Sie einen. Wenn's einer so nötig hat.« Der Mann neben ihm goß Schnaps in ein Glas und schob es ihm zu.

Es rann ihm wie Feuer die Kehle hinunter, aber im Magen war es süß. Bruno wollte bezahlen, doch das lehnte der Mann ab.

Polizeisirenen ertönten und kamen näher. Ein Mann trat in die Tür.

»Was ist los – Unfall?«

»Ich hab nichts gesehen«, gab der Mann gleichgültig zurück.

Glück gehabt, dachte Bruno und sah den Mann an. Er wäre gern zu ihm gegangen und hätte mit ihm geredet, unterließ es dann aber.

Er fühlte sich jetzt großartig. Der Nebenmann drängte ihm weitere Drinks auf, und Bruno trank drei Glas schnell hintereinander. Auf der Hand sah er einen Kratzer, als er das Glas hob; er nahm sein Taschentuch und rieb die Stelle zwischen Daumen und Zeigefinger ab. Es war ein Fleck von Miriams orangefarbenem Lippenstift; er konnte es in dem Licht hier in der Bar kaum erkennen. Er bedankte sich bei dem Mann mit dem Schnaps und schlenderte nach draußen in die Dunkelheit. Als eine Straßenbahn kam, lief er hin und sprang auf. Das helle Innere gefiel ihm, er las sämtliche Werbeplakate. Ihm gegenüber saß ein zappeliger kleiner Junge, und Bruno fing ein Gespräch mit ihm an. Er wollte Guy anrufen und ihn treffen; der Gedanke war verlockend, aber Guy war ja gar nicht da. Er hätte gern mit jemandem gefeiert. Vielleicht konnte er Guys Mutter noch mal anrufen, einfach so, ohne Grund; aber dann schien es ihm doch nicht ratsam. Zu blöd – das war der Wermutstropfen an diesem schönen Abend: daß er Guy nicht sehen und ihn auch lange Zeit nicht sprechen oder ihm schreiben konnte. Guy würde natürlich verhört werden. Aber er war frei! Herrgott, es war geschafft, geschafft! Im Überschwang des Gefühls fuhr er dem kleinen Jungen mit der Hand durchs Haar und lächelte ihn freundlich an, und nach kurzem Erstaunen lächelte das Kind zurück.

Am Bahnhof bekam er noch ein oberes Bett für den Schlafwagen um ein Uhr dreißig. Anderthalb Stunden mußte er also noch totschlagen. Es war alles vollkommen, und er fühlte sich unsagbar glücklich. In einem Drugstore am Bahnhof erstand er eine Flasche Whisky und füllte sein Taschenfläschchen. Ob er mal an Guys Haus vorbeiging, bloß um zu sehen, wie es aussah? Er überlegte sorgfältig und beschloß dann, er könne es wagen. Er wollte sich eben an einen Mann an der Tür wenden und ihn nach dem Weg fragen – er wußte, im Taxi konnte er nicht hinfahren –, als er merkte, daß er eine Frau wollte. Er brauchte eine Frau, notwendiger als je zuvor in seinem Leben; und daß er sie so brauchte, freute ihn ungeheuer. Er hatte keine gewollt, seit er in Santa Fé angekommen war, obwohl Wilson ihn zweimal mitgenommen hatte. Er taumelte und stand jetzt gerade vor dem Mann an der Tür; aber es war wohl besser, einen der Taxifahrer draußen zu fragen. Ein Schütteln ergriff ihn, das mußte die Gier nach der Frau sein. Ähnlich wie die Gier nach Alkohol, aber doch ganz anders.

»Weiß ich nicht«, sagte der sommersprossige Fahrer gleichgültig und lehnte sich an den Kotflügel.

»Was soll das heißen?«

»Ich weiß es nicht. Basta.«

Empört verließ ihn Bruno.

Der zweite Fahrer weiter unten am Straßenrand zeigte mehr Entgegenkommen. Er schrieb eine Adresse und mehrere Namen auf die Rückseite seiner Geschäftskarte, obwohl es so nahe war, daß er Bruno nicht mal hinzufahren brauchte.

13

Guy lehnte an der Wand neben seinem Bett im Hotel *Montecarlo* und sah Anne zu, die in dem Familienalbum blätterte, das er aus Metcalf mitgebracht hatte. Herrlich waren diese Tage mit Anne gewesen. Morgen fuhr er nach Metcalf und dann weiter nach Florida. Vor drei Tagen hatte Mr. Brillhart ihm telegrafisch bestätigt, daß ihm der Auftrag weiterhin sicher sei. Sechs Monate Arbeit lagen jetzt vor ihm, und im Dezember wollte er dann mit dem eigenen Haus anfangen. Jetzt hatte er das Geld für den Bau. Und auch für die Scheidung.

»Weißt du«, sagte er ruhig, »wenn ich den *Palmyra*-Auftrag nicht hätte und morgen nach New York zurück müßte, dann könnte ich das auch. Alles könnte ich.« Aber noch während er es sagte, erkannte er, daß er gerade dem *Palmyra* Mut und Schwung und Energie verdankte. Ohne diesen Auftrag hätte er jetzt, in den Tagen mit Anne, nichts als ein Gefühl der Schuld gehabt.

»Aber du mußt ja nicht zurück«, sagte Anne abschließend und beugte sich tiefer über das Album.

Er lächelte – sie hatte ihm gar nicht richtig zugehört. Aber was er gesagt hatte, war auch nicht wichtig, das wußte Anne. Er beugte sich mit ihr zusammen über das Album, nannte ihr die Namen der Leute, nach denen sie fragte, und beobachtete amüsiert, wie sie die Doppelseite seiner Fotos betrachtete – von der Kindheit bis zum Alter von etwa zwanzig –, die seine Mutter aufbewahrt hatte. Auf jedem Foto lächelte er, der schwarze Haarschopf lag weich über dem Jungengesicht, das viel fester und unbekümmerter aussah als heute.

»Sehe ich da glücklich genug aus?« fragte er.

Sie blinzelte ihm zu. »Ja – und gut siehst du aus. Sind da auch welche von Miriam?« Sie ließ die letzten Seiten über den Daumennagel gleiten.

»Nein.«

»Ich freue mich, daß du es mitgebracht hast.«

»Meine Mutter wäre sehr böse, wenn sie wüßte, daß es in Mexiko ist.« Er legte das Album in seinen Koffer zurück, damit er es nicht vergaß. »Es ist immer noch die freundlichste Art, Familien kennenzulernen.«

»O Guy – war es schlimm, was ich dir zugemutet habe?« fragte sie erschrocken.

Er lächelte ihr zu. »Aber nein, keine Spur.« Er setzte sich auf das Bett und zog sie neben sich. Er hatte bei Parties und bei sonntäglichen Abendessen nach und nach Annes ganze Familie kennengelernt, manchmal zwei oder drei, manchmal ein Dutzend. Es war ein ständiger Scherz in der Familie, wie viele Faulkners und Weddells und Morrisons im Staat New York und in Long Island lebten. Ihm gefiel es, daß sie so viele Verwandte hatte. Die Weihnachtstage, die er im letzten Jahr im Hause Faulkner verbracht hatte, waren die glücklichsten seines Lebens gewesen. Er küßte Anne auf beide Wangen und dann auf den Mund. Als er den Kopf niederlegte, sah er Annes Zeichnungen, alle auf Hotelbriefpapier, die auf der Bettdecke lagen; lässig schob er sie zu einem ordentlichen kleinen Stapel zusammen. Es waren Ideen, die ihr nach dem Besuch im Museo Nacionale nachmittags eingefallen waren: in starken schwarzen Strichen hingeworfen, wie seine eigenen Skizzen.

»Du, Anne, ich denke an unser Haus«, sagte er.

»Du möchtest es gern groß haben.«

»Ja«, sagte er lächelnd.

»Dann wollen wir es auch groß haben.« Sie lag entspannt in seinen Armen. Beide seufzten gleichzeitig, und sie lachte, als er sie enger an sich zog.

Es war das erstemal, daß sie mit der Größe einverstanden war. Das Haus soll wie ein Ypsilon geformt sein, wobei vielleicht der vordere Arm wegfallen sollte. Doch in Guys Vorstellung wurde ein harmonisches Bild nur mit beiden Armen erreicht. Es würde viel kosten, viel mehr als zwanzigtausend Dollar, aber Guy war überzeugt, daß ihm Palm Beach eine Reihe von Privataufträgen einbringen werde, das hieß schnelle und gutbezahlte Arbeit. Annes Vater, hatte sie gesagt, würde ihnen den einen Flügel gern zur Hochzeit schenken, aber das kam Guy so undenkbar vor wie das Weglassen. Er sah das Haus vor sich – schimmernd weiß hob es sich von dem braunen Schreibtisch hier im Zimmer ab. Das Material war weißer Stein, den er in der Nähe von Alton in Connecticut mal gesehen hatte: ein langgestrecktes, niedriges Haus mit flachem Dach, wie ein Kristall, den alchemistische Kunst aus dem Stein geformt hatte.

»Vielleicht könnte es ›Der Kristall‹ heißen«, sagte er nachdenklich.

Anne blickte an die Decke. »Ich finde es gar nicht so schön, wenn man Häusern Namen gibt. Und ›Kristall‹ gefällt mir auch nicht besonders.«

»Na, immer noch besser als ›Alton‹«, sagte Guy leicht gekränkt. »So was von blöden Namen in Neu-England. In Texas dagegen –«

»In Ordnung – du nimmst Texas und ich Neu-England!« sagte Anne lächelnd. Sie nahm damit Guy den Wind aus den Segeln, denn in Wirklichkeit liebte er Neu-England und sie liebte Texas.

Guy betrachtete das Telefon; er hatte das Gefühl, es werde gleich klingeln. In seinem Kopf saß ein leichter Schwindel, als ob er irgendeine euphorische Droge genommen hätte. Anne sagte, das komme von der Höhe; es ging vielen Leuten so in Mexico City. »Ich habe das Gefühl, ich könnte Miriam anrufen und mit ihr reden und dann wäre alles in Ordnung«, sagte er langsam. »Als ob mir genau das Richtige einfiele, weißt du.«

»Da steht das Telefon«, gab Anne ruhig zurück.

Ein paar Sekunden vergingen. Er hörte, wie Anne seufzte.

»Wie spät ist es?« fragte sie nach einer Weile. »Ich habe Mutter gesagt, ich wäre um zwölf zu Hause.«

»Sieben nach elf.«

»Bist du gar nicht hungrig?«

Sie bestellten telefonisch Rührei und Schinken, was sich, als es gebracht wurde, als eine etwas undefinierbare Masse herausstellte, aber nicht schlecht schmeckte.

»Ich bin so froh, daß du nach Mexiko gekommen bist«, sagte Anne. »Ich liebe das Land und wollte immer, daß du es auch einmal kennenlernst.« Langsam aß sie weiter. »Es liegt hier eine Art Sehnsucht in der Luft, etwas wie Heimweh – ähnlich wie in Paris oder Wien. Egal, was man hier erlebt, es zieht einen immer wieder her.«

Guy mußte an den Sommer denken, den er mit Robert Treacher, einem kanadischen Ingenieur, in Europa verbracht hatte. Sie hatten beide kaum Geld gehabt. Das Paris und das Wien, das Anne kannte, sah wahrscheinlich ganz anders aus. Er blickte auf das Brötchen, das sie ihm gegeben hatte. Zuweilen hatte er den leidenschaftlichen Wunsch, Duft und Farbe jedes Erlebnisses zu kennen, das Anne je gehabt hatte, über jede Stunde ihrer Kindheit Bescheid zu wissen.

»Was meinst du – egal, was man hier erlebt hat?«

»Ich meine, ob man krank gewesen ist, oder überfallen wurde.« Lächelnd sah sie zu ihm auf. Doch das Lampenlicht, das in den rauchblauen Augen glänzte und auch den dunkleren Rand aufschimmern ließ, gab ihrem Gesicht einen fast traurigen Ausdruck. »Es sind wohl die Kontraste, denen die Attraktion zu verdanken ist. Wie Menschen mit unglaublichen Kontrasten.«

Guy starrte sie an, den Finger gekrümmt im Henkel der Kaffeetasse. Ihre Stimmung, oder vielleicht auch die Worte, gaben ihm ein Gefühl der Unterlegenheit. »Tut mir leid, daß ich keine unglaublichen Kontraste aufweisen kann.«

»O Guy!« Sie brach in Lachen aus, in das vertraute fröhliche Lachen, das ihn stets entzückte, selbst wenn sie über ihn lachte und keine Erklärung dazu abgab.

Er sprang auf. »Kuchen! Paß mal auf, ich zaubere uns jetzt einen Kuchen her – und zwar einen großartigen!« Aus einer Ecke des Koffers nahm er eine Blechbüchse, die ihm jetzt erst wieder eingefallen war. Seine Mutter hatte ihm einen Kuchen gebacken mit der Brombeerkonfitüre, die er morgens beim Frühstück so gepriesen hatte.

Anne rief die Bar unten im Hotel an und bestellte einen ganz speziellen Likör, den sie kannte. Er kam, tief dunkelrot wie das Brombeergelee, in fingerschlanken Stielgläsern. Der Kellner verließ das Zimmer, und sie hoben die Gläser, als das Telefon laut und wiederholt klingelte.

»Sicher Mutter«, meinte Anne.

Guy nahm den Hörer ab. Er hörte, wie eine weit entfernte Stimme mit der Telefonistin sprach. Die Worte kamen näher, schrill und erregt, und er erkannte die Stimme seiner Mutter.

»Hallo?«

»Hallo, Mama?«

»Guy, es ist etwas passiert.«

»Was ist los?«

»Etwas mit Miriam.«

»Was ist denn?« Guy preßte den Hörer ans Ohr. Er wandte sich zu Anne und sah die Veränderung in ihrem Gesicht. Sie blickte ihn an.

»Sie ist tot, Guy. Sie ist gestern abend – umgebracht ...« Die Stimme brach ab.

»Was?«

»Gestern abend.« Sie sprach so laut und abgehackt wie Guy sie nur selten gehört hatte. »Guy, sie ist ermordet worden.«

»Ermordet?«

»Guy – was ist los?« Anne stand auf.

»Gestern abend am See. Man weiß noch gar nichts.«

»Du bist ...«

»Guy, kannst du herkommen?«

»Ja, Mama. Und *wie?«* fragte er hilflos und drehte den Hörer in der Hand. »Wie denn?«

»Erwürgt.« Nur das eine Wort, dann Schweigen.

»Hast du ...« setzte er an.

»Guy, was ist los?« Anne griff nach seinem Arm.

»Ich komme so schnell ich kann, Mama. Heute abend. Sorg dich nicht, wir sehen uns ganz bald.« Er legte langsam den Hörer auf und wandte sich zu Anne. »Miriam. Miriam ist umgebracht worden.«

»Ermordet, hast du gesagt?« flüsterte Anne.

Guy nickte. Plötzlich fiel ihm ein, daß es vielleicht ein Irrtum sein konnte. Wenn bisher nur eine Meldung vorlag ...

»Wann ist es passiert?«

»Gestern abend, hat sie gesagt.«

»Weiß man, wer es getan hat?«

»Nein. Ich muß sofort hin.«

»Mein Gott.«

Er sah Anne an, die reglos vor ihm stand. »Ich muß sofort hin«, wiederholte er wie betäubt. Er ging zum Telefon, um einen Platz im Flugzeug reservieren zu lassen, den dann Anne in schnellem Spanisch für ihn reservieren ließ. Dann machte er sich ans Packen; es schien Stunden zu dauern, bis er die paar Sachen im Koffer hatte. Er starrte den braunen Schreibtisch an. Hatte er ihn schon durchgesehen und alle Schubladen geleert? Wo er vorhin die Vision seines neuen Hauses gesehen hatte, erschien ihm jetzt ein lachendes Gesicht – erst der halbmondförmige Mund und dann das Gesicht: Bruno. Die Zunge fuhr grinsend über die Oberlippe, und dann kam das lautlos zuckende Lachen, das die Haarsträhnen in die Stirn fallen ließ. Guy blickte stirnrunzelnd auf Anne.

»Was ist, Guy?«

»Gar nichts«, sagte er.

14

Und wenn Bruno es getan hatte? Natürlich war das gar nicht möglich – aber wenn nun doch? War er schon festgenommen? Hatte er angegeben, der Mord sei ein gemeinsamer Plan gewesen? Guy konnte sich durchaus vorstellen, daß Bruno hysterisch wurde und alles mögliche aussagte. Ein neurotischer Mensch wie Bruno war zu allem fähig. Guy durchforschte in seiner Erinnerung ihre Unterhaltung im Zug. Hatte er im Spaß oder Zorn oder Trunk irgend etwas gesagt, das man als Einverständnis mit Brunos Wahnsinnsidee auslegen konnte? Nein, er hatte nichts gesagt. Aber gegen sein Nein stand Brunos Brief, von dem er jedes Wort auswendig wußte: ... *unsere Idee mit den beiden Morden. Sie ist großartig und unbedingt durchführbar. Bestimmt ...*

Draußen war alles schwarze Dunkelheit. Wie kam es, daß er nicht mehr Angst hatte? Fast zylindrisch lag der lange Flugzeugrumpf vor ihm. Jetzt zündete jemand ein Streichholz an, und er spürte den schwachbitteren Geruch des mexikanischen Tabaks. Er sah auf die Uhr: es war vier Uhr fünfzehn.

Im Morgengrauen schlief er ein und überließ sich dem Brüllen und Schütteln der Motoren; ihm war, als wollten sie die Maschine und sein Gehirn in Stücke reißen und alles in der Luft verstreuen. Als er aufwachte, war es Morgen, grau und verhangen, und sein erster Gedanke war: Miriams Liebhaber hat sie umgebracht. Natürlich, das war das Naheliegendste ... Warum hatte er nicht schon vorher daran gedacht? So mußte es gewesen sein, die Opfer waren häufig Frauen wie Miriam. In der Illustrierten El Grafico, die er auf dem Flugplatz gekauft hatte, stand auf der Titelseite ein langer Bericht über den Mord an einem Mädchen (er hatte keine amerikanische Zeitung auftreiben können, obwohl er über der Suche fast das Flugzeug verpaßte) mit dem Bild ihres grinsenden mexikanischen Liebhabers, der das Mordmesser in der Hand hielt. Guy hatte angefangen, den Bericht zu lesen, aber bald aufgegeben, weil er ihn langweilig fand.

Am Flughafen in Metcalf erwartete ihn ein Polizeibeamter in Zivil. Sie stiegen zusammen in ein Taxi.

»Ist der Mörder schon gefaßt?« fragte Guy.

»Nein.« Der Beamte sah müde aus, als sei er die ganze Nacht aufgewesen, genauso wie all die Reporter und Schreiber und Polizisten in dem alten Gerichtsgebäude an der North Side. Guy sah sich in dem langen, hölzernen Raum um; seine Augen suchten Bruno, bevor er sich dessen bewußt wurde. Als er sich eine Zigarette anzündete, erkundigte sich der Mann neben ihm, welche Sorte das sei, und Guy reichte ihm eine. Es waren Belmonts, und sie gehörten Anne; er hatte sie beim Packen eingesteckt.

»Guy Daniel Haines, 717 Ambrose Street, Metcalf ... Wann sind Sie aus Metcalf abgefahren? ... Wann sind Sie in Mexico City angekommen?«

Stühlescharren. Eine Schreibmaschine nahm auf, was er aussagte.

Ein zweiter Polizist in Zivil mit Dienstabzeichen, offener Jacke und vorstehendem Bauch trat heran. »Warum sind Sie nach Mexiko gefahren?«

»Ich wollte Freunde besuchen.«

»Wen?«

»Faulkners. Alex Faulkner aus New York.«

»Warum haben Sie Ihrer Mutter nicht gesagt, wohin Sie gefahren sind?«

»Ich hab's ihr gesagt.«

»Sie wußte nicht, wo Sie wohnten in Mexico City«, teilte ihm der Beamte kühl mit und blickte wieder in seine Notizen. »Am Sonntag haben Sie Ihrer Frau einen Brief geschrieben und Sie um die Scheidung gebeten. Was hat sie darauf geantwortet?«

»Daß sie mit mir darüber sprechen wollte.«

»Daran lag Ihnen aber nichts, nicht wahr?« fragte eine klare Tenorstimme. Guy sah den jungen Polizeiofficer an und schwieg.

»War das Kind, das sie erwartet hatte, von Ihnen?«

Er wollte antworten, wurde aber unterbrochen. »Warum sind Sie letzte Woche zu Ihrer Frau nach Texas gekommen?«

»War es Ihnen nicht sehr dringend mit der Scheidung, Mr. Haines?«

»Sie lieben doch Anne Faulkner, nicht wahr?«

Lautes Lachen.

»Sie wissen, daß Ihre Frau einen Freund hatte, Mr. Haines. Waren Sie eifersüchtig?«

»Auf das Kind wollten Sie doch die Scheidung stützen, nicht wahr?«

»Das ist alles«, sagte eine Stimme.

Ein Foto wurde ihm zugeworfen; das Bild verschwamm vor seinen zornigen Augen und wurde dann klar: ein langer, dunkler Kopf, hübsche, dümmliche braune Augen, ein männliches Kinn – es hätte ein Filmschauspieler sein können. Er wußte sofort, daß mußte Miriams Freund sein; auf diesen Typ war sie schon immer geflogen.

»Nein«, sagte Guy.

»Haben Sie nicht mehrfach mit ihm gesprochen?«

»Das ist alles!«

Ein bitteres Lächeln spielte um seine Lippen, und gleichzeitig hätte er wie ein Kind heulen mögen. Vor dem Gericht nahm er ein Taxi. Auf der Heimfahrt las er auf der ersten Seite des *Metcalf Star* den zweispaltigen Bericht.

Suche nach Frauenmörder geht weiter

12. Juni. – Die Suche nach dem Mörder von Mrs. Miriam Joyce Haines aus Metcalf, die Sonntag abend auf der Metcalf-Insel einem unbekannten Würger zum Opfer fiel, wird fortgesetzt. Zwei Spezialisten für Fingerabdrücke versuchen die Spuren auf verschiedenen Rudern und Ruderbooten am Anlegesteg von Metcalf zu identifizieren. Gestern nachmittag wurde die Vermutung geäußert, die Tat sei von einem Wahnsinnigen verübt worden. Außer undeutlichen Fingerabdrücken und einigen Fußspuren am Tatort hat die Polizei keine wesentlichen Hinweise gefunden.

Eine wichtige Aussage wird bei der gerichtlichen Untersuchung von Mr. Owen Markman (30 J.), Stauer aus Houston, erwartet, der der Verstorbenen nahestand.

Die Beisetzung findet heute auf dem Friedhof von Remington statt. Abfahrt vom Howell Funeral Home, College Avenue, um zwei Uhr nachmittags.

Guy zündete sich eine neue Zigarette am Stummel der alten an. Seine Hände bebten noch, aber irgendwie war ihm jetzt wohler. An die Möglichkeit, daß die Tat von einem Wahnsinnigen begangen sein könnte, hatte er nicht gedacht. So war es vielleicht doch nur ein grausiger Unfall.

Seine Mutter saß im Schaukelstuhl in ihrem Wohnzimmer, ein Taschentuch an die Schläfe gepreßt. Sie hatte ihn erwartet, stand aber nicht auf, als er hereinkam. Guy umarmte sie und küßte sie auf die Wange. Erleichtert sah er, daß sie nicht geweint hatte.

»Gestern war ich den ganzen Tag bei Mrs. Joyce«, sagte sie. »Aber ich bringe es nicht fertig, zur Beerdigung zu gehen.«

»Das ist auch gar nicht nötig, Mama.« Er warf einen Blick auf seine Uhr und sah, daß es schon nach zwei war. Er wandte sich ab und fuhr sich mit der Hand über die Stirn.

Seine Mutter sagte leise: »Mrs. Joyce hat mich gefragt, ob du vielleicht etwas weißt.«

Guy drehte sich zu ihr um. Er wußte, Mrs. Joyce hatte etwas gegen ihn. Der Zorn stieg ihm hoch bei dem Gedanken an das, was sie vielleicht zu seiner Mutter gesagt hatte. »Geh da nicht wieder hin, Mama.«

»Nein.«

Oben auf dem Schreibtisch fand er einen Brief und ein kleines quadratisches Päckchen mit dem Namen eines Geschäfts in Santa Fé. Es enthielt einen schmalen Gürtel aus Eidechsenleder mit silberner Schnalle in Form eines H. Auf dem beigefügten Zettel stand:

Habe leider den Plato auf dem Weg zum Postamt verloren. Hoffentlich geht dies als Ersatz. Charley.

Der Briefumschlag stammte aus einem Hotel in Santa Fé. Guy riß ihn auf; eine kleine, gedruckte Karte fiel heraus:

METCALF IST EINE REISE WERT

Er drehte die Karte um und las mechanisch, was dort stand:

Tag und Nacht
Donovan Taxi
Ruf 2-33 33
Jederzeit schnell und zuverlässig

Die Karte gehörte einem Taxiunternehmen in Metcalf, war aber in Santa Fé eingesteckt worden. Hat nichts zu bedeuten, dachte er. Ganz unwichtig. Beweist gar nichts. Aber er zerknüllte die Karte und den Umschlag und das Packpapier und warf alles in den Papierkorb. Er haßte Bruno, das wußte er jetzt. Er nahm das Kästchen wieder aus dem Papierkorb und tat auch den Gürtel hinein. Es war ein hübscher Gürtel, aber er haßte zufällig auch Eidechsen- und Schlangenleder.

Am Abend rief ihn Anne aus Mexico City an. Sie wollte alles wissen, was geschehen war, und er berichtete, was er wußte.

»Und man hat noch gar keinen Verdacht?« fragte sie.

»Nein, anscheinend nicht.«

»Fehlt dir etwas, Guy? Hast du schlafen können?«

»Nein, noch nicht.« Er konnte ihr jetzt nichts von Bruno sagen. Ein Mann hatte zweimal bei seiner Mutter angerufen und nach Guy gefragt; er war überzeugt, daß es Bruno gewesen war; aber Anne konnte er davon erst etwas sagen, wenn er ganz sicher war. Noch ging es nicht.

»Du, wir haben eben die eidesstattlichen Erklärungen abgeschickt, weißt du – daß du hier bei uns warst.«

Er hatte ihr nach dem Gespräch mit einem der Polizeibeamten ein Telegramm geschickt und darum gebeten.

»Nach der gerichtlichen Untersuchung wird schon alles in Ordnung kommen«, sagte er.

Die ganze Nacht über peinigte ihn der Gedanke, daß er Anne nichts von Bruno gesagt hatte. Und er hatte es nicht verschwiegen, um ihr die Aufregung zu ersparen, sondern weil er sich schuldig fühlte.

Einem Gerücht zufolge hatte Owen Markman sich nach Miriams Unfall geweigert, sie zu heiraten, und sie hatte eine Klage wegen gebrochenen Eheversprechens eingeleitet. Guys Mutter berichtete, daß Miriam das Kind tatsächlich durch einen Unfall verloren habe. Mrs. Joyce hatte ihr erzählt, daß Miriam über den Saum eines schwarzseidenen Nachthemdes gestolpert und die Treppe hinuntergefallen sei; es war ein Nachthemd, das Owen ihr geschenkt hatte und das sie sehr liebte. Guy glaubte jedes Wort. Reue und Mitgefühl, wie er sie nie zuvor für Miriam empfunden hatte, stiegen in ihm auf. So unschuldig, dachte er, und so schreckliches Pech hat sie gehabt. Sie tat ihm unbeschreiblich leid.

15

»Höchstens sieben Meter, und mindestens fünf«, sagte der ernsthafte, selbstsichere junge Mann bei der Vernehmung. »Nein, gesehen habe ich niemand.«

»Ich würde sagen, etwa fünf Meter«, sagte das Mädchen Katherine Smith mit weitgeöffneten Augen, die so erschreckt blickten, als sei alles eben erst geschehen. »Vielleicht etwas mehr«, fügte sie leise hinzu.

»Ungefähr zehn Meter. Ich war der erste unten am Boot«, erklärte Ralph Joyce, Miriams Bruder. Er war rothaarig wie Miriam und hatte die gleichen graugrünen Augen. »Ich glaube nicht, daß sie Feinde hatte. Jedenfalls keinen, der so etwas fertigbrächte.«

»Ich habe gar nichts gehört«, sagte Katherine Smith ernst und schüttelte den Kopf.

Ralph Joyce sagte, er habe nichts gehört, und Richard Schuylers sehr bestimmte Aussage endete mit den Worten: »Es muß völlig lautlos geschehen sein.«

Durch die ständig wiederholten Aussagen verlor das Geschehene allmählich seinen Schrecken für Guy. Das Unglaubliche bei der ganzen Sache war, daß die Tat in unmittelbarer Nähe der drei Freunde begangen worden war. Nur ein Wahnsinniger konnte so etwas riskieren.

»Waren Sie der Vater des Kindes, das Mrs. Haines durch die Fehlgeburt verloren hatte?«

»Ja.« Owen Markman hing nach vornüber, die Finger ineinander verschränkt. Er sah trübe und kopfhängerisch aus, nicht zu vergleichen mit dem schönen jungen Mann auf dem Foto.

»Kennen Sie jemand, der Interesse an Mrs. Haines' Tod gehabt haben könnte?«

»Ja.« Markman deutete auf Guy. »Der da.«

Alle Köpfe wandten sich ihm zu. Guy betrachtete Markman angespannt. Zum erstenmal erwog er ernsthaft die Möglichkeit, ob Markman sie nicht doch getötet hatte.

»Und aus welchem Grund, bitte?«

Owen Markman zögerte eine Weile und murmelte dann etwas von Eifersucht.

Auf Befragen konnte er nicht einen einzigen triftigen Grund angeben, aber jetzt wurde von allen Seiten der Verdacht auf Eifersucht geäußert. Selbst Katherine Smith meinte: »Ja, ich glaube wohl.«

Guys Anwalt lachte in sich hinein. Er hatte die Erklärungen der Faulkners vor sich liegen. Guy fand das Lachen ekelhaft. Er haßte solche Gerichtsverfahren. Zweck war nicht die Wahrheitsfindung, sondern jeder Anwalt bemühte sich, dem anderen eins auszuwischen und ihn durch irgendein technisches Detail zu Fall zu bringen.

»Sie haben einen wichtigen Auftrag abgelehnt...«, begann der Coroner.

»Nein, ich habe ihn nicht abgelehnt, sondern nur meine Bewerbung zurückgezogen.«

»Sie haben telegrafiert. Weil Sie nicht wollten, daß Ihre Frau Ihnen dorthin folgte. Als Sie aber in Mexico City von der Fehlgeburt hörten, haben Sie ein zweites Telegramm nach Palm Beach geschickt, daß Sie nun doch wieder an dem Auftrag interessiert seien. Warum?«

»Weil ich unter diesen Umständen nicht mehr befürchten mußte, daß sie darauf bestand, mich zu begleiten. In dieser Woche wollte ich mit ihr über die Scheidung gesprochen haben.« Guy wischte sich den Schweiß von der Stirn. Er sah, wie sein Anwalt mißbilligend die Lippen verzog. Der Anwalt hatte nicht gewollt, daß er die Scheidung im Zusammenhang mit dem neuen Entschluß wegen des Auftrages erwähnte. Das war Guy egal. Es war die Wahrheit; sollten sie daraus machen, was sie wollten.

»Halten Sie es für denkbar, daß der Mann Ihrer Tochter einen solchen Mordplan vorbereitete, Mrs. Joyce?« fragte der Coroner.

»Ja«, sagte Mrs. Joyce mit hocherhobenem Kopf und ganz leichtem Beben in der Stimme. Die unruhigen dunkelroten Augenlider waren fast geschlossen, wie Guy es an ihr kannte; man wußte dann nie, wohin sie eigentlich blickte. »Er wollte die Scheidung.«

Hier wurde Einspruch erhoben, da Mrs. Joyce kurz zuvor ausgesagt hatte, ihre Tochter habe die Scheidung gewollt und Guy Haines nicht, da er sie noch liebte. »Wenn beide die Scheidung wollten – und es ist erwiesen, daß Mr. Haines sie wollte: warum haben sie sich dann nicht scheiden lassen?«

Gelächter. Gerede. Die Fingerabdruckexperten waren noch zu keinem Resultat gekommen. Guys Anwalt wies auf die widersprüchlichen Aussagen der Familie Joyce hin und auf die schriftlichen Aussagen des Ehepaars Faulkner. Schließlich resümierte der Coroner das Gehörte und kam zu dem Schluß: Mord durch einen oder mehrere Unbekannte. Der Fall wurde an die Polizei weitergegeben.

Am nächsten Tag erhielt Guy, gerade als er von zu Hause fortgehen wollte, ein Telegramm:

Herzlichste Glückwünsche aus dem goldenen Westen

Ohne Unterschrift. »Von Faulkners«, sagte er schnell zu seiner Mutter.

Sie lächelte. »Sag Anne, sie soll gut auf meinen Jungen achtgeben.« Sie zog ihn sacht am Ohr und küßte ihn auf die Wange.

Brunos Telegramm lag noch zusammengedrückt in seiner Hand, als er auf dem Flugplatz ankam. Er riß es in Stücke und ließ sie in einen Drahtbehälter am Rand des Flugfeldes fallen.

Jeder der Fetzen flog durch das Drahtnetz und tanzte fröhlich wie Konfetti im Sonnenlicht und Wind über die Rollbahn.

Unablässig grübelte Guy über Bruno. Hatte er es getan oder nicht? Schließlich gab er es auf: es war eigentlich viel zu unglaublich, daß er es wirklich getan hatte. Was bedeutete schon die Karte der Taxivermietung in Metcalf – Bruno war es zuzutrauen, daß er so eine Karte in Santa Fé irgendwo fand und sie dann losschickte. Wenn der Mord nicht die Tat eines Wahnsinnigen war, wie man allgemein – auch der Coroner – annahm, war es doch viel wahrscheinlicher, daß Owen Markman verantwortlich war.

16

Er wollte – mit Ausnahme von Anne – seine ganze Vergangenheit vergessen; trotz aller Ideale und der Mühen und kleinen Erfolge schien sie klein und unwichtig, verglichen mit dem großartigen Hauptgebäude des *Palmyra.* Und je mehr er sich auf die neue Arbeit konzentrierte, desto stärker wurde das Gefühl der Erneuerung auf andere, bessere Weise.

In den nächsten Wochen in Palm Beach versuchte Guy, nicht mehr an Metcalf, an Miriam, an Bruno zu denken. Er konzentrierte sich auf seine Arbeit, die – das sah er schon jetzt – sein ganzes Können an Diplomatie, technischem Wissen und rein physischer Kraft in Anspruch nehmen würde.

Pressefotografen erschienen und machten Aufnahmen von den ersten Anfängen der Hauptgebäude, des Swimming-pools, der Bäder und Terrassen. Auch Klubmitglieder bei der Betrachtung des Geländes wurden fotografiert; unter den Fotos stand dann sicher jedesmal der Betrag, den jeder für das fürstliche Freizeitzentrum gespendet hatte. Manchmal dachte er, ob seine Begeisterung für den Bau vielleicht teilweise auf das viele Geld zurückzuführen war, das dahintersteckte, auf die großzügige Bereitstellung an Raum und Material und die anerkennenden Worte der reichen Leute, die ihn dauernd zu sich einluden und denen er immer absagte. Er wußte, daß er dadurch vielleicht die kleineren Aufträge verlor, die er im nächsten Jahr brauchen würde, aber er wußte auch, daß er sich niemals zu den gesellschaftlichen Verpflichtungen bereitfinden würde, die für die meisten Architekten ganz selbstverständlich waren.

Wollte er abends einmal nicht allein sein, so fuhr er hinaus zu Clarence Brillhart, dem Manager des *Palmyra Clubs.* Er war ein großer älterer Herr mit schlohweißem Haar; Guy wünschte sich oft, so einen Vater gehabt zu haben. Sie aßen zusammen, spielten Schallplatten und unterhielten sich.

Am meisten bewunderte Guy seine Gelassenheit, die ihn weder auf dem hektischen Baugelände noch zu Hause je verließ. Guy hoffte, ihm im Alter zu gleichen, aber er spürte, er war viel zu rastlos und war es immer gewesen. Es war ein Zeichen einer gewissen Würdelosigkeit, wenn man so rastlos war.

Meistens aber las er abends, schrieb Briefe an Anne oder ging früh schlafen, denn er war immer vor fünf Uhr auf und bei der Arbeit. Er kannte fast alle Arbeiter bei Namen, kannte ihr Temperament und ihre Art, den Bau geistig mitzuschaffen oder zu ignorieren. *Mir ist zumute wie dem Dirigenten einer Symphonie,* schrieb er an Anne.

Wenn er in der Dämmerung mit seiner Pfeife vor einem Gebüsch auf dem Golfplatz saß und zu den vier weißen Gebäuden hinüberblickte, dann wußte er, das *Palmyra*-Projekt war fehlerlos und vollkommen. Er wußte es, als er sah, wie die ersten Querteile über die Marmorstützen des Hauptgebäudes gelegt wurden. Das Geschäftshaus in Pittsburgh war damals im letzten Moment verhunzt worden, weil der Bauherr die Fensterseite verändert haben wollte. Der Krankenhausanbau in Chicago war nach Guys Meinung mißlungen, weil das ganze Gesims in dunklerem Stein ausgeführt wurde, als er beabsichtigt hatte. Doch Brillhart ließ keinerlei Einmischung zu, das *Palmyra* sollte so vollkommen werden wie die ursprüngliche Vorstellung, und Guy hatte noch niemals etwas gebaut, das er für vollkommen hielt.

Im August fuhr er nach New York, um Anne zu sehen. Sie arbeitete als Modezeichnerin in einer Textilfirma in Manhattan. Im Herbst wollte sie zusammen mit einer anderen Zeichnerin ein Geschäft aufmachen. Weder Anne noch Guy erwähnten Miriam, bis sie am vierten und letzten Tag seines Aufenthalts hinter Annes Haus am Bach standen. In wenigen Minuten wollte sie ihn zum Flughafen fahren.

»Glaubst du, daß es Markman war, Guy?« fragte Anne plötzlich; und als er nickte, sagte sie: »Schrecklich, aber ich bin eigentlich auch überzeugt davon.«

Dann fand er eines Abends, als er von Brillhart in sein möbliertes Zimmer zurückkam, einen Brief von Bruno vor. Er kam aus Los Angeles und war ihm von seiner Mutter aus Metcalf nachgeschickt worden. Bruno gratulierte ihm zu seiner Arbeit in Palm Beach, wünschte ihm viel Glück und bat ihn um kurze Nachricht. Die Nachschrift lautete:

Hoffentlich ärgert Sie dieser Brief nicht. Ich habe schon oft geschrieben, aber nichts abgeschickt. Ich habe Ihre Mutter angerufen und um Ihre Adresse gebeten, aber sie wollte sie mir nicht geben. Guy, es besteht wahrhaftig kein Grund zur Besorgnis, sonst hätte ich doch nicht geschrieben. Glauben Sie mir, ich bin vorsichtig. Bitte schreiben Sie bald. Ich fahre vielleicht bald nach Haiti. Immer Ihr Freund und Bewunderer.

C. A. B.

Guy starrte auf den Briefbogen in seiner Hand. Als er es nicht mehr in seinem Zimmer aushalten konnte, ging er in eine Bar und hatte im Handumdrehen zwei, drei Gläser getrunken. Im Spiegel hinter der Theke sah er ein sonnenbraunes Gesicht, das ihn anblickte; die Augen erschienen ihm unaufrichtig und ausweichend. *Bruno hat es getan.* Die Erkenntnis kam wie eine donnernde Lawine mit einem Gewicht, das jede Ungewißheit ausschloß, eine verheerende Katastrophe, die nur von der Unvernunft eines Irren bisher aufgehalten worden war. Er blickte sich in der kleinen Bar um, als erwarte er, daß die Wände über ihm zusammenfielen. *Bruno hat es getan.* Und deutlich erkannte er jetzt, wie stolz Bruno darauf war, daß er ihm – Guy – die Freiheit zurückgegeben hatte. Auch die Nachschrift war unmißverständlich, vielleicht auch die Reise nach Haiti. Nur: was *meinte* Bruno bloß? Stirnrunzelnd betrachtete Guy das Gesicht im Spiegel, er senkte die Augen, blickte auf die Hände, auf seine Tweedjacke und die Flanellhose, und es fuhr ihm durch den Kopf, daß er diese Sachen heute morgen angezogen hatte als ein bestimmter Mensch – ein Mann, der er heute abend, wenn er sie auszog, nicht mehr war. Er war dann ein anderer, für alle Zeit, das wußte er jetzt. Dies war ein Augenblick – er wußte nicht, was da vor sich ging, aber er fühlte, daß fortan sein ganzes Leben anders war.

Und jetzt, da es klar war, daß Bruno es getan hatte: warum

zeigte er ihn nicht an? Was fühlte er selbst außer Haß und Abscheu? Hatte er Angst? Er wußte es nicht.

Er wollte Anne anrufen und wartete, bis es zu spät war; schließlich konnte er es um drei Uhr morgens nicht mehr aushalten und rief sie an. Er lag im Dunkeln im Bett und unterhielt sich ganz ruhig mit ihr über alltägliche Dinge, einmal lachte er sogar. Und als er auflegte, war er sicher, daß sie ihm nichts angemerkt hatte. Eigentlich nicht ganz das Richtige. Unrast ergriff ihn von neuem.

Seine Mutter schrieb in ihrem nächsten Brief, der Mann, der sich Phil nannte und der schon angerufen hatte, als Guy in Mexiko war, habe von neuem angerufen und gefragt, wo er ihn erreichen könne. Sie sei beunruhigt, weil es vielleicht mit Miriam zusammenhing. Ob sie es wohl der Polizei melden solle?

Guy schrieb zurück: *Ich weiß jetzt, wer der blöde Anrufer war: Phil Johnson, ein Mann, den ich mal in Chicago kennengelernt habe.*

17

»Du, Charley – was sind das für Ausschnitte hier?«

»Von einem Freund!« schrie Bruno durch die Badezimmertür. Er drehte den Wasserhahn weiter auf, beugte sich über den Waschtisch und konzentrierte sich auf den blankvernickelten Stöpsel. Gleich darauf langte er nach der Whiskyflasche, die unter den Handtüchern im Wäschepuff versteckt war. Als er das Glas mit Whisky und Wasser in der Hand hielt, ließ das Zittern nach; er richtete sich auf und betrachtete ein paar Sekunden prüfend den Silberstreifen auf dem Ärmel der neuen Smokingjacke. Er hatte die Jacke so gern, daß er sie auch im Badezimmer trug. Sein Spiegelbild zeigte ihm einen jungen Mann von Eleganz, einen Freund kühner und geheimnisvoller Abenteuer, mit Humor und Gemüt, Kraft und Zartheit (zum Beweis hielt er vorsichtig das Glas zwischen Damen und Zeigefinger hoch): einen jungen Mann mit Doppelleben. Er trank sich zu.

»Charley?«

»Augenblick, Mom!«

Er blickte sich wild im Badezimmer um. Es hatte kein Fenster. Seit kurzem passierte ihm das etwa zweimal jede Woche:

eine halbe Stunde nach dem Aufstehen hatte er das Gefühl, jemand knie ihm auf der Brust und erdrücke ihn. Er schloß die Augen und atmete mehrere Male schnell und tief ein. Dann begann der Alkohol zu wirken, er besänftigte die aufgestörten Nerven wie eine Hand, die ihm über den Körper strich. Er richtete sich auf und öffnete die Tür.

»Ich rasier mich gerade«, rief er.

Seine Mutter, in Tennisshorts und Oberteil, stand über sein ungemachtes Bett gebeugt, auf dem die Zeitungsausschnitte lagen. »Wer ist das?« fragte sie.

»Die Frau eines Mannes, den ich mal im Zug von New York getroffen habe. Guy Haines heißt er.« Bruno lächelte; er sprach den Namen gern aus. »Interessant nicht? Den Mörder haben sie immer noch nicht gefaßt.«

»Wahrscheinlich ein Verrückter.«

Brunos Gesicht wurde ernst. »O nein, das glaube ich nicht. Die Sache war zu kompliziert.«

Elsie stand auf und schob sich den Daumen in den Gürtel. Der Wulst unter der Gürtellinie verschwand, und einen Moment sah sie so aus, wie Bruno sie sein Leben lang gekannt hatte, straff wie eine Zwanzigjährige bis hinab zu den schlanken Fesseln. »Du, dein Freund Guy sieht nett aus.«

»Tollste Kerl, den ich je gesehen habe. Wirklich scheußlich, daß er da mit drinhängt. Er hat mir im Zug erzählt, daß er seine Frau seit drei Jahren nicht gesehen hatte. Wenn der ein Mörder ist, bin ich auch einer!« Er lächelte über den unfreiwilligen Scherz, und um ihn zu vertuschen, fügte er hinzu: »Die Frau war sowieso 'ne ziemlich flotte Nummer.«

»Darling.« Sie faßte ihn an den beiden eingefaßten Aufschlägen. »Kannst du nicht ein bißchen auf deine Worte achten, solange wir hier sind? Grannie ist manchmal ganz entsetzt, das weiß ich.«

»Grannie wüßte gar nicht, was 'ne flotte Nummer ist«, sagte Bruno heiser.

Elsie warf den Kopf zurück und lachte.

»Ma, du sitzt zu viel in der Sonne. Ich mag dein Gesicht nicht, wenn es so dunkel ist.«

»Ich mag deins auch nicht, wenn es so blaß ist.«

Bruno runzelte die Stirn. Die Stirn seiner Mutter sah geradezu ledern aus, es tat ihm fast weh. Er küßte sie plötzlich auf die Wange.

»Du«, sagte sie, »versprich mir, daß du dich heute eine halbe Stunde in die Sonne setzt, ja? Andere Leute reisen tausend Meilen, um nach Kalifornien zu kommen, und du hockst im Hause!«

Bruno blinzelte sie stirnrunzelnd an. »Ma, du interessierst dich ja gar nicht für meinen Freund!«

»Doch interessiere ich mich. Du hast mir bloß nicht viel von ihm erzählt.«

Er lächelte heimlich. Das stimmte, er war sehr vorsichtig gewesen. Heute zum erstenmal hatte er die Ausschnitte in seinem Zimmer liegenlassen, denn er war überzeugt, daß er und Guy jetzt nicht mehr gefährdet waren. Wenn er jetzt eine Viertelstunde über Guy redete, würde seine Mutter das vermutlich bald vergessen haben. Und vielleicht war das nicht mal mehr nötig. »Hast du das alles gelesen?« Er deutete mit dem Kopf zum Bett.

»Nein, alles nicht. Wieviel hast du heute schon getrunken?«

»Ein Glas.«

»Ich rieche zwei.«

»Na schön, Mom, dann zwei.«

»Darling, könntest du nicht morgens etwas vorsichtiger sein? Trinken am Morgen ist der Anfang vom Ende. Ich habe einen Trinker nach dem anderen . . .«

»Trinker ist ein scheußliches Wort.« Bruno nahm seinen langsamen Gang durchs Zimmer wieder auf. »Mir geht es viel besser, seit ich ein bißchen mehr trinke. Mir bekommt es ausgezeichnet.«

»Gestern abend hast du zuviel getrunken, und das weiß Grannie. Denk bloß nicht, daß sie das nicht merkt.«

»Von gestern abend will ich nichts mehr wissen.« Bruno winkte grinsend mit der Hand.

»Sammie kommt heute morgen rüber. Willst du dich nicht anziehen und runterkommen und beim Tennis für uns zählen?«

»Wenn ich Sammie sehe, krieg ich Bauchweh.«

Elsie ging so unbekümmert zur Tür, als habe sie nichts verstanden. »Versprich mir, daß du dich heute 'n bißchen in die Sonne setzt.«

Er nickte und fuhr sich mit der Zunge über die trockenen Lippen. Er lächelte nicht zurück, als sie die Tür schloß; ihm war zumute, als sei ihm plötzlich etwas Dunkles auf den Kopf gefallen, als müsse er vor etwas fliehen, bevor es zu spät war. Er mußte Guy treffen, bevor es zu spät war! Er mußte seinen Vater loswerden, bevor es zu spät war. Er mußte was unternehmen! Er biß sich auf die Unterlippe und zog die Stirn zusammen; die kleinen grauen Augen schauten blicklos ins Leere. Warum hatte sie gesagt, er solle morgens nichts trinken? Den Morgendrink hatte er so nötig wie keinen sonst. Mit langsam drehender Bewegung schob er die Schultern vor und zurück. Warum war er überhaupt deprimiert? Die Ausschnitte da drüben auf dem Bett bezogen sich alle auf ihn; Wochen waren vergangen, und die blöde Polizei wußte noch immer nichts von ihm, gar nichts außer den Fußspuren, und die Schuhe hatte er längst weggeworfen. Letzte Woche hatte er mit Wilson eine Party im Hotel in San Francisco veranstaltet, aber das war gar nichts im Vergleich zu dem, was er jetzt unternehmen würde, wenn er mit Guy zusammen feiern könnte. Der perfekte Mord! Wie viele Menschen gab es, die einen perfekten Mord verüben konnten auf einer Insel mit Hunderten von Leuten ringsum?

Er gehörte nicht zu den Dummköpfen, von denen in der Zeitung berichtet wurde, sie hätten einen umgebracht, ›um zu sehen, wie das war‹, und die dann nichts weiter zu sagen hatten als: ›Es war nicht so gut wie ich gedacht hatte‹. Wenn einer ihn interviewte, würde er sagen: ›Es war großartig – fabelhaft. Schöner als alles andere.‹ (›Würden Sie es noch mal tun, Mr. Bruno?‹) ›Doch, ja, vielleicht‹, würde er vorsichtig antworten, etwa so wie ein Arktisforscher, den ein Reporter fragt, ob er den nächsten Winter auch wieder im Norden verbringen werde. (›Können Sie uns ein wenig von Ihren Erlebnissen erzählen?‹) Er würde das Mikrophon etwas zu sich heranziehen und nachdenklich aufblicken, während die Welt auf sein erstes Wort wartete. Ja – wie war es gewesen, wie hatte es sich angefühlt? Nun, es gab da nur *das*, wissen Sie, man konnte es mit nichts vergleichen. Sie war ja sowieso eine verdorbene Person. Es war, als ob man eine heiße kleine Ratte umbrachte, nur daß sie eben eine Frau war, dadurch wurde es eben Mord. Es war ekelhaft, wie warm sie sich anfühlte, und er entsann sich, daß er, bevor er die Finger von ihrem Hals löste, erwartete, daß die Hitze aufhörte; nachdem er sie da liegen ließ, mußte sie kalt und häßlich werden, so wie sie in Wirklichkeit war. (›Häßlich, Mr. Bruno?‹) ›Ja, richtig häßlich.‹ (›Finden Sie denn, daß eine

Leiche häßlich ist?‹) Bruno runzelte die Stirn. Nein, eine Leiche war nicht unbedingt häßlich. Wenn das Opfer schlecht war, wie Miriam, müßten sich die Leute doch eigentlich freuen, wenn sie die Leiche sahen, nicht wahr? (›Und Macht, Mr. Bruno?‹) O ja, er hatte ein starkes Gefühl von Macht gehabt, das stimmte. Er hatte ein Leben ausgelöscht. Keiner wußte, was Leben war, jeder setzte sich dafür ein, es war das kostbarste Besitztum, aber er hatte eins ausgelöscht. Es war gefährlich gewesen, seine Hände hatten geschmerzt, und er hatte auch Angst gehabt, sie werde schreien oder irgendein Geräusch von sich geben, aber das alles fiel ab in dem Augenblick, als er fühlte, daß kein Leben mehr in ihr war; nur die seltsame Tatsache war dann noch da, das Geheimnis und das Wunder, daß er diesem Leben ein Ende bereitet hatte. Es wurde so viel geredet vom Wunder der Geburt und des beginnenden Lebens, aber das war doch alles ganz erklärlich, es entstand einfach aus zwei Zellen. Nichts im Vergleich zum Auslöschen eines Lebens. Warum hörte das Leben auf, weil er die Kehle zu fest gepackt hielt? Was war überhaupt Leben? Was fühlte Miriam, nachdem er die Hände weggenommen hatte von ihrem Hals? Wo war sie? Nein, er glaubte nicht an ein Leben nach dem Tode. Sie hatte aufgehört zu leben, und das war eben das Wunder. Oh, er konnte noch viel mehr sagen bei diesem Interview! (›Was bedeutete es für Sie, daß Ihr Opfer eine Frau war?‹) Wo kam denn auf einmal diese Frage her? Bruno zögerte, hatte sich aber gleich wieder gefaßt. Nun – das hatte seinen Genuß noch erhöht. Nein, er schloß daraus nicht, daß es sich bei ihm teilweise um sexuelle Lust handelte. Nein, er haßte Frauen nicht, keineswegs. Sie wissen doch, Haß ist mit Liebe nahe verwandt. Wer hat das gesagt? Er hielt jedenfalls nichts davon. Jedenfalls könne er nur sagen, daß die Lust nicht ganz so stark gewesen wäre, wenn er einen Mann umgebracht hätte. Außer wenn es sein Vater gewesen wäre.

Das Telefon . . .

Bruno starrte den Apparat an. Immer, wenn er ein Telefon sah, mußte er an Guy denken. Wenn er es geschickt machte, konnte er Guy mit zwei Anrufen erreichen, aber das würde ihn vielleicht erzürnen. Lieber abwarten, bis Guy ihm schrieb. Jeden Tag konnte ein Brief von ihm kommen: alles, was Bruno zu seinem Glück noch fehlte, war Guys Stimme – nur ein

Wort von ihm, daß er glücklich sei. Enger als Blutsbrüderschaft war das Band, das ihn jetzt mit Guy verband. Wie viele Brüder liebten ihre Brüder so, wie er Guy liebte?

Bruno öffnete die Balkontür und stellte sich an das schmiedeeiserne Gitter. Tatsächlich, die Morgensonne war angenehm. Bis hinunter zum Ozean lag der Rasen vor ihm, breit und glatt. Jetzt sah er Sammie Franklin, der in weißem Tennisdreß, Schläger unter dem Arm, lachend auf seine Mutter zuging. Er erinnerte Bruno an einen andern Hollywood-Schauspieler, der immer um seine Mutter herumscharwenzelte, als sie vor drei Jahren hier waren. Alexander Phipps hieß er. Wieso hatte er die blöden Namen überhaupt behalten? Er hörte Sammie lachen, als er seiner Mutter die Hand entgegenstreckte; eine alte Aversion stieg in Bruno auf und legte sich wieder. *Merde.* Er wandte die Augen ab von Sammies breitem Flanellhinterteil und blickte weiter hinaus, von links nach rechts. Mehrere Pelikane flogen schwerfällig über eine Hecke und ließen sich auf dem Rasen nieder. Weit draußen auf dem hellen Wasser lag ein Segelboot. Vor drei Jahren hatte er seine Großmutter gebeten, eins zu kaufen, und nun, da es dort lag, hatte er keine Lust zum Segeln.

Man hörte den Aufschlag der Tennisbälle an der braunen Hausecke, dann waren sie verschwunden.

Unten schlug eine Uhr. Wenn mit der Mittagspost heute kein Brief von Guy kam, überlegte er, so könnte er einen Zug nach San Francisco nehmen. Allerdings war die Erinnerung an das letzte Mal in San Francisco nicht allzu erfreulich. Wilson hatte ein paar Italiener mit ins Hotel gebracht, und Bruno hatte sämtliche Dinners und mehrere Flaschen Schnaps bezahlt. Dann hatten sie auf seinem Apparat mit Chicago telefoniert. Das Hotel hatte ihm außerdem zwei Anrufe nach Metcalf auf die Rechnung gesetzt, und an den zweiten konnte er sich überhaupt nicht erinnern. Und dann hatten ihm am letzten Tag zwanzig Dollar für die Bezahlung der Rechnung gefehlt. Er hatte kein Scheckbuch, und das Hotel – das beste Hotel in San Francisco – hatte seinen Koffer zurückbehalten, bis ihm seine Mutter das Geld telegrafisch überwiesen hatte. Nein, nach San Francisco wollte er nicht.

»Charley?« rief eine helle Stimme. Das war seine Großmutter. Er sah, wie sich der geschwungene Türgriff bewegte, machte einen Satz auf das Bett zu, wo noch die Ausschnitte lagen, und dann eine Kehrtwendung zum Badezimmer, wo er schnell noch einmal gurgelte. Seine Großmutter roch Alkohol drei Meilen gegen den Wind.

»Willst du nicht mit mir frühstücken?« fragte sie jetzt.

Er trat aus dem Bad und fuhr sich mit dem Kamm durchs Haar. »Oh – du bist ja schon groß angezogen!« Die zierliche kleine Gestalt drehte sich vor ihm wie ein Modepüppchen. Er lächelte. Das schwarze Spitzenkleid mit der durchschimmernden rosa Seide gefiel ihm. »Sieht aus wie so ein Balkongitter da draußen.«

»Danke schön, Charley. Ich gehe heute vormittag in die Stadt. Vielleicht hast du Lust, mitzukommen?«

»Ja, vielleicht. Doch, ich komme gern mit, Grannie«, sagte er herzlich.

»Ah – *du* hast also meine TIMES ausgeschnitten! Ich dachte, es wäre eins der Mädchen. Da mußt du aber früh aufgestanden sein.«

»Ja«, gab Bruno zu.

»Als ich jung war, haben wir Gedichte aus den Zeitungen ausgeschnitten und gesammelt. Wir sammelten viel solcher Sachen. Was willst du mit den Ausschnitten?«

»Och – nur behalten.«

»Du sammelst doch keine Ausschnitte?«

»Nein.« Sie blickte ihn an. Wenn sie doch die Ausschnitte ansehen wollte, dachte Bruno.

»Ach, du bist ja noch so ein Baby.« Sie kniff ihn leicht in die Wange. »Noch kaum ein bißchen Flaum am Kinn. Ich weiß gar nicht, warum sich deine Mutter so viel Sorgen macht –«

»Tut sie gar nicht.«

»– du brauchst einfach noch Zeit, um erwachsen zu werden. Komm mit nach unten zum Frühstück. Ja, so wie du bist, im Pyjama.«

Auf der Treppe gab ihr Bruno seinen Arm.

»Ich habe ein paar kleine Besorgungen zu machen«, sagte seine Großmutter, als sie ihm Kaffee einschenkte, »und dann könnten wir eigentlich etwas Nettes unternehmen. Vielleicht einen guten Film – einen mit 'nem Mord – oder den Vergnügungspark. Da bin ich ewig nicht gewesen, weißt du.«

Brunos Augen weiteten sich, so weit sie konnten.

»Was wäre dir lieber? Wir können uns die Filmprogramme ja mal ansehen, wenn wir da sind.«

»Ich möchte lieber in den Vergnügungspark, Grannie.«

Es wurde ein schöner Tag. Bruno half ihr beim Aus- und Einsteigen und führte sie durch den Vergnügungspark, obgleich es dort nicht viel gab, was sie mitmachen oder essen konnte. Aber das Riesenrad bestiegen sie zusammen. Bruno erzählte seiner Großmutter von dem Riesenrad in Metcalf. Sie fragte ihn nicht, wann er dort gewesen war. Sammie Franklin war immer noch da, als sie nach Hause kamen, und blieb auch zum Essen. Brunos Augenbrauen zogen sich zusammen, als er ihn sah. Er wußte, seine Großmutter mochte Sammie genauso wenig wie er, und plötzlich stieg in ihm eine Woge von Zärtlichkeit für sie auf, weil sie niemals ein Wort gegen Sammie sagte und auch sonst jeden Lümmel akzeptierte, den seine Mutter mitbrachte. Was hatten Sammie und seine Mutter den ganzen Tag getan? Sie sagten, sie hätten sich einen Film – einen von Sammies Filmen – angesehen. Und oben liege ein Brief für ihn in seinem Zimmer.

Bruno stürzte nach oben. Der Brief kam aus Florida. Mit zitternden Händen, wie nach einem schweren Rausch, riß er ihn auf.

6. September

Lieber Charles,

Ihre Nachricht ist mir ebenso unverständlich wie Ihr starkes Interesse für mich. Ich kenne Sie nur flüchtig, doch immerhin genügend, um zu wissen, daß wir keine gemeinsamen Interessen haben, auf denen eine Freundschaft basieren könnte. Bitte rufen Sie meine Mutter nicht mehr an und schreiben Sie auch mir nicht mehr.

Vielen Dank, daß Sie versuchen wollten, mir das Buch zurückzuschicken. Der Verlust ist ganz unerheblich.

Guy Haines.

Bruno nahm den Brief und las ihn noch einmal durch. Ungläubig hingen seine Augen an einzelnen Worten; die Zungenspitze fuhr über die Oberlippe und verschwand wieder. Ihm war zumute, als stehe er kahlgeschoren am Pranger. Ein bitterer Schmerz packte und schüttelte ihn. Er sah sich in seinem

Zimmer um. Haß ergriff ihn auf alles, was da stand und ihm gehörte. Der Schmerz zog ihm die Brust zusammen. Er fing an zu weinen.

Nach dem Essen entstand oben auf der Terrasse ein Streit zwischen Bruno und Sammie Franklin über die Qualität von Wermut. Sammie behauptete, je trockener der Wermut sei, desto mehr brauche man für einen Martini. Das bestritt Bruno. Er lief nach unten an die Hausbar, um einige Zutaten zu holen und seine Behauptung zu beweisen. Beide machten einen Martini und probierten ihn, und obwohl hiernach Bruno unzweifelhaft recht hatte, beharrte Sammie auf seinem Standpunkt. Bruno kochte.

»Geh doch nach New York und laß dir was beibringen!« schrie er. Seine Mutter war gerade hinausgegangen.

»Du weißt ja überhaupt nicht, was du redest«, gab Sammie zurück. Im Mondlicht sah sein breit grinsendes Gesicht blaugrün und gelblich aus, wie Gorgonzolakäse. »Den ganzen Tag bist du besoffen. Du hast ...«

Bruno packte ihn vorn am Oberhemd und bog ihn rückwärts über das Geländer. Sammies Füße schurrten über die Fliesen. Sein Hemd riß. Als er sich in Sicherheit gebracht hatte, war das Blau aus seinem Gesicht verschwunden, es war nur noch ein bleiches, schattenloses Gelb.

»Wohl ganz von Gott verlassen, was?« schrie er. »Du hättest mich glatt runtergestürzt!«

»Das ist nicht wahr!« heulte Bruno noch lauter. Er konnte plötzlich nicht mehr atmen, genau wie am Morgen. Er nahm die steifen, schweißnassen Finger vom Gesicht. Er hatte doch schon einen Menschen ermordet – sollte er das noch einmal tun? Er hatte im Geist Sammie vor sich gesehen, wie ihn die Spitzen des Eisengeländers unten aufspießten – und da unten hatte er ihn hingewünscht. Er hörte, wie sich Sammie eilig einen Highball zurechtmachte. Er taumelte über die Schwelle der Terrassentür ins Zimmer.

»Bleib bloß weg, verstanden?« schrie Sammie ihm nach. Die zitternde Erregung in seiner Stimme machte Bruno angst. Er sagte nichts, als er seine Mutter im Treppenhaus traf, und ging hinunter, beide Hände fest am Geländer. Er verwünschte das tobende Drehen im Kopf und die Martinis, die er mit Sammie getrunken hatte. Er stolperte ins Wohnzimmer.

»Charley, was hast du Sammie getan?« Seine Mutter war ihm ins Zimmer gefolgt.

»Wa-as hab ich Sammie getaaan?!« Undeutlich sah er, wie sie auf ihn zukam, und hob die Hand, bevor er sich auf das Sofa fallen ließ.

»Charley – komm mit und entschuldige dich.« Ihr weißes Kleid, undeutlich zerfließend, kam näher; der braune Arm griff nach ihm.

»Du – schläfst du etwa mit dem Kerl? *Schläfst du mit dem Kerl?«* Er wußte, sobald er sich zurücklegte, würde alles um ihn herum ins Dunkel versinken. Und schon lag er. Von ihrem Arm fühlte er nichts mehr.

18

Guy war seit einem Monat wieder in New York, und für all seine Unruhe und Unzufriedenheit mit sich selbst, mit der Arbeit, mit Anne, fand er nur einen Grund: Bruno. Es lag an Bruno, daß seit seiner Rückkehr aus Palm Beach so wenig Aufträge gekommen waren. Bruno war schuld daran, daß Guy neulich abends so sinnlos mit Anne gestritten hatte und er dann, als sie ohne ein Wort gegangen war und die Fahrstuhltür sich hinter ihr geschlossen hatte, die acht Stockwerke hinuntergerast war und sie um Verzeihung gebeten hatte.

Und wer weiß, vielleicht lag es auch an Bruno, daß jetzt keine Aufträge hereinkamen. Die Schaffung eines Bauwerks war ein geistiger Akt. Solange er das Wissen von Brunos Tat bei sich behielt, korrumpierte er sich selber. So etwas konnte in ihm zum Ausdruck kommen.

Er hatte beschlossen, die Jagd auf Bruno der Polizei zu überlassen. Doch als die Wochen vergingen und Bruno noch immer auf freiem Fuß war, quälte Guy das Gefühl, daß er handeln müsse. Was ihn noch zurückhielt, war der Widerwille, einen Mann des Mordes zu bezichtigen, und dazu ein sinnloser, aber hartnäckiger Zweifel an Brunos Schuld. Der Gedanke, daß Bruno dieses Verbrechen begangen hatte, kam ihm oft so irrsinnig vor, daß seine vorherige Sicherheit ins Wanken geriet. Manchmal, dachte er, hätte er sogar noch gezweifelt, wenn Bruno ihm ein schriftliches Geständnis geschickt hätte. Und doch sagte ihm sein Verstand, daß Bruno der Täter sein mußte. Diese Überzeugung festigte sich, als die Zeit verging und die Polizei immer noch keinen Schritt vorangekommen war. Aber genau das hatte Bruno vorausgesagt – ein Mord ohne Motiv war nicht aufzuklären ... Guys Brief an Bruno hatte für den Rest des Herbstes seine Wirkung getan; aber kurz bevor er aus Florida abreiste, kam eine sachlich-kurze Mitteilung von Bruno: er werde im Dezember wieder in New York sein und hoffe, dann mit Guy sprechen zu können. Guy war entschlossen, ihn sich vom Halse zu halten.

Die Ratlosigkeit blieb; er grübelte über alles und nichts, am meisten über seine Arbeit. Anne mahnte ihn, doch Geduld zu haben. Sie erinnerte ihn daran, daß er sich in Florida bewährt habe. Mehr als je hielt sie Trost und Zärtlichkeit für ihn bereit, die er so nötig brauchte und die er doch, in Momenten hartnäkkiger Depression, von sich wies.

Mitte Dezember klingelte eines Morgens das Telefon. Guy war gerade dabei, sich die Zeichnungen für das Haus in Connecticut anzusehen. »Hallo, Guy. Hier ist Charley.«

Guy warf einen Blick auf seinen Kollegen Myers, mit dem er das Büro teilte; er stand über den Zeichentisch gebeugt. Guy legte langsam den Hörer zurück auf die Gabel.

Gleich darauf klingelte es von neuem.

»Guy, ich möchte Sie sprechen«, sagte Bruno.

»Bedaure. Ich habe keine Zeit.« Guy stand auf.

Bruno lachte gezwungen. »Was'n los? Sind sie nervös, Guy?«

»Ich wünsche nicht, Sie zu sehen, das ist alles.«

»Aha. Gut«, sagte Bruno tief verletzt.

Guy wartete; er war entschlossen, nicht zuerst den Rückzug anzutreten. Schließlich legte Bruno auf.

Guys Kehle war trocken; er ging hinüber zum Wasserbehälter in der Ecke des Raumes. Dahinter schien die Sonne genau diagonal auf die große Luftaufnahme der vier fast fertigen *Palmyra*-Bauten. Er wandte sich ab. Anne würde ihm jetzt vorhalten, daß seine alte Schule in Chicago ihn um einen Vortrag gebeten hatte und daß er für eine führende Architektur-Zeitschrift einen Artikel schreiben sollte. Was neue Aufträge anging, so war der *Palmyra Club* etwa so wirksam gewesen wie ein Boykottaufruf. Wie konnte es auch anders sein – verdankte er den *Palmyra*-Auftrag nicht Bruno? Einem Mörder?

Wenige Tage später kam er an einem verschneiten Abend mit Anne die Steinstufen seines Hauses in der West Fifty-third-Street hinunter und sah auf dem Gehweg eine lange, barhäuptige Gestalt stehen, die zu ihnen aufblickte. Ein leichter Schreck durchfuhr ihn, und unwillkürlich preßte er die Hand fester um Annes Arm.

»Tag«, sagte Brunos melancholisch-weiche Stimme. Sein Gesicht war im Dämmern kaum zu sehen.

»Tag«, sagte Guy wie zu einem Fremden und ging weiter.

»Guy!«

Guy und Anne wandten sich gleichzeitig um. Bruno kam auf sie zu, die Hände in den Manteltaschen.

»Was gibt's?« fragte Guy.

»Ich wollte bloß mal guten Tag sagen. Und fragen, wie's geht.« Bruno starrte Anne erstaunt lächelnd an; Groll stand in seinem Gesicht.

»Mir geht's ausgezeichnet«, gab Guy ruhig zurück. Er wandte sich ab und zog Anne mit sich.

»Wer ist das?« flüsterte Anne.

Guy hätte sich gern umgedreht. Er wußte, Bruno stand da, wo sie ihn stehengelassen hatten, und blickte ihnen nach; vielleicht weinte er. »Das ist ein Mann, der letzte Woche bei uns nach Arbeit gefragt hat.«

»Kannst du nichts für ihn tun?«

»Nein. Er ist ein Trinker.«

Ostentativ begann er jetzt von ihrem neuen Haus zu reden; er wußte, es war das einzige Thema, bei dem seine Stimme halbwegs normal klang. Er hatte das Grundstück gekauft, und jetzt wurden die Fundamente gelegt. Nach Neujahr wollte er ein paar Tage hinfahren.

Während sie im Kino saßen, grübelte er, wie er Bruno abschütteln und ihm so viel Angst einjagen konnte, daß er ihn in Ruhe ließ. Was nur mochte Bruno von ihm wollen?

19

Bruno hatte gar nicht nach Haiti fahren wollen. Die Reise war ein Ausweg, eine Flucht. New York oder Florida oder irgendein anderer Ort auf dem amerikanischen Kontinent war nicht zu ertragen, weil Guy dort war und ihn nicht sehen wollte. Um seine Depression zu bekämpfen, hatte er zu Hause in Great Neck eine Menge getrunken; und um sich zu beschäftigen, hatte er das Haus und das Grundstück in Schritten ausgemessen, seines Vaters Zimmer sogar mit dem Zentimetermaß. Starrsinnig kroch er gebückt überall herum, nahm immer wieder Maß, wie ein Automat, der nur ab und zu ein wenig aus der Spur gerät, schwankend, taumelnd – ein Betrunkener, aber kein Irrer. So verbrachte er nach dem Zusammentreffen mit Guy zehn lange Tage und wartete, daß seine Mutter und ihre Freundin Alice Leffingwell ihre Reisevorbereitungen beendeten.

Er hatte jetzt manchmal das Gefühl, sein ganzes Ich sei in einem noch unerklärlichen Zustand der Metamorphose. Die Tat, die er vollbracht hatte, war – wenn er allein im Hause war – wie eine Krone, aber es war eine Krone, die niemand sonst sah. Oft und schnell brach er in Tränen aus. Einmal hatte er zum Lunch ein Kaviar-Sandwich haben wollen, weil ihm das Allerbeste zustand, großkörniger schwarzer Kaviar; und da nur roter im Hause war, hatte er Herbert losgeschickt, er sollte schwarzen holen. Dann hatte er ein Viertel von dem Toast mit Kaviar gegessen und dazu Whisky mit Soda getrunken, und darauf lange das dreieckige Stück Toast angestarrt, das sich schließlich an einer Ecke umbog. Darüber war er fast eingeschlafen, so lange hatte er es angestarrt, bis es gar kein Sandwich mehr war und das Glas auch kein Glas mehr, nur die goldgelbe Flüssigkeit gehörte noch zu ihm, und er hatte alles auf einmal heruntergegossen. Das leere Glas und der Toast waren auf einmal lebendig und machten sich über ihn lustig. Dann war unten ein Schlachterwagen weggefahren, Bruno hatte die Stirn gerunzelt, weil plötzlich alles lebendig wurde und vor ihm flüchtete: der Wagen, das Sandwich, das Glas; die Bäume konnten nicht weg, aber sie verhöhnten ihn ebenso wie das Haus, das ihn gefangenhielt. Er hatte mit beiden Fäusten gegen die Wand geschlagen, dann das Sandwich ergriffen und das freche Dreieck Stück für Stück im leeren Kamin verbrannt, wobei die Kaviarkörnchen aufplatzten wie kleine Menschen, die einer nach dem andern sterben mußten.

Mitte Januar fuhr er dann mit seiner Mutter, Alice Leffingwell und vier Besatzungsmitgliedern – darunter zwei Puertorikanern – auf der Jacht ›Fairy Prince‹ nach Haiti. Alice hatte den ganzen Herbst und Winter gebraucht, um ihrem früheren Mann die Jacht abzuringen. Sie feierte mit der Reise ihre dritte Scheidung und hatte Bruno und seine Mutter schon vor Monaten dazu eingeladen. In den ersten Tagen verbarg Bruno seine Freude an der Fahrt hinter einer Wand von gleichgültiger Langeweile, von der jedoch niemand Notiz nahm. Alice und seine Mutter saßen ganze Nachmittage und Abende zusammen in der Kabine und schwatzten, und die Vormittage verschliefen sie. Weil er sich trotz der Aussicht, vier Wochen in der Gesellschaft einer alten Schachtel wie Alice zu verbringen, recht wohl fühlte, redete er sich ein, er habe immerhin eine anstrengende Zeit hinter sich, weil er dafür sorgen mußte, daß ihm die Polizei nicht auf die Spur kam; er brauche daher jetzt Ruhe und Erholung, um im einzelnen festzulegen, wie er seinen Vater loswerden konnte. Außerdem sagte er sich, je mehr Zeit jetzt verging, desto eher war Guy vielleicht nachher bereit, seine Haltung zu ändern.

Er entwarf an Bord zwei oder drei Schlüsselskizzen für den Mord an seinem Vater; die anderen Pläne zu Hause konnten dann als Varianten benutzt werden. Er war sehr stolz auf seine Pläne: einer mit Pistole im Schlafzimmer, einer mit Messer und zwei Fluchtwegen, und einer mit entweder Pistole oder Messer oder Erdrosselung in der Garage, wo sein Vater jeden Abend um halb sieben den Wagen einstellte. Es war dort zwar nicht dunkel, das war der Nachteil an diesem Plan, aber dafür war er verhältnismäßig einfach. Es war ihm, als hörte er richtig das ›Klick‹ beim Einrasten der Operation. Trotzdem mußte er jede Zeichnung, sobald sie fertig war, aus Sicherheitsgründen gleich vernichten; andauernd machte er Zeichnungen und zerriß sie sofort wieder. Von Bar Harbour bis zur südlichsten der Virgin Islands hatte er viele seiner Ideen in den Ozean versenkt, als die ›Fairy Prince‹ eines Tages Cape Maisi erreichte und Kurs auf Port-au-Prince nahm.

»Ein Prinzenhafen für meinen Prinzen!« rief Alice in einer Pause der vielen Unterhaltungen mit seiner Mutter.

Bruno saß in einer schattigen Ecke, etwas entfernt von den beiden, und zerknüllte das Papier, auf dem er gezeichnet hatte. Er hob den Kopf. Links am Horizont kam wie ein grauer Strich jetzt Land in Sicht – Haiti. Nun, da es sichtbar wurde, erschien es ihm fremder und weiter entfernt als vorher. Er fuhr immer weiter und weiter weg von Guy. Er erhob sich aus dem Liegestuhl und trat an die Reling. Sie wollten mehrere Tage in Haiti bleiben und dann weiter südwärts fahren. Bruno stand ganz still; er fühlte, wie Ohnmacht und Hilflosigkeit sich in ihn einfraßen, wie es die Tropensonne, die seine blassen Waden bräunte, äußerlich tat. Er riß den Plan in kleine Stücke, öffnete die Hand und ließ die Fetzen los, aber der Wind trug sie nicht ins Wasser, sondern vorwärts.

Ebenso wichtig wie der Plan war es natürlich, jemanden für die Ausführung zu finden. Er würde es selber tun, wenn er nicht genau wüßte, daß Gerard, der Privatdetektiv seines Vaters, ihm die Tat sofort anhängen würde, wie sorgfältig sie auch ausgeführt war. Außerdem wollte er das Schema der Nicht-Motivierung noch einmal ausprobieren. Matt Levine oder Carlos – das Dumme war, daß er sie beide kannte. Und es war auch gefährlich, mit jemandem zu verhandeln, wenn man nicht sicher war, daß der andere es tun würde. Bruno hatte Matt ein paarmal getroffen, hatte aber von dem Plan nichts erwähnen können.

In Port-au-Prince passierte etwas, das Bruno niemals vergessen würde. Er fiel am zweiten Nachmittag, als er aufs Schiff zurückkam, über die Gangway ins Wasser. Die dampfende Hitze hatte ihn benommen gemacht, und der Rum machte alles noch schlimmer. Er kam vom Hotel *La Citadelle* und wollte auf dem Schiff die Abendschuhe seiner Mutter holen. In einer Bar am Hafen trank er noch einen geeisten Whisky. Einer der Puertorikaner aus der Crew – Bruno hatte ihn gleich nicht leiden können – saß in der Bar, schwer betrunken, und lärmte herum, als ob ihm die Stadt, das Schiff und das übrige Lateinamerika allein gehörte. Er nannte Bruno einen ›weißen Affen‹ und noch einiges andere, was Bruno nicht verstand, worüber aber alle ringsum laut lachten. Bruno verließ die Bar einigermaßen würdevoll, angeekelt und viel zu müde zum Kämpfen; aber er beschloß, Alice alles zu berichten, damit sie den Puertorikaner feuerte und auf die Schwarze Liste setzen ließ. Kurz bevor er das Schiff erreichte, holte ihn der Puertorikaner ein und redete immer weiter. Als Bruno dann über die Gangway ging, taumelte er gegen das Halteseil und fiel hinunter in das schmutzige Wasser. Er konnte nicht behaupten, der Mann habe ihn gestoßen, denn das hatte er nicht. Der Puertorikaner und ein anderer Matrose fischten ihn aus dem Wasser und schleppten ihn, immer noch lachend, ins Bett. Bruno kroch von der Koje herunter, holte sich die Rumflasche und trank mehrere Schluck unverdünnt, dann ließ er sich auf das Bett fallen, immer noch in seiner nassen Unterwäsche, und schlief ein. Später kam seine Mutter mit Alice herein und schüttelte ihn.

»Was war los?« fragten sie immer wieder und kicherten so, daß er sie kaum verstand. »Was ist passiert, Charley?«

Die Gestalten verschwammen vor ihm, nur die Stimmen waren deutlich und scharf. Er fuhr zurück, als ihn Alice an der Schulter packte. Reden konnte er nicht, aber er wußte genau, was er sagen wollte. Was wollten sie überhaupt hier in seiner Kabine, wenn sie ihm keine Botschaft von Guy brachten?

»Guy – wer ist Guy?« fragte seine Mutter.

»Geht raus!« schrie er, und er meinte sie beide.

»Er ist hinüber«, sagte seine Mutter klagend, als stände sie im Krankenhaus und er sei schon so gut wie tot. »Mein armer Junge. Mein armer, armer Junge.«

Bruno riß den Kopf zurück, als sie mit dem kühlen Waschlappen kam. Er haßte sie beide, und er haßte auch Guy. Er hatte für ihn getötet und die Polizei getäuscht, er hatte sich still verhalten, wie Guy es wollte, er war für ihn in das dreckige Wasser gefallen, und Guy wollte ihn nicht mal sehen! Guy trieb sich mit einem Mädchen herum, er war gar nicht unglücklich, er hatte keine Angst, bloß für Bruno hatte er keine Zeit! Dreimal hatte er sie in New York in der Nähe von Guys Wohnung gesehen. Wenn er sie hier vor sich hätte, würde er sie umbringen, genau wie Miriam!

»Charley – Charley – komm, sei doch ruhig!«

Guy wollte wieder heiraten, und dann hatte er erst recht keine Zeit für ihn. Er war schon jetzt überall beliebt, und wer weiß, ob das Mädchen es ehrlich mit ihm meinte. Er hatte sie auch in Mexiko besucht, er war nicht nur mit Freunden zusammen gewesen. Kein Wunder, daß er Miriam aus dem Weg haben wollte! Und damals im Zug hatte er kein Wort von Anne Faulkner erwähnt! Guy hatte ihn glatt ausgenutzt. Vielleicht kriegte er Guy dazu, seinen Vater zu ermorden, ob es ihm paßte oder nicht. Einen Mord kann jeder begehen. Guy hatte das damals nicht glauben wollen, das wußte Bruno noch.

»Kommen Sie, lassen Sie uns ein Glas zusammen trinken«, sagte Bruno. Er war plötzlich aus dem Nichts auf dem Gehweg aufgetaucht.

»Bedaure, ich habe keine Lust. Ich stelle Ihnen keinerlei Fragen. Aber ich habe keine Lust.«

»Mir ganz egal, ob Sie Fragen stellen«, sagte Bruno mit schwachem Lächeln; seine Augen waren auf der Hut. »Kommen Sie doch mit da rüber. Auf zehn Minuten.«

Guy sah sich um. Hier ist er, dachte er; ruf doch die Polizei. Oder wirf dich auf ihn, schlag ihn zu Boden. Aber er tat nichts und blieb still stehen.

»Zehn Minuten.« Brunos Lächeln warb und lockte.

Guy hatte seit Wochen nichts von Bruno gehört. Er versuchte jetzt, sich den Ärger jenes Abends im Schnee zurückzurufen und seinen Entschluß, Bruno der Polizei zu übergeben. Jetzt war der kritische Moment gekommen. Er ging mit. Sie traten in eine Bar in der Sixth Avenue und nahmen hinten in einer Nische Platz.

Brunos Lächeln vertiefte sich. »Wovor haben Sie eigentlich Angst, Guy?«

»Angst? Nicht die geringste.«

»Und sind Sie jetzt glücklich?«

Guy saß steif auf der Bank. Sein Gegenüber war ein Mörder, dachte er. Diese Hände hatten sich um Miriams Hals gekrallt ...

»Guy, hören Sie: warum haben Sie mir kein Wort von Anne erzählt?«

»Wieso – von Anne?«

»Ich hätt's einfach gern gewußt. Damals im Zug.«

»Dies ist das letzte Mal, daß wir uns treffen, Bruno.«

»Warum? Ich will doch nur Ihr Freund sein, Guy.«

»Ich werde Sie der Polizei übergeben.«

»So – und warum haben Sie das nicht schon in Metcalf getan?« In Brunos Augen erschien ein schwach rosiger Glanz. Kein anderer hätte die Frage so ruhig, unpersönlich, traurig und doch triumphierend stellen können. Seltsam, dachte Guy: in demselben Ton hatte ihm seine innere Stimme die gleiche Frage gestellt.

»Weil ich noch nicht sicher war, daß Sie es getan haben.«

»Was wollen Sie noch – ein schriftliches Geständnis?«

»Ich kann Sie immer noch anzeigen.«

»Nein, das können Sie nicht. Die haben nämlich jetzt viel mehr gegen Sie in der Hand als gegen mich.«

»Was soll das heißen?«

»Was liegt denn gegen mich vor? Gar nichts.«

»Dazu könnte ich ja einiges aussagen.« Zorn packte Guy.

Bruno zog befriedigt die Brauen zusammen. »Wenn ich aussagte, daß Sie mich dafür bezahlt haben, dann würde das glänzend zu allem andern passen.«

»Das ist mir völlig einerlei.«

»Ihnen vielleicht, aber nicht der Polizei.«

»Zu allem andern – was denn überhaupt?«

»Der Brief, den Sie an Miriam geschrieben haben«, sagte Bruno sanft. »Wo Sie so taten, als träten Sie von dem Auftrag zurück. Und die ganze Reise nach Mexiko, die so hübsch dazu paßte.«

»Sie sind ja wahnsinnig.«

»Guy, Ihre Einwände sind zwecklos, geben Sie's zu!« Brunos Stimme hob sich fast hysterisch, um den Lärm der Musikbox zu übertönen, die jemand in Gang gesetzt hatte. »Ich hab Sie doch gern, Guy, ich schwöre es. Wir sollten nicht so miteinander reden.«

Guy regte sich nicht. Die Sitzkante schnitt ihm ins Fleisch. »Mir liegt nichts an Ihrer Freundschaft.«

»Wenn Sie der Polizei was sagen, landen wir beide im Gefängnis. Ist Ihnen das nicht klar?«

Daran hatte Guy auch schon gedacht. Wenn Bruno bei seinen Lügen blieb, konnte es zu einem langen Prozeß kommen, zu einem Verfahren, das vielleicht nie entschieden wurde, wenn Bruno nicht zusammenbrach, und damit war nicht zu rechnen. Das erkannte Guy an der monomanen Intensität, mit der ihn Bruno jetzt anstarrte. Ich werde mich nicht mehr um ihn kümmern, dachte Guy. Ich halte mich raus; soll die Polizei ihn doch einfangen. Er ist irrsinnig genug, einen umzubringen, wenn man was unternimmt.

»Sie haben mich in Metcalf nicht angezeigt, weil Sie mich gern haben, Guy. Sie mögen mich doch.«

»Ich mag Sie überhaupt nicht.«

»Aber Sie zeigen mich auch nicht an, nein?«

»Nein«, sagte Guy mit zusammengebissenen Zähnen. Brunos Ruhe erstaunte ihn. Bruno hatte gar keine Angst vor ihm. »Nein, ich will nichts mehr trinken, ich gehe.«

»Augenblick.« Bruno zog Geld aus der Brieftasche und gab es dem Kellner. Guy blieb unschlüssig sitzen.

»Netter Anzug.« Bruno lächelte und wies mit den Augen auf Guys Brust.

Der neue graue Flanellanzug mit den Nadelstreifen. Er hatte ihn kürzlich erst gekauft, und ebenso die neuen Schuhe und die krokodillederne Brieftasche, die neben ihm auf der Bank lag.

»Wo wollen Sie hin?« fragte Bruno.

»In die Stadt.« Er sollte um sieben den Vertreter eines potentiellen Auftraggebers im Hotel *Fifth Avenue* treffen.

Er blickte in Brunos schmale, sinnende Augen. »Was wollen Sie eigentlich von mir, Bruno?«

»Das wissen Sie«, sagte Bruno ruhig. »Wir haben ja im Zug darüber gesprochen. Austausch der Opfer. Sie bringen meinen Vater um.«

Guy brachte keinen Ton heraus. Er hatte es gewußt, bevor Bruno es aussprach – eigentlich schon seit Miriams Tod. Er starrte in Brunos unbewegliche, noch immer nachdenkliche Augen; der ruhige Irrsinn darin faszinierte ihn. Als Kind hatte er in der Straßenbahn einen mongoloiden Jungen so angestarrt, entsann er sich, mit der gleichen schamlosen und beharrlichen Neugier. Und mit Angst.

»Ich würde Ihnen natürlich alles Wissenswerte bis ins letzte Detail mitteilen.« Bruno verzog den Mund und lächelte amüsiert und gleichzeitig entschuldigend. »Es wäre ganz einfach.«

Er haßt mich, dachte Guy plötzlich. Er würde mich liebend gern ebenfalls umbringen.

»Wenn Sie nicht wollen, so wissen Sie ja, was ich dann tue.« Bruno machte eine Bewegung, als schnippe er mit den Fingern, aber die Hand blieb schlaff auf dem Tisch liegen. »Ich zeige Sie an.«

Laß ihn, dachte Guy. Laß ihn doch. »Mir können Sie keine Angst einjagen. Ich könnte sehr leicht beweisen, daß Sie wahnsinnig sind.«

»Ich bin nicht wahnsinniger als Sie!«

Einen Augenblick später beendete Bruno das Interview. Er sagte, er habe um sieben eine Verabredung mit seiner Mutter.

Auch bei dem nächsten, viel kürzeren Treffen war Guy, wie er nachher feststellte, der Verlierer. Bruno versuchte ihn abzufangen, als er an einem Freitag abend das Büro verließ und nach Long Island zu Anne fahren wollte. Guy schob ihn einfach beiseite und stieg in ein Taxi. Aber das Bewußtsein, daß er davongelaufen war, beschämte ihn und begann seine innere Sicherheit zu untergraben. Er wünschte, er hätte ein Wort zu Bruno gesagt – ihm einen Augenblick die Stirn geboten.

21

In den nächsten Wochen stand Bruno beinahe jeden Abend vor Guys Bürohaus. Und wenn nicht dort, dann wartete er vor seiner Wohnung. Kein Wort, kein Zeichen: stumm stand die große Gestalt mit den Händen in den Taschen des langen, fast militärisch geschnittenen Mantels, der ihm eng wie eine Röhre am Körper saß. Nur die Augen folgten ihm, das wußte Guy, obwohl er sich erst umblickte, wenn er außer Sicht war. Zwei Wochen lang. Dann kam der erste Brief.

Er bestand aus zwei Bogen: auf dem ersten fand sich eine Zeichnung von Brunos Haus, dem Grundstück mit den Straßen ringsum und dem Weg, den Guy nehmen sollte, alles sauber mit Tinte in punktierten und gestrichelten Linien gezeichnet. Der zweite Bogen war eng mit der Maschine beschrieben und enthielt einen klaren und detaillierten Plan für den Mord an Brunos Vater. Guy zerriß den Bogen und bereute es sofort: er hätte ihn als Beweismittel gegen Bruno behalten sollen. Er bewahrte die Papierstückchen auf.

Das wäre nicht nötig gewesen, denn jetzt kam alle zwei oder drei Tage ein ähnlicher Brief. Zuweilen klangen sie betrunken, das merkte man auch an den Tippfehlern und an den Gefühlsausbrüchen. Dann erging er sich entweder in Beteuerungen brüderlicher Liebe oder Drohungen, er werde Guy bis ans Lebensende hetzen, seine Karriere ruinieren und seine ›Liebesaffären‹ vernichten. Aber in jedem Brief wurden die notwendigen Einzelheiten wiederholt, als erwarte Bruno, daß die meisten Briefe ungelesen vernichtet wurden. Jedesmal beschloß Guy, den nächsten sofort zu zerreißen; kam er dann aber, öffnete er ihn doch. Bruno hatte für den Mord drei Pläne ausgearbeitet und überließ es Guy, welches Planes er sich bedienen wollte. Bruno selber schien dem einen den Vorrang zu geben, bei dem es sich darum handelte, daß Guy, mit einer Pistole bewaffnet, über die Hintertreppe ins Haus eindringen sollte ...

Die Briefe übten auf Guy eine seltsame, beinahe lähmende Wirkung aus. Nachdem er den Schock des ersten Briefes überwunden hatte, ließen ihn die nächsten beinahe kalt. Als er dann den zehnten, zwölften, fünfzehnten im Briefkasten fand, begannen die Worte wie mit kleinen Hämmern auf sein Gehirn und sein Bewußtsein einzuschlagen. Er versuchte vergeblich, seinen Geisteszustand zu analysieren. Was beunruhigte ihn nur so? Er wußte genau, daß ihm von Bruno selber keine Gefahr drohte; Bruno würde sich nie gegen ihn wenden oder sogar nur versuchen, ihn umzubringen ... Aber trotz aller Vernunftgründe wurde die Spannung nicht geringer oder weniger nervenzerrüttend.

Im einundzwanzigsten Brief wurde Anne erwähnt. *Sie wollen doch nicht, daß Anne erfährt, welche Rolle Sie bei Miriams Tod gespielt haben, oder? Glauben Sie, daß Anne einen Mörder heiraten würde? Die Zeit wird immer knapper. Mitte März ist der letzte Termin. Bis dahin wäre alles kinderleicht.*

Dann traf die Pistole ein. Seine Wirtin überreichte Guy das Paket in braunem Packpapier. Er lachte auf, als die Waffe herausfiel – eine großkalibrige Pistole, glänzend und offenbar nagelneu. Einem Impuls folgend, holte Guy seinen eigenen kleinen Revolver hinten aus der obersten Schreibtischschublade hervor. Er hatte ihn vor fünfzehn Jahren in einem überfüllten Pfandleihergeschäft der Lower Main Street in Metcalf gekauft, von dem Geld, das er mit Zeitungsaustragen verdient hatte – nicht weil er einen Revolver haben wollte, sondern weil dieser so hübsch war. Die kleine, kompakte Form, der schmale Lauf und der Perlmutterhandgriff hatten ihn entzückt. Er hatte ihn die ganzen Jahre lang aufbewahrt. Er öffnete die Kammer, nahm die drei Kugeln heraus und drehte die Trommel einmal herum, indem er sechsmal auf den Abzug drückte und dabei bewundernd auf das feste Klicken des tadellosen Mechanismus horchte. Dann schob er die Kugeln wieder ein, steckte den Revolver in das lavendelblaue Flanellsäckchen und legte ihn in die Schublade zurück.

Wie sollte er die Pistole loswerden? Er konnte sie natürlich in den Fluß oder in den Müllschlucker werfen, was melodramatisch und außerdem riskant wäre. Schließlich verstaute er die Waffe unter seiner Wäsche; dort mochte sie liegen, bis ihm etwas Besseres einfiel. Plötzlich mußte er an Samuel Bruno denken, zum erstenmal nicht nur ein Name, sondern ein Mensch aus Fleisch und Blut, den er mit dieser Waffe umbringen sollte ... Guy zog das Päckchen mit Brunos Briefen, die er alle aufbewahrt hatte, heraus und suchte nach dem einen, an den er sich gerade erinnerte.

Samuel Bruno (selten nannte Bruno ihn ›mein Vater‹) *ist ein ausgezeichnetes Beispiel für das Schlechteste, was Amerika hervorbringt. Er stammt von ungarischen Kleinbauern ab, die nicht viel besser als Tiere waren. Gierig wie er ist, nahm er sich eine Frau aus guter Familie, sobald er sie sich leisten konnte. Meine Mutter hat seine Untreue stets klaglos ertragen, für sie ist die Ehe noch ein heiliger Begriff. Jetzt, wo er alt ist, wird er wieder fromm, aber dazu ist es zu spät. Hätten Sie je was mit ihm zu tun, so wäre er auch Ihr Feind. Er ist ein Mann, der alle Ihre Ideen von Architektur gleich Schönheit, und von ausreichenden Wohnungen für alle, einfach für idiotisch hält; auch seine Fabrik ist ihm egal, solange das Dach nicht defekt ist und die Maschinen ruiniert. Es wird Sie interessieren, daß seine Arbeiter gerade streiken (siehe* New York Times *vom letzten Donnerstag, S. 31 unten links); der Streik geht um Grundlöhne. Samuel Bruno würde nicht zögern, seinen eigenen Sohn zu berauben. Ich würde ihn ja selbst umbringen, aber das geht nicht, wegen Gerard, seinem Privatdetektiv.*

Wer würde ihm die Geschichte abnehmen, wenn er sie jemand erzählte? Wer würde überhaupt solche Phantastereien glauben? Der Brief, die Karte, die Pistole – sie waren wie die Requisiten eines Theaterstücks, Gegenstände, die eine Story glaubhaft machen sollten, die niemals wahr sein konnte. Guy nahm den Brief und verbrannte ihn. Er verbrannte alle Briefe, die er noch hatte, und machte sich dann eilig auf den Weg nach Long Island. Er wollte mit Anne hinausfahren und durch die Wälder laufen, und morgen wollten sie nach Alton fahren. Das Haus sollte Ende März fertig sein, dann hatten sie reichlich zwei Monate Zeit zum Einrichten vor der Hochzeit. Lächelnd blickte er aus dem Zugfenster nach draußen. Anne hatte sich eine Hochzeit im Juni gar nicht ausdrücklich gewünscht, es war einfach so gekommen. Sie hatte auch niemals gesagt, ihr läge an einer konventionellen Hochzeit, nur »bitte nicht allzu husch-husch«. Als er dann sagte, er habe gar nichts gegen eine konventionelle Hochzeit, wenn ihr daran läge, da hatte sie ein freudiges »Oohh!« ausgestoßen und ihn stürmisch umarmt. Nein, er wollte nicht noch einmal eine Dreiminutenhochzeit mit fremden Trauzeugen. Er nahm einen Briefumschlag und skizzierte auf der Rückseite das zwanzig Stockwerke hohe Bürohaus, für das er, wie er letzte Woche erfahren hatte, vielleicht den Bauauftrag bekommen sollte – jedenfalls hatte er gute Aussicht, und er hatte es als Überraschung für Anne aufgespart. Ihm war plötzlich, als sei die Zukunft zur Gegenwart geworden. Er besaß alles, was er wollte. Als er die Stufen vom Bahnsteig hinunterlief, sah er Annes Leopardenmantel nahe einer kleinen Gruppe an der Bahnhofstür. Immer würde er sie vor sich sehen, wie sie hier auf ihn wartete: das scheue ungeduldige Trippeln, sobald sie ihn erblickte, die Art, wie sie lächelte und sich halb umwandte, als habe sie keine Minute länger warten wollen.

»Anne!« Er legte den Arm um sie und küßte sie.

»Du hast keinen Hut auf.«

Er lächelte: genau das hatte er erwartet. »Du doch auch nicht.«

»Ich bin ja auch im Wagen. Und es schneit.« Sie faßte ihn an der Hand, und sie liefen hinüber zu der Wagenreihe. »Du, ich hab eine Überraschung!«

»Ich auch. Sag erst mal deine.«

»Ich hab gestern fünf Entwürfe auf eigene Rechnung verkauft.

Guy schüttelte den Kopf. »Da kann ich nicht mit. Meins ist bloß ein Bürohaus. Vielleicht.«

Ihre Augenbrauen hoben sich, als sie ihn anlachte. »Wieso vielleicht? Bestimmt!«

»Ja, bestimmt!« sagte er und küßte sie noch einmal.

Abends stand er mit Anne auf der kleinen Holzbrücke, die hinter ihrem Haus über den Fluß führte. Er hatte den Arm um sie gelegt und wollte gerade sagen: Du – weißt du, was Bruno mir heute geschickt hat? Eine Pistole! Er wollte gerade zum Sprechen ansetzen, als es ihm unvermittelt zum Bewußtsein kam, daß er Anne überhaupt noch nichts von Bruno erzählt hatte. Er, der sonst jeden Gedanken, jeden Plan und jedes Erlebnis mit Anne geteilt hatte, schleppte jetzt ein Geheimnis mit sich herum, das schwerwiegender war als alles, was er ihr je mitgeteilt hatte . . .

»Was ist, Guy?«

Sie wußte, daß etwas los war. Sie wußte es immer. »Nichts.« Er folgte ihr, als sie zum Haus zurückging, trat aber nicht mit ein. »Ich mach noch einen Rundgang«, sagte er.

Anne ging ins Haus, und er kehrte um. Er wollte noch einmal an dem Gebüsch vorbeigehen, das ihm eben so schwarz und feindlich vorgekommen war. Er wollte feststellen, ob das Gefühl stärker oder schwächer wurde, wenn Anne nicht bei ihm war. Er bemühte sich, mehr zu fühlen als zu sehen. Irgend etwas war da, undeutlich und kaum wahrnehmbar, da, wo die Schatten in den Waldrand übergingen. Es war natürlich nichts – ein Gespinst aus Dunkelheit und Geräusch und Gedanken. Er steckte die Hände in die Manteltaschen und schob sich immer näher.

Ein Zweig knackte und brachte ihn auf die Erde zurück. Jetzt wußte er, wo es war, und stürzte darauf zu. In den Büschen raschelte es, eine schwarze Gestalt bewegte sich in der Dunkelheit. Guy spannte alle Muskeln an, tat einen Riesensatz, packte den anderen und erkannte das heisere Schnaufen. Es war Bruno. Bruno strampelte in seinen Armen wie ein großer, kräftiger Fisch unter Wasser, wand sich und versetzte Guy einen schmerzhaften Schlag ins Gesicht. Ineinandergekrallt fielen sie zu Boden, suchten sich loszumachen und kämpften, als ginge es ums Leben. Brunos Finger hinterließen tiefe Kratzer an seinem Hals, obwohl Guy ihm den Arm nach oben drückte. Bruno hatte die Lippen eingezogen, er atmete zischend aus und ein. Guy schlug ihn nochmals mit der Faust auf den Mund.

»Sie wußten, daß ich es war, Sie Schwein!« keuchte Bruno voller Zorn.

»Was haben Sie hier zu suchen?« Guy riß ihn hoch.

Der blutende Mund verzog sich, als wolle er weinen. »Loslassen!«

Guy gab ihm einen Stoß. Er fiel zu Boden wie ein Sack und rappelte sich wieder auf.

»Okay, bring mich doch um! Kannst ja sagen, es war Notwehr!« winselte Bruno.

Guy warf einen Blick zurück auf das Haus. »Ich bringe Sie nicht um. Aber wehe Ihnen, wenn ich Sie noch einmal hier erwische!«

Bruno lachte schrill auf, kurz und triumphierend.

Guy trat drohend einen Schritt näher. Er mochte Bruno nicht noch einmal anfassen, obwohl er noch vor einer Minute nur den einen Gedanken gehabt hatte: Ich bring ihn um. Er wußte, er konnte Brunos Lächeln nicht auslöschen, auch nicht, wenn er ihn umbrachte. »Raus hier!«

»Sie werden es tun – in vierzehn Tagen?«

»Ich werde Sie anzeigen!«

»Ach? Und sich selber wohl auch, was?« höhnte Bruno mit schriller Stimme. »Und Anne werden Sie auch alles sagen, was? Und dann die nächsten zwanzig Jahre im Knast sitzen, was? Na schön, mir soll's recht sein.« Er schlug sachte die Hände zusammen. In seinen Augen glühte ein rötlicher Schein; die schwankende Gestalt sah aus wie ein böser Waldschrat.

»Für Ihre Drecksarbeit können Sie sich jemand anderen besorgen«, sagte Guy zwischen den Zähnen.

»Sieh mal einer an! Nee – Sie will ich und Sie hab ich.« Wieder kam das Lachen. »Und jetzt fang ich an. Ich werd Ihrer Freundin alles sagen. Heute abend noch schreib ich ihr.« Die grotesk-formlose Gestalt taumelte, fiel fast zu Boden und stolperte weiter. Er wandte sich um und rief: »Wenn ich nicht in den allernächsten Tagen von *Ihnen* höre.«

Guy erzählte Anne, er habe im Wald einen Zusammenstoß mit einem Landstreicher gehabt. Er hatte nichts als ein blaues Auge davongetragen; aber wenn er morgen im Haus bleiben und nicht nach Alton fahren wollte, mußte er so tun, als sei er verletzt. Er sei in die Magengrube getroffen worden, sagte er, und fühle sich nicht wohl. Mr. und Mrs. Faulkner waren entsetzt, sie riefen die Polizei an, die einen Beamten herüberschickte, und sie bestanden darauf, daß für die nächsten Nächte ein Polizeischutz gestellt wurde. Aber ein Wächter genügte nicht: wenn Bruno wiederkam, wollte Guy selber da sein. Anne schlug vor, er sollte über Montag noch bleiben, damit er jemanden bei sich habe, wenn es ihm schlecht ging. So blieb er also noch dort.

•

Nichts hatte ihn jemals so beschämt wie die zwei Tage im Hause Faulkner. Er schämte sich, weil er bleiben mußte; er schämte sich auch, als er am Montag morgen in Annes Zimmer nachsah, ob ein Brief von Bruno dabei war. Es war keiner da. Anne fuhr jeden Morgen nach New York, bevor die Post kam. Montag morgen untersuchte Guy das Häufchen von vier oder fünf Briefen auf ihrem Schreibtisch und verließ dann das Zimmer hastig wie ein Dieb, damit ihn das Dienstmädchen nicht sah. Aber er sagte sich, daß er ja oft in Annes Zimmer kam, wenn sie nicht da war. Manchmal, wenn viele Leute im Hause waren, flüchtete er oft für ein paar Minuten in Annes Zimmer; und sie freute sich immer, wenn sie ihn dort fand. Er stand auf der Schwelle, lehnte den Kopf gegen die Türfüllung und blickte über die Unordnung im Zimmer – das ungemachte Bett, die großen Kunstbücher, die nicht ins Regal paßten, ihre letzten Entwürfe, die mit Nadeln an einen grünen Korkstreifen an der Wand geheftet waren, auf dem Tisch ein Glas mit bläulichem Wasser, das sie vergessen hatte auszuleeren, der braungelbe Schal über der Stuhllehne, den sie wohl im letzten Moment hatte liegenlassen. Noch hing der Duft des Gardenienparfüms in der Luft, mit dem sie den Hals betupfte. Er sehnte sich danach, mit ihr ein gemeinsames Leben zu führen.

Als auch am Dienstagmorgen kein Brief von Bruno kam, fuhr er zurück nach Manhattan, wo sich viel Arbeit angehäuft hatte. Es gab tausend Dinge, die ihn aufhielten und irritierten. Der Vertrag mit der Shaw Realty Company für das neue Bürogebäude war immer noch nicht unter Dach. Sein Leben kam ihm desorganisiert und richtungslos vor, viel chaotischer als damals, als er von Miriams Tod erfuhr. Von Bruno kam in dieser Woche kein weiterer Brief; einer war schon am Montag gekommen, ganz kurz; er schrieb darin nur, daß es Gott sei Dank seiner Mutter besser ginge und er das Haus verlassen könne. Seine Mutter hatte drei Wochen mit schwerer Lungenentzündung zu Bett gelegen, schrieb er, und er sei die ganze Zeit bei ihr geblieben.

Als Guy am Donnerstagabend von einer Sitzung im Architektenclub nach Hause kam, berichtete ihm Mrs. McCausland, seine Wirtin, es habe dreimal jemand für ihn angerufen. Während sie noch mit ihm in der Diele stand, klingelte das Telefon von neuem. Es war Bruno, schlecht gelaunt und betrunken. Er fragte, ob Guy jetzt Vernunft annehmen wolle. »Na ja, hab ich mir gedacht«, sagte er. »Ich hab jetzt an Anne geschrieben.« Er legte auf.

Guy ging nach oben und schenkte sich einen Drink ein. Er glaubte nicht, daß Bruno geschrieben hatte oder überhaupt schreiben wollte.

Am Sonnabend ging er mit Anne zu einer Hundeschau in Long Island. Seine Gedanken waren bei Bruno. Wenn Bruno seine Drohung nun doch wahrmachte – was konnte er Anne erzählen? Wenn Bruno den Brief geschrieben hatte, so mußte Anne ihn Sonnabend erhalten haben. Offenbar hatte sie nichts bekommen; er sah es ihr an, als sie ihm vom Wagen aus zuwinkte, in dem sie auf ihn wartete. Er fragte sie nach der Party gestern abend; ihr Vetter Teddy hatte Geburtstag gehabt.

»Wundervoll war es – bloß hatte keiner Lust nach Haus zu gehen. Ich bin über Nacht dort geblieben, weil es zu spät wurde. Ich hab mich noch nicht mal umziehen können.« Der Wagen tat einen Satz durch das schmale Tor hinaus auf die Straße.

Guy preßte die Zähne zusammen. Der Brief konnte also bei ihr zu Hause liegen. Er war plötzlich ganz sicher, daß er da lag. Jetzt war er nicht mehr aufzuhalten. Ihm wurde schwach.

Verzweifelt versuchte er, irgendwas zu sagen, als sie an den Reihen der Hunde entlanggingen.

»Hast du von den Shaw-Leuten gehört?« fragte Anne.

»Nein.« Er starrte auf einen unruhigen Dackel und versuchte aufzunehmen, was Anne von einem Dackel in ihrer Familie erzählte.

Sie wußte noch nichts, dachte er; aber es konnte sich nur noch um ein paar Tage handeln, bis sie alles wußte. Was denn eigentlich, fragte er sich immer wieder und wiederholte auch immer wieder die gleiche Antwort – ob als Beruhigung oder aus Selbstquälerei, das wußte er nicht: daß er im letzten Sommer auf der Reise einen Mann kennengelernt hatte, der seine, Guys, Frau umbrachte; und daß er damit einverstanden gewesen war. So jedenfalls würde Bruno es darstellen und noch mit einigen überzeugenden Einzelheiten ausschmücken. Wenn er das Gespräch im Zug nur etwas entstellte, würde das vor Gericht nicht aussehen wie eine Vereinbarung zwischen zwei Mördern? Plötzlich standen ihm die Stunden in Brunos Abteil, der kleinen höllenartigen Zelle, wieder deutlich vor Augen. Haß war es damals, der ihn veranlaßte, alles das zu sagen, was er gesagt hatte – der gleiche kleinliche Haß wie im Chapultepec Park im Juni, als er vor Anne so gegen Miriam zu Felde zog. Anne war böse geworden, nicht über seine Worte, sondern über den Haß, der aus ihnen sprach. Haß war Sünde – Christus hatte gegen Haß genauso gepredigt wie gegen Ehebruch und Mord. Haß war der Kern allen Übels. Mußte er nicht vor einem christlichen Gerichtshof mindestens zum Teil schuldig gesprochen werden an Miriams Tod? Würde Anne das nicht auch finden?

Sie standen vor einem Dachshundezwinger. »Anne«, sagte er unruhig. Er mußte sie vorbereiten. Und er mußte wissen, ob ein Brief gekommen war. »Wenn jemand behauptete, ich hätte bei Miriams Tod meine Hand im Spiel gehabt, was würdest du dann ... ich meine, würdest du ...«

Sie wandte ihm ihr Gesicht zu und blickte ihn an. Die Welt schien stillzustehen; er stand mit Anne im schweigenden Mittelpunkt.

»Deine Hand im Spiel? Was willst du damit sagen, Guy?«

Jemand stieß ihn an. Sie standen in der Mitte des Gehwegs. »Bloß das. Wenn jemand das behauptete. Mehr nicht.«

Sie schien nach Worten zu suchen.

»Einfach – wenn jemand das sagte«, redete Guy weiter. »Ich will's ja bloß wissen. Wenn jemand das sagte, ohne Grund. Das würde dir doch nichts ausmachen, nein?« Du würdest mich doch auch dann noch heiraten, wollte er fragen, aber die Frage war so jämmerlich, so erbärmlich, er brachte sie nicht über die Lippen.

Sie schob ihn leicht zurück, um den Weg freizugeben. »Guy – *hat* das jemand behauptet?«

»Mein Gott, nein!« protestierte er ungeschickt und verärgert. »Aber wenn es jemand behauptete – wenn jemand versuchte, Beweise gegen mich vorzubringen ...«

Die plötzliche Enttäuschung, das staunende Befremden in ihrem Blick waren ihm nicht neu. Immer hatte Anne diesen Blick, wenn er in Ärger oder Zorn etwas sagte oder tat, das sie nicht verstand und nicht guthieß. »Erwartest du etwas Derartiges?« fragte sie.

»Ich will's doch nur wissen!« Und er wollte es jetzt, sofort wissen, es war doch so einfach!

»Weißt du«, sagte sie ruhig, »manchmal habe ich das Gefühl, wir sind uns vollkommen fremd.«

»Verzeih. Es tut mir leid«, murmelte er. Ihm war, als habe sie ein unsichtbares Band zwischen ihnen zerschnitten.

»Ich glaube nicht, daß es dir leid tut, sonst würdest du es nicht immer wieder tun.« Sie sah ihn gerade an, die Stimme war leise, aber die Augen füllten sich mit Tränen. »Es ist wie damals in Mexiko, als du deine Tirade gegen Miriam losließest. Ich – ich mag das einfach nicht, ich bin nicht so ein Mensch. Du gibst mir das Gefühl, als ob ich dich überhaupt nicht kenne.«

Und dich nicht liebe, dachte Guy. Sie gab ihn auf, sie versuchte nicht mehr, ihn zu kennen oder zu lieben. Verzweifelt versuchte er, sie zu halten, aber er konnte sich nicht rühren und kein Wort hervorbringen.

»Wenn du schon fragst«, sagte Anne langsam, »ja – ich denke, es würde mir etwas ausmachen, wenn jemand das von dir behauptete.« Sie wandte sich ab und ging bis an das Wegende, wo sie mit gesenktem Kopf stehenblieb.

Guy folgte ihr. »Anne – du kennst mich doch. Du kennst mich besser als sonst irgend jemand auf der Welt. Ich will vor dir keine Geheimnisse haben. Es kam mir einfach in den Sinn, und da habe ich dich gefragt.«

Sie wischte sich verstohlen eine Träne aus den Augenwinkeln. »Ach Guy, wann wirst du endlich aufhören, immer das Schlimmste zu erwarten – immer und überall?«

»Verzeih, Anne«, sagte er schwach.

»Komm, wir gehen zum Wagen.«

Er blieb den Tag über bei Anne, und sie aßen abends zu Hause. Es war kein Brief von Bruno gekommen. Guy schob die Möglichkeit von sich, als habe er eine Krise überstanden.

Montagabend gegen acht rief ihn Mrs. McCausland zum Telefon. Es war Anne.

»Darling – es ist etwas passiert.«

»Was denn?« Aber er wußte es schon.

»Ich hab einen Brief bekommen mit der Morgenpost. Es ist eingetroffen, was du angedeutet hast.«

»Was denn, Anne?«

»Das mit Miriam. Maschinenschrift und nicht unterzeichnet.«

»Was steht drin? Lies ihn mir vor.«

Anne las mit ihrer deutlichen Stimme, die jetzt leise bebte: »›Sehr geehrte Miss Faulkner, es wird Sie vielleicht interessieren, daß Guy Haines mehr mit dem Tode seiner Frau zu tun hatte, als das Gericht bisher annimmt. Aber die Wahrheit wird ans Licht kommen. Ich meine, Sie sollten das wissen, falls Sie die Absicht haben, einen solchen Mann zu heiraten. Der Unterzeichnete weiß überdies, daß Guy Haines nicht mehr lange ein freier Mann sein wird.‹ Unterschrieben: ›Ein Freund.‹«

Guy schloß die Augen. »Mein Gott.«

»Guy – hast du eine Ahnung, wer das sein kann? Guy! Hallo?«

»Ja«, sagte er.

»Wer denn?«

Aus ihrer Stimme hörte er, daß sie nur erschrocken war, daß sie an ihn glaubte und sich nur seinetwegen ängstigte. »Ich weiß es nicht, Anne.«

»Guy – ist das auch wahr? Du mußt es doch wissen. Da muß etwas geschehen.«

»Ich weiß es nicht«, wiederholte er mit gerunzelter Stirn. Seine Gedanken waren hoffnungslos verfilzt.

»Du mußt es doch wissen, Guy. Ich bitte dich, denk doch mal nach. Irgend jemand – ein Feind?«

»Welcher Poststempel ist drauf?«

»Grand Central. Und ganz gewöhnliches Papier. Daraus kann man gar nichts entnehmen.«

»Heb's für mich auf.«

»Ja, natürlich. Und ich werd's niemandem erzählen. Von der Familie, meine ich.« Pause. »Guy – du hast doch schon Sonnabend jemand im Verdacht gehabt, nicht wahr?«

»Nein.« Die Kehle war ihm wie zugeschnürt. Es wurde ihm klar, daß er sich bemühte, Bruno so sorgfältig wie möglich zu decken – so als sei Bruno Guy Haines und er selbst der Schuldige. »Anne, wann kann ich dich sehen? Kann ich heute noch hinauskommen?«

»Nein – ich, ich soll mit Mutter und Dad zu einer Wohltätigkeitssache gehen, heute abend. Ich schick dir den Brief mit der Post, mit Eilboten, dann hast du ihn morgen früh.«

Mit der Morgenpost kam der Brief, und ebenfalls ein weiterer Plan von Bruno mit dem freundlichen und unmißverständlichen Zusatz, er habe an Anne einen Brief geschrieben und werde weitere folgen lassen.

22

Guy war in der ersten Morgendämmerung aufgewacht. Jetzt saß er auf der Bettkante und grübelte. Die Nacht packte alle seine Gedanken und verzerrte sie, dachte er. Die Nacht und die Dunkelheit und die Schlaflosigkeit. Und doch war auch Wahrheit in der Nacht enthalten. Es war zwar so, daß man sich nachts der Wahrheit nur bis zu einem bestimmten Winkel nähern konnte, aber die Wahrheit war stets und überall die gleiche. Wenn er Anne alles beichtete, mußte sie nicht glauben, daß er mitschuldig war? Würde sie ihn unter diesen Umständen noch heiraten wollen? Er mußte ein regelrechtes Ungeheuer sein, daß er es fertigbrachte, hier im Zimmer zu sitzen, wo unter seiner Wäsche Plan und Waffe für einen Mord bereitlagen.

Im frühen Dämmerlicht besah er sich im Spiegel. Der Mund des Spiegelbildes hing links nach unten, nicht wie der eigene. Die Unterlippe war angespannt und dünner. Er versuchte, die Augen ganz festzuhalten. Über blassen Halbkreisen starrten sie ihn an wie ein Teil von ihm, das sich durch Anschuldigungen verhärtet hatte. Es war, als blickten die Augen ihren Folterknecht an.

Sollte er sich jetzt anziehen und einen Spaziergang machen oder lieber versuchen, noch zu schlafen? Er ging mit leichten Schritten über den Teppich und mied, ohne es zu wollen, die Stelle beim Sessel, wo der Fußboden knarrte.

Brunos Briefe – er kannte sie auswendig. *Sicherheitshalber lassen Sie die knarrenden Treppenstufen aus. Sie wissen, sein Zimmer liegt rechts. Ich habe alles genau durchdacht; es kann gar nichts schiefgehen. Sehen Sie sich auf dem Plan an, wo Herberts Zimmer liegt (das ist der Butler). Das ist die einzige Tür, wo jemand in der Nähe ist. Wo ich das Kreuz eingezeichnet habe, knarrt der Fußboden in der Diele.* Guy warf sich auf sein Bett. *Egal, was passiert, Sie dürfen die Pistole nicht wegwerfen, solange Sie zwischen Haus und Bahnhof sind.* Er wußte alles, er kannte das Geräusch der Küchentür und die Farbe des Teppichs in der Diele.

Er trat vor den Spiegel und begann sich zu rasieren. Die Gedanken jagten weiter. Wenn Bruno einen anderen für die Tat fand, so hatte Guy mit diesen Briefen reichlich Material gegen ihn in der Hand. Damit konnte er sich rächen für das, was Bruno ihm angetan hatte. Aber Bruno würde dann einfach mit all den Lügengeschichten antreten, die beweisen sollten, daß Guy den Mord an Miriam mitgeplant hatte. Nein, es war nur eine Frage der Zeit, daß Bruno jemanden fand. Wenn er Brunos Drohungen noch eine kleine Weile aushielt, dann war alles vorüber, und er konnte wieder ruhig schlafen. Übrigens würde er, falls er es tat, nicht die große Waffe nehmen, sondern seinen kleinen Revolver ...

Mit schmerzenden Gliedern raffte er sich vom Bett auf, erschreckt von den Worten, die ihm eben durch den Kopf gegangen waren. ›Das Shaw-Gebäude‹, sagte er sich, als nehme er sich einen neuen Schauplatz vor, als könne er die Nachtgeleise verlassen und sich auf die Tagesspur begeben. *Das Shaw-Gebäude.*

Der Boden ist überall mit Gras bewachsen, das bis zur hinteren Treppe geht ... Ein paar Stufen müssen Sie auslassen: erst vier, dann drei, dann oben noch zwei. Leicht zu behalten.

»Mr. Haines!«

Guy fuhr zusammen, die Klinge schnitt ihm ins Kinn. Er legte den Rasierapparat hin und ging zum Telefon. »Hallo, Guy, sind Sie soweit?« fragte Brunos Stimme am anderen Ende. Sie klang widerwärtig so früh am Morgen und erinnerte ihn an alle Schrecken der Nacht. »Brauchen Sie noch mehr?«

»Scheren Sie sich zum Teufel.«

Bruno lachte. Zitternd legte Guy den Hörer auf.

Der Schock verließ ihn den ganzen Tag nicht. Er sehnte sich verzweifelt nach dem Abend mit Anne, und doch zwang ihn etwas zum Verzichten, und er sagte ihr ab. Um müde zu werden, machte er einen langen Spaziergang den Riverside Drive hinauf, aber er schlief trotzdem schlecht und hatte ungute Träume. Wenn erst der Vertrag für den Shaw-Auftrag unterschrieben war, würde das besser werden, dachte er; dann konnte er mit der Arbeit anfangen.

Am nächsten Morgen rief, wie verabredet, Douglas Frear von der Firma Shaw Realty Co. an. »Mr. Haines«, sagte er langsam mit belegter Stimme, »wir haben da einen sehr merkwürdigen Brief erhalten.«

»Wer – was für einen Brief?«

»Wegen Ihrer Frau. Ich wußte nicht – soll ich ihn Ihnen vorlesen?«

»Ja, bitte.«

»›Sehr geehrte Herren, es wird Sie gewiß interessieren, daß Guy Daniel Haines, dessen Frau im letzten Juni ermordet wurde, bei dieser Tat seine Hand im Spiel hatte, und zwar stärker, als die Gerichte wissen. Dieses schreibt einer, der es weiß und der ebenfalls weiß, daß bald ein neues Verfahren kommt, das Haines' wahre Rolle ans Licht bringen wird.‹ Der Brief stammt zweifellos von einem Spinner, Mr. Haines. Aber ich fand, Sie sollten es wissen.«

»Selbstverständlich.« In der anderen Ecke stand Myers über den Zeichentisch gebeugt und arbeitete so ruhig wie jeden Morgen.

»Ich glaube, ich habe letztes Jahr von der – eh, Tragödie gehört. Es steht doch gar kein neues Verfahren bevor, nicht wahr?«

»Nein, bestimmt nicht. Jedenfalls habe ich kein Wort davon gehört.« Guy verwünschte seine Unsicherheit. Mr. Frear wollte ja nur wissen, ob er für die Arbeit zur Verfügung stand.

»Tut mir leid, daß wir uns noch nicht ganz entschieden haben wegen des Auftrages, Mr. Haines.«

Die Shaw Realty Co. wartete bis zum nächsten Morgen und teilte ihm dann mit, daß man mit seinen Zeichnungen doch nicht ganz einverstanden sei. Man interessiere sich vielmehr für die Arbeiten eines anderen Architekten.

Wie konnte Bruno von dem geplanten Bau erfahren haben, überlegte Guy. Aber natürlich gab es da viele Möglichkeiten. Vielleicht hatte es in der Zeitung gestanden – Bruno war stets gut informiert über alles, was Architektur anging – oder er hatte angerufen, als Guy nicht im Büro war, und hatte es dann ganz nebenbei von Myers erfahren. Guy sah zu Myers hinüber. Ob er mal mit Bruno gesprochen hatte? Die Möglichkeit erschien ihm unheimlich.

Jetzt, da der Shaw-Auftrag verloren war, überlegte er sich, was damit ausfiel. Er mußte auf das Extrageld verzichten, mit dem er bis zum Sommer gerechnet hatte. Und auch auf das Prestige, vor allem bei den Faulkners. Daß eine schöpferische Arbeit ihm entgangen war und seine Frustration daher rührte, daran dachte er nicht. Es war jetzt nur eine Frage der Zeit, wann Bruno den nächsten Bauherrn informierte, und dann den übernächsten. Er hatte gedroht, seine Karriere zu vernichten.

Und sein Leben mit Anne? Ein plötzlicher Schmerz durchzuckte ihn. Er vergaß manchmal lange Zeit, so schien es ihm, daß er sie liebte. Irgend etwas geschah zwischen ihnen beiden; was es war, wußte er nicht. Bruno zerstörte seinen Mut zur Liebe. Jede Kleinigkeit verstärkte seine Unruhe, angefangen mit der Tatsache, daß er sein bestes Paar Schuhe dadurch eingebüßt hatte, daß er nicht mehr wußte, zu welchem Schuster er sie zur Reparatur gebracht hatte, bis hin zu dem Haus in Alton, das ihm schon jetzt zu groß vorkam und das sie kaum ausfüllen konnten, wie es ihm schien.

Im Büro erledigte Myers weiterhin die Routinearbeit an verschiedenen Entwürfen. Guys Telefon klingelte nicht mehr. Einmal kam ihm der Gedanke, daß selbst Bruno nicht mehr anrief, damit die Spannung immer weiter anwuchs und Guy schließlich froh war, wenn es klingelte.

Mittags ging Guy hinunter und trank in einer Bar an der Madison Avenue mehrere Martinis. Er hatte sich mit Anne zum Essen treffen wollen, aber sie hatte angerufen und abgesagt; den Grund hatte er vergessen. Sie war nicht gerade kühl gewesen, aber hatte sie überhaupt einen Grund für die Absage angegeben? Mit Einkäufen für das Haus hatte es jedenfalls nichts zu tun gehabt, daran würde er sich erinnern. Oder vielleicht doch nicht? Vielleicht revanchierte sie sich, weil er am letzten Sonntag nicht, wie versprochen, zum Dinner gekommen war? Er war zu müde und zu deprimiert gewesen, er wollte niemand sehen. Ein uneingestandener stiller Streit schien zwischen ihm und Anne zu schwelen. Er hatte sich in der letzten Zeit so scheußlich gefühlt, daß er sie nicht mit sich belasten wollte, und sie behauptete, zu viel zu tun zu haben, wenn er ein Treffen vorschlug. Ja, sie war mit dem Haus beschäftigt und mit dem Streit. Es hatte keinen Sinn – nichts hatte noch Sinn. Nur Bruno loszuwerden, das hätte noch Sinn. Und dafür gab es keine sinnvolle Möglichkeit. Was vor Gericht zur Sprache käme, wäre auch nicht sinnvoll.

Er zündete sich eine Zigarette an und merkte dann, daß er schon eine rauchte. Er saß über den blanken schwarzen Tisch geneigt und rauchte nun beide. Die Arme und Hände mit den Zigaretten kamen ihm vor wie ein Spiegelbild. Was machte er hier um Viertel nach eins, mit schwimmendem Kopf nach drei Martinis, unfähig zur Arbeit, wenn er überhaupt welche hatte?

Er war doch Guy Haines, er liebte Anne, er hatte das *Palmyra* gebaut ... Er hatte nicht mal den Mut, sein Glas in die Ecke zu pfeffern. Treibsand. Mal angenommen, er versank ganz. Mal angenommen, er führte diesen Mord für Bruno wirklich aus. Bruno hatte ja gesagt, es sei alles so einfach, wenn das Haus leer war bis auf den Vater und Butler; und Guy kannte das Haus jetzt besser als sein eigenes in Metcalf. Er konnte ja Spuren hinterlassen, die auf Bruno deuteten, zum Beispiel die große Pistole. Dieser Gedanke nahm konkrete Formen an. Er ballte die Fäuste gegen Bruno, doch beim Anblick der willenlosen Hände vor ihm auf dem Tisch überkam ihn tiefe Scham. So durften sich seine Gedanken nicht noch einmal verirren – es war genau das, was Bruno wollte.

Er tauchte sein Taschentuch in das Glas Wasser und benetzte das Gesicht. Ein kleiner Schnitt, der vom Rasieren herrührte, begann zu brennen. Er besah ihn im Spiegel, der neben ihm hing. Er hatte angefangen zu bluten, eine ganz kleine Stelle neben dem weichen Grübchen im Kinn. Das Kinn – er hatte Lust, die Faust in das Kinn im Spiegel zu schmettern. Taumelnd erhob er sich, zahlte und ging. Abends und nachts nahmen seine Gedanken den einmal gegangenen Weg wieder auf. Nachts war der Vater kein lebender Mensch, sondern nur ein Gegenstand, von dem Guy nicht loskam. Auch er selbst war dann kein Mensch, nur ein Motor. Er mußte es vollbringen, die Waffe im Zimmer lassen und dann Bruno auf seinem Weg bis zur Verurteilung und zum Tode begleiten. Wie eine Katharsis erschien ihm dieser Gedanke.

Bruno schickte ihm eine Brieftasche aus Krokodilleder, sie hatte Goldecken und trug innen seine Initialen G.D.H. ›Ich fand, dies paßt zu Dir‹, stand auf dem Zettel, der darinlag. ›Bitte mach doch nicht alles so schwierig. Ich habe dich sehr gern. Bruno.‹ Guy war drauf und dran, sie in einen der Abfallkörbe auf der Straße zu werfen, steckte sie dann aber doch in die Tasche: er warf nicht gern einen schönen Gegenstand einfach weg. Es würde ihm schon noch einfallen, was er damit anfangen konnte.

Am gleichen Morgen erhielt Guy eine Einladung, im Rundfunk zu sprechen, und lehnte ab. Er war nicht in der Verfassung zu arbeiten und wußte es. Warum ging er überhaupt noch weiter ins Büro? Er wäre gern den ganzen Tag betrunken, und vor allem die ganze Nacht. Er blickte auf seine Hand, die den Kompaß auf dem Schreibtisch umdrehte, wieder und wieder. Einer hatte ihm mal gesagt, er habe Hände wie ein Kapuzinermönch. Tim O'Flaherty in Chicago. Das war damals, als sie in Tims Kellerwohnung Spaghetti aßen und über Le Corbusier sprachen und über die Beredtsamkeit, die den meisten Architekten eigen war; sie gehörte zum Beruf, und das war ein Glück, weil andere sich oft erst mit Reden den Weg bahnen mußten. Damals war das alles möglich gewesen, obgleich Miriam an seinen Nerven zerrte; er hatte einen sauberen Kampf vor sich, und die Schwierigkeiten gehörten alle dazu. Immer weiter drehte er den Kompaß und rieb die Finger daran, rauf und runter, bis er das Gefühl hatte, er störe Myers, und deshalb aufhörte.

»Komm, Guy, reiß dich zusammen«, sagte Myers freundlich.

»Zusammenreißen nützt nichts. Entweder schmeißt es einen um oder nicht«, sagte Guy ruhig mit tonloser Stimme und fügte, bevor er die Worte zurückhalten konnte, hinzu: »Ich brauche keinen Rat, Myers. Danke.«

»Guy, hör doch mal zu –« Myers erhob sich und stand ruhig und lässig an den Schreibtisch gelehnt. Aber Guy war schon im Begriff, seinen Mantel vom Haken zu nehmen. Er sagte:

»Tut mir leid, Myers, entschuldige. Vergessen wir's.«

»Ich weiß, was mit dir los ist. Angst vor der Hochzeit – hab ich auch gehabt. Wollen wir runtergehen und ein Glas trinken?«

Der vertrauliche Ton traf bei Guy auf einen empfindlichen Nerv. Er ertrug es jetzt nicht: das ruhige nichtssagende Gesicht, die banale Selbstzufriedenheit. »Nein, danke«, sagte er. »Mir ist jetzt nicht danach.« Sacht schloß er die Tür.

23

Noch einmal warf Guy einen prüfenden Blick über die Häuserreihe auf der anderen Straßenseite. Eben hatte er Bruno dort stehen sehen. Die Augen brannten und tränten, als sie die Dämmerung zu durchdringen versuchten. Er wußte, er hatte ihn gesehen, da drüben an dem schwarzen, eisernen Gitter, wo er jetzt nicht mehr stand. Guy wandte sich um und lief die Treppe hinauf. Er hatte Karten für eine Verdi-Oper; Anne wollte ihn um halb neun vor dem Opernhaus treffen. Er hatte gar keine Lust dazu heute abend; er wollte Annes ermunternde Worte nicht, auf die er bis zur Erschöpfung versichern mußte, er fühle sich besser als es zutraf. Sie sorgte sich, weil er nicht schlief; sie sagte nicht viel, aber das Wenige reizte ihn. Vor allem hatte er keine Lust auf Verdi – warum hatte er bloß diese Karten gekauft? Er hatte Anne irgendeine Freude machen wollen, aber ihr lag bestimmt auch nicht viel daran. War es nicht vollendeter Blödsinn, sich eine Oper anzuhören, die sie beide nicht wollten?

Mrs. McCausland gab ihm einen Zettel mit einer Telefonnummer, die er anrufen sollte. Es schien die Nummer einer der Tanten von Anne zu sein, die in der Stadt wohnten. Hoffentlich war Anne etwas dazwischengekommen und sie konnte nicht kommen.

»Du, Guy, ich weiß nicht, wie ich es schaffen soll«, sagte Anne gleich darauf am Telefon. »Zwei von Tante Julies Gästen können erst nach dem Essen kommen, und sie möchte, daß ich sie kennenlerne.«

»Schön, Anne.«

»Ich kann wirklich nicht ablehnen.«

»Schon gut, schon gut, ich sag's dir ja.«

»Es tut mir aber sehr leid. Weißt du, daß ich dich seit Sonnabend nicht gesehen habe?«

Guy biß sich auf die Zunge. Ihre Anhänglichkeit, ihre Besorgnis, selbst ihre ruhige klare Stimme, die ihn sonst immer wie eine Liebkosung berührt hatte, waren ihm plötzlich lästig.

»Du, warum nimmst du nicht Mrs. McCausland mit in die Oper? Das wäre eigentlich nett.«

»Anne, ich habe nicht die mindeste Lust.«

»Du hast doch keine weiteren Briefe bekommen, nein?«

»Nein.« Das dritte Mal, daß sie ihn fragte!

»Ich hab dich sehr lieb. Nicht wahr, das weißt du doch?«

»Ja, Anne.«

Er flog nach oben in sein Zimmer, hängte den Mantel auf, wusch sich die Hände, fuhr mit dem Kamm durchs Haar und hatte nichts, gar nichts mehr zu tun. Er brauchte Anne. Ganz dringend brauchte er sie. Wie war er nur auf die unsinnige Idee verfallen, daß er sie nicht sehen wollte? Er suchte in allen Taschen nach dem Zettel mit der Telefonnummer, den ihm Mrs. McCausland vorhin gegeben hatte; als er ihn nicht fand, lief er nach unten und sah auf dem Fußboden in der Eingangshalle nach. Er war verschwunden – als habe ihn jemand vorsätzlich weggenommen, um ihn zu ärgern. Bruno, dachte er. Bruno hatte den Zettel weggenommen.

Annes Eltern mußten die Nummer der Tante wissen. Er wollte Anne sehen und den Abend mit ihr verbringen, selbst wenn er die Tante Julie mit in Kauf nehmen mußte. Er rief in Long Island an; das Telefon klingelte und klingelte, aber niemand antwortete. Er versuchte sich auf den Namen der Tante zu besinnen, aber er fiel ihm nicht ein.

Fast greifbar war die schweigende Spannung in seinem Zimmer. Er ließ die Augen über die niedrigen Bücherregale wandern, die er an den Wänden angebracht hatte, über den Efeu, den ihm Mrs. McCausland in die Wandvasen gesteckt hatte, über den leeren roten Plüschsessel neben der Leselampe und den Vorhang, der die Kochnische verbarg. Gelangweilt stand er auf und zog ihn beiseite. Die Nische war leer, aber er hatte das bestimmte Gefühl, daß jemand im Zimmer auf ihn wartete. Angst hatte er nicht. Er nahm die Zeitung und begann zu lesen, aber wenig später stand er in einer Bar und trank einen Martini – um zu schlafen, redete er sich ein. Er haßte es, allein zu trinken, aber er wollte schlafen. Ein paar Minuten später ging er die Straße hinunter bis zum Times Square und ließ sich bei einem Friseur die Haare schneiden. Auf dem Heimweg kaufte er einen Liter Milch und ein paar Zeitungen; er wollte einen Brief an seine Mutter schreiben und dann etwas Milch trinken, die Zeitungen lesen und schlafen gehen. Vielleicht fand er auch Annes Telefonnummer auf dem Fußboden, wenn er jetzt nach Hause kam. Doch sie blieb verschwunden.

Gegen zwei Uhr morgens stand er aus dem Bett auf und ging im Zimmer hin und her; er hatte Hunger und mochte nichts essen. Letzte Woche, fiel ihm ein, hatte er eines Nachts eine Dose Sardinen geöffnet und sie von der Messerklinge weg verputzt. Nachts kam die Zeit für tierische Gelüste, dann zog man sich in sich selbst zurück. Er zog ein Heft aus dem Bücherregal und blätterte es hastig durch. Es waren seine ersten Notizen in New York; damals war er zweiundzwanzig gewesen und hatte ohne Unterschied alles gezeichnet – das Chrysler-Gebäude, die Psychiatrische Klinik, Kähne auf dem East River, Arbeiter mit Bohrmaschinen, die sich horizontal ins Gestein fraßen. Dann kam eine Gruppe von Zeichnungen der Radio City-Gebäude mit Notizen über Raumprobleme; auf der anderen Seite war das gleiche Gebäude mit den Verbesserungen zu sehen, die er angebracht hätte, vielleicht auch ein ganz neues Gebäude eigener Vorstellung. Er schloß das Heft schnell wieder; die Sachen waren wirklich gut – wer weiß, ob er das heute noch zustandebrächte. Der *Palmyra Club* erschien ihm wie das letzte Produkt der fruchtbaren und glücklichen Energie seiner Jugend. Ein Schluchzen stieg in ihm auf; er kannte es aus den Jahren seiner Ehe mit Miriam. Er legte sich auf sein Bett, um es nicht hochkommen zu lassen.

Als er aufwachte, war es dunkel. Er wußte, daß Bruno bei ihm im Zimmer saß, obgleich er nichts hörte. Nach dem ersten leichten Schreck über das plötzliche Erscheinen war er gar nicht mehr erstaunt. Es war so, wie er es sich in vielen schlaflosen Nächten vorgestellt hatte: er war ganz froh, daß Bruno nun gekommen war. War es wirklich Bruno? Ja, Guy sah jetzt das Ende der Zigarette im Dunkel, drüben neben dem Schreibtisch.

»Bruno?«

»Ja«, sagte Bruno leise. »Ich bin mit einem Nachschlüssel reingekommen. Du bist doch jetzt soweit?« Die fragende Stimme klang müde und ruhig.

Guy stützte sich auf den Ellbogen. Natürlich, Bruno war da. Er sah die rötlich glimmende Zigarette. »Ja«, sagte Guy und fühlte, wie das Wort von der Dunkelheit aufgesogen wurde – ganz anders als in den anderen Nächten, als alles still geblieben war, weil er es nicht einmal ausgesprochen hatte. Jetzt löste das Wort den Knoten in seinem Kopf so plötzlich auf, daß es weh tat. Hierauf hatte er die ganze Zeit gewartet, dies war es, was das stille Zimmer gewollt und erwartet hatte.

Bruno setzte sich auf die Bettkante und packte Guy an beiden Oberarmen. »Guy, wir sehen uns niemals wieder.«

»Nein.« Bruno roch widerlich nach Zigaretten und süßlicher Brillantine und säuerlichem Alkohol, aber Guy rückte nicht weg. Immer noch hatte er im Kopf das befreiende Gefühl, daß sich nun alles löse.

»Ich hab versucht, diese Tage nett zu ihm zu sein«, sagte Bruno. »Na ja, nicht gerade nett, aber anständig. Und heute abend, gerade bevor ich wegging, sagte er was zu meiner Mutter ...«

»Ich will das nicht wissen!« sagte Guy.

Beide schwiegen einige Sekunden; Guy wollte nichts weiter erklären, und Bruno war der Faden abgeschnitten.

Bruno schnüffelte jetzt laut und abstoßend. »Wir fahren morgen nach Maine; mittags fahren wir ab. Das steht ganz fest. Meine Mutter und ich und der Chauffeur. Morgen nacht ginge es gut, aber außer Donnerstag paßt es jede Nacht gleich gut. Immer ab elf Uhr . . .«

Er redete weiter, wiederholte alles, was Guy schon kannte, und Guy ließ ihn reden. Er wußte nun, er würde in das Haus gehen, und alles würde so kommen, wie Bruno sagte.

»Vor zwei Tagen habe ich das Schloß an der Hintertür kaputtgemacht, als ich besoffen war. So schnell wird das nicht repariert, sie haben jetzt zuviel zu tun. Wenn aber doch . . .« Er drückte Guy einen Schlüssel in die Hand. »Und die hab ich auch noch mitgebracht.«

»Was ist das?«

»Handschuhe. Damenhandschuhe, aber sie lassen sich ausdehnen.« Er lachte.

Guy befühlte die dünnen Baumwollhandschuhe.

»Hast du die Pistole? Wo ist sie?«

»In der untersten Schublade, da drüben.«

Er hörte, wie Bruno gegen den Schreibtisch stieß und die Schublade herauszog. Der Lampenschirm raschelte, und das Licht ging an. Da stand Bruno, riesengroß, in einem neuen hellen, fast weißen Mantel; die schwarze Hose hatte schmale weiße Streifen. Ein weißer Seidenschal hing ihm um den Hals. Guy musterte ihn prüfend, von den kleinen braunen Schuhen bis zu dem fettigsträhnigen Haar, als könne er daraus ergründen, warum sich seine Gefühle für ihn geändert hatten oder worin sie überhaupt bestanden. Es war Vertrautheit und noch mehr, eine fast brüderliche Zugehörigkeit. Bruno betrachtete die Pistole, überprüfte das Magazin und legte sie wieder fort. Sein Gesicht war schwerer geworden seit dem letztenmal, da Guy ihn gesehen hatte, röter und auch lebendiger. Die grauen Augen, größer und mit fast goldenem Schein, schwammen in Tränen. Er blickte Guy an, als versuche er zu sprechen, dann fuhr er sich mit der Zunge über die dünnen Lippen, schüttelte den Kopf und streckte den Arm nach der Lampe aus. Das Licht erlosch.

Als er fort war, schien es Guy, als sei er gar nicht gegangen. Noch immer waren sie beide im Zimmer, und mit ihnen nun auch der Schlaf.

Der Raum lag in hellgrauem Licht, als Guy erwachte. Die Uhr zeigte fast halb vier. Hatte er geträumt – nein, vage entsann er sich, daß er morgens aufgestanden und zum Telefon gegangen war, weil Myers angerufen hatte und wissen wollte, warum er nicht gekommen war, und daß er ihm gesagt hatte, er fühle sich nicht wohl. Ach, zum Teufel mit Myers. Guy lag und blinzelte, um das dumpfe Gefühl loszuwerden und in den denkenden Teil seines Gehirns das Bewußtsein einsickern zu lassen, daß er es heute tun wollte. Morgen war dann alles vorüber. Er erhob sich und machte sich langsam an die tägliche Routine: Rasieren, Duschen und Anziehen. Nichts war wichtig außer der einen Stunde zwischen elf und zwölf Uhr abends. Sie kam ohne Hast, ohne Zögern; sie kam, wie sie kommen mußte. Er bewegte sich jetzt auf einer fest eingefahrenen Spur; auch wenn er gewollt hätte, wäre ein Anhalten oder Umkehren nicht mehr möglich gewesen.

In einem Café unten an der Straße bestellte er ein Frühstück, und während er noch aß, überkam ihn eine seltsame Empfindung: er glaubte zu wissen, daß er Anne beim letzten Zusammensein alles erzählt hatte, was er tun wollte, und daß sie ihm ganz ruhig zugehört hatte, um seinetwillen, weil es unbedingt notwendig war, daß er es tat. Es schien ihm jetzt völlig natürlich und unvermeidlich. Auf dem Kalenderblatt an der Cafèwand stand: Freitag, 12. März. Guy starrte das Datum einen Augenblick an und beendigte dann seine Mahlzeit.

Er wollte in Bewegung bleiben. Wenn er jetzt die Madison Avenue und dann die Fifth Avenue bis zum Central Park hinaufging, weiter vom Central Park West bis zum Pennsylvania Bahnhof, dann war es wohl ungefähr Zeit, den Zug nach Great Neck zu nehmen. Er dachte darüber nach, was heute abend zu tun war, aber der Gedanke daran langweilte ihn wie ein Schulpensum, an dem er schon zu lange gelernt hatte, und so schob er es von sich. Als er an der Nordseite des Central Park ankam, fiel ihm ein, daß er weder die Pistole noch die Handschuhe bei sich hatte. Es war Viertel vor acht. Das fing ja gut an. Er nahm ein Taxi und fuhr schnell zu seiner Wohnung zurück.

Zu Hause hatte er dann doch noch reichlich Zeit und ging eine Weile gedankenverloren im Zimmer auf und ab. Ob er Kreppsohlenschuhe anzog? Und einen Hut aufsetzte? Aus der unteren Schublade holte er die Pistole und legte sie auf den Schreibtisch. Vom Tisch neben seinem Bett nahm er die rötlichen Handschuhe. Ein gelbliches Papierstückchen flatterte heraus: eine Fahrkarte nach Great Neck.

Er starrte auf die schwarze, mattglänzende Waffe, die ihm noch viel größer vorkam als bisher. Ein Wahnsinn eigentlich, mit einem solchen Riesending herumzulaufen. Er zog seinen eigenen kleinen Revolver heraus und freute sich über den schimmernden Griff und die schöne, handliche Form. Aber er wollte doch die Pistole im Schlafzimmer liegenlassen, weil es Brunos Pistole war. Doch jetzt lohnte es sich auf einmal nicht mehr, die schwere Waffe nur deshalb mitzunehmen. Er hegte gar keine feindlichen Gefühle gegenüber Bruno, das war merkwürdig.

Einen Augenblick stand er völlig verwirrt. Natürlich mußte er die Pistole mitnehmen, sie gehörte doch zum Plan! Er steckte sie in die Manteltasche und griff nach den Handschuhen. Sie waren rötlich, und der kleine Flanellbeutel, in dem sein eigener Revolver steckte, war lavendelblau. Deshalb schien es auf einmal richtig, daß er den kleinen Revolver nahm, wegen der beiden passenden Farben; er legte Brunos Waffe in die Schublade zurück und steckte den kleinen Revolver in die Tasche. Er nahm sich nicht die Zeit, darüber nachzudenken, ob sonst noch etwas zu tun war, denn er hatte Brunos Pläne so oft gelesen, daß er ganz sicher war, es fehlte nichts mehr. Als letztes nahm er ein Glas Wasser und füllte die Wandvasen mit dem Efeu. Eine Tasse Kaffee würde ihn jetzt aufmöbeln. Er nahm sich vor, in Great Neck am Bahnhof eine zu trinken.

Während der Bahnfahrt stieß ihn ein Mann an die Schulter; das war der Augenblick, als sich seine bebenden Nerven zum Zerreißen spannten, und er dachte: Irgendwas *muß* jetzt passieren. Worte jagten ihm durch den Kopf und kamen ihm fast auf die Zunge: *Was ich da in meiner Tasche herumtrage, ist ja gar kein Revolver. Ich habe das Ding damals gekauft, weil es hübsch ist, nicht weil ich eine Waffe brauchte.* Jetzt wurde ihm leichter; er wußte, er würde damit töten. Er war genau wie Bruno. Hatte er das nicht immer gefühlsmäßig gewußt und war nur zu feige gewesen, es sich einzugestehen? Warum hatte er sich sonst zu Bruno hingezogen gefühlt? Er liebte Bruno. Bruno hatte den Plan ausgearbeitet, und alles würde gutgehen, weil bei Bruno immer alles gutging.

Als er den Zug verließ, regnete es in feinen, nebligen Nieselsträhnen. Guy ging ohne Zögern auf die Reihe der Autobusse zu, die Bruno beschrieben hatte. Die Luft, die durch das offene Fenster kam, war kalt und frisch. Der Bus verließ die hellerleuchtete Ladengegend und bog in eine dunklere Seitenstraße ein; auf beiden Seiten standen Häuser. Guy fiel ein, daß er im Bahnhof keinen Kaffee getrunken hatte; es irritierte ihn so, daß er fast ausgestiegen und zurückgegangen wäre. Doch als der Bus an der Grant Street hielt, stand er automatisch auf und stieg aus. Er war jetzt wieder auf vertrautem Boden, das beruhigte ihn.

Auf der schmutzigen Straße hatten seine Schritte einen feucht-elastischen Klang. Hinter einem jungen Mädchen fiel die Haustür ins Schloß. Er ging weiter. Jetzt kam das leere Grundstück mit dem einsamen Baum; zur Linken lag Wald und Dunkelheit. Die Straßenlaterne, von Bruno in jeder seiner Skizzen angeführt, schien mit öligem, blaugoldenem Schein. Ein Wagen kam langsam näher, die Scheinwerfer rollten wie wilde Augen, weil die Straße so uneben war. Dann war er vorbei.

Plötzlich stand er vor seinem Ziel, und es war, als habe sich der Vorhang auf einer längst vertrauten Bühne gehoben: vorne war die lange, zwei Meter hohe weiße Betonmauer, unterbrochen von dunklen Flecken, wo der Kirschbaum seine Schatten warf; dahinter sah man das Dreieck des oberen Hausteils.

Guy ging fünfzehn Schritte an der Mauer entlang, tat einen Sprung und faßte den oberen Rand. Jetzt saß er rittlings auf der Kante. Fast direkt unter sich sah er den Umriß der Kiste, die Bruno dort an die Mauer gestellt hatte. Er beugte sich herab, um durch die Kirschbaumzweige zum Haus zu spähen. Nirgends schien ein Licht. Er sprang hinunter.

Das Haus war viel zu klein für die zehn Doppelgiebel, die offenbar nur angebracht worden waren, weil der Bauherr eine Vorliebe für Giebel hatte. Er ging vorsichtig an der Innenseite der Mauer entlang, bis das Knacken von Zweigen ihn erschreckte. *Quer über den Rasen gehen*, hatte Bruno gesagt. Das war also der Grund.

Als er dem Haus zuschlich, nahm ihm ein Zweig den Hut

vom Kopf; er stopfte ihn vorn in den Mantel und schob die Hand wieder in die Tasche, in der der Schlüssel steckte. Wann hatte er die Handschuhe angezogen? Er holte tief Atem und setzte zum Überqueren des Rasens an, schnell und katzenleicht. Dies habe ich schon oft getan, dachte er, heute ist es nicht anders als sonst. Am Rande des Rasens hielt er an, warf einen Blick auf die längst vertraute Garage, zu der der Kiesweg im Bogen führte, und ging dann die sechs hinteren Treppenstufen hinauf. Schwer und sacht öffnete sich die Hintertür, er hielt sie an der Innenseite am Drücker fest. Doch die zweite Tür mit dem Yaleschloß widerstand zuerst, und er hatte einen Augenblick peinlicher Unsicherheit zu überwinden, bevor er stärker zudrückte und das Schloß aufsprang. Links auf dem Küchentisch hörte er eine Uhr ticken. Er wußte, es war ein Tisch; sehen konnte er ihn nicht in der Dunkelheit. Er ging quer durch den Raum auf die Treppe zu und zählte die Schritte. *Sie könnten auch die vordere Treppe benutzen, aber die Stufen knarren alle.* Steif und vorsichtig, angestrengt um sich blickend, ging er weiter. Er mußte aussehen wie ein geisteskranker Schlafwandler. Einen Moment ergriff ihn panische Angst.

Erst zwölf Stufen, die siebente auslassen. Dann kommt ein Treppenabsatz und noch mal zwei kleine Treppen. Dann auslassen: erst vier, dann drei, dann oben noch zwei. Leicht zu behalten. Er überschlug die vierte Stufe der ersten kleinen Treppe. Bei der Biegung kam ein rundes Fenster vor der letzten Treppe. Drei Meter weiter links lag das Zimmer des Butlers. *Das ist die einzige Tür, wo jemand in der Nähe ist.* Brunos Stimme wurde immer lauter, als Guy an dem dunklen Türbogen vorbeischlich.

Ein ganz leiser Klagelaut kam aus dem Fußboden; er zog hastig den ausgestreckten Fuß zurück, wartete und umging die Stelle. Vorsichtig schloß sich seine Hand um den Drücker der Dielentür. Er öffnete sie und hörte das Ticken der Uhr auf dem Flur des Treppenhauses lauter werden. Er wußte, er hatte es schon sekundenlang vorher gehört. Jetzt kam ein Seufzer.

Ein Seufzer im Treppenhaus!

Die Uhr begann zu schlagen. Der Türdrücker klapperte, Guy drückte ihn so stark, daß er eigentlich durchbrechen mußte. *Drei. Vier.* Tür zumachen, bevor der Butler was hört. War dies der Grund, warum Bruno gesagt hatte: zwischen elf und zwölf

Uhr? O verdammt! Und jetzt hatte er die Pistole nicht mit! Mit dumpfem Ton schloß er die Tür. Schweiß brach ihm aus, die Hitze stieg ihm vom Mantelkragen ins Gesicht. Die Uhr schlug immer weiter. Buuuumm. Schluß.

Er horchte. Nichts war zu hören als das taube und blinde Ticktack; er öffnete die Tür und stand jetzt im vorderen Treppenhaus. *Sein Zimmer ist genau rechts.* Jetzt war er wieder auf vertrautem Boden; grauer Teppich, cremefarbene Holzwände, ein Marmortisch oben auf dem Treppenabsatz. Ein bestimmter Geruch, ebenfalls altvertraut, hing in der Halle. In seinen Schläfen begann es scharf zu klopfen. Er wußte plötzlich, der alte Mann stand auf der anderen Seite der Tür mit angehaltenem Atem, genau wie er selbst, und wartete auf ihn. Guy hielt so lange den Atem an, daß der alte Mann, hätte er dasselbe getan, längst erstickt wäre. Ach was, Unsinn. Tür auf!

Er legte die linke Hand auf den Drücker und steckte die rechte automatisch in die Tasche mit dem Revolver. Er kam sich vor wie eine Maschine, unverletzbar und jenseits aller Gefahr. Er war ja schon viele, viele Male hier gewesen und hatte ihn schon so oft umgebracht; dies war bloß eins von den vielen Malen. Er starrte auf den zentimetergroßen Spalt in der Tür und fühlte, wie sich dahinter ein unendlicher Raum auftat. Schwindel ergriff ihn, er wartete, bis er sich legte. Wenn er ihn nun gar nicht sehen konnte beim Hineinkommen? Oder wenn der alte Mann ihn zuerst sah? *Die Nachtlaterne auf der vorderen Veranda erhellt das Zimmer ein wenig.* Aber das Bett stand doch in der entgegengesetzten Ecke. Er öffnete die Tür weiter, horchte und trat zu hastig ein. Doch der Raum lag ganz still, das Bett stand, undeutlich umrissen, in der dunklen Ecke, nur am Kopfende war ein hellerer Streifen zu sehen. Er schloß die Tür – *der Wind kann die Tür zuschlagen!* –, blieb stehen und blickte auf die Ecke. Der Revolver lag in seiner Hand und zielte auf das Bett. Er spähte hinein und sah nichts.

Über die rechte Schulter warf er einen Blick zum Fenster. Es war einen Fußbreit offen, und Bruno hatte doch gesagt, es wäre ganz geöffnet. Das war wohl wegen des Nieselregens. Stirnrunzelnd blickte er wieder auf das Bett, und mit Entsetzen erkannte er jetzt den nahe der Wand liegenden Kopf; er lag schräg seitwärts, als blicke er ihm mit heiterer Verachtung in die Augen. Das Gesicht war dunkler als das Haar, das sich kaum vom

Kissen abhob. Der Revolver zielte genau auf den Kopf, wie er da lag.

Man muß in die Brust schießen. Gehorsam senkte sich der Lauf und zielte jetzt auf die Brust. Guy schob sich näher ans Bett und warf noch einen Blick auf das Fenster hinter sich. Kein Atemzug war zu hören; man hätte denken können, der Mann sei nicht mehr am Leben. Das war es, was er sich vorher immer gesagt hatte: er mußte denken, die Gestalt da vorn sei nur ein Schußziel. Und weil er das Ziel nicht kannte, war es genau wie das Töten im Krieg. Jetzt ...?

»Hahaha!« kam es vom Fenster.

Guy zitterte, und der Revolver zitterte ebenfalls.

Das Lachen war aus der Ferne gekommen, ein Mädchenlachen, weit weg, aber deutlich und klar wie ein Schuß. Guy fuhr sich über die Lippen. Das lebendige Lachen da draußen hatte einen Augenblick die Szene hier drinnen leergefegt und nichts zurückgelassen, und in dem Vakuum stand er mit dem Revolver in der Hand und wollte töten. Für die Dauer eines Herzschlags war die Wirklichkeit zurückgekehrt, das Leben: ein junges Mädchen, das unten auf der Straße entlangging, vielleicht mit einem jungen Mann, und der Mann hier im Bett, der ebenfalls lebte. *Nein, nicht nachdenken! Du tust es doch für Anne, vergiß das nicht! Für Anne und für dich selbst! Es ist wie im Krieg – wie ...*

Er drückte ab. Klick, machte der Abzug. Er drückte noch einmal ab, und wieder klickte es. Es ging nicht! Alles war falsch. Nichts stimmte. Das war gar nicht er, der hier im Zimmer stand ... Noch einmal drückte er ab.

Der krachende Schuß zerriß die Stille. Seine Finger zogen sich vor Schreck zusammen. Noch einmal krachte es, als wolle die Erde bersten.

»Krchch ...« sagte die Gestalt im Bett. Das graue Gesicht schob sich nach oben, man sah den Umriß von Kopf und Schultern.

Guy lag auf dem Verandadach und fiel. Der Fall weckte ihn auf wie der Sturz in einem bösen Traum. Wie durch ein Wunder fand seine Hand einen vorstehenden Balken, dann fiel er noch einmal auf Hände und Knie. Er sprang von der Veranda hinunter und rannte am Haus entlang und quer über den Rasen bis zu der Stelle, wo die Kiste stand.

»Heeh!« schrie eine Stimme.

Der Butler war hinter ihm, genau wie er gefürchtet hatte. Er mußte direkt hinter ihm sein. Der Alptraum!

»He! He, Sie da!«

Unter dem Kirschbaum wandte Guy sich um und blieb stehen, die Hand zur Faust geballt. Der Butler war nicht direkt hinter ihm, er war noch ein gutes Stück entfernt, aber er hatte ihn gesehen. Die absurde Gestalt im weißen Schlafanzug schwankte auf ihn zu. Guy stand wie erstarrt und wartete.

»Heh!«

Guys Faust schoß nach vorn und traf das Kinn. Die weiße Gestalt schlug zu Boden. Guy sprang auf die Mauer.

Die Dunkelheit wuchs. Er lief um einen kleinen Baum herum, sprang über etwas, das wie ein Graben aussah, und lief weiter. Und dann lag er plötzlich mit dem Gesicht nach unten auf dem Erdboden, und von der Mitte seines Körpers strahlte ein scharfer Schmerz nach allen Richtungen aus und nagelte ihn an den Boden. Er zitterte heftig. Das Zittern mußte er jetzt unbedingt überwinden und weiterlaufen; dies war überhaupt nicht der richtige Weg, aber er konnte kein Glied rühren. *Der kleine Sandweg (unbeleuchtet) im Osten von Newhope führt südlich am Haus vorbei und kreuzt dann zwei größere Straßen vor Columbia Street, dann rechts nach Süden . . .* Dann kam die Buslinie, die zu einer anderen Bahnstation führte. Mit Papier und Bleistift war das alles leicht gesagt für Bruno. O verdammt! Er erkannte jetzt, wo er war, auf dem Felde westlich vom Haus, wo er nach keiner der Skizzen hätte sein sollen. Er sah sich um. Wo war Norden? Wo war die Straßenlaterne? Vielleicht fand er den kleinen Weg im Dunkeln gar nicht. Er wußte nicht mehr, ob das Haus jetzt links von ihm lag oder hinter ihm. Ein sonderbarer Schmerz klopfte im rechten Unterarm; er war so stark, daß er meinte, der Arm müsse in der Dunkelheit glühen.

Ihm war zumute, als sei er mit der Explosion des Revolvers in Stücke gerissen worden, als könne er nie wieder die Energie aufbringen, sich zu bewegen, und es war ihm auch alles gleichgültig. Er entsann sich an ein Footballspiel in der High School, als er so auf dem Boden gelegen hatte und nicht sprechen konnte vor Schmerz. Er erinnerte sich an das Abendbrot, ja – genau an das Abendbrot und an die Wärmflasche, die ihm seine

Mutter ans Bett gebracht hatte, und an die Berührung ihrer Hände, als sie ihm die Decke unterm Kinn zurechtzog. Er biß sich auf die Lippen. Ziellos, wie die Gedanken eines Halberwachten, kreiste in seinem Kopf die Idee, daß er gleich, sofort aufstehen müsse, auch wenn es noch so schmerzte, weil er hier nicht sicher war. Er war viel zu nahe beim Haus. Und plötzlich kam wieder Leben in Arme und Beine; wie losgelassen nach langer Spannung rannte er von neuem quer über das Feld.

Ein seltsames Geräusch ließ ihn anhalten – ein langgezogener Ton, der von allen Seiten zu kommen schien. Polizeisirenen, natürlich. Idiot – er hatte zuerst gedacht, es sei ein Flugzeug. Er rannte weiter und wußte nichts, als daß er blind vor den Sirenen davonlief, die jetzt über seiner linken Schulter heulten; er mußte sich links halten und den kleinen Sandweg finden. Die lange Betonmauer mußte er längst hinter sich gelassen haben. Er wollte nach links abschneiden und die Hauptstraße, die dort liegen mußte, kreuzen, merkte aber plötzlich, daß die Sirenen die Straße heraufkamen. Entweder mußte er warten – aber warten konnte er ja nicht. Er rannte weiter, parallel mit den Polizeiwagen. Dann verfing sich sein Fuß in irgend etwas; fluchend fiel er wieder hin. Er lag in einer Art Graben, mit ausgestreckten Armen, der rechte lag angewinkelt etwas höher. Ohnmächtiger Zorn packte ihn, und er schluchzte auf. Die linke Hand fühlte sich merkwürdig an, sie steckte bis zum Gelenk im Wasser. Meine Uhr wird naß, dachte er. Aber je mehr er sich vornahm, den Arm herauszuziehen, desto unmöglicher erschien es, ihn zu bewegen. Zwei Kräfte stritten miteinander, eine wollte den Arm bewegen und die andere wollte es nicht; sie waren so völlig gleich stark, daß der Arm nicht einmal angespannt war. Ihm war zumute, als könne er einschlafen. Die Polizei wird mich einkreisen, dachte er und fuhr auf. Er lief weiter. Rechts, ganz nahe, schrie ein Boschhorn triumphierend auf, als habe es ihn nach langer Jagd gestellt. Vor ihm leuchtete ein Rechteck auf, er drehte sich um und floh. Ein Fenster. Fast wäre er in ein Haus gerannt. Die ganze Welt war erwacht. Und er *mußte* über die Straße!

Zehn Meter vor ihm fuhr der Polizeiwagen über die Straße; die Scheinwerfer schnitten durch das Buschwerk. Links ließ eine zweite Sirene ihr Horn ertönen und wieder verstummen; dort mußte das Haus liegen. Guy bückte sich und lief dicht hinter dem Wagen quer über die Straße. Hier war dic Dunkelheit noch tiefer. Egal, wo jetzt der kleine Sandweg war, er konnte in dieser Richtung weiter vom Haus weglaufen. *Überall nach Süden ist Waldgebiet, keine Laternen, gut zum Verstecken, wenn man von dem kleinen Weg runter muß. Egal, was passiert. Sie dürfen die Pistole nicht wegwerfen, solange Sie zwischen Haus und Bahnhof sind ...* Seine Hand schob sich in die Tasche und fühlte durch die Löcher in den Handschuhen die metallische Kühle des kleinen Revolvers. Er erinnerte sich nicht, die Waffe wieder eingesteckt zu haben; sie hätte auch auf dem blauen Teppich geblieben sein können, er hätte es nicht gewußt. Wenn er sie nun verloren hätte? Was für ein Gedanke, und ausgerechnet jetzt!

Irgend etwas hielt ihn fest. Automatisch fuhr er mit der Faust dagegen; es war ein Busch mit Dornen und Zweigen, und er kämpfte und zwang sich hindurch, denn die Sirenen waren immer noch hinter ihm, und er mußte in dieser Richtung weiterlaufen. Er konzentrierte seine ganze Aufmerksamkeit auf den Feind vor sich, der ihn vorne, seitlich und sogar hinten festhielt, ihm mit tausend winzigen Krallen zusetzte und mit seinen knackenden Kratzern sogar die Sirenen verstummen ließ. Freude erfüllte ihn bei diesem sauberen Kampf, in dem er alle Kräfte einsetzte.

Als er zu sich kam, befand er sich am Waldrand. War er aus dem Schlaf erwacht oder war er eben erst gefallen? Doch vor ihm am Himmel kam graue Morgendämmerung auf, und als er sich erhob, merkte er am Flackern vor seinen Augen, daß er bewußtlos gewesen war. Er fuhr sich mit den Händen ins nasse Haar, das seitlich vom Kopf abstand. Vielleicht habe ich einen Schädelbruch, dachte er erschreckt und stand einen Augenblick starr in der Erwartung, tot umzufallen.

Weiter unten in dem kleinen Ort leuchteten jetzt spärliche Lichter auf. Mechanisch nahm er ein Taschentuch und band es fest um den Daumen, der unten an einer Schnittwunde schwärzliches Blut aufwies. Er ging zu einem Baum und lehnte sich an den Stamm. Mit den Augen suchte er die Stadt und die Straße ab. Nichts regte sich. War es wirklich er, Guy Haines, der sich hier gegen einen Baum lehnte mit der Erinnerung an das Krachen des Revolvers, an die Sirenen und den Kampf gegen den Busch im Wald? Er hatte Durst. An der Straße am

Rand der Stadt sah er eine Tankstelle und machte sich auf den Weg.

Neben der Tankstelle fand er eine altmodische Pumpe. Er hielt seinen Kopf darunter; sein Gesicht brannte wie von Messern zerschnitten. Langsam kam er zu sich. Er konnte nicht viel mehr als drei Kilometer von Great Neck entfernt sein. Er zog den rechten Handschuh aus und steckte ihn in die Tasche. Wo war der andere? Hatte er ihn im Wald liegenlassen, als er den Daumen verband? Wieder kam das alte Angstgefühl. Er mußte zurück und danach suchen. Er knöpfte den Mantel auf und durchsuchte Taschen und Hose. Sein Hut fiel zu Boden; den hatte er ganz vergessen. Dann fand er den Handschuh im linken Ärmel, er hing nur noch an einem Saumfetzen um das Gelenk und war völlig zerrissen. Glücklich erleichtert steckte er ihn ein. Der Hosenaufschlag war heruntergezogen, er drehte ihn wieder um und entschloß sich, jetzt nach Süden zu gehen – die Richtung kannte er – und irgendeinen Autobus zu nehmen, der weiter südlich fuhr, bis er zu einer Bahnstation kam.

Jetzt, nachdem er sich über den Weg klargeworden war, überfielen ihn von neuem die Schmerzen. Mit diesem Knie konnte er unmöglich so weit laufen. Aber er setzte sich in Bewegung, mechanisch, mit hocherhobenem Kopf. Er mußte weiter, noch schützte ihn das letzte Dunkel der Nacht. Wenn es nur noch so lange anhielt, bis er zu Hause war und die Tür hinter sich geschlossen hatte.

Doch schon wenig später lichtete sich der Himmel und der Horizont links von ihm brach auf. Oben um den Hügel lief eine Silberlinie, der Hügel färbte sich lila und grün und bräunlich, als öffneten sich alle seine Augen. Unter einem Baum auf dem Hügel stand ein kleines gelbes Haus. Rechts die dunkle Masse war plötzlich ein Feld aus hohen grünbräunlichen Gräsern geworden, das sich wie ein Meer sanft im Wind bewegte. Als er noch hinsah, flog ein Vogel aus dem Gras auf; er stieß einen hellen Laut aus und schrieb mit spitzen Flügeln schnell und abgezackt eine jubelnde Botschaft in den Himmel. Guy hielt an und blickte ihm nach, bis er verschwunden war.

24

Zum hundertstenmal untersuchte er im Badezimmerspiegel sein Gesicht, betupfte geduldig jeden Kratzer mit Wundstift und Puder, versorgte Gesicht und Hände, als gehörten sie nicht zu ihm. Wenn seine Augen den starren Augen im Spiegel begegneten, wichen sie aus, genauso wie sie Brunos Augen ausgewichen waren an dem ersten Nachmittag damals im Zug.

Er ging ins Zimmer zurück und fiel auf sein Bett. Heute hatte er noch Ruhe, und ebenso morgen, Sonntag. Er brauchte niemanden zu sehen. Er konnte auch auf zwei Wochen nach Chicago gehen und sagen, er habe dort eine Arbeit übernommen. Aber es könnte verdächtig aussehen, wenn er die Stadt gleich am Tage danach verließ. Gestern. Gestern abend. Wären nicht die Kratzer auf den Händen, hätte er glauben können, es sei alles nur ein Traum gewesen. Das Merkwürdige war, daß er keinerlei Schuldgefühle hatte, vermutlich weil Brunos Wille ihn zu der Tat veranlaßt hatte. Nur: warum hatte er sich nach Miriams Tod viel schuldiger gefühlt als jetzt? Jetzt war er einfach erschöpft, es war ihm alles egal. War das vielleicht ganz normal, fühlte sich jeder so, der einen umgebracht hatte? Er versuchte zu schlafen; seine Gedanken gingen zurück zu der Fahrt im Bus in Long Island, zu den beiden Arbeitern, die ihn so angestarrt hatten, zu den Minuten, als er so getan hatte, als schliefe er, und sich die Zeitung übers Gesicht gelegt hatte ...

Eine Stunde später raffte er sich auf und verließ das Haus. Auf der Straße versagten ihm beinahe die Knie. Aber was war schon dabei, wenn einer sich ein paar Zeitungen kaufte? Aber er wußte, er hatte gar nicht die Kraft, sich umzusehen, ob ihn jemand beobachtete, er war viel zu erschöpft, sich jetzt Gedanken zu machen; und er fürchtete den Augenblick, da die Kraft zurückkam, wie ein Kranker oder Verwundeter die nächste unvermeidliche Operation fürchtet.

Den längsten Bericht brachte das *Journal American*, dazu eine Zeichnung des Mörders nach den Angaben des Butlers: angeblich war er ein Mann von knapp zwei Metern, etwa 170 bis 180 Pfund schwer, mit dunklem Mantel und Hut. Guy las die Beschreibung mit leichtem Staunen; er war nur einssiebenundsiebzig groß und wog etwa einhundertvierzig Pfund. Und einen Hut hatte er auch nicht aufgehabt. Die Beschreibung von

Samuel Bruno und seinem Werdegang überschlug er, las dann aber mit großem Interesse die Mutmaßungen über den Fluchtweg des Mörders. Nördlich entlang Newhope Road, stand da; dann habe er sich vermutlich im Stadtgebiet von Great Neck verloren. In Wirklichkeit hatte er sich nach Südosten gewandt. Er fühlte sich plötzlich erleichtert und sicher. Aber er durfte sich keinen Illusionen hingeben. Die Zeitung war Stunden alt; vielleicht hatte die Polizei den Fehler schon gemerkt und war unterwegs hierher; vielleicht standen sie schon draußen vor seiner Tür. Er wartete; nirgends war ein Laut zu hören. Müde setzte er sich wieder hin und zwang sich, den Rest der Spalte aufmerksam zu lesen. Der Schreiber betonte, wie kaltblütig der Mörder vorgegangen sei, sicher sei es jemand aus der näheren Umgebung des Toten gewesen. Es gab weder Fingerabdrücke noch sonstige Anhaltspunkte, bis auf einige Fußspuren Größe neuneinhalb und einen Fleck auf der hellen Gartenmauer, wahrscheinlich von einem schwarzen Schuh. Seine Kleidung fiel ihm ein; die mußte er sofort loswerden ... Komisch, wie sie seine Schuhgröße überschätzten, wo doch der Boden so naß gewesen war! ... *ein ungewöhnlich kleinkalibriger Revolver*, stand da. Auch den Revolver mußte er wegwerfen. Ein kleiner Schmerz durchfuhr ihn bei diesem Gedanken. Sein Revolver – mußte er ihn wirklich hergeben? Er kam mühsam in die Höhe, um noch mehr Eis für das nasse Handtuch zu holen, das er sich gegen die Stirn hielt.

Am späten Nachmittag rief Anne an und bat ihn, am Sonntag abend mit ihr zu einer Party in Manhattan zu gehen.

»Bei Helen Heyburn, du weißt doch. Ich hatte es dir erzählt.«

»Ja«, sagte Guy, der keine Ahnung mehr hatte. Seine Stimme klang gelassen. »Bloß – mir ist nicht recht nach einer Party zumute, Anne.«

Er hatte eine Stunde lang taub und gefühllos auf dem Bett gelegen und hörte Annes Worte jetzt wie aus weiter Entfernung und ohne Zusammenhang. Er hörte sich die richtigen Antworten geben und glaubte nicht, daß Anne ihm etwas anmerkte, aber es war ihm auch egal. Anne meinte, vielleicht könne dann Chris Nelson mit ihr gehen, und Guy sagte »In Ordnung« und dachte, wie sich Chris Nelson darüber freuen werde, denn er war früher, bevor sie Guy kennenlernte, viel mit Anne zusammengewesen und liebte sie wohl immer noch.

»Du, ich könnte morgen abend schnell zu dir kommen, und wir könnten was zusammen essen, was meinst du? Ich bringe ein paar Sachen mit. Mit Chris könnte ich mich ja später treffen.«

»Ich wollte vielleicht Sonntag wegfahren, Anne. Bißchen zeichnen draußen.«

»Ach. Na ja, schade. Ich wollte dir etwas sagen.«

»Was denn?«

»Etwas, das dich freuen wird. Na, dann ein andermal.«

Guy schlich die Treppe wieder hinauf; er wollte Mrs. McCausland nicht begegnen. Anne war kühl zu ihm gewesen, dachte er ohne Gefühl. Ganz kühl. Beim nächsten Treffen würde sie alles wissen und sich schaudernd von ihm wenden. Mit Anne war es aus. Er summte die Worte vor sich hin, bis er darüber einschlief. Er schlief bis zum nächsten Mittag und blieb den Rest des Tages erschöpft im Bett; es war schon qualvoll, nur aufzustehen und das Handtuch mit Eis zu füllen. Er hatte das Gefühl, nie mehr genug schlafen zu können, um seine Kräfte wiederzugewinnen. Nachmittags mußte er ins Badezimmer gehen, er hatte eine leichte Diarrhöe. Nur von der Angst. Wie im Krieg.

Im Halbschlaf träumte er, daß er quer über den Rasen zum Haus ging. Das Haus war eine weiche weiße Masse, nachgiebig wie eine Wolke. Er stand da und wollte nicht schießen, er war entschlossen, Widerstand zu leisten und zu beweisen, daß er es konnte. Der Schuß weckte ihn. Er schlug die Augen auf, im Zimmer lag Dämmerlicht. Er sah sich neben dem Schreibtisch stehen, genau wie im Traum, und mit dem Revolver auf ein Bett in der Ecke zielen, wo Samuel Bruno sich aufzurichten versuchte. Wieder krachte der Schuß. Guy schrie auf.

Er sprang aus dem Bett und taumelte. Die Gestalt war verschwunden. Am Fenster war das gleiche unsichere Licht, das er gestern in der Morgendämmerung gesehen hatte, dasselbe Ineinandergehen von Leben und Tod. Das gleiche Frühlicht kam nun jeden Morgen für den Rest seiner Tage, und es würde jeden Morgen das eine Zimmer – jenes Zimmer – erhellen, und das Zimmer würde täglich deutlicher vor ihm stehen und die Angst vergrößern. Ob er nun, solange er lebte, täglich in der Morgenfrühe aufwachen würde?

In der kleinen Küche tönte der Summer der Hausglocke.

Die Polizei. Es war genau die Stunde, zu der sie ihn erwischen würden: in der Morgenfrühe. Und es war ihm egal, völlig egal. Er würde ein volles Geständnis ablegen. Gleich, sofort wollte er mit allem herausrücken.

Er drückte auf den Haustürknopf, trat an seine Tür und lauschte. Leichte Schritte kamen die Treppe heraufgelaufen. Annes Schritte. Nein! Lieber die Polizei als Anne. Er machte eine Kehrtwendung und verkroch sich in den Schatten. Mit beiden Händen strich er das Haar zurück und fühlte die Beule auf seinem Kopf.

»Ich bin's«, flüsterte Anne und schlüpfte durch die Tür. »Ich bin zu Fuß von Helen herübergekommen, es ist so ein wundervoller Morgen!« Dann sah sie seinen Verband; die Freude in ihrem Gesicht erlosch. »Was hast du mit deiner Hand gemacht?«

Er trat noch einen Schritt zurück in den Schatten neben dem Schreibtisch. »Ich bin mit einem zusammengeraten.«

»Wann? Gestern abend? Und dein Gesicht!«

»Ja.« Er mußte sie haben, behalten, dachte er. Ohne sie kam er um. Er wollte die Arme um sie legen, aber sie schob ihn von sich und spähte im Dämmern in sein Gesicht.

»Wo denn, Guy? Und wer war das?«

»Ein Mann, den ich gar nicht kannte«, sagte er tonlos. Er wußte kaum, daß er log, er wußte nur, er mußte sie unter allen Umständen behalten. »In einer Bar. Mach kein Licht an«, sagte er schnell. »Bitte nicht, Anne.«

»In einer Bar?«

»Ja. Ich weiß auch nicht wieso. Es kam ganz plötzlich.«

»Und du hast den Mann vorher nie gesehen?«

»Nein.«

»Das glaube ich dir nicht«, sagte sie langsam. Guy erschrak, weil er plötzlich erkannte, daß sie von ihm getrennt war, ein eigener Mensch mit anderem Denken und anderen Reaktionen.

»Nein. Wie kann ich das glauben? Und warum sollte ich das glauben mit dem Brief und daß du nicht wußtest, von wem er kam?«

»Weil's die Wahrheit ist.«

»Und damals der Mann, mit dem du dich auf dem Rasen geprügelt hast. War das derselbe Mann?«

»Nein.«

»Guy, du verheimlichst mir etwas.« Ihre Stimme wurde jetzt weicher, und doch traf ihn jedes Wort. »Was ist es, Darling? Du weißt, ich möchte dir helfen; aber du mußt es mir sagen.«

»Ich hab's dir ja gesagt«, sagte er und preßte die Lippen zusammen. Hinter ihm wurde es heller. Wenn Anne bei ihm blieb, dachte er, dann konnte er jede Morgendämmerung überleben. Er blickte auf ihr helles, glattes Haar und streckte die Hand danach aus, aber sie zog den Kopf zurück.

»Ich weiß nicht, wie es mit uns weitergehen soll, Guy. So geht es nicht.«

»Es bleibt ja nicht so, Anne. Es ist vorbei, ich schwöre es dir. Ich bitte dich, glaub mir doch.« Dieser Augenblick war entscheidend, es galt jetzt oder niemals mehr. Er müßte sie in die Arme nehmen und sie ganz fest halten, bis sie ruhig wurde und nachgab. Aber er konnte sich nicht rühren.

»Woher willst du das wissen?«

Er zögerte. »Es war einfach – eine Gemütsverfassung, die mich gepackt hatte.«

»Der Brief damals war eine Gemütsverfassung?«

»Der Brief trug noch dazu bei. Es war wie eine Verstrickung. Die Arbeit war schuld daran, Anne!« Er senkte den Kopf. Jetzt mußte auch noch seine Arbeit herhalten!

»Du hast einmal gesagt, ich machte dich glücklich«, sagte sie langsam, »oder ich könnte es jedenfalls, trotz allem. Ich sehe nicht, wie das noch möglich sein soll.«

Jedenfalls machte er sie nicht glücklich, das wollte sie damit wohl sagen. Aber wenn sie ihn jetzt noch lieben könnte – wie sehr wollte er sich bemühen, sie glücklich zu machen! Wie wollte er sie anbeten und ihr alles zuliebe tun! »Doch, Anne. Ich habe doch nichts als dich.« Er senkte den Kopf und begann zu schluchzen, hart, ohne sich zu schämen, wieder und wieder, er konnte nicht aufhören, bis er nach einer Weile Annes Hand an seiner Schulter fühlte. Und obwohl er dafür dankbar war, wäre er ihrer Hand am liebsten ausgewichen, denn er spürte, es war nur Mitleid, nur Mitgefühl in ihrer Berührung.

»Soll ich dir ein bißchen Frühstück machen?«

Aus der betonten Geduld in ihrer Stimme hörte er den Unterton der Verzeihung heraus. Sie vergab ihm alles, er wußte es. Die Schlägerei in der Bar, alles. Ach, niemals im Leben würde sie bis zu der Freitagnacht durchdringen, es war schon viel,

viel zu tief vergraben. Weder sie noch sonst jemand konnte jemals so tief eindringen.

25

»Ist mir völlig piepe, was Sie glauben«, sagte Bruno und stellte den Fuß fest auf seinen Stuhl. Die dünnen blonden Augenbrauen trafen fast zusammen auf der gerunzelten Stirn. Er blickte Gerard an wie ein goldfarbener, spärlich behaarter und aufs äußerste gereizter Tiger.

»Ich habe ja gar nicht gesagt, daß ich etwas glaube«, gab Gerard zurück.

»Aber angedeutet.«

»Auch nicht angedeutet.« Die runden Schultern zuckten; er lachte. »Sie verstehen mich ganz falsch, Charles. Ich habe nicht gemeint, daß Sie irgend jemand absichtlich von Ihrer Abreise erzählt haben. Sie haben es sicher nur so nebenbei erwähnt.«

Bruno starrte ihn an. Gerard hatte soeben durchblicken lassen, daß, wenn die Tat die eines der Familie Nahestehenden war, Bruno und seine Mutter ihre Hand im Spiel gehabt haben mußten; und es war ganz zweifellos die Tat eines Nahestehenden. Gerard wußte, daß er und seine Mutter sich erst Donnerstagnachmittag entschlossen hatten, Freitag abzureisen. Was für eine Idee, ihn extra deshalb hierher in sein Büro in der Wall Street kommen zu lassen, bloß um ihm das zu sagen! Gerard hatte keinerlei Beweise, das konnte er ihm nicht vormachen. Es war eben abermals ein perfekter Mord.

»Kann ich jetzt gehen?« fragte Bruno. Gerard stöberte in den Papieren auf dem Schreibtisch, als ob er noch etwas Wichtiges hätte.

»Moment noch. Trinken Sie doch was.« Gerard machte mit dem Kopf eine Bewegung zu der Whiskyflasche hin, die auf der anderen Seite des Büros auf einem Regal stand.

»Danke, nein.« Für sein Leben gern hätte Bruno etwas getrunken, aber von Gerard wollte er nichts.

»Wie geht's Ihrer Mutter?«

»Das haben Sie schon mal gefragt.« Seiner Mutter ging es nicht sehr gut, sie konnte nicht schlafen, und hauptsächlich ihretwegen wollte er gern nach Hause. Von neuem packte ihn

Zorn über Gerard, der so tat, als sei er ein naher Freund der Familie. Vielleicht ein Freund seines Vaters, das war möglich! »Übrigens noch eins: von uns haben Sie keinen Auftrag in dieser Angelegenheit. Ist das klar?«

Gerard blickte auf; ein Lächeln stand auf dem runden Gesicht mit den rötlichen Flecken. »Ich würde diese Sache auch umsonst bearbeiten, Charles. Weil ich sie so interessant finde.« Von neuem steckte er sich eine Zigarre an; sie hatte fast die Form seiner kleinen, fetten Finger. Alles und jedes an Gerard irritierte Bruno. Die langsame Redeweise. Die Erinnerung an die anderen Male, als er ihn zusammen mit seinem Vater gesehen hatte. Trotz seiner Leistungen konnte Bruno sich absolut nicht vorstellen, daß Gerard ein erstklassiger Detektiv war. »Ihr Vater war ein feiner Kerl, Charles. Sehr schade, daß Sie ihn nicht besser kannten.«

»Ich kannte ihn vielleicht besser als Sie.« Bruno langte nach einer Zigarette. »Und ich weiß auch gar nicht, warum wir darüber reden. Es ist unwichtig und außerdem morbide.« Gelassen setzte er sich hin.

»Sie haben ihn gehaßt, nicht wahr?«

»Er haßte mich.«

»Nein, er haßte Sie nicht. Sie haben ihn gar nicht richtig gekannt.«

Bruno schob die Hand von der Stuhllehne; sie war feucht von Schweiß. »Was sollen alle diese Fragen, wozu halten Sie mich hier fest? Meine Mutter ist nicht auf dem Posten, ich möchte nach Hause.«

»Ich hoffe, es geht ihr bald besser. Ich möchte ihr nämlich einige Fragen stellen. Vielleicht morgen.«

Siedende Hitze stieg Bruno in Hals und Gesicht. Die nächsten Wochen mußten scheußlich werden für seine Mutter, und Gerard würde alles noch schlimmer machen, denn er war ihnen beiden feindlich gesinnt. Bruno stand auf und nahm den Regenmantel über den Arm.

Aber Gerard ließ sich nicht davon beeindrucken. »Ich möchte, daß Sie noch einmal ganz genau darüber nachdenken – wohin Sie Donnerstag nacht gegangen sind, und wen Sie getroffen haben. Sie haben sich von Ihrer Mutter und Mr. Templeton und Mr. Russo vor dem *Blauen Engel* um zwei Uhr fünfundvierzig früh getrennt. Wohin sind Sie dann gegangen?«

»Ins *Hamburger Hearth*«, gab Bruno seufzend an.

»Haben Sie da jemand getroffen, den Sie kannten?«

»Wen soll ich da kennen – vielleicht eine Katze?«

»Und dann – von da aus?« Gerard blickte prüfend in seine Notizen.

»Zu *Clarke*, Third Avenue.«

»Haben Sie dort jemand gesehen?«

»Sicher. Den Barmixer.«

»Der Barmixer kann sich aber nicht an Sie erinnern«, entgegnete Gerard.

Bruno runzelte die Stirn. Das hatte Gerard vor einer halben Stunde noch nicht erwähnt. »Na und? Es war ganz schön voll. Vielleicht hab ich auch den Barmixer gar nicht gesehen.«

»Die Leute an der Bar kennen Sie dort alle. Sie haben gesagt, Sie seien Donnerstag nacht nicht dagewesen. Außerdem war es gar nicht voll. Donnerstag früh – drei oder halb vier Uhr?«

Gereizt preßte Bruno die Lippen zusammen. »Vielleicht bin ich gar nicht dagewesen. Ich geh meist hinüber und trink dort noch was vor dem Schlafengehen, aber vielleicht war ich doch nicht da. Vielleicht bin ich direkt nach Haus gegangen, ich weiß es nicht mehr. Und all die Leute, mit denen meine Mutter und ich am Freitagmorgen gesprochen haben? Wir haben 'n Haufen Leute angerufen und uns verabschiedet.«

»Ja, ja, die nehmen wir uns schon noch vor. Aber jetzt mal ernsthaft, Charles ...« Gerard lehnte sich zurück, legte ein kurzes Bein über das andere und befaßte sich ausführlich damit, seine Zigarre in Gang zu bringen – »Sie haben sich doch nicht von Ihrer Mutter und ihren Bekannten getrennt, bloß um noch ein Hamburger zu essen und dann allein nach Haus zu gehen, nicht wahr?«

»Kann gut sein. Kann sein, ich wurde dadurch etwas nüchtern.«

»Warum so unbestimmt?« Die Frage klang wie ein Schnarren.

»Warum denn nicht, möchte ich wissen! Ich kann doch wohl unbestimmt sein, wenn ich blau war!«

»Es ist natürlich ganz egal, ob Sie bei *Clarke* oder woanders waren. Worauf es ankommt, ist, *wen* Sie getroffen haben und *wem* Sie erzählt haben, daß Sie am nächsten Tag nach Maine fahren wollten. Sie müssen doch zugeben, daß es merkwürdig ist, daß Ihr Vater in der Nacht direkt nach Ihrer Abreise umgebracht wurde.«

»Keine Seele hab ich getroffen. Sie können jeden Menschen fragen, den ich kenne.«

»Sie sind also ganz allein spazierengegangen bis nach fünf Uhr morgens.«

»Woher wissen Sie, daß ich nach fünf nach Haus gekommen bin?«

»Von Herbert. Er hat es gestern gesagt.«

Bruno seufzte. »Warum hat er daran den ganzen Sonnabend nicht gedacht?«

»Na ja, das sage ich ja, so arbeitet das Gedächtnis. Mal setzt es aus, und dann kommt es wieder. Ihres wird auch wiederkommen, ganz sicher. Inzwischen werde ich mich weiter umsehen. Ja, Sie können jetzt gehen, Charles.« Gerard winkte nachlässig mit der Hand. Bruno zögerte einen Augenblick und ging dann hinaus.

Er schritt den trüben Korridor der Confidential Detective Agentur entlang; die Schreibmaschine, die während des ganzen Interviews zu hören gewesen war, wurde jetzt lauter. Immer sprach Gerard von ›Wir‹: hier saßen sie alle und schufteten hinter den Türen. Er nickte Miss Graham zu, der Sekretärin, die ihm vor einer Stunde ihre Teilnahme ausgesprochen hatte, als er hereinkam – frohgemut und sicher war ihm zumute gewesen vor einer Stunde; er hatte sich vorgenommen, sich von Gerard nicht unterkriegen zu lassen, und nun ... Er konnte nie ruhig bleiben, wenn Gerard Bemerkungen über ihn und seine Mutter machte. Na schön, und was weiter? Was lag gegen ihn vor? Was wußten sie über den Mörder? Nur Falsches.

Guy! Ein breites Lächeln erschien auf Brunos Gesicht, als er mit dem Fahrstuhl nach unten fuhr. Nicht ein einziges Mal war ihm Guy in den Sinn gekommen, da drinnen in Gerards Büro! Auch nicht, als Gerard wegen Donnerstag nacht in ihn drang. Guy – Guy und er! Wer nahm es mit ihnen auf? Wenn doch Guy jetzt bei ihm wäre – er würde ihn fest an der Hand pakken, dann konnte sich die ganze Welt zum Teufel scheren. Ihre Taten waren einzigartig – wie ein Flug über den Himmel! Wie zwei Flammenzungen, die so schnell aufloderten, daß alle sich fragten, ob sie sie wirklich gesehen hatten. Ein Gedicht fiel ihm ein, das etwas von seinen Gefühlen ausdrückte. Es mußte noch irgendwo in seinem Adreßbüchlein stecken. Eilig trat er in eine Bar, bestellte einen Drink und zog das kleine Blatt Papier aus der Tasche seines Adreßbuches. Er hatte es im College aus einem Gedichtband gerissen.

The Leaden-Eyed
by Vachel Lindsay

Let not young souls be
smothered out before
They do quaint deeds and fully
flaunt their pride.
It is the world's one crime its
babes grow dull
Its poor are ox-like, limp and leaden-eyed.

Not that they starve, but starve
so dreamlessly,
Not that they sow, but that they
seldom reap.
Not that they serve, but have no
gods to serve,
Not that they die, but that they
die like sheep.

So waren sie nicht, er und Guy. Nein – sie würden nicht einfach sterben, dumpf wie Schafe. Er und Guy würden ihre Saat aufgehen sehen und ernten. Er würde Guy auch Geld geben, wenn er es annahm.

26

Etwa zur gleichen Stunde saß Bruno am nächsten Tag im Gartenstuhl auf der Terrasse seines Hauses in Great Neck. Er war so zufrieden und gut gelaunt wie selten. Morgens war Gerard zwar überall herumgekrochen, aber Bruno hatte ihn ruhig und höflich behandelt; jetzt war Gerard fort, und Bruno war stolz auf sein Verhalten. Er durfte es nie wieder so weit kommen lassen wie gestern, sonst verhedderte er sich und machte Fehler. Gerard war ja doch der Dumme. Wäre er gestern netter gewesen, so würde er ihm vielleicht helfen. Helfen? Bruno lachte laut auf. Was sollte das heißen – helfen? Er machte sich da wohl selbst etwas vor.

Über ihm sang ein Vogel immer wieder »Kiwii«! und antwortete gleich darauf mit »Kiwiam-kiwiam«! Bruno spähte in den Baum. Seine Mutter wußte sicher, was für ein Vogel das war. Er blickte über den Rasen, der bräunliche Flecke aufwies, über die weiße Mauer und die Fuchsienbüsche mit den schwellenden Knospen. Heute nachmittag war nämlich für seine Mutter ein Scheck über zwanzigtausend Dollar gekommen. Und sehr viel mehr würde noch folgen, wenn die Versicherungsleute sich erst mal beruhigten und die Anwälte den üblichen Kram erledigt hatten. Beim Lunch hatten er und seine Mutter darüber gesprochen, vielleicht nach Capri zu fahren; und heute abend wollten sie zum erstenmal zum Dinner ausgehen. Kein Wunder, daß er sich bisher nichts aus Natur gemacht hatte. Jetzt, da ihm der Rasen und die Bäume gehörten, war das ganz was anderes.

Lässig blätterte er in dem kleinen Adreßbuch, das er auf dem Schoß hielt. Er hatte es heute morgen gefunden; ob er es in Santa Fé bei sich gehabt hatte, wußte er nicht mehr, aber er wollte sichergehen, daß nichts von Guy darin stand, bevor Gerard es fand.

Hinten unter den Notizen fand er eine Anmerkung: *Dan 8,15 Hotel Astor.* Keine Ahnung mehr, wer das war. *Bis 1. Juni Geld v. Captain.* Die nächste Seite jagte ihm einen kleinen Schauer über den Rücken. *Geschenk für Guy 25 $.* Er riß die perforierte Seite heraus. Das war der Gürtel, den er Guy aus Santa Fé geschickt hatte. Warum hatte er das nur notiert?

In der Auffahrt erschien Gerards großer schwarzer Wagen. Bruno zwang sich, ruhig sitzenzubleiben und die Notizen weiter durchzusehen. Dann schob er das Buch in die Tasche und steckte das herausgerissene Blatt in den Mund.

Gerard schlenderte mit hängenden Armen und einer Zigarre in der Hand auf die Terrasse zu.

»Gibt's was Neues?« fragte Bruno.

»Ja – paar Kleinigkeiten.« Gerard zog mit den Augen eine Diagonale von der Hausecke über den Rasen bis zur Mauer, als wolle er die Entfernung abschätzen, die der Mörder laufend zurückgelegt hatte.

Bruno kaute nachlässig auf dem Papierklümpchen, als wäre es Kaugummi. »Zum Beispiel?« fragte er.

»Zum Beispiel die Tatsache, daß der Mörder gar nicht in die Stadt zurückgegangen ist. Er ist da drüben durch den Wald gelaufen. Hier, das haben wir gefunden.«

Bruno stand auf und besah sich das Stück rötlichen Handschuh und einen dunkelblauen Stoffetzen, der aussah wie ein Stück von Guys Mantel. »Oha. Sind Sie denn ganz sicher, daß die von dem Mörder stammen?«

»Ja, doch – ziemlich sicher. Das eine ist von einem Mantel. Das andere – wahrscheinlich ein Handschuh.«

»Oder ein Schal.«

»Nein, hier ist ein kleiner Saum.« Gerard stieß mit dem fetten, sommersprossigen Zeigefinger auf das Stückchen Stoff.

»Komischer Handschuh.«

»Damenhandschuh.« Gerard blickte grinsend auf.

Bruno lächelte amüsiert, hielt aber sofort reuevoll inne.

»Ich dachte erst, es wäre ein professioneller Killer«, sagte Gerard und seufzte. »Das Haus hat er jedenfalls gut gekannt. Aber ich kann mir nicht vorstellen, daß ein Professioneller die Nerven verliert und sich genau an der Stelle durch das Gebüsch zwängt.«

»Hm, hm«, machte Bruno interessiert. »Woher wissen Sie das alles?«

»Charles, die ganze Sache war sorgfältig geplant. Das Schloß an der Hintertür war aufgebrochen. An der Mauer stand die Kiste ...«

Bruno schwieg. Herbert hatte Gerard erzählt, daß er, Bruno, das Schloß kaputtgemacht hatte. Vermutlich hatte er ihm auch erzählt, wer die Kiste dort hingestellt hatte.

»Rote Handschuhe!« grinste Gerard. Bruno hatte ihn noch nie so heiter erlebt. »Na, die Farbe ist ja auch wurscht – Hauptsache, sie hinterlassen keine Spuren, was?«

»Ja«, sagte Bruno langsam.

Gerard trat durch die Terrassentür ins Haus, und gleich darauf folgte ihm Bruno. Gerard ging nach hinten in die Küche; Bruno stieg die Treppe hinauf. In seinem Zimmer warf er das Adreßbuch auf sein Bett und ging dann den Gang hinunter. Die

Tür zu seines Vaters Zimmer stand offen; ihm wurde etwas komisch zumute, als sei ihm jetzt erst klargeworden, daß sein Vater tot war. Es lag daran, daß die Tür offenstand, wie ein heraushängendes Hemd, wie ein fallengelassener Schutz. Der Captain hätte das nie geduldet. Bruno runzelte die Stirn und schloß dann eilig die Tür vor dem Teppich, über den die Füße der Detektive – und auch Guys Füße! – gegangen waren. Auf dem Schreibtisch mit den kleinen Schubladen lag noch das Scheckbuch, aufgeschlagen, als warte es auf seines Vaters Unterschrift. Leise öffnete er die Tür zum Zimmer seiner Mutter. Sie lag auf dem Bett, die rosaseidene Steppdecke bis zum Kinn hochgezogen.

»Hast du gar nicht geschlafen, Mom?«

»Nein.«

»Gerard ist schon wieder da.«

»Ja, ich weiß.«

»Wenn du lieber nicht gestört sein willst, sag ich es ihm.«

»Darling, red keinen Unsinn.«

Bruno setzte sich auf die Bettkante und beugte sich zu ihr nieder. »Wenn du bloß schlafen könntest, Mom.« Unter ihren Augen standen dunkelrote Schatten, und der Mund hatte lange, dünne Falten, wie er sie nie zuvor gesehen hatte.

»Darling – weißt du ganz gewiß, daß Sam dir nie irgend etwas gesagt oder irgend jemand erwähnt hat?«

»Na, kannst du dir vorstellen, daß er so was zu mir gesagt hätte?« Bruno ging im Zimmer auf und ab. Es störte ihn, daß Gerard im Haus war – er war so ekelhaft, immer tat er, als ob er insgeheim gegen jeden etwas im Schilde führte, sogar gegen Herbert, der doch den Captain angebetet hatte und der sich gegen ihn selber mehr als offen aussprach. Aber daß Bruno mit dem Zollstock überall herumgekrochen und alles ausgemessen hatte, das hatte Herbert doch nicht gesehen, sonst hätte Gerard davon längst ein Wort verlauten lassen. Er war überall im Garten und im Hause herumgegangen, als seine Mutter krank war; hätte ihn jemand beobachtet, so hätte er annehmen können, Bruno zähle seine Schritte. Er hatte große Lust, jetzt gegen ihn loszulegen, aber dafür hätte seine Mutter kein Verständnis gehabt. Sie bestand darauf, daß er weiterhin mit der Untersuchung beauftragt wurde; angeblich gab es keinen besseren. Sie zogen hierbei nicht an einem Strang, er und seine Mutter. Es konnte vorkommen, daß sie etwas sehr Wichtiges zu Gerard sagte – wie zum Beispiel die Angabe, daß sie sich erst Donnerstag entschlossen hatten, am Freitag abzureisen – und daß er davon überhaupt nichts erfuhr!

»Du wirst richtig dick, Charley, weißt du das?« sagte seine Mutter mit einem Lächeln.

Bruno lächelte zurück. Sie stand jetzt am Frisiertisch und setzte die Badekappe auf.

»Na ja, mein Appetit ist nicht schlecht«, sagte er. Das war nicht wahr. Sein Appetit hatte sich verschlechtert, und ebenso die Verdauung, und doch wurde er immer dicker.

Als seine Mutter gerade die Badezimmertür hinter sich geschlossen hatte, klopfte Gerard an die Tür.

»Sie badet, und das wird eine ganze Weile dauern«, teilte ihm Bruno mit.

»Bitte sagen Sie ihr, ich warte in der Halle.«

Bruno klopfte an die Badezimmertür und gab die Bestellung weiter; dann ging er in sein Zimmer zurück. An der Lage des Adreßbuches erkannte er, daß Gerard es gefunden und hineingesehen hatte. Bedächtig mixte er sich einen Highball und trank ihn aus; später ging er leise ins Treppenhaus, wo er unten in der Halle Gerard mit seiner Mutter reden hörte.

»Er war nicht irgendwie besonders aufgekratzt oder auch deprimiert, nein?«

»Wissen Sie, er ist ja sehr launisch; ich hätte es wohl kaum bemerkt«, erwiderte seine Mutter. »Glauben Sie denn, er hält etwas zurück?«

»Ich weiß nicht recht.« Bruno merkte, daß Gerard mit seinem Lauschen rechnete. »Was meinen Sie denn?«

»Wieso – nein, selbstverständlich glaube ich das nicht. Worauf wollen Sie eigentlich hinaus, Arthur?«

Aha, sie war ihm gewachsen. Hiernach würde sie wohl nicht mehr ganz so viel von Gerard halten, dachte Bruno. Er benahm sich mal wieder wie ein Tölpel aus Iowa.

»Ich soll doch die Wahrheit herausfinden, nicht wahr, Elsie?« Gerard redete wie ein Hörspieldetektiv. »Er kommt nicht richtig damit raus, was er Donnerstag nacht gemacht hat. Er hat ein paar ziemlich finstere Brüder in seiner Bekanntschaft. Vielleicht hat Charles erwähnt, daß er und Sie am nächsten Tag verreisen wollten . . .«

»Wollen Sie damit sagen, daß Charles von der Sache etwas weiß, Arthur?«

»Es sollte mich, offen gesagt, nicht wundern. Und Sie?«

»Verflucht noch mal!« murmelte Bruno. So etwas zu seiner Mutter zu sagen!

»Wenn er etwas Diesbezügliches erwähnt, werde ich es Ihnen mitteilen.«

Bruno schlich lautlos zur Treppe, entsetzt von ihrer Willfährigkeit. Wenn nun ein Verdacht in ihr aufkam? Mord – das würde sie nicht schlucken können, das hatte er schon in Santa Fé gemerkt. Wenn sie sich nun an Guy erinnerte und daran, daß ihr Sohn ihn in Los Angeles erwähnt hatte? Wenn Gerard Guy innerhalb von zwei Wochen aufspürte, trug er womöglich noch Kratzspuren aus dem Waldgebüsch oder sonst irgendwelche Wunden oder Schnitte, die Verdacht erregen konnten. Bruno hörte Herberts leisen Schritt in der unteren Diele und sah ihn mit einem Tablett kommen, auf dem der Nachmittagskaffee seiner Mutter stand. Er ging schnell in sein Zimmer zurück, goß sich einen großen Drink ein, trank ihn aus und legte sich auf sein Bett, um zu schlafen.

Als er Gerards Hand auf der Schulter fühlte, fuhr er auf und rollte sich zur Seite.

»Wiedersehen!« sagte Gerard und zeigte beim Lächeln die tabakgefärbten Zähne. »Ich geh jetzt. Wollte mich bloß verabschieden.«

»Und dafür wecken Sie mich auf?« fragte Bruno.

Gerard lachte leise auf und watschelte aus dem Zimmer, bevor Bruno ein versöhnliches Wort einfiel, das er gern gesagt hätte. Er ließ sich auf das Kissen zurückfallen und versuchte wieder einzuschlafen, aber als er die Augen schloß, sah er im Geist die untersetzte Gestalt im hellbraunen Anzug den Gang hinuntergehen, sah, wie er sich durch geschlossene Türen schlängelte, Schubladen aufzog, Briefe durchsuchte, sich Notizen machte und sich dann umdrehte und mit dem Finger auf ihn zeigte – eine Tortur für seine Mutter. Nein, es war unmöglich, da nicht zurückzuschlagen.

27

»Wieso – was soll es sonst heißen? Der Kerl beschuldigt mich!« schrie Bruno quer über den Tisch.

»Nein, Darling, das ist nicht wahr. Er tut bloß seine Arbeit.«

Bruno strich sich das Haar zurück. »Tanzen, Mom?«

»Dazu bist du jetzt gar nicht fähig, Charley.«

Das stimmte, und er wußte es auch. »Dann will ich noch was trinken.«

»Darling, das Essen kommt doch gleich.«

Ihre unermüdliche Geduld und die dunkelroten Ringe unter ihren Augen schmerzten ihn so, daß er sie nicht ansehen konnte. Er blickte sich nach dem Kellner um. Das Lokal war heute so voll, daß man kaum die Kellner von den Gästen unterscheiden konnte. Sein Blick wanderte umher und blieb plötzlich an einem Mann hängen, der auf der gegenüberliegenden Seite der Tanzfläche mit einem anderen zusammensaß und wie Gerard aussah, mit dem gleichen kahlen Schädel und hellbraunen Haarkranz, nur trug dieser Mann eine schwarze Jacke.

»Charley, bitte setz dich doch hin. Der Kellner kommt schon.«

Es war doch Gerard. Eine Sekunde lang überlegte Bruno zornig, ob er es seiner Mutter sagen sollte. Dann setzte er sich und sagte laut und böse: »Da drüben sitzt Gerard.«

»Wirklich? Wo denn?«

»Da drüben, links vom Orchester. Unter der blauen Lampe.«

Seine Mutter reckte den Hals. »Ich sehe ihn nicht. Ich glaube, du bildest dir das ein, Darling.«

»Ich bilde mir gar nichts ein!« schrie Bruno und schleuderte seine Serviette auf den Teller mit *Roastbeef au jus.*

»Ich sehe den Mann, den du meinst. Das ist nicht Gerard«, sagte sie geduldig.

»Du kannst ihn von da nicht so gut sehen wie ich! Das ist er, und ich habe keine Lust, mit ihm im selben Raum zu essen.«

Sie seufzte. »Charles. Willst du nicht noch was trinken? Komm, trink noch was. Hier ist der Kellner.«

»Ich will auch nichts trinken, wenn er da ist! Soll ich dir beweisen, daß er es ist?«

»Aber wozu denn? Er wird uns gar nicht stören. Wahrscheinlich will er uns beschützen.«

»Du gibst also zu, daß er es ist! Er spioniert uns nach, und er hat einen dunklen Anzug an, damit er uns überallhin folgen kann!«

»Er ist es ja gar nicht«, sagte sie gelassen und träufelte Zitronensaft auf den gedämpften Fisch. »Du hast Halluzinationen.«

Bruno starrte sie mit offenem Mund an. »Was heißt – wie kannst du so was zu mir sagen, Mom?« Seine Stimme brach.

»Bitte, mein Liebling. Alle Leute sehen uns an.«

»Mir ganz piepe!«

»Darling, hör doch mal zu. Du machst hier zuviel Aufsehen.« Er wollte etwas sagen, aber sie unterbrach ihn. »Doch, das tust du, weil es dir Spaß macht. Du willst dich aufregen. Dies ist nicht das erste Mal.«

Bruno war sprachlos. Hier saß seine Mutter – und sie wandte sich gegen ihn. »Wahrscheinlich hast du irgendwas Böses zu Gerard gesagt«, fuhr sie fort, »und er findet, du benimmst dich sehr merkwürdig. Und das tust du auch.«

»Ist das vielleicht ein Grund, mir Tag und Nacht auf den Fersen zu bleiben?«

»Darling, es ist ja gar nicht Gerard«, sagte sie bestimmt.

Bruno zog sich in die Höhe und torkelte hinüber zu dem Tisch, an dem Gerard saß. Er wollte ihr beweisen, daß er keine Angst vor ihm hatte. Ein paar Tische am Rand der Tanzfläche standen ihm im Weg, aber er sah jetzt, daß es Gerard war.

Gerard blickte auf und winkte ihm freundlich zu; sein kleiner Helfershelfer starrte ihn an. Und dafür gaben sie, er und seine Mutter, Geld aus! Bruno öffnete den Mund, ohne zu wissen, was er sagen wollte. Taumelnd wandte er sich um. Er wußte, was er jetzt wollte: Guy anrufen, hier und jetzt, im gleichen Raum mit Gerard. Er kämpfte sich zurück über die Tanzfläche bis zu der Telefonzelle neben der Bar. Wie eine Meereswoge schoben ihn die Verrückten, die sich da vorne langsam drehten, zurück, er kam nicht gegen sie an. Wieder kam die Woge, lärmend und lustig und unüberwindlich; sie drängte ihn noch weiter zurück, und plötzlich sah er sich als kleinen Jungen im Elternhaus bei einer Party und wußte, genauso hatte er damals versucht, durch die tanzenden Paare hinweg seine Mutter auf der anderen Seite des Raumes zu erreichen.

Bruno erwachte früh am Morgen in seinem Bett und lag ganz still. Er wußte, er war ohnmächtig geworden. Hatte er nach

Guy gerufen, bevor er bewußtlos wurde? Wenn ja, konnte Gerard die Spur verfolgen? Er hatte bestimmt nicht mit Guy telefoniert, das würde er noch wissen; aber vielleicht hatte er ihn anzurufen versucht. Er stand auf; er wollte seine Mutter fragen, ob er in der Telefonzelle umgefallen war. Das Schütteln packte ihn; er ging ins Badezimmer, aber als er das Glas mit Whisky und Soda gefüllt hatte, spritzte ihm alles ins Gesicht. Er stemmte sich gegen die Tür. Das Schütteln faßte ihn jetzt schon an beiden Enden, morgens und abends; er wachte täglich früher auf und mußte abends immer mehr trinken, um einschlafen zu können.

Und zwischendurch kam immer Gerard.

28

Mit dem Gefühl vertrauter Geborgenheit setzte sich Guy an seinen Arbeitstisch, auf dem er Bücher und Unterlagen für den Krankenhausbau sorgsam geordnet hatte.

Er sah die ungeöffnete Zeitung auf dem Bett liegen und machte sich daran, sie Seite für Seite durchzusehen. Aber in den Zeitungen stand schon seit sechs Wochen nichts mehr über den Mord. Guy hatte alle Hinweise vernichtet: die roten Handschuhe waren zerschnitten und in der Toilette hinuntergespült worden, der Mantel – ein guter Mantel, er hatte daran gedacht, ihn einem Bettler zu schenken, aber wie konnte man selbst einem Bettler den Mantel eines Mörders geben? – und die Hose hatte er zerrissen und nach und nach in den Mülleimer getan. Die Pistole hatte er von der Manhattan Bridge ins Wasser geworfen, seine Schuhe von einer anderen Brücke. Das einzige, was er nicht weggeworfen hatte, war der kleine Revolver.

Er ging zum Schreibtisch und nahm die Waffe in die Hand; die harte Glätte unter den Fingerspitzen beruhigte ihn. Dies war das einzige, das er nicht weggeworfen hatte – und es war alles, was sie brauchten, falls sie ihn holten. Er wußte auch genau, warum er den Revolver behielt: es war sein *eigenes*, ein Teil von ihm, die dritte Hand, die den Mord ausgeführt hatte; das Beste von ihm, ein Gegenstand von mechanischer und absoluter Logik. Und genau wie er selbst war dieser Gegenstand imstande zu töten.

Sollte Bruno es wagen, ihm noch einmal nahe zu kommen, so würde er auch ihn umbringen. Er konnte es, dessen war er sicher. Und das wußte Bruno auch; Bruno hatte seine Gedanken immer lesen können. Daß Bruno jetzt schwieg, bedeutete für Guy mehr Erleichterung als das Schweigen von seiten der Polizei. Er hatte überhaupt keine Angst vor der Polizei, hatte sie nie gehabt. Die Angst, die in ihm lebte, war nichts als der Kampf gegen sich selbst – ein so quälender Kampf, daß dagegen Polizei und Gesetz ihm fast willkommen gewesen wären. Er hätte hingehen und ein Geständnis ablegen können, nur war das Geständnis gar nicht mehr wichtig, nichts als eine Geste, vielleicht sogar ein Ausweg, mit dem die Wahrheit umgangen wurde. Auch wenn das Gesetz ihn verurteilte, so war das nichts als eine Geste.

»Ich habe nicht viel Achtung für Recht und Gesetz«, hatte er vor zwei Jahren mal zu Peter Wriggs in Metcalf gesagt. Warum sollte er ein Statut achten, das ihn und Miriam zu Mann und Frau machte? »Ich habe nicht viel Achtung für die Kirche«, hatte er weise zu Peter gesagt, als er fünfzehn war. Damals hatte er natürlich die Baptisten in Metcalf gemeint. Mit siebzehn hatte er seinen Gott selber entdeckt. Gott hatte sich ihm offenbart durch sein eigenes erwachendes Talent, durch den Sinn für die Einheit der Künste, der Natur, auch der Naturwissenschaften – aller schaffenden und ordnenden Kräfte in der Welt. Er war sicher, ohne den Glauben an Gott hätte er nichts vollbringen können. Und wo war sein Glaube geblieben, als er einen Menschen umbrachte?

Benommen wandte er sich um und fand sich wieder vor dem Arbeitstisch. Ein Keuchen entrang sich ihm, nervös fuhr er sich mit der Hand über den Mund. Irgend etwas mußte noch kommen; eine härtere Strafe, eine schlimmere Bitternis stand ihm noch bevor. »Ich leide nicht genug!« brach es flüsternd aus ihm hervor. Warum flüsterte er? Schämte er sich etwa? »Ich leide nicht genug«, sagte er noch einmal mit normaler Stimme und blickte sich um, als höre ihm jemand zu. Er wollte die Worte noch einmal laut rufen, aber es war ein Flehen darin, und er hatte nicht mehr das Recht, irgend etwas von jemandem zu erflehen.

Da lagen die schönen neuen Bücher, die er heute gekauft hatte; an sie konnte er noch mit Liebe denken. Jetzt gleich wollte er mit der Arbeit anfangen. Er hatte den Auftrag für den Entwurf eines Krankenhauses bekommen. War das nicht viel besser als ein Gefängnis? Seine Gedanken machten wilde Sprünge. Und Anne hatte er auch noch gar nichts von dem Krankenhaus erzählt, das fiel ihm plötzlich ein. Deshalb war der Auftrag noch so unwirklich. Sie, nicht die Arbeit war für ihn der Spiegel der Wirklichkeit. Warum bloß hatte er ihr noch nichts gesagt?

Er mußte sich jetzt wirklich sofort an die Arbeit machen; nur fühlte er schon wieder die fieberhafte Energie, die jeden Abend in den Beinen einsetzte und ihn schließlich auf die Straßen hinaustrieb in vergeblichem Bemühen, sich zu verausgaben. Die Energie erschreckte ihn, denn keine Aufgabe war ihr gewachse; zuweilen hatte er das Gefühl, daß nur Selbstmord noch übrigbliebe, und doch klammerte er sich tief innerlich und gegen seinen Willen ganz fest ans Leben.

Er dachte an seine Mutter. Nie wieder konnte er zulassen, daß sie ihn umarmte. Er entsann sich, daß sie einmal geäußert hatte, alle Menschen seien gleich gut, denn alle Menschen hätten eine Seele und die Seele sei gut. Das Böse komme stets von außen. Und daran hatte er noch Monate nach Miriams Tod geglaubt, als er ihren Liebhaber umbringen wollte. Noch im Zug, als er Plato las, hatte er das geglaubt. In seinem Innern war das zweite Roß des großen Wagenlenkers immer genauso fügsam gewesen wie das erste. Aber Liebe und Haß, Gut und Böse lebten nebeneinander im Herzen des Menschen, und nicht in verschiedener Größenordnung in dem einen und dem andern: alles Gute und alles Böse war bei jedem vorhanden. Suchte man etwas, so fand man alles, man brauchte nur an der Oberfläche zu kratzen. Alle Dinge hatten ihr Gegenteil nahe bei sich, für jede Entscheidung gab es eine Gegenentscheidung, für jedes Tier ein anderes, das es vernichtete; das männliche zerstörte das weibliche, das positive vernichtete das negative. Die Spaltung des Atoms war die einzige wahre Zerstörung, sie brach mit dem Universalgesetz der Einheit. Nichts konnte existieren ohne sein Gegenteil, das mit ihm verbunden war. Konnte Raum existieren in einem Gebäude, wenn keine Gegenstände ihn begrenzten? Gab es Energie ohne Materie, oder Materie ohne Energie? Materie und Energie, das Leblose und das Aktive: einst waren sie Gegensätze, heute wußte man, daß sie eins waren.

Und Bruno – er und Bruno. Jeder war das, was der andere nicht hatte sein wollen, das abgestreifte Ich, das er zu hassen meinte und vielleicht in Wirklichkeit liebte.

Einen Augenblick glaubte er, den Verstand zu verlieren. Auch Irrsinn und Genie überschnitten sich oft, dachte er. Was für mittelmäßige Leben lebten die meisten Menschen! In mittleren Gewässern, wie die meisten Fische.

Nein, es gab diese Dualität in der ganzen Natur, bis hinab zum Proton und Elektron im kleinsten Atom. Die Wissenschaftler versuchten jetzt, das Elektron zu spalten, was vielleicht gar nicht möglich war, weil möglicherweise eine Idee dahinterstand, die eine einzige Wahrheit, daß das Gegenteil immer gegenwärtig ist. Wer konnte sagen, ob ein Elektron Materie oder Energie war? Vielleicht tanzten Gott und der Teufel Hand in Hand um jedes Elektron herum!

Er warf seine Zigarette in den Papierkorb und verfehlte ihn. Als er den Zigarettenstummel ausdrückte, fiel sein Blick auf ein zerknülltes Blatt Papier, auf dem er gestern abend eins seiner verrückten Geständnisse niedergelegt hatte. Es brachte ihn in die Gegenwart zurück, die von allen Seiten über ihn herfiel: Bruno, Anne, dies Zimmer, die Nacht, die Konferenz mit den Leuten vom Krankenhaus, die für morgen angesetzt war.

Gegen Mitternacht wurde er schläfrig; er ließ die Arbeit liegen und streckte sich vorsichtig auf dem Bett aus. Sich auszuziehen, wagte er nicht, damit er nicht wieder ganz wach wurde.

Er träumte, er sei in der Nacht von dem Geräusch des langsamen, vorsichtigen Atmens aufgewacht, das er jede Nacht beim Einschlafen in seinem Zimmer hörte. Jetzt kam es von draußen, am Fenster. Jemand kletterte an der Mauer herauf. Eine lange Gestalt in grauem Cape mit Fledermausärmeln sprang ins Zimmer. »Hier bin ich«, sagte sie gelassen.

Guy sprang auf und stürzte sich auf den anderen. »Wer bist du?« Da sah er, daß es Bruno war. Bruno wehrte sich, aber er schlug nicht zurück. Unter Aufbietung aller Kräfte konnte Guy mühsam Brunos Schultern auf den Boden drücken, und jedesmal mußte er in dem wiederkehrenden Traum alle Kräfte aufbieten. Guy hielt Bruno mit den Knien am Boden fest und würgte ihn, aber Bruno grinste immer weiter, als fühle er gar nichts.

»Du!« erwiderte Bruno schließlich.

Guy erwachte schweißgebadet und mit schwerem Kopf. Er setzte sich auf und sah sich suchend im Zimmer um. Ein schleimignasses Geräusch war zu hören, als krieche unten eine Schlange über den zementierten Hof und schlage mit dem feuchten, gewundenen Körper gegen die Mauer. Dann erkannte er plötzlich das Geräusch: es war Regen, ein sanfter, silbriger Sommerregen. Beruhigt ließ er sich auf das Kissen zurückfallen und fing still an zu weinen. Er dachte an den Regen, der schräg auf die Erde herunterfloß. Er schien zu fragen: Wo sind die durstigen Pflanzen des Frühlings? Wo ist das neue Leben, dem ich so nötig bin? *Wo sind die grünen Ranken der Liebe aus unserer Jugend, Anne?* hatte er gestern abend auf den Zettel geschrieben, der zerknüllt im Papierkorb lag. Der Regen fand die Pflanzen, die ihn erwarteten, die ihn brauchten. Was in den Hof fiel, war nur der Überschuß. *Wo sind die grünen Ranken, Anne ...*

Er lag mit offenen Augen, bis die Morgendämmerung zum Fenster hereinsah wie der fremde Eindringling in der Nacht. Wie Bruno. Dann stand er auf, machte Licht, zog die Gardinen zu und setzte sich an seine Arbeit.

29

Guy stieß den Fuß hart auf die Bremse; trotzdem schoß der Wagen kreischend auf das Kind zu. Man hörte das metallene Klappern, als das Fahrrad auf den Boden schlug. Guy sprang heraus und lief um den Wagen herum, wobei er sich das Knie schmerzhaft am Kotflügel stieß, und riß das Kind an den Schultern hoch.

»Ich bin okay«, sagte der Junge.

»Guy – ist ihm nichts passiert?« rief Anne. Sie war ebenso blaß wie das Kind.

»Ich glaub nicht. Er scheint in Ordnung.« Guy hielt das Vorderrad des Fahrrads mit den Knien fest und bog den Lenker zurecht. Er fühlte die Augen des Kindes auf seinen heftig zitternden Händen.

»Danke«, sagte der Junge. Er stieg auf das Rad und fuhr davon. Guy kam es vor wie ein Wunder. Er sah Anne an und sagte mit schauderndem Seufzer: »Ich kann heute nicht mehr fahren.«

»Gut«, sagte Anne ebenso ruhig, aber in ihren Augen stand ein leiser Verdacht, das merkte Guy, als sie sich hinter das Lenkrad setzte.

Guy stieg wieder ein und entschuldigte sich bei den Faulkners. Sie murmelten ein paar beruhigende Worte: so etwas passiere eben jedem Autofahrer irgendwann einmal. Aber Guy spürte Schock und Entsetzen in ihrem Schweigen. Er hatte den Jungen die Nebenstraße herankommen sehen. Der Junge hatte angehalten, aber Guy hatte den Wagen herumgerissen, genau auf den Jungen zu, als ob er den Jungen treffen wolle. Hatte er das gewollt? Immer noch zitternd zündete er sich eine Zigarette an. Es war nichts als mangelnde Koordinierung, sagte er sich, wie er es in den letzten zwei Wochen hundertmal erlebt hatte: ein Zusammenstoß in der Drehtür, seine Unfähigkeit, auch nur die Feder am Lineal zu halten, und immer wieder das Gefühl, er sei gar nicht *hier*, nicht dabei, wenn er mit irgendwas beschäftigt war. Finster sagte er sich im stillen vor, was er jetzt tat, als er in Annes Wagen nach Alton fuhr, um das Haus anzusehen, das nun fertig war. Letzte Woche hatte Anne mit ihrer Mutter Gardinen und Vorhänge aufgehängt. Heute war Sonntag, es war fast Mittag. Anne hatte ihm erzählt, seine Mutter habe ihr einen herzlichen Brief geschrieben, der gestern kam, und ihr drei kleine Schürzen und eine Menge Eingemachtes geschickt, für die Küche. Konnte er das behalten? Im Augenblick dachte er nur an die Skizze von dem Krankenhaus, die in seiner Tasche steckte und von der Anne noch nichts wußte. Wenn er doch allein irgendwo hingehen könnte und nichts tun als arbeiten und keinen Menschen sehen, auch Anne nicht. Aus dem Augenwinkel blickte er sie an, sah das schmale kühle Gesicht mit der leicht gebogenen Nase und die starken schlanken Hände, die den Wagen geschickt in die Kurven lenkten. Er war plötzlich überzeugt, daß ihr an dem Wagen viel mehr lag als an ihm.

»Wenn jemand hungrig ist, bitte jetzt melden«, sagte Anne. »Der kleine Laden hier ist der letzte auf mehrere Meilen.«

Niemand war hungrig.

»Also mindestens einmal im Jahr müßt ihr mich zum Dinner einladen, Anne«, sagte ihr Vater. »Vielleicht Wildenten, was meinst du? Oder Wachteln. Die Jagd soll hier sehr gut sein. Können Sie mit einem Gewehr umgehen, Guy?«

Anne bog in die Einfahrt, die zum Hause führte.

»Ja, einigermaßen«, stotterte Guy. Laufen – laufen, befahl ihm sein Herz. Er mußte laufen, sonst gab es sicher keine Ruhe.

Anne hielt und lächelte Guy an. »Guy«, flüsterte sie, »trink schnell einen Schluck, wenn du reinkommst. Eine Flasche Brandy steht in der Küche.« Sie legte die Hand leicht auf sein Handgelenk, und Guy riß den Arm zurück, ohne es zu wollen.

Er mußte etwas trinken, Brandy oder sonstwas. Aber gleichzeitig wußte er, er werde nichts trinken.

Mrs. Faulkner schritt neben ihm über den neuen Rasen. »Es ist wirklich wundervoll geworden, Guy. Hoffentlich sind Sie stolz darauf.«

Er nickte. Es war nun fertig, er brauchte es sich nicht mehr vorzustellen, wie damals in seinem Hotelzimmer in Mexiko. Anne hatte sich für die Küche mexikanische Kacheln gewünscht. Vieles, was sie manchmal trug, kam aus Mexiko: ein Gürtel, eine Tasche, Huarachas. Der lange gestickte Rock, der jetzt unter ihrem Tweedmantel hervorsah, war mexikanisches Fabrikat. Er selber hatte im Hotel *Montecarlo* gewohnt – sicher nur deshalb, damit das trübe braunrosa Zimmer und Brunos Gesicht über dem braunen Schreibtisch ihn sein Leben lang verfolgten.

Noch vier Wochen bis zur Hochzeit. Noch vier Freitagnächte, dann saß Anne in dem großen grünen Sessel am Kamin; er hörte ihre Stimme aus der mexikanischen Küche; sie würden oben zusammen arbeiten. Wie kam er dazu, sie mit einzusperren? Er stand vor dem Schlafzimmer und starrte hinein; es kam ihm irgendwie unordentlich vor. Anne hatte kein ›modernes‹ Schlafzimmer gewollt.

»Vergiß nicht, Mutter für die Möbel zu danken, Guy, hörst du?« flüsterte sie ihm zu. »Du weißt doch, Mutter hat sie uns geschenkt.«

Ach ja, das Schlafzimmer aus Kirschholz, natürlich. Das hatte sie ihm an dem Morgen beim Frühstück erzählt, er entsann sich daran; seine Hand war verbunden gewesen, und Anne hatte das schwarze Kleid angehabt, wegen Helens Party. Aber als er jetzt etwas wegen der Möbel sagen sollte, brachte er kein Wort heraus, und nachher schien es ihm zu spät. Sie mußten merken, daß etwas los war, dachte er. Jeder mußte es merken, die ganze Welt. Man gab ihm Aufschub, er wurde so lange verschont, bis ein mächtiges Gewicht auf ihn niederfiel und ihn völlig auslöschte.

»Planen Sie schon wieder was Neues, Guy?« fragte Mr. Faulkner und bot ihm eine Zigarette an.

Guy hatte ihn nicht auf der Veranda stehen sehen, als er hinaustrat. Um sich zu entschuldigen, zog er die zusammengefaltete Skizze aus der Tasche und erklärte sie ihm. Mr. Faulkners buschige graubraune Augenbrauen senkten sich nachdenklich. Aber er hört mir gar nicht zu, dachte Guy. Er beugt sich nur zu mir herüber, damit er meine Schuld besser erkennt. Die Schuld umgibt mich wie ein dunkler Kreis.

»Davon hat mir Anne ja noch gar nichts gesagt«, sagte Mr. Faulkner.

»Ich will sie überraschen.«

»Ach so – ein Hochzeitsgeschenk?« Mr. Faulkner lachte.

Etwas später nahmen die Eltern den Wagen und fuhren zu dem kleinen Laden, um Sandwiches zu holen. Guy hatte genug vom Haus, er wollte mit Anne auf den kleinen steinigen Hügel steigen.

»Ja, gleich«, sagte sie. »Komm her.« Sie stand vor dem großen Kamin, legte ihm die Hände auf die Schultern und blickte ihm ins Gesicht, ein wenig besorgt, aber auch voller Stolz über das neue Haus. »Die werden nämlich immer tiefer«, sagte sie liebevoll und fuhr mit der Fingerspitze über die hohlen Falten in seinen Wangen. »Ich werde zusehen, daß du mehr ißt.«

»Vielleicht brauch ich Schlaf«, murmelte er. Er hatte ihr erzählt, daß er in der letzten Zeit bis spät gearbeitet hatte. Und daß er – ausgerechnet – ein paar Routineaufträge angenommen hatte, billige Sachen, wie sie Myers annahm, um etwas Geld zu verdienen.

»Aber Darling, wir haben doch – wir haben doch genug Geld. Was um Himmels willen quält dich denn so?«

Ein halbes dutzendmal hatte sie ihn gefragt, ob es die Hochzeit sei, ob er sie lieber nicht heiraten wolle. Wenn sie ihn jetzt noch mal fragte, würde er vielleicht ja sagen, aber er wußte, sie würde ihn hier, vor dem Kamin, nicht fragen. »Gar nichts quält mich«, erwiderte er schnell.

»Lieber, dann arbeite doch bitte nicht mehr so viel!« bat sie ihn. Und spontan, voller Glück und Vorfreude, schlang sie die Arme um ihn.

Automatisch – als ob es gar nichts bedeutete, dachte er – küßte er sie, weil er wußte, das erwartete sie. Sie merkt es. Sie merkt es bestimmt, dachte er. Immer merkte sie es sofort, wenn ein Kuß auch nur im geringsten anders war, und es war lange her, seit er sie geküßt hatte. Als sie nichts sagte, war er überzeugt, er habe sich so sehr geändert, daß sie einfach keine Worte fand.

30

Guy ging durch die Küche und wandte sich an der Hintertür um. »Sehr rücksichtslos von mir, gerade an dem Abend hereinzuschneien, an dem die Köchin Ausgang hat.«

»Aber was denn, keine Spur. Sie müssen eben genauso vorliebnehmen wie wir immer am Donnerstagabend.« Mrs. Faulkner brachte ihm ein Stück von der Selleriewurzel, die sie gerade am Ausguß putzte. »Aber Hazel wird es leid tun, daß sie den Auflauf nicht selber machen kann. Heute abend spielt Anne die Köchin.«

Guy ging hinaus. Über dem Garten lag noch die Nachmittagssonne, obgleich das Eisengitter schon lange schmale Schatten über die Blumenbeete warf. Hinter einer Rasenmulde konnte er gerade noch Annes zurückgebundenes Haar und das Blaßgrün ihres Pullovers erkennen. Wie oft hatte er dort mit Anne Minze und Wasserkresse gepflückt, unten an dem kleinen Bach, der aus dem Wäldchen kam, wo er mit Bruno gekämpft hatte. Bruno ist erledigt, sagte er sich immer wieder. Vorbei, vorüber. Er wußte nicht, welches Mittel Gerard angewandt hatte, jedenfalls hatte er erreicht, daß Bruno jetzt Angst hatte, sich Guy zu nähern.

Guy sah Mr. Faulkner zu, der seinen großen schwarzen Wagen in die Einfahrt lenkte und dann langsam in die Garage rollen ließ. Was hatte er selber bloß hier zu suchen, fragte er sich plötzlich, hier, wo er jeden täuschte, selbst die farbige Köchin, die so gern Auflauf für ihn machte, weil er ihn vielleicht einmal gelobt hatte? Er trat in den Schatten des Birnbaums, wo Anne und ihr Vater ihn nicht gleich sehen würden. Wenn er jetzt aus Annes Leben heraustrat, was konnte ihr das ausmachen? Sie hatte ihre alten Freunde nicht aufgegeben, ihre und Teddys Clique, alle die jungen gutaussehenden Männer, die Polo spielten und auch mal ein harmloses Glücksspiel versuchten, bevor sie in die Firmen ihrer Väter eintraten und eins der reizenden jungen Mädchen heirateten, die man in den Country Clubs traf. Anne war natürlich doch anders, sonst hätte er sie ja nicht sofort so gern gehabt. Sie gehörte nicht zu den hübschen jungen Damen, die zwei, drei Jahre lang einen Beruf ausübten und dann einen der passenden jungen Leute heirateten. Aber wäre sie ohne ihn genauso gewesen, wie sie jetzt war? Sie hatte oft gesagt, er habe sie angefeuert, er und sein Ehrgeiz, aber sie war doch schon an dem Tag, als er sie kennenlernte, genauso talentiert und ehrgeizig gewesen. Das hätte sich ohne ihn gewiß nicht geändert. Sicher hätte dann ein anderer Mann, ähnlich wie er, aber ihrer würdig, sie gefunden. Er begann, ihr entgegenzugehen.

»Ich bin gleich fertig«, rief sie. »Warum bist du nicht früher gekommen?«

»Ich hab mich beeilt«, sagte er ungeschickt.

»Du hast ja schon zehn Minuten an der Hauswand gestanden.«

Ein kleines Zweiglein Wasserkresse schwamm den Strom hinunter, und er sprang hin, um es zu retten. Wie eine Wasserratte kam er sich vor, als er es herausfischte. »Ich denke, ich werde eine Stellung annehmen, Anne.«

Sie blickte erstaunt auf. »Eine Stellung? Du meinst, bei einer Firma?«

Es war eine Redewendung, die bei Architekten gebräuchlich war, ›Eine Stellung bei einer Firma‹, Er nickte und sah sie dabei nicht an. »Ja. Irgendwas Festes mit gutem Gehalt.«

»Fest?« Sie lachte leise. »Wo du noch ein Jahr an dem Krankenhaus zu tun hast?«

»Ich brauche ja nicht die ganze Zeit im Zeichensaal zu stehen.«

Sie stand auf. »Tust du es wegen des Geldes? Weil du das Geld vom Krankenhaus nicht nehmen willst?«

Er wandte sich ab und tat einen großen Schritt an der feuchten Böschung nach oben. »Ach, nicht nur deshalb«, sagte er zwischen den Zähnen. »Das ist wohl auch mit ein Grund, vielleicht.« Er hatte schon vor Wochen beschlossen, das Krankenhaushonorar zurückzugeben, nachdem er seine Leute bezahlt hatte.

»Aber du hast doch gesagt, es machte gar nichts aus, Guy. Wir waren doch übereingekommen, daß wir – daß du es dir leisten kannst.«

Die Welt ringsum war plötzlich still geworden, alles schien zuzuhören. Er sah ihr zu, wie sie eine Haarsträhne zurückschob und wie auf der Stirn ein kleiner Fleck von nassem Sand zurückblieb. »Es ist ja nicht für lange – vielleicht auf sechs Monate oder auch weniger.«

»Aber warum dann überhaupt?«

»Ich möchte es gern.«

»Warum möchtest du es? Warum willst du dich zum Märtyrer machen, Guy?«

Er gab keine Antwort.

Die untergehende Sonne kam hinter den Bäumen hervor und schickte ihre letzten Strahlen über die beiden jungen Menschen. Guy zog die Stirn zusammen, auf der noch die weiße Narbe sichtbar war, die Narbe aus dem Kampf, die man immer sehen würde, das wußte er. Er kickte nach einem Stein im Boden, der sich aber nicht löste. Mochte sie doch denken, die Sache mit der Stellung sei ein Ausfluß seiner Depression nach der *Palmyra*-Geschichte. Es war ja ganz egal, was sie dachte.

»Guy – es tut mir leid«, sagte sie.

Er sah sie an. »Es tut dir leid?«

Sie kam näher. »Ja. Ich glaube, ich weiß, was es ist.«

Er behielt immer noch die Hände in den Taschen. »Woran denkst du denn, Anne?«

Sie schwieg eine Weile und sagte dann: »Ich glaube, das Ganze – ich meine, deine Unruhe nach der *Palmyra*-Sache, auch wenn du es selber gar nicht weißt, geht, glaube ich, auf Miriam zurück.«

Er wandte sich heftig ab. »Nein. Nein, das stimmt überhaupt nicht.« Er sagte es so ehrlich, und doch hörte es sich unwahr an! Er fuhr sich mit den Fingern ins Haar und schob es zurück.

»Guy« sagte Anne leise und deutlich, »vielleicht liegt dir an der Hochzeit doch nicht so viel, wie du glaubtest. Wenn es das ist, dann sag es mir, denn das kann ich eher schlucken als diese Idee mit der Stellung. Wenn du lieber noch warten willst, oder wenn du es ganz aufgeben möchtest: das kann ich ertragen.«

Es war klar, ihr Entschluß stand fest, und zwar schon seit einer ganzen Weile. Gerade an ihrer Ruhe merkte er es. In diesem Augenblick konnte er sie aufgeben; der Schmerz über den Verlust würde das andere, das Schuldgefühl auslöschen.

»Hallo, Anne!« rief ihr Vater von der Küchentür. »Kommst du bald? Ich brauche die Minze!«

»Ja, Dad, sofort!« rief sie zurück. »Wie ist es, Guy?«

Seine Zunge preßte sich gegen den Gaumen. Er dachte: sie ist die Sonne für mich – die Sonne mitten im dunklen Wald. Aber das konnte er nicht sagen. »Ich weiß nicht –« brachte er mühsam heraus.

»Ich habe dich sehr lieb, Guy – jetzt ganz besonders, weil du mich jetzt ganz besonders brauchst.« Sie drückte ihm die Kräuter in die Hand. »Willst du das bitte Dad geben? Und dann trink doch ein Glas mit ihm, ich muß mich umziehen.« Sie wandte sich um und ging ins Haus, nicht sehr schnell, aber folgen konnte Guy ihr nicht.

Guy trank mehrere Mint-Juleps, die Annes Vater noch so herstellte, wie man sie früher machte: er ließ Zucker und Whisky und Minze einen Tag lang in den geeisten Gläsern stehen, so daß die Juleps immer kälter wurden und die Gläser leicht beschlugen. Ob Guy schon mal bessere getrunken habe, fragte er dann. Guy merkte genau, wie seine Spannung nachließ, aber es war ihm nicht möglich, sich richtig zu betrinken; er hatte es ein paarmal versucht und nur Übelkeit damit erreicht.

Als er nachher in der Dämmerung mit Anne auf der Terrasse stand, stellte er sich einen Augenblick vor, er finge noch einmal an und lerne sie jetzt erst kennen, und plötzlich fühlte er ein starkes freudiges Verlangen nach ihrer Liebe. Als er an das Haus in Alton dachte, das auf ihn und Anne wartete, und an alles Schöne, das sie schon zusammen erlebt hatten, überkam ihn ein starkes Glücksgefühl; für eine Weile schwanden dann die Ängste, die ihn Tag und Nacht verfolgten. Er wollte Anne beschützen, er wollte irgendein unmögliches Ziel erreichen, um ihr eine Freude zu machen – nie hatte er etwas so stark ersehnt. Und wenn er so fühlen konnte, dann gab es auch einen Ausweg aus den Ängsten. Er mußte nur einen Teil seiner selbst überwinden, nicht Bruno und nicht die Arbeit. Er brauchte nur das andere Stück Ich zu vernichten und in dem Teil zu leben, der er jetzt war.

31

Aber es gab zu viele Schlupflöcher und Möglichkeiten, durch die das andere Ich eindringen und den Teil bedrohen konnte, den er erhalten wollte: Worte, Geräusche, Lichter, Bewegung von Hand und Fuß; und wenn er gar nichts tat, hörte oder sah, dann schrie triumphierend eine innere Stimme so laut, daß er bebend zurückschreckte. Die festlichen Hochzeitsvorbereitungen, schneeweiße Berge aus Wäsche und Spitzen, die allgemeine Vorfreude erschienen ihm wie der schlimmste Verrat, den er begehen konnte; je näher der Tag kam, um so fieberhafter und erfolgloser kämpfte er mit sich und dem Drang, alles abzusagen.

Robert Treacher, ein Freund aus den Chicagoer Tagen, rief ihn an, um zu gratulieren und zu fragen, ob er zur Hochzeit kommen dürfe. Guy erfand eine lahme Ausrede, und sagte ihm ab. Die Hochzeit war Faulkners Sache, es waren ihre Freunde und ihre Kirche; wenn er einen seiner Freunde dazu einlud, so brachte das ein Loch in seinen Verteidigungspanzer. Er selbst hatte nur Myers eingeladen, der ganz unwichtig war – seit dem Auftrag für das Krankenhaus hatte Guy ein eigenes Büro –, Tim O'Flaherty, der nicht kommen konnte, und zwei oder drei Architekten aus der Deems-Akademie, die Guys Arbeiten besser kannten als ihn selbst. Aber eine halbe Stunde nach Bob Treachers Anruf aus Montreal rief Guy ihn wieder an und fragte, ob er doch kommen und sein Trauzeuge sein wolle.

Ihm fiel jetzt ein, daß er fast ein Jahr lang überhaupt nicht an Treacher gedacht und auch seinen letzten Brief nicht beantwortet hatte. Er hatte auch nicht mehr an Peter Wriggs gedacht, oder an Vic de Poyster und Gunther Halle. Vic und seine Frau hatte er oft in ihrer Wohnung in der Bleecker Street besucht, auch Anne war einmal mitgekommen. Vic war Maler und hatte ihm im letzten Winter eine Einladung zu seiner Ausstellung geschickt; er hatte sie nicht mal beantwortet. Vage entsann er sich jetzt, daß Tim in New York gewesen war und einmal mit ihm hatte essen wollen in der Zeit, als Bruno ihn dauernd telefonisch verfolgte; er hatte damals abgesagt. Nach der *Theologica Germanica*, dachte er, war es bei den alten Germanen Sitte, einen Angeklagten schuldig oder unschuldig zu sprechen je nach der Anzahl der Freunde, die sich einfanden, um für ihn auszusagen. Wie viele würden heute ihr Wort für ihn abgeben? Er hatte nie viel Zeit für seine Freunde aufgebracht, und sie erwarteten es auch gar nicht; jetzt aber hatte er das Gefühl, sie mieden ihn, als ahnten sie – auch ohne ihm gegenüberzustehen –, daß er ihre Freundschaft nicht mehr verdiente.

Der Sonntagmorgen der Hochzeit kam. In der Sakristei der Kirche schritt Guy langsam im Kreis um Bob Treacher herum und klammerte sich im Geist an seine Krankenhausskizzen wie an einen letzten hoffnungsvollen Strohhalm, den einzigen Beweis dafür, daß er noch existierte. Er hatte ausgezeichnete Arbeit geleistet. Bob Treacher hatte ihn sehr gelobt. Er hatte sich selber bewiesen, daß er noch schöpferisch arbeiten konnte.

Bob hatte es aufgegeben, mit Guy Konversation zu machen. Er saß mit verschränkten Armen da, einen freundlichen, aber leicht abwesenden Ausdruck auf dem rundlichen Gesicht. Bob hielt ihn sicher einfach für nervös. Er hatte keine Ahnung, wie ihm zumute war, das wußte Guy, denn man sah es ihm nicht an. Das war eben das Ensetzliche: das Leben konnte so leicht zu völliger Lüge und Heuchelei werden. Dieses hier, die Hochzeit und sein Freund Bob Treacher, der ihn überhaupt nicht mehr kannte, war die Quintessenz dieser Verwandlung. Und die kleine, steinerne Sakristei mit dem hohen, vergitterten Fenster war wie eine Gefängniszelle; draußen das Stimmengemurmel klang wie das Stimmengewirr einer Volksmenge, die im Begriff war, das Gefängnis zu stürmen und selbst Justiz zu üben.

»Du hast wohl nicht zufällig eine Flasche mitgebracht?«

Bob sprang auf. »Aber natürlich! Die ganze Zeit fühle ich das Gewicht, und dabei hab ich sie völlig vergessen.« Er stellte die Flasche auf den Tisch und wartete, daß Guy sie nahm. Bob war etwa fünfundvierzig, ein Mann von stillem, aber sanguinischem Temperament und dem untrüglichen Stempel des zufriedenen Junggesellen, der im Beruf eine Autorität darstellt und völlig in der Arbeit aufgeht. »Nach dir«, sagte er zu Guy. »Ich werde noch einen privaten Schluck auf Anne trinken. Sie ist eine sehr schöne Frau.« Und leise lächelnd fügte er hinzu: »Schön wie eine weiße Brücke.«

Guy stand am Tisch und sah auf die offene Halbliterflasche. Die Stimmen draußen vor dem Fenster schienen sich jetzt über ihn lustig zu machen, über ihn und Anne. Die Flasche da auf dem Tisch gehörte dazu: die übliche halbhumoristische Begleiterscheinung der traditionellen Hochzeit. Bei seiner Hochzeit mit Miriam hatten sie auch Whisky getrunken.

Er packte die Flasche und schleuderte sie in die Ecke. Mit lautem Klirren zerbrach das Glas, und der Inhalt ergoß sich auf den Boden, aber die Sirenen, die Stimmen, das unsinnige Tremolieren der Orgel setzten nur für eine Sekunde aus. Gleich darauf war alles wieder da.

»Mein Gott, Bob, entschuldige. Herrgott, das tut mir leid.«

Bob hatte ihn nicht aus den Augen gelassen. »Macht nichts. Ich verstehe dich vollkommen«, sagte er ruhig.

»Aber ich versteh mich selber nicht!«

»Hör mal zu, mein Alter ...«

Guy sah, daß Bob nicht recht wußte, ob er den Vorfall ernst oder komisch nehmen sollte.

»Warte«, sagte Treacher. »Ich hol uns eine neue Flasche.« Als er die Hand nach dem Türgriff ausstreckte, ging die Tür auf und Peter Wriggs' schmale Gestalt schlüpfte herein. Guy machte beide miteinander bekannt. Peter war aus New Orleans gekommen, um die Hochzeit mitzumachen. An seinen Schläfen zeigten sich graue Streifen, aber das schmale Gesicht hatte noch immer das vergnügte Lachen eines Sechzehnjährigen. Guy erwiderte seine hastige Umarmung.

»Guy, es wird Zeit«, sagte Bob.

Guy schritt neben ihm die zwölf Stufen zum Altar hinauf. Ankläger, dachte er. Alle waren stumm vor Entsetzen. Wann endlich würden sie sich erheben und der Sache ein Ende machen? Wie lange wollten sie noch warten?

»Guy«, kam eine Flüsterstimme.

Sechs, zählte Guy. Sieben.

»Guy!« Die leise Stimme kam direkt von vorn aus der Menge der Menschen. Guy sah nach links und folgte dem Blick von zwei Frauen, die sich halb umsahen. Da war Brunos Gesicht.

Er sah wieder geradeaus. War es wirklich Bruno oder eine Vision? Das eifrige Lächeln, die nadelscharfen Augen ... Zehn. Elf. *Erst zwölf Stufen, die siebente auslassen* ... Leicht zu behalten. Er betete: Herrgott, laß mich nicht ohnmächtig werden. Besser ohnmächtig werden als heiraten! rief die innere Stimme zurück.

Er stand neben Anne, und Bruno war bei ihnen; es war kein

Ereignis des Augenblicks, sondern etwas Bleibendes, das immer dagewesen war und immer dasein würde. Bruno, er selbst und Anne. Und das Weiterleben in den Gleisen. Und der Rest des Lebens in den Gleisen, bis daß der Tod uns scheide, denn das war die Strafe. Was für eine Strafe hatte er auch sonst erwartet?

Jetzt tauchten lauter Gesichter auf, alle lächelten. Sie standen in den Räumen des Segelclubs, wo ein kaltes Bufett angerichtet war; alle hatten Sektgläser in den Händen, auch er selbst. Bruno war nicht da. Niemand war da außer harmlosen ältlichen parfümierten Damen mit Hüten. Mrs. Faulkner kam und legte ihm den Arm um den Hals und küßte ihn auf die Wange; und als er ihr über die Schulter blickte, sah er, wie Bruno sich durch die Tür drängte mit dem gleichen Lächeln wie vorhin und den scharfen Augen, die ihn jetzt gefunden hatten. Bruno kam direkt auf ihn zu und hielt, auf den Absätzen wippend, vor ihm an.

»Meine aller ... – meine allerbesten Wünsche, Guy. Ich durfte doch reinschauen? An so einem Freudentag.«

»Raus. Sofort raus hier.«

Brunos Lächeln erlosch. »Ich bin gerade erst aus Capri zurückgekommen«, sagte er mit derselben heiseren Stimme. Er trug einen neuen dunkelblauen Gabardineanzug, die Revers waren so breit wie die eines Abendanzugs. »Wie ist es dir ergangen, Guy?«

Eine von Annes Tanten brabbelte ihm ein paar parfümierte Worte ins Ohr, und Guy murmelte eine Erwiderung. Dann wandte er sich zum Gehen.

»Ich wollte dir bloß gratulieren«, erklärte Bruno. »Weiter nichts.«

»Verschwinde!« sagte Guy. »Hinter dir ist die Tür.«

»Laß uns doch Frieden machen, Guy. Ich möchte so gern deine Braut kennenlernen.«

Zwei Damen mittleren Alters zogen Guy – jede an einem Arm – mit sich fort. Ohne hinzusehen wußte er, daß Bruno hastig mit gekränktem Lächeln ans Bufett getreten war.

»Na, Guy, hältst du's noch aus?« Mr. Faulkner nahm ihm das halbgeleerte Glas aus der Hand. »Komm, wir trinken was besseres an der Bar.«

Guy trank ein halbes Glas Whisky. Er redete und wußte

nicht, was. Ganz bestimmt hatte er gesagt: hör auf, alle sollen weggehen. Nein, doch wohl nicht, sonst würde Mr. Faulkner nicht so laut lachen. Oder doch?

Guy sah, daß Bruno am unteren Tischende stand und zusah, wie der Hochzeitskuchen angeschnitten wurde. Seine Augen ließen Anne kaum los. Der Mund war ein dünner Strich und lächelte albern, die Augen glitzerten wie die Diamantnadel auf dem dunkelblauen Schlips, und in den Gesichtszügen erkannte Guy die gleiche Mischung von nachdenklicher Verehrung und heiterer Entschlossenheit, die er schon beim erstenmal an ihm bemerkt hatte.

Bruno trat zu Anne. »Ich glaube, wir haben uns schon mal gesehen. Sind Sie nicht verwandt mit Teddy Faulkner?«

»Ja, das ist mein Vetter«, sagte Anne mit demselben freundlichen Lächeln, mit dem sie gerade vorher jemand begrüßt hatte.

Bruno nickte. »Ich hab ein paarmal mit ihm Golf gespielt.«

Eine Hand legte sich auf Guys Schulter. »Hast du wohl einen Moment Zeit, Guy? Ich ...« Es war Peter Wriggs.

»Nein, jetzt nicht.« Guy folgte Bruno und Anne und nahm Annes linke Hand in seine rechte. Bruno schlenderte an ihrer anderen Seite, aufrecht und ungezwungen; das unberührte Stück Hochzeitskuchen trug er auf einem Teller vor sich her. »Ich bin nämlich ein alter Freund von Guy. Ein alter Bekannter, sozusagen.« Hinter Annes Rücken zwinkerte er Guy zu.

»Ja? Woher kennen Sie ihn denn?«

»Aus der Schule. Wir sind alte Schulfreunde.« Bruno grinste. »Mrs. Haines, Sie sind die schönste Braut, die ich seit Jahren gesehen habe. Ich bin so froh, daß ich Sie kennengelernt habe«, sagte er mit so betonter Überzeugung, daß Anne lächeln mußte.

»Ich freue mich auch«, erwiderte sie.

»Ich hoffe, ich sehe Sie beide bald wieder. Wo werden Sie wohnen?«

»In Connecticut.«

»Ach, da ist es hübsch, in Connecticut.« Bruno blinzelte Guy noch einmal zu, verbeugte sich höflich und ging.

»Ist das ein Freund von Teddy?« fragte Guy. »Hat Teddy ihn eingeladen?«

»Mach nicht so ein finsteres Gesicht, Darling!« sagte Anne lachend. »Wir gehen ja bald.«

»Wo ist Teddy?« Aber es hatte ja doch keinen Zweck, ihn jetzt zu suchen oder überhaupt etwas aus der Sache zu machen.

»Ich hab ihn eben noch gesehen, oben am Bufett«, sagte Anne. »Du, da ist Chris, ich muß ihm schnell Guten Tag sagen.«

Guy wandte sich um und suchte nach Bruno. Er sah, wie Bruno am Tisch stand, sich etwas auf seinen Teller füllte und dabei angeregt mit zwei jungen Männern redete, die ihn wie verzaubert angrinsten.

Bald danach saßen sie im Wagen, und Guy dachte mit Bitterkeit an die ironische Tatsache, daß Anne noch nie Zeit gehabt hatte, ihn richtig kennenzulernen. In der ersten Zeit war er melancholisch gewesen. Jetzt gab er sich Mühe, anders zu sein, und das wirkte echt. Vielleicht war er nur in den wenigen Tagen in Mexico City ganz er selbst gewesen.

»Du, der Mann mit dem blauen Anzug – war der mit dir auf der Akademie?« fragte Anne.

Sie waren auf der Fahrt nach Montauk Point, wo eine von Annes Verwandten ihnen für die dreitägige Hochzeitsreise ihr Häuschen überlassen hatte. Sie hatten nur drei Tage, weil Guy sich verpflichtet hatte, seine Arbeit bei der Architektenfirma Horton, Horton & Keese in knapp einem Monat aufzunehmen, und er mußte sich mächtig ranhalten, um bis dahin die einzelnen Zeichnungen für die Klinik fertig auszuarbeiten. »Nein, auf der Kunstschule. Eine Zeitlang«, erwiderte er. Warum bloß machte er Brunos Lügerei so bereitwillig mit?

»Hat ein ganz interessantes Gesicht«, sagte Anne und zog ihr Kleid glatt, bevor sie die Füße auf den Sitz legte.

»Interessant?« fragte Guy.

»Ja – ich meine nicht anziehend, bloß – einfach intensiv.«

Guy preßte die Lippen zusammen. Intensiv? Sah sie denn gar nicht das Krankhafte, Entartete in Brunos Gesicht? Mußte nicht jeder das sehen?

32

Die Empfangssekretärin bei Horton, Horton & Keese gab Guy einen Zettel, aus dem hervorging, daß Mr. Charles Bruno angerufen und seine Nummer hinterlassen hatte. Es war die Telefonnummer in Great Neck.

»Danke schön«, sagte Guy und ging in die Halle. Angenommen, die Firma notierte solche Anrufe. Sie tat es nicht, aber die Möglichkeit bestand. Oder Bruno kam eines Tages hier herein. Diese Architektenfirma war allerdings selber so drittklassig, daß Bruno kaum auffallen würde. War das nicht überhaupt der Grund, warum er, Guy, hier arbeitete, untergetaucht in dieser Atmosphäre mit der Illusion, dies sei die Sühne und nach dem Ekel hier werde er sich besser fühlen?

Er betrat die große Halle mit dem Oberlicht und den Ledersesseln und zündete sich eine Zigarette an. Mainwaring und Williams, zwei Architekten, die regelmäßig für die Firma arbeiteten, saßen in tiefen Sesseln und lasen die Geschäftsberichte. Guy starrte aus dem Fenster und fühlte ihre Blicke im Rücken. Ständig wurde er beobachtet, er war ja angeblich etwas Besonderes, ein Genie, das hatte Horton junior allen erzählt. Was hatte er hier bloß zu suchen? Es konnte natürlich sein – so munkelte man sicher –, daß es ihm finanziell nicht gerade glänzend ging, er hatte ja auch eben erst geheiratet. Guy blickte auf das schmutzige Gewirr der Straßen und Dächer von Manhattan; es war ein Schulbeispiel dafür, wie eine Stadt nicht gebaut sein dürfte. Als er sich umwandte, schlug Mainwaring wie ein Schuljunge die Augen nieder.

Den Vormittag vertrödelte er mit einer Arbeit, an der er schon mehrere Tage saß. Bei dem Auftrag handelte es sich um den Bau eines Warenhauses für eine kleine elegante Siedlung in Westchester, und der Klient wünschte sich da ›so eine Art Herrenhaus, das zu der Stadt paßt, nur natürlich ganz modern, Sie verstehen schon‹. Und dafür hatte er ausdrücklich Mr. Guy Daniel Haines verlangt. Vier oder fünf Tage, überlegte er, würde er sicher noch brauchen, das hieß also bis in die nächste Woche hinein, um dem Klienten auch nur eine ungefähre Skizze vorlegen zu können.

»Charley Bruno kommt auch!« rief ihm Anne abends aus der Küche zu.

»Was?!« Guy kam um die Trennwand herum.

»Ja – hieß er nicht so? Der junge Mann, der auf der Hochzeit war.« Anne hackte Schnittlauch auf einem Holzbrettchen.

»Hast du ihn eingeladen?«

»Er muß irgendwie davon gehört haben; jedenfalls hat er angerufen und sich praktisch selber eingeladen.« Annes Antwort klang so beiläufig, daß ihm plötzlich der unsinnige Verdacht kam, sie wolle ihn auf die Probe stellen. Ein Schauer lief ihm über den Rücken. »Nein, Hazel – keine Milch, im Kühlschrank steht Sahne.«

Guy sah Hazel zu, die den Sahnetopf neben die Schüssel mit zerbröckeltem Gorgonzola stellte.

»Hast du was dagegen, daß er kommt?« fragte Anne.

»Dagegen nicht direkt, aber so dick befreundet sind wir auch nicht.« Er ging grübelnd zum Küchenschrank und nahm den Schuhputzkasten heraus. Wie konnte er Bruno am Kommen hindern? Es mußte eine Möglichkeit geben; aber während er sich noch den Kopf zerbrach, wußte er schon: er fand keinen Ausweg.

»Du hast doch was dagegen.« Anne lächelte ihm zu.

»Ich halte ihn einfach für einen Schwindler oder so was, das ist alles.«

»Es bringt Unglück, wenn man bei einer Hauseinweihung jemanden abweist, hast du das nie gehört?«

Bruno hatte bereits einen in der Krone, als er ankam. Alle anderen hatten beim Eintreten etwas Nettes über das Haus gesagt; Bruno erschien in der Türöffnung des in Ziegelrot und Blattgrün gehaltenen Wohnraums, als sei er schon hundertmal hiergewesen. Oder als ob er hier wohne, dachte Guy, als er ihn ringsum vorstellte. Bruno lächelte aufgeregt und hielt sich fast nur an Guy und Anne; den Gruß der anderen Gäste erwiderte er kaum – zwei oder drei schienen ihn zu kennen – mit Ausnahme von Mrs. Chester Boltinoff, die in Long Island wohnte und deren Hand Bruno in seine beiden Hände nahm und schüttelte, als habe er einen Bundesgenossen gefunden. Zu seinem Schrecken sah Guy, daß Mrs. Boltinoff Brunos herzliche Begrüßung mit breitem, freundlichem Lächeln erwiderte.

»Na, wie geht's denn so?« fragte Bruno, nachdem er sich mit einem Drink versorgt hatte.

»Sehr gut. Prima.« Guy war entschlossen, ruhig zu bleiben. Er hatte sich in der Küche ein paar kräftige Schlucke einverleibt. Trotzdem hielt er es nicht aus; er zog sich langsam an den Fuß der Wendeltreppe zurück, die in einer Ecke des Wohnraumes nach oben führte. Nur einen Augenblick, dachte er, nur einen Moment Ruhe und Besinnung. Er lief nach oben ins Schlafzimmer, legte die kalte Hand gegen die Stirn und fuhr sich langsam über das Gesicht.

»Verzeihung«, sagte eine Stimme vom anderen Ende des Zimmers. »Ich bin noch immer auf Entdeckungsfahrt. Das Haus ist wirklich fabelhaft, Guy.« Helen Heyburn, Annes Schulfreundin aus den Tagen in Bermuda, stand neben dem Schreibtisch. In der Schublade lag der kleine Revolver, dachte Guy.

»Mach's dir doch bequem. Ich wollte mir nur ein Taschentuch holen.« Guy zog die rechte obere Schublade hervor, wo der Revolver lag, den er nicht haben wollte, und das Taschentuch, das er nicht brauchte.

Helen machte Werbezeichnungen, und zwar recht gute, wie Anne fand; aber sie arbeitete nur, wenn ihr Quartalsscheck zu Ende ging und sie eine ihrer Depressionen bekam. Und seit dem Sonntag, als er Anne nicht zu ihrer Party begleitet hatte, mochte sie ihn nicht, davon war er überzeugt. Sie mißtraute ihm. Was hatte sie hier oben im Schlafzimmer zu suchen?

»Guy – bist du immer so ernst? Weißt du, was ich zu Anne gesagt habe, als sie mir erzählte, daß ihr heiraten wolltet?«

»Daß sie den Verstand verloren hat, nehme ich an.«

»Ich hab gesagt: ›Der ist doch immer so ernst! Er ist ja sehr attraktiv und vielleicht auch ein Genie, aber so schrecklich ernst, wie kannst du das bloß aushalten?‹« Sie hob das hübsche blonde Gesicht zu ihm auf. »Du sagst ja gar nichts! Sicher bist du auch viel zu ernst, um mich zu küssen, was?«

Er zwang sich, zu ihr hinüberzugehen, und küßte sie.

»Das war kein Kuß.«

»Na, so ernst war's ja auch gar nicht gemeint.«

Er ging hinaus. Das würde sie bestimmt jetzt Anne erzählen, dachte er: daß sie ihn um zehn Uhr mit trübem Gesicht im Schlafzimmer angetroffen hatte. Vielleicht ging sie auch noch an den Schreibtisch und fand den Revolver. Ach, Unsinn. Helen war töricht, und er begriff nicht, was Anne an ihr fand, aber intrigant war sie nicht. Und herumschnüffeln würde sie genausowenig wie Anne. Herrgott, der Revolver lag doch schon die ganze Zeit seit ihrem Einzug in der Schublade neben Annes Fach. Anne durchsuchte seine Schublade genausowenig, wie sie je seine Post öffnete.

Als er herunterkam, fand er Bruno und Anne auf dem rechtwinkligen kleinen Sofa am Kamin sitzen. Bruno stützte sein Glas nachlässig auf die Sofalehne, auf der sich schon dunkelgrüne Flecken zeigten.

»Du, er erzählt mir gerade was über Capri«, sagte Anne und blickte zu Guy auf.

»Also das beste ist, man nimmt ein ganzes Haus.« Bruno fuhr in seinem Bericht fort, ohne Guy zu beachten. »Ein Schloß, je größer, desto besser. Meine Mutter und ich, wir haben in einem Schloß gewohnt, das war so groß, daß wir nie bis ans andere Ende gekommen sind. Am anderen Ende der Veranda saß eine ganze italienische Familie beim Essen, und abends kamen sie alle rüber zu uns, zwölf Mann hoch, und fragten, ob sie umsonst für uns arbeiten dürften, wenn wir sie da wohnen ließen. Haben wir natürlich getan.«

»Und Italienisch haben Sie auch gelernt?« fragte Anne.

»War gar nicht nötig.« Bruno zuckte die Achseln. Seine Stimme klang wieder ganz heiser, genauso wie Guy sie im Geist immer hörte.

Guy beschäftigte sich angelegentlich mit seiner Zigarette und fühlte dabei, wie Bruno schüchtern mit Anne zu flirten versuchte. Zweifellos hatte Bruno ihr bereits Komplimente über ihr Kleid gemacht; es war Guys Lieblingskleid aus grauem Taft mit winzigen blauen Pfauenaugen. Bruno hatte immer einen Blick dafür, was Frauen anhatten.

»Guy und ich«, hörte er ihn jetzt deutlich sagen, »wir haben uns oft über Reisen unterhalten.«

Guy warf seine Zigarette in den Aschenbecher, drückte sie aus und ging hinüber. »Willst du oben mal unser Spielzimmer sehen?« fragte er Bruno.

»Klar.« Bruno erhob sich. »Was für Spiele habt ihr da?«

Guy schob ihn unsanft in den kleinen, rottapezierten Raum und schloß die Tür. »Was soll das eigentlich heißen?«

»Guy! Du bist betrunken!«

»Was soll das heißen, daß du allen erzählst, wir sind alte Freunde?«

»Durchaus nicht allen. Bloß Anne hab ich's erzählt.«

»Was denkst du dir dabei? Wozu bist du überhaupt hergekommen?«

»Schsch, Guy – ruhig! Sch-sch!« Bruno schwenkte lässig das Glas in der Hand.

»Die Polizei hat doch wohl noch ein Auge auf deine Freunde, was?«

»Pah, das macht mir gar nichts aus.«

»Raus hier. Raus – sofort.« Seine Stimme bebte, während er sich bemühte, ruhig zu bleiben. Wozu? Der Revolver mit der einen Kugel war nur ein paar Schritte entfernt.

Bruno blickte ihn gelangweilt an und seufzte.

»Wenn ich noch einmal sehe, daß du mit Anne redest, bringe ich dich um.«

Brunos Lächeln verschwand und kam dann noch breiter zurück. »Soll das 'ne Drohung sein, Guy?«

»Nein. Ein Versprechen.«

Eine halbe Stunde später kippte Bruno bewußtlos von dem Sofa, auf dem er mit Anne gesessen hatte. Er sah enorm lang aus, wie er da auf dem Fußboden lag, mit dem kleinen Kopf auf dem großen Kaminvorsatz. Drei Männer hoben ihn auf und wußten nicht recht, wohin sie ihn bringen sollten.

»Bringt ihn – na ja, am besten wohl ins Gästezimmer«, sagte Anne.

Helen lachte. »Nach der Einweihungsparty sofort der erste Hausgast. Wenn das kein gutes Omen ist . . .«

Christopher Nelson trat an Guy heran. »Wo habt ihr den eigentlich her? Der ist im Great Neck Club so oft umgefallen, daß sie ihn jetzt nicht mehr reinlassen.«

Guy stieg die Treppe zu seinem Arbeitsraum hinauf und schloß die Tür. Auf dem Tisch lag die unvollendete Skizze des blödsinnigen Warenhauses; er hatte sie, weil sein Gewissen ihm keine Ruhe ließ, an diesem Wochenende fertig machen wollen. Die vertrauten Striche verschwammen ihm vor den Augen, ihm wurde fast übel. Er nahm einen neuen Bogen Papier und machte sich daran, den Bau aufzuzeichnen, wie ihn der Bauherr haben wollte. Er wußte genau, was verlangt wurde. Hoffentlich wurde er noch fertig, bevor ihm schlecht wurde; nachher konnte er sich dann gründlich erbrechen. Aber als er fertig war, war der Brechreiz vorbei. Er blieb im Stuhl sitzen, und stand schließlich auf und öffnete ein Fenster.

33

Das Warenhaus wurde nach Guys Entwürfen angenommen und sehr gelobt, erst von Horton und dann auch von dem Auftraggeber, Mr. Howard Wyndham, La Rochelle, der am Montagnachmittag erschien und die Zeichnung sehen wollte. Guy fand, er habe eine Belohnung verdient; er blieb den Rest des Tages in seinem Arbeitszimmer, rauchte und besah sich ein in Leder gebundenes Exemplar der *Religio Medici,* das er gerade bei Brentano gekauft hatte, um es Anne zum Geburtstag zu schenken. Wie wohl der nächste Auftrag aussah, den man ihm gab ... Er blätterte in dem Buch und fand die Passagen wieder, die er und Peter damals gern gehabt hatten ... *der mann ohne nabel lebt noch in mir* ... Was für eine Scheußlichkeit würden sie ihm als nächstes zumuten? Einen Auftrag hatte er bereits erledigt. War das nicht genug? Noch mal so etwas wie das Warenhaus, das wäre unerträglich. Es war nicht Selbstmitleid, es war nur der Wunsch zu leben. Er war ja noch am Leben, wenn man das als Schuld ansehen wollte. Er stand auf, trat an die Schreibmaschine und begann sein Kündigungsschreiben.

Anne bestand darauf, daß sie abends ausgingen und feierten. Sie war so froh, sie floß über vor Glück, daß Guy merkte, wie auch seine Stimmung sich ein wenig hob, noch unsicher zuerst, wie ein Papierdrachen, der sich an einem windstillen Tag in die Luft zu erheben versucht. Er blickte auf ihre schlanken Finger, die das Haar an den Seiten fest zurücklegten und die Spange im Nacken befestigten.

»Du, Guy – können wir jetzt nicht die Seereise machen?« fragte sie, als sie unten im Wohnzimmer waren.

Annes Herz hing immer noch an der Segelfahrt mit der *India,* die Küste abwärts; es war die Hochzeitsreise, die sie hatten verschieben müssen. Guy hatte vorgehabt, in der nächsten Zeit so viel wie irgend möglich mit den Zeichnern zusammen zu arbeiten, die seine Bauzeichnungen für das Krankenhaus ausführten, aber er konnte Anne jetzt nichts abschlagen.

»Wann können wir weg? In fünf Tagen? Oder in einer Woche?«

»In fünf Tagen vielleicht.«

»Ach, mir fällt gerade ein, ich muß ja bis zum dreiundzwanzigsten hierbleiben. Dann kommt ein Mann aus Kalifornien, der sich für unsere Stoffe interessiert.«

»Und ist da nicht auch noch eine Modenschau am Monatsende?«

»Oh, das kann Lillian machen.« Sie lächelte. »Sehr lieb von dir, daß du daran denkst.«

Er stand wartend neben ihr, während sie die Kapuze des Leopardenmantels über den Kopf zog. Auf dem Rauchtisch stand ein Glas mit langstieligen gelben Blumen, die er vorher nicht gesehen hatte. »Woher sind die?« fragte er.

»Von Charley Bruno. Mit einem Entschuldigungsschreiben wegen neulich.« Sie lachte. »Eigentlich nett von ihm.«

Guy starrte die Vase an. »Was sind das für Blumen?«

»Afrikanische Primeln.« Sie hielt ihm die Eingangstür auf, und sie gingen zum Wagen.

Offensichtlich hatten ihr also die Blumen geschmeichelt, obwohl Bruno – das wußte Guy – seit neulich in ihrer Achtung gesunken war. Er dachte daran, wie viele Fäden ihn jetzt mit Bruno verbanden. All die Leute bei der Party hatten sie zusammen gesehen. Jeden Tag konnte die Polizei kommen und ihn verhören. Sie kam auch ganz bestimmt noch, sagte er sich warnend. Und warum kümmerte ihn das so wenig? In welchem Zustand war er denn, daß er nicht einmal sagen konnte, was für ein Zustand das war? Resignation? Lebensüberdruß? Oder einfach lähmende Dummheit?

Während der nächsten ruhigen Tage, als er bei Horton, Horton & Keese die Zeichnungen für das Innere des Warenhauses fertig zu machen hatte, kam ihm der Gedanke, ob er vielleicht nicht mehr normal sei. Vielleicht litt er an einer Art von Geisteskrankheit.

Er dachte an die acht oder zehn Tage nach jener Freitagnacht, als seine Sicherheit, seine Existenz an einem seidenen Faden hing, der in einer Sekunde reißen konnte, wenn ihm die Nerven durchgingen. Das war jetzt vorbei, aber noch immer träumte er davon, daß Bruno in sein Zimmer kam. Wenn er frühmorgens erwachte, sah er sich immer noch mit der Pistole im Zimmer stehen. Er wußte, er mußte auf irgendeine Art für das Getane büßen, aber womit oder wodurch, das wußte er nicht, denn nichts war genug. Ihm war zumute wie einem Doppelmenschen: der eine war imstande, Schöpferisches zu leisten und sich dabei in Harmonie mit Gott zu befinden, und der andere war imstande zu morden. »Jeder Mensch kann morden«, hatte Bruno damals im Zug gesagt. Jeder – also auch der Mann, der vor zwei Jahren in Metcalf Bobbie Cartwright ein statisches Prinzip erklärt hatte? Nein – und auch nicht der Mann, der das Krankenhaus oder auch nur das Warenhaus entworfen hatte, oder der sich letzte Woche eine halbe Stunde lang die Farbe für einen Gartenstuhl überlegt hatte; wohl aber der Mann, der gestern abend in den Spiegel geblickt und dort einen Moment lang den Mörder gesehen hatte, den heimlichen Bruder.

Wie konnte er so ruhig sitzen und an den Mord denken, wo er doch in weniger als zehn Tagen mit Anne auf einem weißen Schiff sein sollte? Warum war ihm Anne geschenkt worden und die Kraft, sie zu lieben? Hatte er dem Reiseplan nur deshalb so schnell zugestimmt, weil er Bruno drei Wochen los sein wollte? Bruno konnte ihm Anne wegnehmen, wenn er wollte; das hatte er sich selbst immer eingestanden und versucht, mit dem Gedanken fertig zu werden. Aber seit er die beiden zusammen gesehen hatte, seit seinem Hochzeitstag, war die Möglichkeit zum Schrecken geworden.

Er stand auf und setzte den Hut auf; er wollte essen gehen. Als er durch den Vorraum ging, hörte er am Schaltbrett den Summerton. Die Telefonistin rief ihn. »Sie können das Gespräch auch hier abnehmen, Mr. Haines.«

Guy nahm den Hörer. Er wußte, es war Bruno, und er wußte auch, er würde Bruno zusagen und ihn irgendwann heute treffen. Bruno forderte ihn zum Essen auf, und Guy versprach, ihn in zehn Minuten in Marios *Villa d'Este* zu treffen. – Im Fenster des Restaurant hingen weiß-rosa gemusterte Vorhänge. Guy hatte das Gefühl, als ob Bruno ihm eine Falle gestellt habe und er hinter den weiß-rosa Vorhängen nicht ihn, sondern Polizisten vorfinden würde. Auch das war ihm egal, vollkommen egal.

»Hallo, Guy. Ich hab einen Tisch hier am Ende der Reihe.«

Bruno hatte den alten rostbraunen Anzug an. Guy dachte an das erste Mal, als er hinter den langen Beinen hergegangen war, den schaukelnden Zug entlang bis ins Abteil. Die Erinnerung schmerzte nicht mehr; im Gegenteil, er war Bruno jetzt ganz wohlgesonnen, wie zuweilen in der Nacht, aber bisher nie am Tage. Nicht mal Brunos offensichtliche Genugtuung darüber, daß sie hier zusammen aßen, störte ihn jetzt.

Bruno bestellte Cocktails zum Essen. Guy sah mit prüfenden Blicken zum Nebentisch hinüber. Ein vager Verdacht stieg in ihm auf gegen die vier eleganten Vierzigerinnen, die alle mit fast geschlossenen Augen lächelten und ihre Cocktailgläser hoben. Weiter hinten saß ein wohlgenährter Mann und warf seinem unsichtbaren Gegenüber ein Lächeln zu. Kellner eilten hin und her. War vielleicht das Ganze hier eine Vorstellung von Verrückten, bei der er und Bruno die Hauptrollen spielten und verrückter waren als alle anderen?

»Hübsch?« fragte Bruno gerade. »Hab ich bei Clyde gekauft, heute morgen. Die haben die beste Auswahl. Jedenfalls für Sommersachen.«

Guy blickte herab auf die vier Krawattenschachteln, die Bruno auf den Knien ausgebreitet und geöffnet hatte. Gestrickte Seiden- und Leinenschlipse lagen da; ein Kasten enthielt einen blaßblauen Schlips aus schwerem Leinen, ein anderer einen ebenfalls blauen aus Rohseide, ähnlich wie ein Kleid von Anne.

»Sehr nett«, sagte Guy.

»Den hier find ich am hübschesten.« Bruno hielt einen weißgestrickten Schlips mit roten Längsstreifen in die Höhe. »Der ist für dich.«

»Danke.« Guy fühlte ein unangenehmes Zucken in der Oberlippe. Als ob er Brunos Liebhaber wäre, dachte er, dem Bruno ein Geschenk mitgebracht hätte – eine Versöhnungsgabe.

»Also – auf eine gute Fahrt!« Bruno hob ihm das Glas entgegen. Er habe heute morgen mit Anne telefoniert, berichtete er, dabei habe sie die Reisepläne erwähnt. Jetzt, wo sie von Anne sprachen, war er nicht bereit, das Thema so schnell wieder fallenzulassen.

»Sie sieht so rein aus. So ein – so ein liebevolles Mädchen findet man bestimmt selten. Du mußt schrecklich glücklich sein, Guy.« Er wartete, daß Guy etwas sagte, ihm bestätigte, wie glücklich er sei. Aber Guy schwieg, und Bruno fühlte sich zurückgewiesen; der Klumpen in seiner Brust stieg ihm bis zum Hals. Hatte er etwas gesagt, das Guy gekränkt hatte? Am liebsten hätte er seine Hand über Guys geballte Faust gelegt – nur einen Augenblick, rein brüderlich; aber er wagte es nicht. »Hat sie sich eigentlich gleich auf Anhieb in dich verliebt oder kam das erst ganz allmählich?«

Er mußte die Frage wiederholen, bis Guy endlich hochfuhr.

»Warum fragst du das? Du siehst doch, wie wir zueinander stehen.« Er blickte auf Brunos dickliches Gesicht, auf die Schmachtlocke, die der Stirn einen unfertigen Ausdruck verlieh. Nur die Augen waren erheblich zuversichtlicher als bei ihrem ersten Treffen, und auch weniger sensibel. Vermutlich weil er jetzt zu Geld gekommen war.

»Ja ... Ich verstehe.« Aber Bruno hatte ihn gar nicht verstanden. Er sah nur, Guy war glücklich mit Anne, obwohl die Erinnerung an den Mord ihn schwer belastete. Guy wäre auch glücklich mit ihr, selbst wenn er keinen Cent in der Tasche hätte. Bruno krümmte sich bei dem Gedanken, daß er einmal daran gedacht hatte, Guy Geld anzubieten. Er hörte im Geist, wie Guy »Nein« sagte, mit dem abweisenden Blick in den Augen, der ihn in einer Sekunde tausend Meilen von Bruno entfernte. Bruno wußte, nie im Leben würde er das besitzen, was Guy besaß, egal wieviel Geld er hatte oder was er damit anfing. Nicht mal die Tatsache, daß seine Mutter ihm jetzt allein gehörte, war eine Garantie für das Glück, das hatte er inzwischen festgestellt. Er verzog die Lippen.

»Glaubst du, daß Anne mich mag?«

»Ja.«

»Hat sie noch andere Interessen außer Mode? Kocht sie gern? Oder was sonst?« Bruno sah, wie Guy sein Glas nahm und den Martini in drei Schlucken hinuntergoß. »Weißt du – ich möcht nur gern wissen, was ihr so zusammen macht. Spazierengehen oder Kreuzworträtsel oder so was.«

»Das machen wir auch alles.«

»Was macht ihr zum Beispiel abends?«

»Anne arbeitet manchmal noch abends.« Leicht wie nie zuvor in Brunos Gegenwart lief er in Gedanken die Treppe hinauf in das kleine Studio, wo er und Anne manchmal abends arbeiteten, wo Anne ihm zuweilen etwas zurief oder eine Zeichnung in die Höhe hielt, damit er einen Kommentar abgab. Wenn sie ihren Pinsel schnell in einem Glas Wasser umspülte, dann hörte sich das wie Lachen an.

»Vor ein paar Monaten hab ich ihr Bild in *Harper's Bazaar* gesehen. Sie ist wirklich gut, was?«

»Sehr gut.«

»Eh – ich ...« Bruno legte die Unterarme auf den Tisch. »Ich freue mich, daß du so glücklich bist mit ihr.«

Natürlich war er glücklich. Guy fühlte, wie sich seine Schultern entspannten und der Atem leichter ging. Und doch konnte er kaum glauben, daß sie wirklich sein war. Sie war wie die Göttin, die vom Himmel herabstieg und ihn aus dem Schlachtgetümmel holte, das ihn zweifellos umgebracht hätte; wie die Göttin der Mythologie, die die Helden rettete; aber am Ende der Sagen, die er als Kind gelesen hatte, kam dann immer ein fremdes und irgendwie unfaires Element hinzu. In den schlaflosen Nächten, wenn er sich aus dem Hause stahl und im Schlafanzug und Mantel den Hügel hinaufwanderte, in den gleichbleibenden schalen Sommernächten erlaubte er sich nicht, an Anne zu denken.

»Dea ex machina«, murmelte er.

»Was?«

Guy sah Bruno an. Warum um Himmels willen saß er hier mit Bruno am gleichen Tisch? Er hatte große Lust, ihn zusammenzuschlagen. Und auch Lust zu weinen. Und plötzlich löste sich sein Zorn in einer Woge von Mitleid. Bruno wußte nicht, was lieben heißt. Das war es, was ihm fehlte. Er war zu verloren, zu blind, um zu lieben oder Liebe zu wecken. Es schien ihm plötzlich tragisch.

»Du hast niemals geliebt, Bruno, nein?« Guy sah, wie ein fremder, unruhiger Ausdruck in Brunos Gesicht trat. Bruno winkte dem Kellner.

»Nein, richtig geliebt wohl nicht.« Er fuhr sich mit der Zunge über die Lippen. Nicht nur hatte er niemals geliebt, aber er machte sich auch nichts daraus, mit einer Frau zu schlafen. Es kam ihm eigentlich jedesmal ein bißchen blöd vor, er stand sozusagen daneben und schaute sich zu. Einmal, das war ganz schrecklich, hatte er angefangen zu lachen. Er wand sich, als er daran dachte. Das war wirklich der schmerzlichste Unterschied zwischen ihm und Guy: daß Guy sich selbst über einer Frau vergessen konnte, daß er sich für Miriam fast umgebracht hatte.

Guy sah ihn an, und Bruno schlug die Augen nieder. Er schien darauf zu warten, daß Guy ihm sagte, wie er es anstellen müsse mit der Liebe. »Weißt du, was die größte Weisheit der Welt ist, Bruno?«

»Ich kenn 'ne Masse Weisheiten«, griente Bruno. »Welche meinst du?«

»Daß die Gegensätze auf dieser Welt immer so nahe beieinanderstehen.«

»Gegensätze ziehen sich an, meinst du wohl?«

»Nein, das ist viel zu simpel. Was ich meine – also zum Beispiel ... Du hast mir Krawatten geschenkt. Dabei fiel mir ein, daß du mir genausogut die Polizei auf den Hals gehetzt haben könntest.«

»Aber Guy, du bist doch mein Freund!« rief Bruno entsetzt. »Ich hab dich doch gern.«

Guy sprang auf, er ertrug es nicht länger. Die Gläser fielen um, und der Inhalt ergoß sich auf die Tischdecke.

Bruno starrte ihn erschreckt an. »Guy, was ist denn los?« Er lief hinter mir her. »Guy, warte doch! Du glaubst doch nicht, daß ich so was fertigbrächte, nein? Nie könnte ich das! Guy!!«

»Rühr mich nicht an!«

»Guy!« Bruno weinte fast. Warum tat man ihm so etwas an? Warum nur? Draußen auf dem Gehweg schrie er: »Niemals – nicht in tausend Jahren, Guy! Nicht für eine Million! Glaub mir doch, Guy!«

Guy gab ihm einen leichten Stoß und zog die Tür des Taxis hinter sich zu. Nein, Bruno würde ihn in tausend Jahren nicht verraten, das wußte er. Aber wenn alles so doppelsinnig war, wie es den Anschein hatte – wie konnte er dann ganz sicher sein?

34

»Was haben Sie für eine Beziehung zu Mrs. Guy Haines?«

Bruno hatte diese Frage erwartet. Gerard hatte seine letzten Kontoauszüge geprüft; dies war der Posten für die Blumen, die er Anne hatte schicken lassen. »Bekannte. Ihr Mann ist ein Freund von mir.«

»Ein Freund?«

»Bekannter.« Bruno zuckte die Achseln; er wußte, Gerard hielt ihn für einen Aufschneider, weil Guy berühmt war.

»Kennen Sie ihn schon lange?«

»Nein, nicht sehr lange.« Bruno lag in den Liegestuhl gelümmelt und griff nach seinem Feuerzeug.

»Wieso haben Sie ihr Blumen geschickt?«

»Ich hatte wohl gerade Lust dazu, nehme ich an. Ich war bei ihnen eingeladen gewesen.«

»Ach – so gut kennen Sie sie?«

Wieder zuckte Bruno die Achseln. »Er war einer der Architekten, die wir im Auge hatten, als wir daran dachten, selber zu bauen.« Das war ihm gerade eingefallen, es klang eigentlich ganz gut.

»Also dann noch mal zu Matt Levine.«

Bruno seufzte. Guy wurde also ausgelassen, vielleicht weil er nicht in der Stadt war, oder einfach so, ohne Grund. Matt Levine – das war ein ausgekochter Junge; ohne zu ahnen, wie nützlich das einmal werden würde, hatte er Levine vor dem Mord öfter getroffen. »Also?«

»Den haben Sie am vierundzwanzigsten, achtundzwanzigsten und dreißigsten April, am zweiten, fünften, sechsten, siebenten März und dann noch kurz vor dem Mord getroffen. Wieso?«

»Tatsächlich?« Er lächelte. Letztesmal war Gerard nur im Besitz von drei Daten gewesen. Matt konnte ihn auch nicht leiden; wahrscheinlich hatte er deshalb dick aufgetragen. »Er hat sich mal für meinen Wagen interessiert.«

»Und Sie wollten ihn verkaufen? Warum – weil Sie dachten, Sie würden bald einen neuen kriegen?«

»Ich wollte meinen verkaufen, weil ich einen kleineren haben wollte«, sagte Bruno obenhin. »Den, der jetzt in der Garage steht, den Crosley.«

Gerard lächelte. »Wie lange kennen Sie Mark Lev?«

»Seit der Zeit, als er noch Mark Levitzki hieß«, gab Bruno zurück. »Wenn Sie noch etwas weiter zurückgehen, werden Sie feststellen, daß er in Rußland seinen Vater umgebracht hat.« Er starrte Gerard finster an. Was brauchte Gerard über die Namensänderung zu witzeln?

»Matt schätzt Sie auch nicht sehr. Was war los – konnten Sie sich nicht einigen?«

»Meinen Sie wegen des Wagens?«

»Na, Charles«, sagte Gerard geduldig.

»Ich sag gar nichts.« Bruno blickte auf seine abgekauten Fingernägel und dachte wieder, wie gut Herberts Beschreibung des Mörders auf Matt Levine paßte.

»Ernie Schroeder haben Sie in der letzten Zeit nicht oft gesehen.«

Gelangweilt gab Bruno irgendeine Antwort.

35

Barfuß, in weißen Segelhosen, saß Guy mit gekreuzten Beinen auf dem Vorderdeck der *India.* Gerade kam Long Island in Sicht, aber er wollte es noch gar nicht sehen. Das Schiff rollte mit sanft-vertrauten Bewegungen, ihm war, als sei es nie anders gewesen. Der Tag, an dem er Bruno zuletzt im Restaurant gesehen hatte, erschien ihm heute wie ein Tag des Irrsinns. Bestimmt war er damals im Begriff gewesen, den Verstand zu verlieren. Und zweifellos hatte Anne das auch gemerkt.

Er streckte die Arme und kniff sich in die dünne braune Haut über den Muskeln. Er war ebenso braun wie Egon, der halbportugiesische Decksjunge, den sie bei Anfang der Reise in Long Island angeheuert hatten. Nur die kleine Narbe über der rechten Augenbraue blieb weiß.

Drei Wochen waren sie mit dem Boot unterwegs gewesen; er hatte Frieden und Ruhe gewonnen, wie er sie nie zuvor gekannt und noch vor einem Monat nicht für möglich gehalten hatte. Er war jetzt zu der Überzeugung gekommen, daß die Sühne ein Teil seines Schicksals war, das ihn erreichen würde, ohne daß er es suchte. Anders war es nicht vorstellbar. Und wenn das so war, so würde ihm dann auch die Kraft zur Sühne gegeben werden.

Er hatte immer an sein vorbestimmtes Schicksal geglaubt. Schon als Junge, zusammen mit Peter, hatte er gewußt, daß Peter nie etwas anderes tun würde als träumen, daß er selber aber Großes bauen werde, er würde in der Architektur bekannt werden, und schließlich – das war ihm immer als die Krönung erschienen – würde er eine Brücke bauen – eine weiße Brücke, die sich spannte, so dachte er als Junge, wie Engelsflügel, wie die weiße Bogenbrücke von Robert Maillart, die in seinen Büchern abgebildet war. Vielleicht war es arrogant, wenn man so fest an sein Schicksal glaubte. Aber wer konnte andererseits demütiger sein als einer, der den Gesetzen des eigenen Schicksals gehorchen zu müssen glaubte? Der Mord, der ihm zunächst als völlig abwegig, als Sünde gegen sich selbst erschienen war, mochte auch Teil dieses Schicksals sein. Anders war es im Grunde gar nicht möglich. Und wenn das so war, so fand er auch den Weg und die Kraft zur Sühne. Und wenn das Gesetz ihm den Tod bestimmt hatte, so gab es ihm auch die Kraft – ihm und auch Anne –, diesen Tod zu ertragen. Auf seltsame Weise fühlte er sich kleiner als das kleinste Lebewesen im Meer und gleichzeitig stärker als der größte Berg der Erde. Doch er war dabei nicht arrogant. Seine Arroganz war nur ein Verteidigungsmittel gewesen, am stärksten damals, als er mit Miriam brach. Und hatte er nicht schon damals, als sie ihn quälte und er so elend war, gewußt, er werde eine andere Frau finden, die er lieben konnte und die ihn immer lieben würde? Was brauchte er denn noch an Beweisen, daß das alles so war, daß er und Anne sich niemals näher gewesen, ihre Leben niemals harmonischer verlaufen waren als in diesen drei Wochen auf See?

Mit einer Drehung der Füße wandte er sich um und erblickte Anne, die an den Hauptmast gelehnt stand und mit einem Lächeln zu ihm herabsah; es war ein halb unterdrücktes stolzes Lächeln, wie das einer Mutter, die ihr Kind heil durch eine schwere Krankheit gebracht hat. Als Guy zurücklächelte, staunte er von neuem, wie er so blind auf ihre Unfehlbarkeit und Sicherheit vertrauen konnte. Sie war doch auch nur ein Mensch. Und am wunderbarsten war es, daß sie sein war.

Ein paar Tage später rief Bruno abends an. Er sagte, er sei gerade in der Nähe und wolle mal hereinschauen. Seine Stimme klang völlig nüchtern und etwas deprimiert.

Guy lehnte ab. Ruhig und fest teilte er ihm mit, daß weder er noch Anne ihn wiederzusehen wünschten; aber schon beim Sprechen merkte er, wie die ruhige Sicherheit der vergangenen Wochen zerbröckelte angesichts des Irrsinns, daß sie überhaupt eine Unterhaltung zusammen führten.

Bruno wußte: Gerard hatte noch nicht mit Guy gesprochen. Er glaubte auch nicht, daß sich Gerard länger als ein paar Minuten mit ihm unterhalten würde. Aber da Guys Stimme so kalt klang, hatte er nicht den Mut, ihm mitzuteilen, daß Gerard seinen Namen ausfindig gemacht hatte und ihn vielleicht aufsuchen würde, und weiter, daß er und Guy sich fortan nur noch heimlich treffen könnten – keine Parties mehr und keine gemeinsamen Mittagessen –, wenn Guy das recht war.

»Okay«, sagte er ruhig und legte auf.

Gleich darauf klingelte das Telefon noch einmal. Stirnrunzelnd legte Guy die Zigarette weg, die er gerade angezündet hatte, und nahm den Hörer ab.

»Hallo. Hier ist Arthur Gerard, Confidential Detectives Bureau . . .« Gerard fragte, ob er mal herüberkommen dürfe.

»Ein Privatdetektiv?« fragte Anne erstaunt. »Was will er denn?«

Guy zögerte einen Augenblick. Zum Teufel mit Bruno, dem hatte er dies jetzt zu verdanken. »Ich weiß es nicht.«

Gerard war pünktlich. Er verbeugte sich vor Anne, entschuldigte sich für die späte Störung und fand einige passende Worte über Haus und Garten. Guy betrachtete ihn mit Erstaunen. Gerard sah stumpf, müde und fast etwas schmuddelig aus. Erst als er es sich mit Zigarre und Highball bequem gemacht hatte, sah Guy den scharfen Blick in den hellbraunen Augen und die Energie in den plumpen Händen und begann sich unsicher zu fühlen. Gerard schien unberechenbar.

»Sie sind ein Freund von Charles Bruno, Mr. Haines?«

»Ja, ich kenne ihn.«

»Sein Vater ist im letzten März ermordet worden, das werden Sie sicher gehört haben. Der Mörder ist noch nicht gefunden.«

»Das wußte ich nicht«, sagte Anne.

Gerards Augen wanderten langsam von ihr zurück zu Guy.

»Ich auch nicht«, sagte Guy.

»So gut kennen Sie ihn also nicht?«

»Ich kenne ihn nur flüchtig.«

»Wann und wo haben Sie ihn kennengelernt?«

Guy warf einen schnellen Blick auf Anne. »In der Kunstschule von Parker, ich glaube, es war letzten Dezember.« Sicher war er jetzt in eine Falle geraten. Er hatte einfach die Antwort wiederholt, die Bruno auf der Hochzeit gegeben hatte, weil Anne damals Brunos Worte gehört hatte, und sie hatte sie vermutlich längst vergessen. Warum sah Gerard ihn an, als ob er kein Wort glaubte? Warum hatte ihn Bruno nicht vor Gerard gewarnt? Bruno hatte irgendwann mal gemeint, sie sollten sagen, sie hätten sich in einer bestimmten Bar in der Stadt kennengelernt. Warum hatten sie das bloß nie fest abgemacht?

»Und wann haben Sie ihn dann wiedergesehen?« fragte Gerard.

»Erst auf meiner Hochzeit, im Juni.« Er saß Gerard gegenüber mit dem leicht verwirrten Ausdruck eines Mannes, der den Sinn der inquisitorischen Fragen noch nicht erkennt. Gott sei

Dank hatte er Anne versichert, Brunos Behauptung, sie wären alte Freunde, sei nichts als seine spezielle Art von Humor. »Wir hatten ihn nicht eingeladen«, fügte er hinzu.

»Er kam einfach so?« Gerard sah aus, als könne er sich das gut vorstellen. »Aber Sie haben ihn doch zu der Party eingeladen, die Sie im Juli gaben?« Er warf auch Anne einen Blick zu.

»Da hat er angerufen und gefragt, ob er kommen könne«, sagte Anne; »was blieb mir denn da anderes übrig?«

Gerard erkundigte sich, ob Bruno vielleicht durch irgendwelche Freunde, die ebenfalls eingeladen waren, von der Party erfahren haben könne, und Guy meinte, das sei möglich, und gab den Namen der Blondine an, die Bruno an dem Abend so überschwenglich begrüßt hatte.

Gerard lehnte sich zurück. »Mögen Sie ihn eigentlich?«

»Aber sicher«, sagte Anne höflich und abschließend.

»Doch, warum nicht?« sagte Guy, weil Gerard offenbar auf seine Antwort wartete. »Vielleicht ist er ein bißchen aufdringlich, aber sonst wirklich ganz nett.« Seine rechte Gesichtshälfte lag im Schatten. Ob Gerard in seinem Gesicht nach Kratzwunden suchte?

»Er hat einen Hang zur Heldenverehrung«, sagte Gerard lächelnd, aber das Lächeln wirkte nicht mehr echt; vielleicht war es niemals echt gewesen. »Tut mir leid, daß ich Sie stören mußte, Mr. Haines.«

Fünf Minuten später war er fort.

»Was soll das bloß?« fragte Anne. »Ob er Charles Bruno im Verdacht hat?«

Guy schob den Riegel vor die Haustür und kam zurück. »Wahrscheinlich verdächtigt er einen seiner Bekannten. Vielleicht denkt er auch, Charles weiß etwas, weil er seinen Vater gehaßt hat. Das hat mir Charles jedenfalls mal erzählt.«

»Glaubst du denn, daß Charles etwas weiß?«

»Das kann man nie wissen ...« Guy nahm sich eine Zigarette.

»Mein Gott.« Anne starrte auf die Sofaecke, als sähe sie dort noch Bruno sitzen, wie am Abend der Party. »Unheimlich, wie es bei manchen Leuten zugeht«, flüsterte sie.

36

»Hör zu!« sagte Guy dringlich in den Telefonhörer. »Hör jetzt mal zu, Bruno!« Bruno war betrunkener, als Guy ihn je erlebt hatte, aber er war fest entschlossen, bis zu dem verworrenen Bewußtsein vorzudringen. »Hast du Gerard gesagt, daß wir uns auf der Kunstschule kennengelernt haben?«

Ja, sagte Bruno, das habe er. Soviel war aus dem betrunkenen Gebrabbel zu verstehen. Und Bruno wollte jetzt herüberkommen. Es gelang Guy nicht, ihm beizubringen, daß Gerard schon bei ihm gewesen war und ihn verhört hatte. Guy knallte den Hörer auf die Gabel und riß sich den Kragen auf. Ausgerechnet jetzt mußte Bruno ihn anrufen! Nach Gerards Besuch war ihm die Gefahr sehr klargeworden. Es war viel wichtiger, die Verbindung mit Bruno vollständig abzubrechen, als sich mit ihm auf eine Version zu einigen, die in allen Teilen stimmte. Am meisten erboste es ihn, daß er aus Brunos Faseleien nicht hatte entnehmen können, was vorgefallen war oder in welcher Verfassung er sich befand.

Er war oben mit Anne in seinem Arbeitszimmer, als die Türglocke läutete.

Er öffnete die Tür nur einen Spalt, aber Bruno stolperte dagegen, taumelte durch das Wohnzimmer und fiel aufs Sofa. Guy blieb vor ihm stehen, sprachlos vor Wut und Ekel. Brunos fetter rötlicher Nacken wölbte sich über dem Kragen. Er schien eher aufgedunsen als betrunken, als habe ein Ödem des Todes den ganzen Körper aufgeblasen und selbst die tiefen Augenhöhlen ausgefüllt, so daß die grauroten Augäpfel unnatürlich vorstanden. Bruno starrte ihn an. Guy ging schnell ans Telefon, um ein Taxi zu rufen.

»Wer ist da, Guy?« rief Anne von oben herunter.

»Charles Bruno. Er ist betrunken.«

»Gar nicht wahr«, protestierte Bruno.

Anne kam die Treppe herunter und sah ihn. »Ob wir ihn nicht einfach ins Fremdenzimmer bringen?«

»Ich will ihn nicht hierhaben.« Guy suchte im Telefonbuch nach der Nummer des Autorufs.

»Dochchch!« Brunos Stimme klang wie ein rasselndes Schnarchen. Alles Weitere, was er vor sich hinmurmelte, war nicht zu verstehen.

»Was sagt er?« Anne stand neben Guy.

Guy ging hinüber und packte ihn vorn am Oberhemd. Das idiotische Gefasel machte ihn rasend. Er versuchte ihn aufzusetzen, Brunos Speichel lief ihm über die Hand. »Los, aufstehen und raus hier!« Und dann verstand er die Worte:

»Ich sag's ihr, ich sag's ihr – ich sag's ihr – ich sag's ihr ...« brabbelte Bruno, das eine Auge starr auf Guy gerichtet. »Schmeiß mich nicht raus. Ich sag's ihr, ich ...«

Erfüllt von Abscheu ließ Guy ihn los.

»Was ist, Guy? Was redet er?«

»Ich bring ihn nach oben«, sagte Guy.

Er versuchte mit aller Kraft, sich Bruno über die Schulter zu legen, aber der schwere, reglose Körper war zuviel für ihn. Er legte ihn auf das Sofa und ging ans vordere Fenster. Kein Wagen stand draußen; Bruno schien vom Himmel gefallen zu sein. Er schlief jetzt lautlos, und Guy blieb im Sessel sitzen, rauchte und wartete.

Gegen drei Uhr morgens erwachte Bruno und brauchte zwei Whiskies, um zu sich zu kommen. Danach sah er, abgesehen von der Aufgeschwemmtheit, fast wieder normal aus. Er war sehr erfreut, sich bei Guy zu Hause zu finden, hatte aber keine Ahnung, wie er hergekommen war.

»Ich hatte wieder eine Tour mit Gerard«, sagte er grinsend. »Hat drei Tage gedauert. Hast du die Zeitungen gelesen?«

»Nein.«

»Na, du bist gut, liest nicht mal Zeitungen. Gerard hat 'ne neue falsche Spur. Ich hab da so einen krummen Freund, Matt Levine, der hat für die Nacht kein Alibi, und Herbert glaubt, er könnte es gewesen sein. Vielleicht sitzt Matt jetzt drin.«

»Und verliert den Kopf dafür?«

Bruno zögerte, immer noch lächelnd. »Na, den Kopf nicht gerade, aber vielleicht den Kragen. Er hat schon zwei oder drei Tote auf seinem Konto. Bei der Polizei sind sie froh, daß sie ihn jetzt zu fassen kriegen.« Bruno schauderte zusammen und trank sein Glas aus.

Guy hatte fast unbezwingliche Lust, den großen Aschenbecher vom Tisch zu nehmen und auf Brunos aufgeschwemmtes Gesicht einzuschlagen, um die Spannung loszuwerden, die immer weiter stieg, bis er entweder sich selbst oder Bruno umgebracht hatte. Mit beiden Händen packte er Brunos Schulter.

»Scherst du dich jetzt raus? Dies ist das letzte Mal, das schwör ich dir!«

»Nein«, sagte Bruno still, ohne den geringsten Widerstand; in seinem Gesicht erkannte Guy die alte Gleichgültigkeit gegen Schmerz und Tod, die er damals bei dem Kampf im Wald gesehen hatte.

Guy schlug sich die Hände vors Gesicht, er fühlte das Zucken gegen die Handflächen. »Wenn Matt hierfür verurteilt wird, gehe ich hin und sage alles. Alles.«

»Ach, der wird schon nicht. Dafür reicht's gar nicht. Ist doch alles bloß Quatsch, Mensch.« Bruno grinste. »Matt ist der Richtige mit den falschen Beweisen. Du bist der Falsche mit den richtigen Beweisen. Du bist doch jetzt ein großes Tier, Mensch!« Er zog etwas aus der Tasche und gab es Guy. »Hier, das habe ich letzte Woche gefunden. Prima, Guy.«

Guy betrachtete das Foto des ›Pittsburger Warenhauses‹ mit dem tiefschwarzen Hintergrund. Es war eine Broschüre des Modernen Museums; der Text lautete: »Guy Daniel Haines, knapp dreißig, folgt der Wright'schen Tradition. Sein Stil ist eindeutig und kompromißlos, stark und klar, aber nicht karg, und von einer Anmut, die er ›singend‹ nennt ...« Das letzte mißfiel ihm gründlich, das Beiwort war eine Erfindung des Museums.

Bruno steckte das kleine Buch wieder ein. »Du bist jetzt ganz oben. Wenn du die Nerven behältst, können sie dich um und um kehren, ohne dich je zu verdächtigen.«

Guy sah auf ihn nieder. »Das ist noch lange kein Grund für dich, hierherzukommen. Warum tust du das?« Aber er wußte es längst. Weil Bruno an seinem Glück mit Anne teilhaben wollte; weil er selbst, Guy, auch etwas aus jedem Zusammensein mit Bruno gewann. Es war wie eine Folter, die sie gemeinsam zu erdulden hatten und die dadurch erträglicher wurde.

Bruno beobachtete ihn, als kenne er jedes Wort, das ihm durch den Kopf ging. »Guy, ich hab dich gern, aber vergiß ja eins nicht: gegen dich liegt viel mehr vor als gegen mich. Wenn du mich anzeigst, kann ich mich rauswinden, aber du kannst das nicht. Erst mal erkennt dich Herbert vielleicht wieder. Und Anne könnte sich entsinnen, daß du dich damals so komisch verhalten hast. Und dann die Kratzer und die Wunde. Und all die kleinen Beweisstücke, die sie dir vorhalten würden, den Revolver und die Stücke vom Handschuh ...« Wie alte Erinnerungen zählte Bruno alles langsam und liebevoll auf. »Wenn ich gegen dich aussage, bist du geliefert, darauf kannst du dich verlassen.«

37

Sobald Anne ihn rief, wußte Guy, daß sie die Beule gesehen hatte. Er hatte die Stelle in Ordnung bringen wollen und hatte es vergessen. Zuerst sagte er, er wisse nicht, wie es gekommen sei. Dann sagte er, ja, er wisse es doch. Er sei letzte Woche einmal hinausgefahren und habe mit dem Boot eine Boje gerammt.

»Warst du allein draußen?« Anne lächelte ein wenig, denn seine Segelkenntnisse ließen noch einiges zu wünschen übrig.

Bruno hatte ihn an dem Tag angerufen und darauf bestanden, mit ihm segeln zu gehen. Gerard hatte sich mit Matt Levine festgefahren und kam nicht weiter, er kam nirgends weiter, und das wollte Bruno feiern. »Ich habe Charles Bruno mitgenommen«, sagte Guy. Und den Revolver hatte er an dem Tag auch bei sich gehabt.

»Dann ist ja alles in Ordnung, Guy. Bloß, warum hast du dich wieder mit ihm getroffen? Ich dachte, du kannst ihn nicht ausstehen.«

»Ach, bloß eine Laune«, murmelte er. »Es war an den zwei Tagen, als ich zu Hause zu arbeiten hatte.« Es war durchaus nicht in Ordnung, das wußte er. Anne sorgte stets dafür, daß die Messing- und Holzteile der *India* fleckenlos schimmerten. Und dann Bruno! Jetzt mißtraute sie ihm.

»Du, Guy – Bruno ist doch der Mann, den wir damals abends vor deiner Wohnung trafen, nein? Der uns dann im Schnee angesprochen hat?«

»Doch, das war er.« Guys Finger krallten sich hilflos um den Revolver in seiner Tasche.

»Was hat er bloß für ein Interesse an dir?« Anne schlenderte das Deck entlang hinter ihm her. »Für Architektur hat er keinen Sinn, das habe ich bei der Party damals im Gespräch gemerkt.«

»Er hat gar kein Interesse an mir. Er weiß bloß nicht, was er sonst anfangen soll.« Wenn er erst den Revolver los war, dann konnte er reden.

»Du hast ihn in der Kunstschule kennengelernt?«

»Ja. Er trieb sich da auf den Gängen herum.« Wie leicht das Lügen war, wenn man lügen *mußte*! Nur banden ihm die Lügen Schlingen um Füße, Körper und Kopf, und eines Tages, das wußte er, würde er das Falsche sagen und Anne verlieren. Er wandte sich um. Der Revolver wog schwer in seiner Tasche; er ging zum Vorschiff. Hinter sich hörte er Anne; sie ging in Tennisschuhen mit weichen Schritten zum Cockpit zurück.

Der Tag war grau und verhangen, es sah nach Regen aus. Die *India* schaukelte sacht auf den Wellen und schien von der Küste nicht weiter entfernt als vor einer Stunde. Guy lehnte am Bugspriet und betrachtete seine weißgekleideten Beine, die blaue Jacke mit den Goldknöpfen, die er aus dem Schiffsschrank genommen hatte und die vielleicht Annes Vater gehörte. Er, Guy, hätte eigentlich statt Architekt auch Seemann werden können. Mit vierzehn war das sein größter Wunsch gewesen. Was hatte ihn damals zurückgehalten? Wie anders wäre sein Leben verlaufen ohne – ohne was? Ohne Miriam, natürlich.

Guy blieb einen Augenblick am Bugspriet stehen und hing seinen Gedanken nach. Er zog den Revolver aus der Jackentasche. Den Ellbogen aufgestützt, hielt er die kleine Waffe mit beiden Händen über das Wasser, dann ließ er sie fallen. Sie drehte sich einmal um sich selbst und verschwand mit einem kleinen Platschen in der Tiefe.

»Was war das?«

Guy wandte sich um und sah Anne auf dem Deck nahe der Kabinentür stehen. Er schätzte die Entfernung auf drei bis vier Meter. Und kein Wort, keine Silbe fiel ihm als Antwort ein.

38

Unsicher hielt Bruno den Drink in der Hand. Die Badezimmerwände sahen aus, als seien sie im Begriff, in kleine Stücke zu zerbrechen – so als ob gar keine Wand wäre oder als ob er selbst überhaupt nicht da sei.

»Ma!« schrie er angstvoll; dann schämte er sich und trank das Glas aus.

Auf den Zehenspitzen schlich er ins Schlafzimmer seiner

Mutter und weckte sie mit einem Druck auf den Knopf am Bett, der Herbert in der Küche anzeigte, daß sie zum Frühstück bereit war.

»Ohhh«, gähnte sie und lächelte dann. »Wie geht's dir denn?«

»Danke . . .«

Sie gab ihm einen liebevollen Klaps auf den Arm, schlüpfte aus dem Bett und ging ins Bad. Bruno blieb still auf dem Bett sitzen, bis sie zurückkam und wieder unter die Decke kroch.

»Heute nachmittag sind wir mit dem Mann wegen der Reise verabredet. Wie heißt er doch noch – Saunders glaube ich. Wär gut, wenn du mitkämst.«

Bruno nickte. Es handelte sich um ihre Reise nach Europa, die sie möglicherweise in eine Weltreise auszudehnen gedachten. Heute morgen hatte der Plan keinerlei Reiz für ihn. Mit Guy hätte er vielleicht Lust zu einer Weltreise. Er erhob sich und überlegte, ob er sich noch einen Drink holen sollte.

»Wie fühlst du dich?«

Immer fragte sie zur unrechten Zeit. »Okay«, sagte er und setzte sich wieder.

Es klopfte an der Tür, und Herbert trat ein. »Guten Morgen, *Madame*. Guten Morgen, Sir«, sagte er, ohne jemanden anzusehen.

Mit aufgestütztem Kinn und gerunzelter Stirn blickte Bruno auf Herberts blankgeputzte Schuhe. Herberts Unverschämtheit war in der letzten Zeit wirklich unerträglich geworden. Gerard hatte ihm eingeredet, daß er die Schlüsselfigur in dem ganzen Fall sei. Alle lobten ihn und sagten, wie tapfer er es mit dem Mörder aufgenommen habe. Und sein Vater hatte ihm testamentarisch zwanzigtausend hinterlassen. Herbert könnte weiß Gott jetzt mal Urlaub nehmen!

»Kann *Madame* mir schon sagen, ob heute abend sechs oder sieben Personen zum Essen sind?«

Bruno sah ihn an, er betrachtete das rosige spitze Kinn und dachte: da hat Guy seine Faust hingesetzt und ihn glatt umgeschmissen.

»Ach je, ich hab noch gar nicht telefoniert, Herbert. Ich denke wohl sieben.«

»Schön, *Madame*, danke sehr.«

Sieben – das bedeutet also Rutledge Overbeck II, dachte

Bruno. Rutledge Overbeck war wahnsinnig verknallt in seine Mutter, oder tat jedenfalls so. Bruno wollte ihr noch sagen, daß Herbert seine Anzüge seit sechs Wochen nicht zum Bügeln geschickt hatte, aber er fühlte sich zu scheußlich dazu.

»Ich bin schrecklich gespannt auf Australien«, sagte sie und biß in ihren Toast. Sie hatte eine Landkarte gegen das Kaffeekännchen gelehnt.

Ein häßlich kribbelndes Gefühl machte sich in seinen Oberschenkeln bemerkbar. Er stand auf. »Mama, mir ist gar nicht gut.«

Besorgt runzelte sie die Stirn. »Was ist los, Darling? Was möchtest du?«

Er lief schnell aus dem Zimmer, ihm war sterbenselend. Im Bad wurde alles schwarz um ihn. Er taumelte in sein Zimmer und ließ die noch verschlossene Whiskyflasche aufs Bett fallen.

»Charley, was ist los? Was fehlt dir?«

»Hinlegen.« Er ließ sich fallen, aber das half nicht. Er schob seine Mutter beiseite, damit er aufstehen konnte, aber als er auf dem Bett saß, wollte er wieder liegen. Er stand auf. »Mir ist – mir ist zum Sterben.«

»Leg dich doch hin, Darling. Möchtest du – möchtest du eine Tasse Tee?«

Bruno riß sich die Schlafanzugjacke vom Leib. Er hatte das Gefühl, als müsse er ersticken. Keuchend rang er nach Luft.

Sie kam mit einem nassen Handtuch herbeigeeilt. »Was ist los – ist es der Magen?«

»Alles.« Er stieß die Slipper von den Füßen und ging ans Fenster, um es zu öffnen, aber es war schon offen. Schweißbedeckt drehte er sich um. »Mama, vielleicht sterbe ich jetzt. Glaubst du, ich muß sterben?«

»Ich hol dir einen Drink!«

»Nein, hol den Arzt!« schrie er. »Und 'n Drink will ich auch!« Kraftlos riß er an der Pyjamaschnur und ließ die Hose fallen. Was war das bloß? Das gewöhnliche Schütteln war es nicht, dazu war es zu schwach. Selbst seine Hände waren ganz schwach und kribbelten. Er hielt sie hoch. Die Finger waren nach innen gebogen, er konnte sie nicht strecken. »Mama, sieh doch meine Hände an! Was ist das? Was ist das?«

»Hier, komm. Trink das.«

Er hörte, wie die Flasche gegen das Glas stieß. Er konnte

nicht länger warten. Angstverzerrt taumelte er in die Halle und starrte auf seine schlaffen, gebogenen Finger. Der Mittelfinger jeder Hand bog sich nach innen und berührte fast den Handballen.

»Darling, zieh den Morgenrock an!« flüsterte sie.

»Ruf den Arzt!« Den Morgenrock – wie konnte sie daran jetzt denken! Was machte es schon, daß er splitternackt war? »Mama, sie dürfen mich nicht mitnehmen!« Er zog sie am Ärmel, während sie am Telefon stand. »Schließ alle Türen ab! Weißt du, was sie mit mir machen?« Er sprach hastig und dringlich auf sie ein, denn das taube Gefühl in den Gliedern nahm zu, und er wußte jetzt, was mit ihm los war. Er war ein *Fall*. Den Rest seines Lebens würde er so bleiben! »Du weißt doch, Mama, die stecken einen einfach in die Zwangsjacke. Dann muß ich sterben!«

»Dr. Packer? Hier ist Mrs. Bruno. Können Sie mir einen Arzt hier in der Nähe empfehlen?«

Bruno heulte auf. Wie sollte man einen Arzt hier heraus in die Wildnis kriegen? »Mamamm ...« Er keuchte. Er konnte nicht mehr reden, die Zunge nicht mehr bewegen. Sie war ihm in die Stimmbänder geraten! »Aaaachch-ch!« Er wand sich aus der Pyjamajacke, die seine Mutter ihm umzulegen versuchte. Sollte doch Herbert ihn anstarren, wenn er Lust hatte!

»Charles!«

Er gestikulierte mit den hilflosen Händen und deutete auf seinen Mund. Er wankte zum Spiegelschrank. Sein Gesicht sah wächsern aus; die Lippen waren gräßlich von den Zähnen zurückgezogen. Und die Hände! Nie mehr würde er ein Glas halten oder sich eine Zigarette anzünden können. Mit dem Autofahren war es aus. Nicht mal auf die Toilette konnte er noch allein gehen!

»Hier, trink das aus.«

»Ja.« Ja – Alkohol. Trinken. Er bemühte sich, alles mit den unbeweglichen Lippen aufzufangen. Es brannte im Gesicht und lief ihm die Brust hinunter. Mehr, mehr – er fuchtelte wild mit den Händen. Er wollte ihr klarmachen, daß sie die Türen abschließen sollte. O Gott, wenn dies noch einmal vorüberging, wollte er sein Leben lang dankbar sein. Er ließ sich von Herbert und seiner Mutter aufs Bett legen.

»Nicht ... nicht ...« brachte er mit erstickter Stimme heraus.

Er zog seine Mutter an ihrem Morgenmantel und riß sie fast zu sich herab. Wenigstens konnte er sich jetzt festhalten. »Nicht – weg...« würgte er hervor, und sie beteuerte ihm, nein, sie würde ihn nicht wegbringen lassen. Und alle Türen wollte sie abschließen.

Gerard, dachte er. Gerard sammelte immer noch Material gegen ihn, immer weiter und weiter. Und nicht bloß Gerard, ein ganzes Regiment von Leuten war damit beschäftigt; sie prüften und schnüffelten und suchten andere Leute auf, sie hämmerten auf Schreibmaschinen, liefen ein und aus mit weiteren Beweisstücken, jetzt hatten sie welche aus Santa Fé, und eines Tages konnte Gerard sie dann richtig zusammensetzen. Eines Tages kam Gerard vielleicht her und fand ihn so wie jetzt, und dann stellte er ihm Fragen, und er würde alles, alles sagen. Ja, er hatte jemand umgebracht. Und wenn man jemand umgebracht hatte, wurde man selber umgebracht. Vielleicht kriegten sie ihn weich. Er starrte auf die Lampenfassung an der Decke, sie erinnerte ihn an den verchromten Verschluß im Waschtisch im Hause seiner Großmutter in Los Angeles. Warum mußte er daran jetzt denken?

Der scharfe Stich der Injektionsnadel weckte ihn aus der halben Bewußtlosigkeit.

In einer Ecke des halbdunklen Raumes unterhielt sich der nervös aussehende junge Arzt mit seiner Mutter. Bruno fühlte sich besser. Sie würden ihn nicht mitnehmen. Er war wieder in Ordnung. Es war bloß der Schreck gewesen. Vorsichtig beobachtete er unter der Bettdecke, wie sich seine Finger bewegten. »Guy«, flüsterte er. Die Zunge war noch schwer, aber er konnte wieder reden. Dann sah er, wie der Arzt hinausging.

»Mama, ich will nicht nach Europa«, sagte er mit monotoner Stimme, als sie zu ihm trat.

»Gut, mein Herz, dann fahren wir nicht.« Sie setzte sich behutsam auf die Bettkante, und sofort fühlte er sich besser.

»Er hat doch nicht gesagt, ich darf nicht fahren?« Als ob ihn das kümmerte, wenn er wirklich fahren wollte. Was hatte er schon zu fürchten? Nicht mal einen weiteren Anfall wie diesen eben. Er berührte seine Mutter an der Schulter, aber als ihm Rutledge Overbeck einfiel, der heute abend zum Essen kam, ließ er die Hand wieder fallen. Bestimmt hatte seine Mutter ein Verhältnis mit ihm. Sie besuchte ihn viel zu häufig in seinem

Atelier und blieb dann reichlich lange. Er gab es ungern zu, aber warum sollte er schließlich nicht, wenn es sich unter seinen Augen abspielte. Es war das erste Verhältnis, und sein Vater war tot, warum also sollte sie nicht, aber mußte es ausgerechnet so ein Blödian sein? Ihre Augen sahen jetzt im verdunkelten Zimmer viel dunkler aus. Sie hatte sich nicht gerade verschönt nach dem Tod seines Vaters. Und so würde sie jetzt immer bleiben. Nie wieder würde sie jung sein, jung und frisch, wie er sie gern hatte. »Sieh doch nicht so traurig aus, Ma.«

»Darling – willst du versprechen, nicht mehr so viel zu trinken? Der Arzt hat gesagt, dies war eine Warnung heute morgen, verstehst du? Eine Warnung der Natur.« Sie fuhr sich mit der Zunge über die Lippen. Aber den Anblick ihrer weichen, rotgeschminkten Unterlippe konnte Bruno nicht ertragen.

Er schloß fest die Augen. »Zum Teufel, ich hab noch kein Delirium.«

»Dies ist viel schlimmer. Ich hab mit dem Arzt gesprochen. Er sagt, es zerstört dein Nervengewebe und kann dich umbringen. Begreifst du das nicht?«

»Doch, Mama.«

»Versprichst du es mir?« Sie sah, wie sich die flatternden Augenlider schlossen, und hörte ihn seufzen. Die wahre Tragödie war ja nicht dieser Anfall heute morgen, dachte sie, sondern der eine Tag vor vielen Jahren, als er zum erstenmal allein zur Flasche griff. Und nicht einmal das war das schlimmste, denn der Alkohol damals war nicht seine erste Zuflucht gewesen, sondern die letzte. Längst vorher, das war sicher, hatte alles um ihn her versagt: sie und Sam und alle seine Freunde; seine Hoffnungen und Träume waren erloschen. Wie sehr sie sich auch abmühte, niemals fand sie heraus, wo oder warum alles begonnen hatte, denn Charley hatte immer alles bekommen, sie und Sam hatten ihr möglichstes getan, jedes seiner Interessen zu stärken und zu fördern. Wenn sie bloß wüßte, wann und wo es angefangen hatte ... Sie erhob sich; jetzt brauchte sie selbst einen Drink.

Vorsichtig öffnete Bruno die Augen. Er fühlte sich wunderbar schwer und schläfrig. Er sah sich selbst in ein paar Meter Entfernung, als sähe er sich auf einem Bildschirm. Er hatte den rotbraunen Anzug an, und er stand auf der Insel in Metcalf, jünger und schlanker, er warf sich auf Miriam und fiel mit ihr zu

Boden – es waren die Sekunden vorher und nachher, getrennt von der anderen Zeit. In diesen Augenblicken hatte er ganz besondere Bewegungen gemacht und ganz besondere glänzende Gedanken gedacht. Solche Augenblicke würde er nie wieder erleben. Wie Guy es auch von sich gesagt hatte, neulich auf dem Schiff. Bruno war froh, daß für sie beide diese besonderen Augenblicke zeitlich so nahe gewesen waren. Bei Guy war es gewesen, als er das *Palmyra* baute. Manchmal stellte sich Bruno vor, er könne ohne Bedauern jetzt sterben, denn nie wieder würde er etwas erleben, das jener Nacht in Metcalf gleichkam. Seine Energie ließ nach, und seine Neugier nahm ab, das fühlte er. Aber das machte nichts, denn er kam sich irgendwie so weise vor und auch so zufrieden. Erst gestern hatte er um die Welt reisen wollen – warum? Nur um damit anzugeben? Bei wem denn? Letzten Monat hatte er an William Beebe geschrieben und sich erboten, mit dem neuen unbemannten Tauchboot in die Bathysphäre zu tauchen. Wozu? Verglichen mit der Nacht in Metcalf war doch alles schal und dumm. Und verglichen mit Guy war jeder andere Mensch ein Dummkopf. Wozu sollte man nach Europa fahren – wegen der Frauen? Quatsch. Viele Leute meinten, Sex werde erheblich überschätzt. Und die Psychologen sagten, keine Liebe dauere ewig. Aber bei Guy und Anne stimmte das nicht. Er hatte das sichere Gefühl, ihre Liebe werde alles überdauern – warum, das wußte er nicht. Nicht nur, weil Guy sie so sehr liebte, daß er nichts anderes sah. Auch nicht, weil Guy jetzt genug Geld hatte. Es war irgendwas Unsichtbares, auf das er noch nicht gekommen war. Manchmal war er ganz nahe dran. Nein, er wollte es gar nicht wissen. Rein wissenschaftliche Neugier. Lächelnd drehte sich Bruno auf die Seite und knipste den Deckel seines goldenen Dunhill-Feuerzeugs auf und zu. Der Mann vom Reisebüro konnte lange warten. Zu Hause war es tausendmal schöner und bequemer als in Europa. Und hier – hier war Guy.

39

Gerard jagte ihn durch einen Wald und schwenkte alle Beweisstücke: die Handschuhfetzen, die Mantelfädchen, sogar den Revolver, denn Gerard hatte Guy schon geschnappt. Guy war hinten im Wald festgebunden, aus seiner rechten Hand floß hell und eilig das Blut. Wenn er Guy nicht erreichen konnte, mußte er verbluten. »Guy!« Aber seine Stimme war zu schwach, und Gerard hatte ihn fast erreicht.

Bruno nahm alle Kraft zusammen und setzte sich auf. Der Alptraum glitt von ihm ab wie schwere Felsbrocken.

Gerard. Da war er.

»Was ist los? Schlecht geträumt?«

Die rosarote Hand berührte ihn. Bruno fuhr zurück und sprang vom Bett herunter auf den Fußboden.

»Gerade rechtzeitig aufgeweckt, was?« Gerard lachte.

Bruno preßte die Zähne so fest aufeinander, daß es schmerzte. Er lief ins Badezimmer und stürzte bei weit offener Tür einen Drink hinunter. Sein Gesicht im Spiegel glich einem höllischen Schlachtfeld.

»Tut mir leid, Sie zu stören, aber ich habe etwas Neues festgestellt.« Gerard sprach mit hoher, angespannter Stimme, die einen kleinen Sieg für ihn verhieß. »Über Ihren Freund Guy Haines. Der, von dem Sie gerade geträumt haben, oder?«

Das Glas zerbrach in Brunos Hand; sorgsam nahm er alle Scherben aus dem Waschbecken und legte sie auf den Boden des zerbrochenen Glases. Dann kam er gelangweilt schlendernd zurück ins Bett.

»Wann haben Sie ihn kennengelernt, Charley? Nicht im letzten Dezember.« Gerard lehnte sich gegen die Kommode und zündete sich eine Zigarre an. »War es vor ungefähr anderthalb Jahren? Sind Sie da mit ihm im gleichen Zug nach Santa Fé gefahren?« Gerard wartete. Er zog etwas unter dem Arm hervor und warf es auf das Bett. »Kennen Sie das?«

Es war Guys Plato aus Santa Fé, noch in der Verpackung, die Adresse halb verwischt. »Klar, das kenne ich.« Bruno schob es von sich. »Hab ich verloren, auf dem Weg zur Post.«

»Lag ganz richtig im Hotel *La Fonda* im Postfach. Wieso haben Sie sich ein Buch von Plato ausgeliehen?«

»Ich hab's im Zug gefunden.« Bruno sah auf. »Guys Adresse stand drin, und ich wollt's ihm schicken. Im Speisewagen hab ich es gefunden.« Er blickte Gerard gerade an. Gerard beobachtete ihn mit ruhigen, scharfen Augen.

»Wann haben Sie ihn kennengelernt, Charley?« fragte Gerard noch einmal mit der Geduld eines Mannes, der ein Kind befragt und weiß, daß es lügt.

»Im Dezember.«

»Sie wissen natürlich von dem Mord an seiner Frau.«

»Ja, natürlich, das habe ich gelesen. Und dann habe ich gelesen, daß er den *Palmyra Club* gebaut hat.«

»Und da dachten Sie, ach, wie interessant, denn Sie hatten vor sechs Monaten ein Buch gefunden, das ihm gehörte.«

Bruno zögerte. »Hm, hm.«

Gerard grunzte und lächelte leicht angewidert.

Bruno wurde es ungemütlich. Wo hatte er das schon mal gesehen, dieses Lächeln nach kurzem Grunzen? Ja: als er seinem Vater was vorgelogen hatte und hartnäckig daran festhielt, da hatte sein Vater so gegrunzt und ungläubig dazu gelächelt und ihn damit beschämt. Bruno merkte, daß seine Augen Gerard um Verzeihung baten; er wandte sie ab und blickte aus dem Fenster.

»Und all die Telefonanrufe nach Metcalf, die haben Sie gemacht, als Sie Guy Haines noch gar nicht kannten.« Gerard nahm das Buch in die Hand.

»Was für Anrufe?«

»Mehrere.«

»Einer vielleicht, als ich mal besoffen war.«

»Nein, mehrere. Und wozu?«

»Wegen des blöden Buches!« Wenn Gerard ihn so gut kannte, mußte er wissen, daß so was genau zu ihm paßte. »Vielleicht hab ich angerufen, als ich hörte, daß seine Frau ermordet worden war.«

Gerard schüttelte den Kopf. »Sie haben auch schon vor dem Mord angerufen.«

»Na und? Kann ja sein.«

»Na und? Ich werde Mr. Haines danach fragen. Wo Sie so viel Interesse an Morden haben, ist es eigentlich merkwürdig, daß Sie ihn nicht nach dem Mord angerufen haben, nicht wahr?«

»Ich hab jetzt genug von Morden!« schrie Bruno.

»Oh, das glaube ich Ihnen gern, Charley, wirklich.« Gerard schlenderte aus dem Zimmer, den Flur hinunter zum Zimmer von Brunos Mutter.

Bruno duschte und zog sich langsam und sorgfältig an. Neulich wegen Matt Levine hatte sich Gerard viel, viel mehr aufgeregt. Und soweit er sich erinnerte, hatte er vom Hotel *La Fonda* aus – wo Gerard sich anscheinend die Rechnungen hatte vorlegen lassen – nur zweimal in Metcalf angerufen.

»Was wollte Gerard?« fragte er seine Mutter.

»Ach, nichts Besonderes. Er wollte nur wissen, ob ich einen Freund von dir kenne. Guy Haines.« Sie bürstete sich das Haar aufwärts, so daß eine wilde Mähne das stille, müde Gesicht umstand. »Ist er nicht Architekt?«

»Ja. Ich kenne ihn gar nicht sehr gut.« Er ging hinter ihr im Zimmer auf und ab. Na ja, er hatte es ja gewußt: die Zeitungsausschnitte aus Los Angeles hatte sie vergessen. Gott sei Dank hatte er sie, als die *Palmyra*-Bilder in der Presse erschienen, nicht daran erinnert, daß er Guy kannte. Er mußte im Unterbewußtsein geahnt haben, daß er Guy herumkriegen würde.

»Gerard sagte was von irgendwelchen Telefongesprächen, die du letzten Sommer mit ihm geführt haben sollst. Was war denn da?«

»Ach, Mama, ich hab Gerards ewige Fragerei so gräßlich satt!«

40

Etwas später am gleichen Morgen trat Guy, glücklicher als seit Wochen, aus dem Direktorenraum der Bauzeichnerfirma Hansen & Knapp. Die Leute waren mit der Anfertigung der letzten Krankenhausskizzen beschäftigt, die komplexer waren als alles, was Guy bisher ausgeführt hatte; gerade waren die letzten Genehmigungen für das Baumaterial gekommen; und dann hatte er heute früh von Bob Treacher ein Telegramm erhalten, das ihn von Herzen freute. Bob war in den Beratenden Ingenieursausschuß für den neuen Alberta-Damm in Kanada gewählt worden – ein Posten, den er seit fünf Jahren erhofft hatte.

An den langen Tischen, zwischen denen er hindurchging, blickten einige Zeichner auf und sahen ihm nach, als er auf die Außentür zuschritt. Einer lächelte; er nickte ihm freundlich zu und fühlte dabei eine winzige Regung innerer Befriedigung. Vielleicht war es auch nur der neue Anzug; es war erst der dritte maßgeschneiderte Anzug seines Lebens. Anne hatte den graublauen Glencheckstoff mit ausgesucht. Anne hatte auch heute morgen den tomatenroten Wollschlips ausgesucht, der gut dazu paßte. Mit einem Blick in den Spiegel zog er noch einmal den Knoten fester.

Ein Zeichner steckte den Kopf aus der Tür zum Büro. »Mr. Haines? Gut, daß ich Sie noch erwische. Ein Gespräch für Sie.«

Guy ging zurück. Hoffentlich dauerte es nicht lange, er wollte Anne in zehn Minuten zum Lunch treffen. In einem der leeren Büros neben dem Zeichensaal nahm er den Hörer ab.

»Guy – bist du's? Hör zu: Gerard hat das Platobuch gefunden. Ja, in Santa Fé. Hör doch zu, das ändert gar nichts ... Ich hab das Buch im Zug gefunden, verstehst du? Meine Anrufe bei dir in Metcalf, das war alles wegen des Buches, hörst du? Aber kennengelernt haben wir uns erst im Dezember ...«

Seine Stimme klang erregter und unruhiger, als Guy sie je gehört hatte. Beim Hinausgehen überlegte er sich die Lügengeschichte, die ihm Bruno gerade vorgeschlagen hatte, als ob sie gar nicht zu ihm gehörte, als sei sie ein Stückchen Stoff, aus dem sich vielleicht ein Anzug machen ließe. Nein, Löcher hatte sie nicht, aber sie war auch nicht unbedingt haltbar. Nicht, wenn jemand sich erinnerte, sie beide im Zug gesehen zu haben. Zum Beispiel der Kellner, der ihnen in Brunos Abteil das Essen serviert hatte.

Er versuchte, Atem und Schritt zu verlangsamen. Er blickte auf zu der blassen Scheibe der Wintersonne. Die schwarzen Augenbrauen mit dem grauen Haar und der weißen Narbe, die Brauen, die, wie Anne sagte, immer buschiger wurden, brachen das gleißende Licht und beschützten ihn. Wenn man fünfzehn Sekunden lang direkt in die Sonne blickt, kann sie einem die Hornhaut verbrennen, hatte er mal irgendwo gelesen. Aber Anne beschützte ihn. Seine Arbeit schützte ihn. Der neue Anzug, der dumme neue Anzug. Er kam sich plötzlich töricht und hilflos vor. Der Tod war ihm ins Gehirn gedrungen und hielt ihn fest umschlungen. Vielleicht war er schon lange an den tödlichen Atem gewöhnt. Nun gut, er hatte keine Angst. Er reckte die Schultern. Anne war noch nicht da, als er im Restaurant ankam. Ach ja, sie wollte noch die Fotos abholen, die sie Sonntag zu Hause gemacht hatten. In seiner Tasche steckte Bob Treachers Telegramm, er zog es heraus und las es wieder und wieder:

Wurde soeben in Alberta-Ausschuß gewählt. Habe dich emp-

fohlen für Bau von Brücke. Anstellung garantiert. Mach dich möglichst bald frei. Brief folgt. Bob.

Anstellung garantiert. Wie er auch immer sein Leben aufgebaut haben mochte – seine Fähigkeit, eine Brücke zu bauen, stand außer Frage. Nachdenklich trank er den Martini. Seine Hand war ganz ruhig.

41

»Tja, jetzt habe ich es glücklich mit zwei Mordfällen zu tun«, sagte Gerard liebenswürdig und blickte auf den Aktenhefter, der vor ihm auf dem Schreibtisch lag. »Guy Haines' erste Frau ist ebenfalls ermordet worden. Der Fall ist bis jetzt noch nicht geklärt.«

»Ja, weiß ich.«

»Das dachte ich mir schon. Erzählen Sie mir mal alles, was Sie davon wissen.« Gerard setzte sich in seinem Stuhl zurecht.

Bruno merkte, daß Gerard sich seit Montag, als er auf den Plato gestoßen war, angelegentlich mit der Sache befaßt hatte. »Gar nichts weiß ich. Keiner weiß was. Oder?«

»Was glauben Sie denn? Sie müssen doch oft mit Haines darüber gesprochen haben.«

Bruno streckte die Hand nach einer Zigarette aus, hielt aber inne. »Ja, ich habe mit ihm darüber gesprochen«, sagte er ruhig und höflich. »Guy hat keine Ahnung, wer es getan haben kann. Er lebte schon seit drei Jahren getrennt von ihr.«

»Und was glauben Sie, wer es war? Ist Ihnen schon mal der Gedanke gekommen, daß Mr. Haines die Sache vielleicht eingefädelt hat? Und Sie haben sich dann vielleicht dafür interessiert, wie er es gemacht hat, ohne daß es rauskam?« Gerard saß wieder völlig entspannt in seinen Stuhl zurückgelehnt, die Hände hinter dem Kopf, als unterhielten sie sich über das schöne Wetter heute.

»Selbstverständlich glaube ich nicht, daß er das eingefädelt hat! Sie scheinen keine Ahnung zu haben, mit was für einem Kaliber von Mensch Sie es hier zu tun haben!«

»Das einzige Kaliber, das hier interessiert, ist das des Revolvers, Charles. Und Sie wären gewiß der erste, der mir das bestätigt.«

Gerard nahm den Hörer auf. »Würden Sie bitte Mr. Haines hereinschicken?«

Bruno fuhr leicht zusammen, und Gerard sah es. Gerard beobachtete ihn schweigend, während sie beide Guys Schritte die Halle entlangkommen hörten. Er hatte das ja von Gerard erwartet, sagte sich Bruno wieder und wieder. Also? Also? Also?

Guy sah unruhig aus, dachte Bruno, aber er tarnte sich mit seinem üblichen eilig-nervösen Auftreten. Er begrüßte Gerard und nickte Bruno zu.

Gerard bot ihm einen Stuhl an. »Ich habe Sie hergebeten, Mr. Haines, weil ich Ihnen eine ganz einfache Frage stellen möchte. Worüber spricht Charles am meisten mit Ihnen?« Gerard hielt Guy ein Päckchen Zigaretten hin, das jahrealt aussah, dachte Bruno, und Guy nahm sich eine.

Bruno sah, wie Guy die Brauen hochzog; die leichte Irritation in seinem Blick war genau richtig. »Er hat ab und zu mit mir über den *Palmyra Club* gesprochen«, antwortete Guy.

»Und über was noch?«

Guy blickte zu Bruno, der so nachlässig, daß es fast nonchalant aussah, an einem Fingernagel der aufgestützten Hand kaute. »Ich weiß wirklich nicht«, sagte Guy.

»Hat er mit Ihnen über den Mord an Ihrer Frau gesprochen?«

»Ja.«

»Wie redet er mit Ihnen über den Mord?« fragte Gerard freundlich. »Ich meine über den Mord an Ihrer Frau.«

Guy fühlte, wie ihm das Blut ins Gesicht stieg. Wieder blickte er auf Bruno, wie es sicher jeder, dachte er, in Gegenwart eines Menschen täte, über den gesprochen wird, ohne daß man ihn beachtet. »Er hat mich oft gefragt, ob ich wüßte, wer es getan haben könnte.«

»Wissen Sie es?«

»Nein.«

»Mögen Sie Charles gern?« Gerards dicke Finger zitterten leicht; merkwürdig. Jetzt spielten sie mit der Streichholzschachtel, die auf dem Schreibtisch lag.

Guy fielen Brunos Finger ein, wie sie damals im Zug die Streichholzschachtel auf das Steak fallen ließen.

»Ja«, gab Guy leicht erstaunt zurück.

»Hat er sie nicht schon öfters geärgert? Hat er sich nicht oft bei Ihnen aufgedrängt?«

»Nein, eigentlich nicht.«

»Waren Sie nicht ärgerlich, als er auf Ihrer Hochzeit erschien?«

»Nein.«

»Hat Charles mal zu Ihnen gesagt, daß er seinen Vater haßte?«

»Ja, das hat er.«

»Hat er jemals gesagt, daß er ihn umbringen möchte?«

»Nein«, kam die Antwort in dem gleichen sachlichen Ton.

Gerard zog eine Schreibtischschublade auf und nahm das braunverpackte Buch heraus. »Hier ist das Buch, das Charles Ihnen schicken wollte. Ich kann's Ihnen leider noch nicht zurückgeben, weil ich es vielleicht noch brauche. Wie ist er dazu gekommen?«

»Er hat mir gesagt, daß er es im Zug gefunden hat.« Guy beobachtete das rätselhaft schläfrige Lächeln auf Gerards Gesicht. Wie mußte einem zumute sein, dachte Guy, wenn man das Lächeln Tag für Tag vor sich hatte! Unwillkürlich blickte er zu Bruno hinüber.

»Und Sie haben einander im Zug nicht gesehen?« Gerard blickte von Guy zu Bruno.

»Nein«, sagte Guy.

»Ich habe mit dem Kellner gesprochen, der Ihnen beiden in Charles' Abteil das Dinner serviert hat.«

Guy blickte Gerard unbewegt an. Das nackte Schamgefühl war vernichtender als Schuld. Er blieb aufrecht sitzen und sah Gerard in die Augen. Er fühlte sich vernichtet.

»Na und?« fragte Bruno schrill.

»Und?« Gerard schüttelte amüsiert den Kopf. »Es interessiert mich nur, warum Sie beide sich soviel Mühe geben, zu behaupten, Sie hätten sich erst Monate später kennengelernt.« Er schwieg, um die Stille wirken zu lassen. »Sie wollen keine Antwort geben. Na schön, die Antwort liegt ja auf der Hand.«

Allen dreien, dachte Guy, war diese Antwort sonnenklar. Sie hing sichtbar in der Luft und verband ihn mit Bruno, Bruno mit Gerard, Gerard mit ihm selbst. Es war die Antwort, die Bruno für undenkbar erklärt hatte: das eine, ewig fehlende Zwischenglied.

»Wollen Sie es mir sagen, Charles? Sie lesen ja so viele Kriminalromane.«

»Ich weiß gar nicht, worauf Sie hinauswollen.«

»Wenige Tage danach wurde Ihre Frau umgebracht, Mr. Haines. Und wenige Monate später Charles' Vater. Meine erste und nächstliegende Schlußfolgerung ist: Sie wußten beide, daß diese Morde geschehen würden ...«

»Blödsinn«, sagte Bruno.

»... und haben sich darüber unterhalten. Reine Theorie natürlich. Ich gehe davon aus, daß Sie sich im Zug kennengelernt haben. Wo haben Sie sich kennengelernt?« Gerard lächelte. »Mr. Haines?«

»Ja«, sagte Guy. »Im Zug.«

»Und warum hatten Sie soviel Angst davor, das zuzugeben?« Gerard schnippte mit dem sommersprossigen Finger in seine Richtung, und wieder fühlte Guy den Schrecken, den Gerards prosaische Erscheinung zu verbreiten imstande war.

»Ich weiß es nicht«, sagte Guy.

»War es nicht deshalb, weil Charles Ihnen erzählte, daß er seinen Vater gern umbringen lassen wollte? Und das hat Sie dann beunruhigt, Mr. Haines, weil Sie Bescheid wußten?«

War das Gerards Trumpfkarte? Langsam sagte Guy: »Charles hat nichts davon gesagt, seinen Vater umzubringen.«

Gerards Augen glitten von ihm zu Bruno und fingen gerade noch das dünne befriedigte Grinsen auf. »Na ja. Reine Theorie«, sagte er.

Guy und Bruno verließen zusammen das Haus. Gerard hatte sie zusammen verabschiedet. Sie gingen die lange Straße hinunter bis zu dem kleinen Park mit der Untergrundbahnstation und dem Taxistand. Bruno drehte sich um und blickte auf das hohe, schmale Gebäude, das sie gerade verlassen hatten.

»Na schön, aber Beweise hat er immer noch nicht«, sagte Bruno. »Wie man's auch dreht, beweisen kann er gar nichts.«

Bruno war mürrisch, aber ganz ruhig. Guy erkannte plötzlich, wie kühl Bruno bei Gerards Überfall geblieben war. Immer hatte er sich vorgestellt, daß Bruno unter Druck hysterisch werden würde. Er warf einen schnellen Blick auf die hohe Gestalt, die mit hochgezogenen Schultern neben ihm herging, und hatte noch einmal das verrückte Gefühl tollkühner Kameraderie wie damals, als sie in dem Restaurant saßen. Aber er konnte nichts sagen. Bruno mußte sich doch darüber klar sein, daß Gerard ihnen lange nicht alles sagte, was er herausgefunden hatte.

»Weißt du, was komisch ist?« fragte Bruno. »Gerard hat es gar nicht auf uns abgesehen. Er sucht ganz jemand anders.«

42

Gerard schob den Zeigefinger zwischen die Gitterstäbe und wackelte damit hin und her. Der kleine Vogel floh erschreckt auf die andere Seite des Käfigs.

Anne stand unruhig in der Zimmermitte und sah ihm zu. Sie war verstört, denn Gerard hatte sie gerade informiert, daß Guys Angaben erlogen waren; dann war er an den Vogelkäfig getreten, um den Kanarienvogel zu ängstigen. Sie war auch verstört, weil sie Gerard auf einmal nicht mehr leiden konnte; und da er ihr bei seinem ersten Besuch durchaus gefallen hatte, ärgerte sie das.

»Wie heißt er?« fragte Gerard.

»Sweetie«, sagte Anne. Sie senkte etwas verlegen den Kopf und machte eine halbe Drehung auf den neuen krokodilledernen Pumps, mit denen sie sich groß und graziös vorkam; sie hatte sie erst nachmittags gekauft und sich vorgestellt, sie würden auch Guy gefallen und würden ihm vielleicht ein kleines Lächeln entlocken, wenn sie beide abends vor dem Dinner einen Cocktail tranken. Daraus wurde nun nichts, weil Gerard gekommen war.

»Können Sie sich vorstellen, warum Ihr Mann verschwiegen hat, daß er Charles schon im Juni vorigen Jahres kennengelernt hat?«

Das war der Monat, in dem Miriam umgebracht worden war, dachte Anne wieder. Juni vorigen Jahres bedeutete ihr sonst gar nichts. »Das war für ihn ein schwieriger Monat«, sagte sie. »In dem Monat ist seine Frau gestorben. Vielleicht hat er alles andere vergessen, was damals sonst noch passiert ist.« Sie runzelte die Stirn. Gerard machte sich reichlich wichtig mit seiner kleinen Entdeckung. So wichtig konnte es nicht sein, denn Guy hatte Charles in den nächsten sechs Monaten überhaupt nicht gesehen.

»Ach, ich weiß nicht«, meinte Gerard ungerührt. »Ich habe den dringenden Verdacht, daß Charles etwas von dem bevorstehenden Mord an seinem Vater wußte und Ihrem Mann einiges darüber im Zug anvertraut hat. Das wäre ihm glatt zuzutrauen. Wie ich Ihren Mann einschätze, hatte er darüber geschwiegen und anschließend versucht, ihm aus dem Weg zu gehen. Meinen Sie nicht?«

Das würde vieles erklären, dachte Anne. Aber es würde Guy zu einer Art Komplicen machen, und darauf schien Gerard hinauszuwollen. »Wenn Charles ihm so etwas erzählt haben sollte, hätte sich mein Mann nie auf eine freundschaftliche Beziehung mit ihm eingelassen«, sagte sie bestimmt.

»Das ist wohl möglich. Immerhin –« Gerard hielt nachdenklich inne, als sinne er eigenen Gedanken nach.

Anne wandte die Augen ab von der sommersprossigen Glatze und starrte auf die Zigarettendose, die auf dem Couchtisch lag. Sie nahm eine Zigarette und zündete sie an.

»Glauben Sie, daß Ihr Mann einen Verdacht hat, wer seine Frau umgebracht hat, Mrs. Haines?«

Trotzig stieß Anne den Rauch aus. »Nein, ganz bestimmt nicht.«

»Ja, wissen Sie: wenn Charles damals abends im Zug sich über das Thema Mord ausgelassen hat, dann tat er das gründlich. Und wenn Ihr Mann Grund zu der Annahme hatte, daß seine Frau in Gefahr war, und wenn er das Charles gegenüber erwähnte, dann hätten die beiden sozusagen beiderseitig ein Geheimnis oder sogar eine drohende Gefahr. Das ist zunächst reine Spekulation von mir«, fügte er eilig hinzu, »aber wenn man untersucht, muß man immer spekulieren, nicht wahr.«

»Ich weiß aber, daß mein Mann unmöglich etwas gesagt haben kann, daß seine Frau in Gefahr sei. Ich war ja mit ihm zusammen in Mexiko City, als die Nachricht kam, und auch die Tage vorher in New York.«

»Und wie war es im März dieses Jahres?« fragte Gerard in demselben gleichmäßigen Tonfall. Er streckte die Hand nach seinem leeren Whiskyglas aus und überließ es Anne, es von neuem zu füllen.

Anne stand mit dem Rücken zu Gerard an der Bar und dachte zurück an den März. Das war der Monat, als Charles Brunos Vater umgebracht wurde, als Guy die schweren nervösen Störungen hatte. Der Zusammenstoß damals: war das im Februar oder im März gewesen? Und war es nicht doch mit Charles Bruno gewesen?

»Halten Sie es für möglich, daß Ihr Mann Charles ab und zu gesehen hat, so um den März herum, ohne daß Sie es wußten?«

Natürlich, dachte sie, das würde es erklären: Guy hatte gewußt, daß Charles seinen Vater umbringen wollte, und hatte versucht, ihn daran zu hindern. »Ja, möglich wäre es vielleicht«, sagte sie unsicher. »Ich weiß es nicht.«

»Entsinnen Sie sich wohl, wie er damals war, im März – in welcher Stimmung, Mrs. Haines?«

»Er war nervös. Und ich denke, ich weiß auch, warum.«

»Ja? Warum?«

»Seine Arbeit ...« Sie hielt mitten im Satz inne. Gerard kannte Guy nicht, und ihre Worte würden nur dazu beitragen, daß die nebelhafte Vorstellung, die sich Gerard von Guy gemacht hatte, noch verzerrter wurde. Sie wartete, und auch Gerard wartete, als wolle keiner das Schweigen brechen.

Endlich drückte er seine Zigarette aus und sagte: »Wenn Ihnen noch etwas einfällt, würden Sie es mir bitte mitteilen? Sie können mich jederzeit anrufen. Es ist immer jemand da, der eine Bestellung annimmt.« Er schrieb noch einen Namen auf seine Karte und gab sie Anne. Dann ging er.

Anne kam von der Tür zurück und ging schnell an den Couchtisch, um sein Glas wegzuräumen. Warum hatte sie nur zugegeben, daß sich die beiden möglicherweise im März ohne ihr Wissen getroffen haben könnten? Guy hatte ihr doch selber gesagt, daß er Charles von Dezember an bis zur Hochzeit nicht gesehen habe.

Als Guy etwa eine Stunde später nach Hause kam, war Anne in der Küche. Sie sah, wie Guy den Kopf hob und schnüffelte.

»Geschmorte Langusten«, lächelte sie. »Ich hätte wohl die Luftklappe aufmachen sollen.«

»Ist Gerard hiergewesen?«

»Ja. Wußtest du, daß er kommen wollte?«

»Zigarrenrauch«, sagte er lakonisch. Gerard hatte ihr natürlich von der Bahnfahrt mit Bruno erzählt. »Was wollte er denn schon wieder?«

»Er wollte noch ein paar Auskünfte über Charles Bruno.« Anne stand am Fenster und warf ihm einen verstohlenen Blick zu. »Ob du zu mir irgendwas von einem Verdacht geäußert hättest. Und wegen März wollte er was wissen.«

»Wegen März?« Er trat über die Stufe in den erhöhten Teil des Zimmers, wo Anne stand.

Dicht vor ihr blieb er stehen, und Anne sah, wie sich seine Pupillen plötzlich zusammenzogen. Sie sah auch die haarfeinen Narben über dem Backenknochen, die aus der Nacht im März oder im Februar stammten. »Er wollte wissen, ob du glaubtest, daß Charles was mit dem Tod seines Vaters zu tun gehabt hat.« Guy starrte sie an; aber sein Gesicht verriet weder Angst noch Schuldbewußtsein. Sie trat zur Seite und ging hinunter ins Wohnzimmer. »Mord ist etwas Entsetzliches . . .«

Guy klopfte mit seiner Zigarette auf das Glas seiner Armbanduhr. Das Wort ›Mord‹ aus ihrem Mund bereitete ihm Höllenqualen.

»Du hast doch nichts davon gewußt, Guy, nicht wahr?«

»Nein, Anne. Natürlich nicht.«

»Glaubst du, daß Charles seinen Vater hat umbringen lassen?«

»Ich weiß es nicht. Für möglich halte ich es. Aber das geht uns ja nicht das mindeste an.« Es dauerte mehrere Sekunden, bevor ihm klarwurde, daß auch dies gelogen war.

»Ja, das ist wahr. Uns geht das nichts an.« Sie sah ihn wieder an. »Gerard hat auch gesagt, daß du Charles im vorletzten Juni im Zug kennengelernt hast.«

»Ja, das stimmt.«

»Na schön, was bedeutet das schon?«

»Das weiß ich auch nicht.«

»War es wegen irgendwas, das Charles im Zug gesagt hat? Ist das der Grund, warum du ihn nicht magst?«

Guy schob die Hände tiefer in die Jackentaschen. Einen Cognac brauchte er jetzt! Er wußte, man sah ihm an, was er fühlte, er konnte es vor Anne doch nicht verbergen. »Anne, hör mal zu«, sagte er hastig, »Bruno hat damals im Zug zu mir gesagt, er wollte, sein Vater wäre tot. Mir gefiel die Art nicht, wie er das sagte, und ich wollte danach nichts mehr mit ihm zu tun haben. Aber ich denke nicht daran, Gerard davon zu berichten . . . Schließlich weiß ich nicht, ob Bruno seinen Vater hat umbringen lassen oder nicht. Jeder Mensch sagt mal ein Wort zuviel; es sind schon Unschuldige verurteilt worden, bloß wegen irgendeiner dummen Bemerkung, die dann weitergetragen wurde.«

Ob sie ihm glaubte oder nicht – er war erledigt. Zu dem Wissen um seine Tat kam nun auch noch das Wissen um seine Feigheit, seine Lüge. Um sich selber reinzuwaschen, warf er mit Andeutungen und Verdächtigungen um sich; nicht einmal Bruno hätte sich so schäbig verhalten ... Er warf die Zigarette in den Kamin und schlug die Hände vors Gesicht.

»Guy, das wirst du selber am besten beurteilen können«, sagte Anne halblaut und behutsam.

Sein Gesicht log, seine offenen Augen, der feste Mund, die sensiblen Hände logen. Er nahm die Hände vom Gesicht und steckte sie in die Taschen. »Du, ich könnte einen Cognac brauchen.«

Sie ging hinüber zur Bar. »War es nicht Charles, mit dem du im März den Zusammenstoß hattest?« fragte sie, während sie sein Glas füllte.

»Nein, Anne.« Sie warf ihm von der Seite einen schnellen Blick zu, und er wußte, sie glaubte ihm nicht. Sie nahm wohl an, er habe mit Bruno gerungen, um ihn an der Tat zu hindern. Wahrscheinlich war sie stolz auf ihn! Mußte er denn immer Schutz finden, auch wo er ihn gar nicht suchte? Mußte ihm immer alles so leicht gemacht werden? Aber Anne, das wußte er, würde sich hiermit nicht begnügen. Sie würde immer wieder darauf zurückkommen, bis er es ihr sagte.

Am Abend zündete Guy im Kamin das erste Feuer des Jahres an, das erste Feuer im neuen Haus. Anne lag auf der langen Steinplatte davor, den Kopf auf einem Kissen. Die leichte Heimwehkühle des Herbstes lag in der Luft und erfüllte Guy mit Melancholie und rastloser Energie. Er dachte an Gerard und seinen Besuch bei Anne. Konnte Gerard jetzt nicht alles zusammenfügen, wo er wußte, daß Guy und Bruno sich im Zuge getroffen hatten? Jeden Tag, jede Nacht, jeden Augenblick, wenn er mit dem dicken Finger die Zigarre zum Mund hob, konnte ihm die Wahrheit dämmern. Worauf wartete er noch – er und die Polizei? Manchmal hatte er das Gefühl, Gerard wolle erst sämtliche, auch die kleinsten Indizien zusammenhaben, jeden winzigen Beweis gegen sie beide in der Hand halten und dann alles auf einmal fallenlassen, um sie damit zu zerschmettern. Aber auch wenn sie ihn vernichteten, dachte Guy, seine Bauwerke konnten sie nicht vernichten. Und wieder überkam ihn das merkwürdige Gefühl der Isolierung seines Geistes vom Fleisch und sogar von den Gedanken.

Angenommen jedoch, das Geheimnis kam nie heraus. Immer noch überkam ihn zuweilen eine Mischung aus Entsetzen, völliger Mutlosigkeit und der Überzeugung einer zauberhaften Unverletzbarkeit. Vielleicht war er deshalb ohne Angst vor Gerard und der Polizei, weil er immer noch an die Unverletzbarkeit glaubte? Wenn niemand bisher – bei allen ihren Unvorsichtigkeiten und Brunos Andeutungen – etwas erraten hatte: mußte dann das Geheimnis nicht undurchdringlich sein?

Anne war eingeschlafen. Er blickte auf die weiche Rundung der Stirn, die das Feuer wie Silber schimmern ließ. Tief beugte er sich herab und küßte sie so behutsam, daß sie nicht erwachte. Der Schmerz in seinem Innern formte sich zu Worten. »Ich verzeihe dir ...« Anne sollte es sagen, nur sie. Niemand sonst. Unaufhörlich senkte und hob sich die Waagschale mit seiner Schuld. Er hatte es doch in Notwehr getan, in Selbstverteidigung. Aber es gelang ihm nie, sich ganz davon zu überzeugen. Wenn er wirklich an das volle Maß seiner Schuld glaubte, dann folgte daraus auch ein natürlicher Zwang, sie auszudrücken. Immer wieder kam er deshalb darauf zurück, ob er vielleicht an seiner Tat irgendwie Freude gehabt habe, eine Art primitiver Befriedigung. Wie sonst war es zu erklären, daß die Menschheit sich immer wieder mit Kriegen abfand, sich sogar dafür begeistern konnte? Es mußte die Lust am Töten sein. Und weil ihm dieser Gedanke immer wieder kam, akzeptierte er ihn schließlich als wahr.

43

District Attorney Phil Howland – mager, elegant, äußerlich ebenso präzis-korrekt, wie Gerard weich und salopp war – lächelte nachsichtig durch den Zigarettenrauch. »Warum lassen Sie bloß den Jungen nicht in Ruhe? Wir haben alle seine Freunde durchgekämmt. Es liegt nichts vor, Gerard. Und wegen seiner Persönlichkeit kann man einen Mann nicht festnehmen.«

Gerard kreuzte die Beine und erlaubte sich ein selbstzufriedenes Lächeln. Jetzt war er dran. Seine Befriedigung wurde noch erhöht durch die Tatsache, daß er hier schon mit dem gleichen Lächeln bei weniger bedeutsamen Interviews gesessen hatte.

Howland schob mit den Fingerspitzen einen maschinengeschriebenen Bogen an den Tischrand. »Hier sind zwölf neue Namen, falls es Sie interessiert. Freunde des verstorbenen Samuel Bruno, die uns die Versicherungen aufgegeben haben.« Seine Stimme klang ruhig und etwas blasiert.

»Die können Sie wegschmeißen«, sagte Gerard bestimmt.

Howland verbarg seine Überraschung hinter einem Lächeln. »Aha. Sie haben Ihren Mann also bereits. Natürlich Charles Bruno, oder?«

»Ganz richtig.« Gerard lachte in sich hinein. »Ich kann ihn aber leider nur auf einen anderen Mord festnageln.«

»Auf einen nur? Sie haben immer behauptet, er bringt es noch auf vier oder fünf.«

»Habe ich nie«, lehnte Gerard ruhig ab. Er glättete auf den Knien eine Anzahl Papiere, die wie Briefe in drei Teile gefaltet waren.

»Und wen hat Charles Bruno also Ihrer Meinung nach umgebracht?«

»Also doch etwas neugierig.« Gerard zog einen Stuhl heran und legte seine Papiere Stück für Stück auf den Sitz. Er wußte, Howland mochte ihn nicht, weder persönlich noch beruflich. Was er ihm vorhielt, war mangelnde Hilfsbereitschaft gegenüber der Polizei. Die Polizei ihrerseits hatte ihm allerdings auch nie sehr bereitwillig geholfen, und trotz dieser Erschwernis hatte Gerard in den letzten zehn Jahren eine erkleckliche Anzahl Fälle gelöst, bei denen die Polizei kaum einen Schritt vorwärtsgekommen war.

Howland erhob sich und schlenderte auf langen schlanken Beinen langsam auf Gerard zu, dann blieb er stehen und lehnte sich gegen den Schreibtisch. »Bringt das alles denn überhaupt irgendwelches Licht in den Fall?«

»Wissen Sie, der Fehler, den die Polizei macht, ist, daß sie zu eingleisig denkt«, führte Gerard aus. »Für diesen Fall braucht man aber Fingerspitzengefühl und Phantasie. Ohne das hätte der Fall nie gelöst werden können.«

»Also wen und wann?« Howland seufzte.

»Ist Ihnen der Name Guy Haines ein Begriff?«

»Sicher. Den haben wir letzte Woche verhört.«

»Seine Frau ist am elften Juni letzten Jahres in Metcalf, Texas, erwürgt worden. War Ihnen das bekannt?«

Howland zog die Brauen hoch.

»Wußten Sie, daß Charles Bruno und Guy Haines am ersten Juni im gleichen Zug nach Süden fuhren? Das war zehn Tage vor dem Mord an Haines' Frau. Was schließen Sie daraus?«

»Sie meinen, die beiden kannten sich vorher – vor dem Juni?«

»Nein. Ich meine, sie lernten sich in dem Zug kennen. Kriegen Sie jetzt den Rest zusammen? Ich habe Ihnen das fehlende Glied in der Kette gegeben.«

Der District Attorney lächelte schwach. »Wollen Sie behaupten, daß Charles Bruno Guy Haines' Frau umgebracht hat?«

»Ja, das will ich.« Gerard blickte von den Papieren auf, er war fertig. »Die nächste Frage heißt: wo sind meine Beweise? Hier liegen sie. Alles, was Sie brauchen.« Er deutete auf die Papiere, die er vor sich aufgereiht hatte.

Howland begann zu lesen. Gerard ging in die Zimmerecke zum Wasserhahn, füllte eine Tasse mit Wasser und zündete sich eine neue Zigarre an der alten an.

Die Papiere waren die unterschriebenen Aussagen von den Pagen des Hotels *La Fonda*; von einem gewissen Edward Wilson, der am Tage von Miriam Haines' Ermordung gesehen hatte, wie Charles den Bahnhof von Santa Fé in einem nach Osten fahrenden Zug verlassen hatte; von dem Taxifahrer in Metcalf, der Charles zum Vergnügungspark am Lake Metcalf gefahren hatte; vom Barmixer in dem Lokal, wo Charles versucht hatte, einen Whisky zu kriegen. Und außerdem die Telefonrechnungen für die Ferngespräche nach Metcalf.

»Sicher kennen Sie das alles längst«, bemerkte Gerard.

»Das meiste, ja«, erwiderte Howland gelassen und las weiter.

»Sie wußten auch schon, daß er an dem Tage eine Vierundzwanzigstundenfahrt nach Metcalf gemacht hat, nicht wahr?« Gerard war eigentlich viel zu gut gelaunt, um so sarkastisch zu sein. »Den Taxifahrer zu finden, das war eine harte Nuß. Wir mußten ihn bis nach Seattle verfolgen, aber als wir ihn dann hatten, war es nicht mehr schwer. Einen jungen Mann wie Charles vergißt man nicht so leicht.«

»Sie wollen also behaupten, Mord habe für Charles Bruno eine solche Anziehung, daß er die Frau eines Mannes umbringt, den er vor einer Woche in der Bahn kennengelernt hat.« Howland sah amüsiert auf. »Eine Frau, die er überhaupt nicht kannte. Oder kannte er sie?«

»Nein, natürlich nicht. Ich gebe ja zu, daß es für Sie schwer ist, alles zu begreifen. Sie kennen Charles eben nicht. Ich weiß aber, daß er die meiste Zeit seines Tages mit der Planung perfekter Verbrechen zubringt. Und so einen Plan wollte er jetzt in die Tat umsetzen ...«

»Na schön – wenn Sie meinen. Und wie geht die Geschichte weiter?«

»Guy Haines hat Samuel Bruno umgebracht.«

»Allmächtiger!« stöhnte Howland.

Gerard grinste und sah das Lächeln auf Howlands Gesicht – das erste Lächeln, seit er, Gerard, vor Jahren einen Fehler in einem anderen Verfahren gemacht hatte. »Bei Guy Haines bin ich mit der Untersuchung noch nicht fertig«, sagte er offen und stieß große Rauchwolken aus. »Ich möchte es langsam angehen lassen, und nur deshalb bin ich hier, damit Sie es auch nicht überstürzen.«

Howland strich sich über den schwarzen Schnurrbart. »Eigentlich bestärkt mich alles, was Sie sagen, in meiner Überzeugung, daß Sie sich vor fünfzehn Jahren hätten zur Ruhe setzen sollen.«

»Na, ich habe ja immerhin einige Fälle gelöst in den letzten fünfzehn Jahren.«

»Ein Mann wie Guy Haines!« Wieder lachte Howland.

»Ich behaupte ja nicht, daß Haines es freiwillig getan hat. Er wurde gezwungen, es für Charles zu tun, der ihm ohne Auftrag den Gefallen tat, ihn von seiner Frau zu befreien. Charles haßt Frauen. Und das war sein Plan: Austausch. Keine Anhaltspunkte und kein Motiv. Ich höre ihn geradezu! Aber Charles ist auch nur ein Mensch. Er hatte viel zuviel Interesse an Guy Haines, um ihn nachher in Ruhe zu lassen. Und Guy Haines hatte viel zuviel Angst, um irgendwas dagegen zu unternehmen. Ja, so war es –« Gerard nickte bekräftigend, und seine Wangen bebten – »Haines hat unter Zwang gehandelt. Wie furchtbar der Zwang war, das wird vermutlich keiner je wissen.«

Howlands Lächeln verschwand einen Augenblick, als Gerard so todernst sprach. Die Geschichte war zwar äußerst unwahrscheinlich, aber immerhin möglich. »Hm, hm.«

»Wenn er's uns nicht erzählt«, fügte Gerard hinzu.

»Und wie stellen Sie sich vor, daß wir ihn zum Reden bringen könnten?«

»Oh – er kann ja immer noch ein Geständnis ablegen. Es macht ihn allmählich fertig. Und wenn nicht, legen wir ihm die Beweise vor. Meine Leute sind gerade dabei, sie zu sammeln. Noch eins, Howland . . .« Gerard wies mit dem Finger auf die Papiere, die auf dem Stuhl lagen. »Wenn Sie und Ihre Armee von – von Rindviechern darangehen, diese Aussagen zu überprüfen, lassen Sie Guy Haines' Mutter aus dem Spiel. Ich will nicht, daß Haines im voraus gewarnt wird.«

»Aha – Katz-und-Maus-Spiel für Mr. Haines.« Howland lächelte. Er wandte sich um, nahm den Hörer und führte ein kurzes Telefongespräch. Gerard wartete. Es gefiel ihm nicht, daß er seine Informationen an Howland weitergeben und das Heft aus der Hand geben mußte.

»Na schön . . .« Howland stieß einen langen Seufzer aus. »Was soll ich jetzt also tun: Bruno in die Mangel nehmen? Glauben Sie im Ernst, er bricht zusammen und erzählt uns seinen großartigen Plan mit dem berühmten Architekten Guy Haines?«

»Nein, das nicht. Er soll gar nicht in die Mangel genommen werden. Ich schätze saubere Arbeit, und ein paar Tage oder Wochen brauche ich noch, um alles über Haines nachzuprüfen. Dann konfrontiere ich die beiden. Ich übergebe Ihnen heute das gesamte Material über Charles und lege damit meine Arbeit sozusagen nieder. Das werde ich ihm mitteilen, und er wird wahrscheinlich sehr erleichtert sein. Und dann fahre ich in Urlaub, nach Iowa. Das stimmt tatsächlich, und Charles darf es ruhig wissen.« Ein breites Lächeln überzog Gerards Gesicht.

»Es wird gar nicht leicht sein, meine Leute so lange zurückzuhalten«, meinte Howland bedauernd. »Aber Sie werden wohl noch allerhand Zeit brauchen, um das Material gegen Haines zusammenzukriegen.«

»Ach, das . . .« Gerard ergriff seinen Hut und winkte damit zu Howland hinüber. »Charles könnten Sie mit den ganzen Beweisen da nicht weichkriegen, aber Guy Haines könnte ich mit dem, was ich jetzt schon habe, in dieser Minute in die Knie zwingen.«

»Aha – *Sie* können es, aber *wir* nicht . . .«

Gerard sah ihn ironisch an. »Ihnen liegt doch nichts daran, oder? Sie sind ja nicht von seiner Schuld überzeugt.«

»Machen Sie Urlaub, Gerard, Sie haben's nötig.«

Sorgfältig legte Gerard die Papiere zusammen und begann sie einzupacken.

»Ich dachte, Sie wollten das dalassen.«

»O gewiß, wenn Sie meinen, Sie brauchen es.« Höflich reichte ihm Gerard die Papiere und wandte sich zur Tür.

»Wieso glauben Sie eigentlich, daß Sie Guy Haines zum Umfallen bringen können?«

Gerard gab einen Laut der Geringschätzung von sich. »Weil ihm sein Gewissen keine Ruhe mehr läßt«, sagte er und ging hinaus.

44

»Wissen Sie«, sagte Bruno, und dabei traten ihm Tränen in die Augen, so daß er sie abwenden und auf die lange Kaminsteinplatte herunterblicken mußte, »auf der ganzen Welt möchte ich heute abend nirgendwo anders sein als hier, Anne.« Er lehnte den Ellbogen an den Kaminsims.

»Das ist nett von Ihnen.« Lächelnd stellte Anne die Platte mit Käse- und Anchovis-Kanapés auf den Tisch. »Hier – nehmen Sie, bevor sie kalt werden.«

Bruno nahm ein Kanapé, obgleich er wußte, er würde es nicht herunterschlucken können. Der Tisch war wunderhübsch für zwei gedeckt mit grauem Leinen und großen grauen Tellern. Gerard hatte Urlaub genommen und war weggefahren. Sie hatten ihn geschlagen, er und Guy, und damit war er auch den Druck im Kopf los. Er hätte ja versuchen können, Anne zu küssen, dachte er, wenn sie nicht Guy gehörte. Bruno reckte sich und zog an seinen Manschetten. Er war stolz darauf, sich Anne gegenüber wie ein Gentleman zu betragen. »Guy meint also, es gefällt ihm da oben?« fragte er. Guy war in Kanada und arbeitete an dem Brückenprojekt. »Ich bin bloß froh, daß die blöde Fragerei vorüber ist und er sich bei der Arbeit darüber keine Gedanken zu machen braucht. Sie können sich vorstellen, wie erleichtert ich bin. Das wollen wir feiern!« Er lachte – eigentlich nur über das eigene Understatement.

Anne blickte auf die große rastlose Gestalt am Kamin. Ob wohl Guy, trotz allem Abscheu, von Charles Bruno ebenso fasziniert war wie sie? Sie wußte immer noch nicht, ob Bruno imstande gewesen wäre, seinen Vater umbringen zu lassen, und sie hatte den ganzen Tag damit verbracht, darüber zu einer festen Meinung zu kommen. Auf gewisse Fragen antwortete er nur ausweichend mit Scherzen, auf andere ging er ernsthaft ein. Er haßte Miriam, als habe er sie gekannt. Es wunderte Anne, daß Guy ihm so viel von Miriam erzählt hatte.

»Warum wollten Sie nicht, daß jemand erfuhr, daß Sie Guy im Zug kennengelernt hatten?« fragte sie.

»Ich hatte ja gar nichts dagegen, bloß hatte ich den Fehler gemacht, es aus Spaß zuerst zu leugnen und zu sagen, wir kennten uns aus der Schule. Dann kam die ganze Fragerei, und Gerard tat, als ob es Gott weiß wie wichtig sei. Ehrlich gesagt, es hätte komisch ausgesehen, weil Miriam so kurz darauf umgebracht wurde. Ich fand es sehr nett von Guy, daß er bei der gerichtlichen Untersuchung nicht jemand hineinziehen wollte, den er erst kurz vorher im Zug kennengelernt hatte.« Er lachte laut auf und ließ sich in den Sessel fallen. »Obwohl mich natürlich kein Mensch verdächtigt hätte!«

»Aber das hatte ja mit den Fragen nach Ihres Vaters Tod nichts zu tun.«

»Nein, natürlich nicht. Aber von Logik hat Gerard keine Ahnung. Erfinder hätte er werden sollen!«

Anne runzelte die Stirn. Sie glaubte nicht recht, daß Guy sich Charles' Lügerei einfach deshalb angeschlossen hatte, weil die Wahrheit komisch ausgesehen hätte, oder weil Charles ihm im Zug gesagt hatte, er hasse seinen Vater. Sie mußte Guy noch einmal fragen. Sie mußte ihn überhaupt allerlei fragen, zum Beispiel warum Charles Miriam so verabscheute, die er doch nie gesehen hatte. Anne ging in die Küche.

Bruno trat mit seinem Glas ans Fenster und beobachtete ein Flugzeug, das mit wechselndem Rot-Grün über den dunklen Himmel segelte. Es sah aus wie ein Mann, der turnt, dachte er: Fingerspitzen an die Schultern, dann Arme gestreckt. Wenn doch Guy in dem Flugzeug säße und jetzt nach Hause käme. Er blickte auf das blaßrosa Zifferblatt seiner neuen Armbanduhr, und bevor er die Zeit ablas, dachte er wieder, daß Guy eine solche Uhr sicher auch gern hätte, weil sie so modern war. Noch drei Stunden, dann war er, Charles Bruno, seit vierundzwanzig Stunden bei Anne. Ein ganzer Tag. Er war gestern abend einfach vorbeigekommen, ohne vorher anzurufen, und dann war es so spät geworden, daß sie ihn dabehalten hatte. Er hatte oben im Gastzimmer geschlafen, wo er die Nacht nach der Einweihungsparty auch geschlafen hatte, und bevor er einschlief, hatte ihm Anne noch eine Tasse heiße Bouillon gebracht. Anne war einfach süß zu ihm, er liebte sie! Er fuhr herum und sah sie mit den Tellern aus der Küche kommen.

»Sie wissen doch, Guy hat Sie sehr gern«, sagte sie während des Dinners zu ihm.

Bruno sah sie an. Er hatte schon vergessen, worüber sie eben gesprochen hatten. »Ich würde alles für ihn tun – alles! Er ist für mich wie ein Bruder, so gern habe ich ihn. Das kommt sicher, weil er so viel durchmachen mußte, kurz nachdem wir uns kennengelernt hatten.« Er hatte heiter angefangen, aber das Gefühl für Guy überwältigte ihn. Er spielte mit dem Pfeifenständer, der auf dem Nebentischchen stand. Sein Herz schlug hart und laut. Der Auflauf war wundervoll, aber er wagte nicht weiter zu essen. Auch den Rotwein lieber nicht mehr. Er hatte auf einmal große Lust, noch eine Nacht hierzubleiben. Konnte er nicht noch bleiben, wenn er sich nicht wohl fühlte? Aber das neue Haus war näher als Anne dachte. Sonnabend wollte er eine große Party geben. »Kommt Guy bestimmt zum Wochenende zurück?« fragte er.

»Ja, gesagt hat er es.« Nachdenklich stocherte Anne in ihrem Salat. »Aber ich weiß nicht, ob er große Lust auf eine Party hat. Nach der Arbeit hat er meistens zu nichts mehr Lust als zum Segeln.«

»Zum Segeln würde ich gern mitkommen. Wenn Sie nichts dagegen haben.«

»Nein, kommen Sie nur mit.« Ihr fiel jetzt ein, daß Charles ja schon auf der *India* gewesen war, er hatte sich selbst eingeladen und war mit Guy hinausgefahren, das war der Tag, an dem die Beule am Boot entstanden war. Sie war plötzlich verstört, als sei sie irgendwie hereingelegt worden, damit sie die Sache bis jetzt vergesse. Charles bekam vermutlich alles fertig, er konnte scheußliche Dinge tun und trotzdem jeden mit seiner einschmeichelnden Naivität und seinem scheuen Lächeln hinters Licht führen. Jeden – außer Gerard. Ja, er konnte es fertigbringen, seinen Vater umbringen zu lassen; Gerard würde gar nicht solche Überlegungen anstellen, wenn das nicht möglich wäre. Sie, Anne, saß jetzt vielleicht einem Mörder gegenüber. Ein kleiner kalter Schauer überlief sie, als sie jetzt aufstand –

etwas zu plötzlich, wie auf der Flucht – und die Teller abräumte. Diese kalte böse Freude, wenn er von seinem Haß auf Miriam sprach. Die hätte er sicher gern umgebracht, dachte Anne. Ein Hauch von Verdacht, daß er es gewesen war, fuhr ihr durch den Kopf, leicht wie ein vom Winde verwehtes Blatt.

»Und nach dem Treffen mit Guy, da sind Sie nach Santa Fé weitergefahren?« fragte sie, fast stotternd, von der Küche aus.

»Hm-mm.« Bruno saß wieder in dem tiefen grünen Sessel.

Ein Mokkalöffel fiel Anne aus der Hand und klirrte laut auf die Fliesen. Es war ganz egal, dachte sie, was man zu Charles sagte oder was man ihn fragte. Er blieb ganz ruhig. Und genau das war es, was sie so außer Fassung brachte.

»Sind Sie schon mal in Metcalf gewesen?« fragte sie um die Trennwand herum.

»Nein«, erwiderte Bruno. »Da hab ich immer gern mal hinfahren wollen. Kennen Sie es?«

Bruno trank seinen Kaffee am Kaminsims. Anne saß auf dem Sofa, der Kopf war zurückgelehnt, die schlanke Halslinie über dem kleinen gekrausten Kragen des Kleides war die hellste Stelle an ihr. *Anne ist für mich wie das Licht*, hatte Guy einmal zu Bruno gesagt. Bruno sah sie an. Wenn er jetzt Anne ebenfalls erwürgte, dann hatte er Guy ganz für sich allein. Bruno zog die Stirn zusammen und lachte auf.

»Warum lachen Sie?«

»Ach, nur so. Ich dachte daran, was Guy immer sagt – daß alles doppelt ist. Das Positive und das Negative nebeneinander. Jede Entscheidung hat einen Gegengrund.« Er merkte plötzlich, daß er schwer atmete.

»Sie meinen, jedes Ding hat zwei Seiten?«

»Nein, nein, das ist viel zu einfach.« Frauen waren manchmal wirklich dämlich. »Menschen, Gefühle, alles ist doppelt. Zwei Menschen in jeder Person. Irgendwo in der Welt lebt ein Mensch, der das genaue Gegenteil von Ihnen ist, wie ein unsichtbarer Teil von Ihnen, ist irgendwo versteckt und wartet.« Es machte ihm Spaß, Guys Worte zu wiederholen, obgleich er sie damals nicht gern gehört hatte, weil Guy meinte, die beiden Menschen seien Todfeinde, und Guy hatte sich selber und ihn, Charles, gemeint.

Anne hob langsam den Kopf. Es klang ganz nach Guy, aber zu ihr hatte er das niemals gesagt. Sie dachte an den anonymen

Brief im letzten Frühling. Den mußte Charles geschrieben haben. Guy mußte Charles gemeint haben, als er von dem Versteck sprach. Nur auf Charles reagierte er so heftig. Es war Charles, bei dem Demut mit Haß abwechselte.

»Es ist auch nicht alles einfach Gut und Böse«, fuhr Bruno fort, »aber darin zeigt es sich am besten, in einer Tat. Ach ja, ich muß noch Guy von den tausend Dollar und dem Bettler erzählen. Ich habe immer gesagt, wenn ich mal eigenes Geld habe, will ich einem Bettler tausend Dollar schenken. Das habe ich auch getan, aber meinen Sie, der hätte mir gedankt? Zwanzig Minuten habe ich gebraucht, um ihm zu beweisen, daß das Geld echt war! Und dann mußte ich zur Bank gehen und hundert für ihn wechseln! Der tat, als ob ich glatt verrückt wäre.« Bruno schüttelte den Kopf. Mit einem großen Erlebnis hatte er gerechnet, und dann war der Kerl beinahe böse mit ihm, als er ihn das nächstemal sah – wo er immer noch an der Ecke saß und bettelte! –, weil er ihm nicht noch mal tausend schenkte! »Na ja, wie gesagt –«

»Sie sprachen von Gut und Böse«, sagte Anne. Er war ekelhaft. Sie wußte nun, warum ihn Guy verabscheute. Aber was sie noch nicht verstand, war, warum ihn Guy überhaupt duldete.

»Ach so, ja. Ja, so was zeigt sich in Taten. Aber nehmen wir zum Beispiel Mörder. Guy sagt, gesetzliche Strafen machen Mörder auch nicht besser. Jeder Mensch ist sein eigenes Gericht und straft sich selber genug. Für Guy ist überhaupt jeder Mensch einfach alles!« Er lachte. Er war jetzt so betrunken, daß er ihr Gesicht kaum erkannte, aber er wollte ihr alles erzählen, worüber er jemals mit Guy gesprochen hatte, alles bis auf das letzte kleine Geheimnis, das er ihr nicht erzählen konnte.

»Aber wenn ein Mensch kein Gewissen hat, dann straft er sich doch auch nicht selber?« fragte Anne.

Bruno blickte an die Decke. »Ja, das stimmt. Manche Leute sind zu dumm für ein Gewissen und andere sind zu schlecht. Die dummen werden meistens geschnappt. Aber nehmen wir mal die beiden Mörder, die meinen Vater und Guys Frau umgebracht haben.« Bruno versuchte, ernst und gesammelt auszusehen. »Die müssen doch beide ziemlich schlau gewesen sein, meinen Sie nicht?«

»Die haben also ein Gewissen und sollten nicht geschnappt werden?«

»Nein, das will ich damit natürlich nicht sagen. Aber Sie dürfen nicht denken, daß die nicht beide gestraft sind – auf ihre Weise!« Wieder lachte er – er war viel zu betrunken, um noch zu wissen, wohin er steuerte. »Das waren keine Verrückten, wie immer von dem Mörder von Guys Frau behauptet wird. Man sieht, wie wenig Ahnung die Behörden von Kriminologie haben. So eine Tat muß doch sorgfältig geplant werden.« Ihm fiel plötzlich ein, daß er die Tat überhaupt nicht geplant hatte; hingegen hatte er den Mord an seinem Vater sehr gründlich geplant, und das genügte für sein Argument. »Was – was ist los?«

Anne legte die kalten Finger an die Stirn. »Nichts.«

An der kleinen Bar, die Guy seitlich vom Kamin in die Wand eingebaut hatte, machte Bruno ihr einen Highball zurecht. Genau so eine Bar wollte er für sein neues Haus auch haben.

»Wo hat sich Guy im letzten März die Kratzer im Gesicht geholt?«

»Was für Kratzer?« Bruno drehte sich zu ihr um. Guy hatte ihm gesagt, sie wisse nichts von den Kratzern.

»Mehr als Kratzer – Schnittwunden. Und eine Beule am Kopf.«

»Keine Ahnung. Ich habe nichts gesehen.«

»Er hat sich mit Ihnen geschlagen. Stimmt das nicht?« Charles starrte sie an, in seinen Augen stand ein seltsam rötlicher Glanz. Sie war zu ehrlich, um jetzt zu lächeln. Und sie war jetzt ganz sicher. Charles schien ihr im Begriff zu sein, auf sie zuzukommen und sie zu schlagen; doch sie hielt die Augen fest auf ihn gerichtet. Die Schlägerei im März, dachte sie, wäre für Gerard ein Beweis dafür, daß Charles von dem Mord wußte. Jetzt sah sie, wie Charles' Lächeln blasser wurde.

»Nein!« Er lachte und setzte sich. »Was hat er denn gesagt, woher er die Kratzer hatte? Ich habe ihn im März gar nicht gesehen, ich war gar nicht in New York damals.« Er stand auf, ihm wurde plötzlich übel, und zwar nicht von ihren Fragen; es war der Magen. Wenn er jetzt wieder einen Anfall bekam – jetzt oder morgen früh – nein, bloß das nicht. Er durfte nicht ohnmächtig werden, er durfte Anne *das* morgen früh nicht sehen lassen! »Ich muß bald gehen«, murmelte er.

»Was ist los? Ist Ihnen nicht gut? Sie sehen blaß aus.«

Es klang nicht mitfühlend, das hörte er an ihrer Stimme. Welche Frau, außer seiner Mutter, brachte schon Mitgefühl auf! »Vielen Dank, Anne, für – für den ganzen Tag.«

Sie gab ihm seinen Mantel, und er stolperte aus der Tür und knirschte mit den Zähnen, als er den langen Weg zu seinem Wagen einschlug, der am Bordstein stand.

45

Das Haus war dunkel, als Guy in den frühen Morgenstunden ankam. Er schlich durch das Wohnzimmer; vor dem Kamin war ein Zigarettenstummel zertreten, auf dem Seitentischchen stand der Pfeifenständer schief, ein kleines Kissen auf dem Sofa war eingedrückt. Es war eine besondere Art von Unordnung, die nicht von Anne stammte und auch nicht von Teddy oder Chris oder Helen Heyburn. Er hatte es ja gewußt!

Er lief nach oben ins Gästezimmer. Bruno war nicht da, aber auf dem Nachttischchen lag eine zusammengeknüllte Zeitung. Und durch das Fenster kam die Dämmerung – wie an dem Morgen damals. Er wandte den Rücken zum Fenster, der angehaltene Atem klang wie ein Schluchzen. Warum hatte ihm Anne das angetan?

Er ging hinüber ins Schlafzimmer, kniete sich neben das Bett und weckte Anne mit harten, angsterfüllten Küssen, bis er ihre Arme um den Hals fühlte. Er verbarg das Gesicht in der weichen Decke über ihrer Brust. Um ihn, um sie beide herum schrie ein wilder Sturm, Anne im Mittelpunkt war der einzige ruhige Pol, ihr rhythmisches Atmen das einzige Anzeichen normalen Lebens in einer gesunden Welt. Mit geschlossenen Augen legte er seine Kleider ab.

»Du hast mir so gefehlt«, war das erste, was Anne sagte.

Guy stand am Fußende, die Hände in den Taschen des Bademantels zu Fäusten geballt. Noch immer war die Spannung in ihm, der wilde Sturm tobte jetzt in seinem Innern weiter.

»Ich kann drei Tage bleiben. Habe ich dir wirklich gefehlt?«

Anne glitt etwas höher im Bett. »Warum siehst du mich so an?« Er antwortete nicht.

»Er war nur einmal hier, Guy.«

»Und warum war er überhaupt hier?«

»Weil ...« Ihre Wangen färbten sich so rot wie der Fleck auf ihrer Schulter, wo sein Bart sie gekratzt hatte. Er hatte noch nie so zu ihr gesprochen. Und daß sie ihm jetzt vernünftig antwortete, gab seinem Zorn noch mehr Nahrung. »Weil er gerade vorbeikam ...«

»Er hat hier geschlafen!« brach es aus Guy heraus. Er sah an der kleinen Wendung ihres Kopfes, an den flackernden Augenlidern, daß sie vor ihm zurückwich.

»Ja. Vorletzte Nacht«, wies sie ihn mit fester Stimme zurück. »Er kam spät, und ich habe gesagt, er solle bleiben.«

Es war ihm schon in Kanada in den Sinn gekommen, daß Bruno sich vielleicht an Anne heranmachen würde, einfach weil sie ihm, Guy, gehörte, und daß Anne ihn ermutigen könnte, einfach weil sie feststellen wollte, was er ihr nicht erzählt hatte. Sehr weit würde Bruno nicht gehen, aber die Vorstellung seiner Hand auf Annes Hand, der Gedanke, daß sie es zuließ und warum sie es zuließ, waren die Hölle gewesen. »Und gestern abend war er hier?!«

»Warum stört dich das so?«

»Weil er gefährlich ist. Er ist nicht normal.«

»Ich glaube nicht, daß das der Grund ist, warum es dich stört«, sagte Anne mit der gleichen festen und langsamen Stimme. »Ich weiß nicht, warum du ihn verteidigst, Guy. Und warum du nicht zugibst, daß er es war, der mir den Brief schrieb, damals, und der dich im März fast zur Verzweiflung brachte.«

Schuld und Abwehr versteiften sich in Guy. Bruno verteidigen, dachte er, immer und ewig mußte er Bruno verteidigen. Bruno hatte Anne gegenüber den Brief nicht zugegeben, das wußte er. Sie war nur wie Gerard: aus verschiedenen Fakten setzte sie die Stücke zusammen. Gerard hatte aufgegeben, aber Anne würde niemals aufgeben. Anne nahm sich die unkenntlichen Stücke vor, und aus denen entstand dann das Bild. Aber sie hatte es noch nicht. Sie brauchte Zeit, ein bißchen mehr Zeit, noch ein bißchen mehr Zeit, ihn zu foltern. Aber einmal war der Zeitpunkt erreicht, das wußte er plötzlich. Es war schon fast zu lange gutgegangen.

»Sag's mir, Guy«, sagte Anne still. Es war keine Bitte – ihre Stimme war nichts als der leise Schlag einer Uhr, die eine neue Zeitspanne anzeigt. »Sag's mir, ja, willst du?«

»Ja, ich werd's dir sagen«, erwiderte er. Noch immer hing sein Blick am Fenster, aber als er jetzt die eigenen Worte hörte und ihnen glaubte, erfüllte ihn eine solche Erleichterung, daß er sicher war, Anne müsse es seinem Gesicht ansehen, seinem ganzen Wesen. Er mußte das Glück mit ihr teilen, jetzt gleich, nur im Augenblick konnte er die Augen nicht von der Sonne am Fenster abwenden. *Leicht*, dachte er. Dunkelheit und Schwere verschwanden. Er mußte es Anne sagen. Er fing ihren Blick auf, der Wärme, Liebe und Zärtlichkeit verriet.

»Guy, komm zu mir.« Sie breitete die Arme aus, und er setzte sich zu ihr, die Arme um sie gelegt. Fest hielt er sie an sich gedrückt. »Guy, wir bekommen ein Baby«, sagte sie. »Wir wollen glücklich sein, ja? Freust du dich?«

Er sah sie an, jubelndes Lachen in den Augen vor Glück, vor Staunen, vor ihrer Scheu. »Ein Baby«, flüsterte er.

»Du, was wollen wir diese Tage tun, wo du hier bist?«

»Wann – wann kommt es, Anne?«

»Ach, noch lange nicht. Ich denke im Mai. Was wollen wir morgen tun?«

»Mit dem Boot hinausfahren, ganz bestimmt. Natürlich nur, wenn's nicht zu stürmisch ist.« Seine Stimme klang fast verschwörerisch, und er lachte laut auf.

»Oh, Guy!«

»Du weinst ja!«

»Ach du – ich bin so glücklich, weil du lachst!«

46

Sonnabend vormittag rief Bruno an. Er gratulierte Guy zu seiner Berufung in den Alberta-Ausschuß und fragte, ob Anne und Guy heute abend zu seiner Party kommen wollten. Die forciert hohe Stimme drängte zum Feiern und gab keine Ruhe. »Ich spreche auf meiner privaten Leitung, Guy. Gerard ist wieder nach Iowa gefahren. Komm doch, ich möcht gern, daß ihr mein Haus seht.« Und dann: »Gib mir mal Anne.«

»Anne ist nicht da.«

Guy wußte, die Untersuchung war abgeschlossen. Die Polizei hatte es ihm mitgeteilt, und eine gleiche Mitteilung – mit Dank verbunden – war von Gerard gekommen.

Guy ging ins Wohnzimmer zurück, wo er mit Bob Treacher bei einem späten Frühstück saß. Bob war einen Tag früher nach New York geflogen, und Guy hatte ihn zum Wochenende eingeladen. Sie unterhielten sich über Alberta und die Männer, mit denen sie im Ausschuß zusammen arbeiteten, über das Terrain, die Forellenfischerei und was ihnen sonst noch durch den Kopf ging. Guy lachte über einen Witz, den Bob in französisch-kanadischem Dialekt erzählte. Es war ein frischer, sonniger Novembermorgen; sobald Anne vom Einkaufen zurück war, wollten sie mit dem Wagen nach Long Island hinausfahren und segeln. Guy war voll jungenhafter Ferienfreude, weil Bob bei ihm war. Bob: das war Kanada und die neue Arbeit dort, wohin ihm Bruno nicht folgen konnte.

Und durch das Kind, das Anne erwartete, konnte er auch unparteiisch und großzügig sein; er war jetzt auf magische Weise im Vorteil.

Gerade als Anne in die Tür trat, klingelte das Telefon von neuem; Guy erhob sich, aber Anne hatte schon den Hörer in der Hand. Es fuhr ihm durch den Kopf, daß Bruno immer genau wußte, wann er anrufen mußte. Erstaunt hörte er, wie Anne mit Bruno von der geplanten Segelfahrt sprach.

»Na, dann kommen Sie nur mit«, sagte sie jetzt. »Schön, wenn Sie durchaus wollen, bringen Sie Bier mit.«

Guy sah, wie Bob ihn überrascht anblickte.

»Was gibt's?« fragte Bob.

»Nichts.« Guy setzte sich.

»Das war Charles. Du hast doch nichts dagegen, daß er mitkommt, nein?« Mit der gefüllten Einkaufstasche ging Anne rasch durchs Zimmer.

»Er sagte Donnerstag, er würde gern mitkommen, wenn wir segeln gehen, und da habe ich ihn schon so gut wie eingeladen.«

»Natürlich nicht«, sagte Guy, die Augen immer noch auf sie gerichtet. Sie war heute morgen in einer so fröhlich-euphorischen Stimmung, daß sie wohl kaum irgend jemandem etwas abgeschlagen hätte, aber er wußte, es steckte noch mehr hinter ihrer Aufforderung an Bruno. Sie wollte sie beide noch einmal zusammen sehen. Sie konnte es nicht abwarten, nicht mal heute. Er fühlte, wie Groll in ihm aufstieg, und ermahnte sich: Sie weiß es nicht, sie kann es nicht wissen, du hast selber schuld, du hast das Ganze ja angerichtet. Er zwang sich, den Groll beiseite zu schieben und auch nicht zuzugeben, daß Bruno ihm den Nachmittag verderben würde. Er beschloß nur, auf der Hut zu sein.

»Du solltest deine Nerven ein bißchen schonen«, sagte Bob, als er jetzt die Kaffeetasse hob und sie zufrieden austrank. »Na, wenigstens trinkst du nicht mehr so viel Kaffee wie früher, weißt du noch? Wieviel war es damals, zehn Tassen pro Tag?«

»Ja, so ungefähr«. Nein, Kaffee hatte er sich ganz abgewöhnt, um besser schlafen zu können. Jetzt mochte er ihn gar nicht mehr.

Sie holten Helen Heyburn in Manhattan ab und fuhren dann über die Triboro Bridge nach Long Island. Die Wintersonne lag klar und wie gefroren über der Küste, dünn auf dem blassen Strand und unruhig funkelnd auf den rastlosen Wellen. Die *India* ist wie ein verankerter Eisberg, dachte Guy; damals war ihr strahlendes Weiß wie der personifizierte Sommer gewesen. Er bog um die Ecke des Parkplatzes, und automatisch fiel sein Blick auf Brunos langen hellblauen Wagen. Das Karussellpferd, so hatte Bruno erzählt, war königsblau gewesen, deshalb hatte er den Wagen in dieser Farbe genommen. Er sah Bruno unter dem Dach des Dockschuppens stehen: außer dem Kopf war alles zu sehen, der lange schwarze Mantel und die kleinen Schuhe, die Arme mit den Händen in den Taschen, die vertraute wartende Haltung.

Bruno nahm die Tasche mit den Bierdosen und kam lächelnd näher, aber schon in der Entfernung erkannte Guy in seinem Gesicht die ungestüme Hochspannung, die sich Luft machen wollte. Er trug einen blauen Schal, so blau wie sein Wagen.

»Hallo. Tag, Guy. Ich dachte – ich wollt dich doch gern noch sehen, weißt du.« Er warf Anne einen hilfesuchenden Blick zu.

»Schön, daß Sie da sind«, sagte Anne. »Dies ist Mr. Treacher. Mr. Bruno.«

Bruno begrüßte ihn. »Kannst du wirklich heute abend nicht kommen, Guy? Es ist nämlich eine große Party. Und Sie auch?« Mit erwartungsvollem Lächeln sah er Helen und Bob an.

Helen sagte, sie habe etwas vor, sonst würde sie gern kommen. Als Guy den Wagen abschloß, sah er, wie sie sich auf Brunos Arm stützte und ihre Schuhe wechselte. Bruno reichte Anne die Tasche mit den Bierdosen.

Helens blonde Augenbrauen hoben sich. »Kommen Sie denn nicht mit?«

»Ich bin gar nicht danach angezogen«, protestierte er schwach.

»Ach, Leinenschuhe haben wir reichlich an Bord«, sagte Anne.

Sie mußten vom Dock aus mit dem Ruderboot hinausfahren. Guy und Bruno stritten sich höflich und hartnäckig darum, wer rudern sollte, bis Helen vorschlug, sie sollten beide rudern. Guy holte weit aus; Bruno saß auf der Mittelbank neben ihm und suchte es ihm gleichzutun. Guy spürte, wie in Bruno die hektische Unruhe stieg, als sie sich der *India* näherten. Sein Hut wehte ihm zweimal vom Kopf; schließlich stand er auf und warf ihn mit großer Gebärde ins Wasser.

»Ich kann Hüte sowieso nicht leiden«, sagte er mit einem Blick auf Guy.

Einen Wettermantel lehnte Bruno ab, obwohl der Gischt ab und zu über das Cockpit sprühte. Das Segel aufzuziehen hatte keinen Zweck, der Wind war zu stark und unruhig. Die *India* fuhr mit angelassenem Motor in den Sund ein; Bob saß am Steuer.

»Prost – Guy soll leben!« schrie Bruno; seine Stimme klang sonderbar gehemmt und unartikuliert, wie Guy es schon am Morgen wahrgenommen hatte. »Salut! Meine Glückwünsche!« Er nahm die prächtige, mit Früchten verzierte Silberflasche und hielt sie Anne hin. »Napoleon Brandy. Fünf Sterne!«

Anne lehnte ab, aber Helen spürte die Kälte und trank, und ebenso Bob. Unter dem Segeltuch hielt Guy Annes Hand im wollenen Fäustling und bemühte sich, an nichts zu denken, weder an Bruno noch an Alberta oder an die See.

Er mochte Helen nicht ansehen, die Bruno noch ermunterte, und auch nicht Bobs höfliches und leicht verlegenes Lächeln.

»Wer kennt ›Foggy Foggy Dew‹?« fragte Bruno laut und wischte sich sorgfältig die Spritzer vom Ärmel. Mit einem Schluck aus der Flasche hatte er die Grenze überschritten; er war betrunken. Er begriff nicht, warum niemand mehr von seinem exquisiten Cognac trinken wollte und weshalb keiner Lust zum Singen hatte. Überdies war er gekränkt, weil Helen behauptete, ›Foggy Foggy Dew‹ sei ein trübsinniges Lied. Er liebte ›Foggy Foggy Dew‹. Und er wollte jetzt singen oder schreien oder *irgendwas* tun. Wann würden sie je wieder alle so zusammen sein wie heute? Er und Guy. Anne. Helen. Guys Freund. Er kam halb hoch aus seinem Ecksitz und blickte sich um, sah die blasse Linie des Horizonts, die hinter den Wogen aufkam und wieder verschwand, und das Land, das hinter ihnen zurückblieb. Er versuchte den Blick fest auf den Wimpel oben an der Mastspitze zu richten, aber das Schwanken des Mastes machte ihn schwindlig.

»Guy und ich fahren noch mal um die ganze Welt, irgendwann!« verkündete er, aber niemand hörte ihm zu.

Helen unterhielt sich mit Anne und formte die Hände wie zu einem Ball, und Guy erklärte Bob irgend etwas am Motor. Als Guy sich nach vorn beugte, sah Bruno die Falten in seiner Stirn, die tiefer aussahen als sonst, und die Augen hatten den alten traurigen Blick. Bruno schüttelte ihn am Arm.

»Begreifst du denn gar nichts!« schrie er. »Mußt du ausgerechnet heute so ernst sein?«

Helen wollte erklären, daß Guy immer so ernst sei, aber Bruno ließ sie gar nicht ausreden, sie hatte ja doch keine Ahnung, ob Guy ernst war oder warum. Er sah Anne lächeln; dankbar gab er das Lächeln zurück und bot ihr die Flasche von neuem an.

Aber Anne wollte immer noch nichts trinken, und Guy auch nicht.

»Extra für dich hab ich sie mitgebracht, Guy. Ich dachte, du magst so was«, sagte Bruno gekränkt.

»Trink doch ein bißchen, Guy«, sagte Anne.

Guy nahm die Flasche und trank einen kleinen Schluck.

»Prost, Guy! Genie, Freund und Partner!« schrie Bruno und trank ebenfalls. »Guy *ist* ein Genie. Ist Ihnen das auch klar?« Er blickte sich herausfordernd um und fand plötzlich, sie seien alle Idioten.

»Na sicher«, sagte Bob freundlich.

»Sie sind – Sie sind doch ein alter Freund von Guy«, sagte Bruno und hob die Flasche, »und deshalb trinke ich auch auf Ihr Wohl.«

»Danke schön. Ja, ich bin ein alter Freund von ihm. Einer der ältesten wohl.«

»Wie alt?« fragte Bruno herausfordernd.

Bob sah Guy an und lächelte. »Ach, so an die zehn Jahre.«

Bruno runzelte die Stirn. »Ich kenne Guy, so lange er lebt«, sagte er halblaut und drohend. »Fragen Sie ihn.«

Guy fühlte, wie Anne ihre Hand aus seinem Griff löste. Er sah Bob leise lachen, da er nicht wußte, was er von Bruno halten sollte. Kalter Schweiß bedeckte Guys Stirn. Warum nur glaubte er immer wieder, Bruno noch einmal, ein einziges Mal ertragen zu können?

»Guy! Sag ihm, daß ich dein bester Freund bin!«

»Ja«, sagte Guy. Er sah, wie Anne mit schmalen Lippen lächelte, und schwieg. Wußte sie jetzt nicht alles? Wartete sie nicht nur darauf, daß er und Bruno es in der nächsten Sekunde in Worten aussprachen?

Und plötzlich war es wie damals in dem Café, an jenem Freitag nachmittag, als er das Gefühl hatte, er habe Anne schon alles gesagt, was er zu tun im Begriff war. Er wollte es ihr sagen, das wußte er noch. Und die Tatsache, daß er es ihr immer noch nicht gesagt hatte, *daß es ihm immer* noch bevorstand, daß Bruno jetzt wieder um ihn herumtanzte, das war die Extrastrafe, die er für sein Zögern verdient hatte.

»Klar bin ich verrückt!« schrie Bruno Helen an, die auf der Bank von ihm abrückte. »Ich bin so verrückt, ich kann die ganze Welt hochnehmen! Wer das nicht glaubt, der kriegt's mit mir zu tun!« Er lachte laut und sah, daß sein Lachen die verschwommenen Gesichter ringsum noch mehr verwirrte, so daß sie alle mitlachten. »Affen!« rief er ihnen zu.

»Guy – wer ist das eigentlich?« flüsterte Bob fragend.

»Guy und ich, wir sind Supermänner«, erklärte Bruno.

»Ein Supersäufer sind Sie«, bemerkte Helen.

»Das's nicht wahr!« Bruno versuchte sich aufzurichten.

»Ruhig, Charles, ruhig!« sagte Anne, aber sie lächelte dabei, und Bruno grinste zurück.

»Kein Wort ist davon wahr, was sie gesagt hat!«

»Wovon redet er eigentlich?« fragte Helen. »Habt ihr beide an der Börse gewonnen?«

»An der Börse – das ...« Bruno hielt inne, sein Vater war ihm eingefallen. »Heioh! Ich bin Texaner! Bist du schon mal in Metcalf Karussell gefahren, Guy?«

Guys Füße zuckten, aber er stand nicht auf und sah Bruno nicht an. »Schön. Gut. Ich sitz ja schon«, sagte Bruno. »Aber du enttäuschst mich, Guy. Ganz furchtbar enttäuschst du mich!«

Bruno schüttelte die leere Silberflasche und warf sie im Bogen über Bord.

»Jetzt weint er«, sagte Helen.

Bruno erhob sich und trat aus dem Cockpit aufs Deck. Er wollte einen langen Spaziergang machen, weg von allen, auch von Guy.

»Wo geht er hin?« fragte Anne.

»Ach, laß ihn doch«, murmelte Guy und versuchte sich eine Zigarette anzuzünden.

Ein Klatschen, und das Wasser spritzte hoch auf. Guy wußte, Bruno war über Bord gegangen. Guy war aus dem Cockpit heraus, bevor noch einer der anderen ein Wort sagen konnte.

Er rannte ans Heck und versuchte dabei seinen Mantel abzustreifen. Seine Arme wurden von hinten ergriffen, er wandte sich um und schlug Bob mit der Faust ins Gesicht. Dann warf er sich ins Wasser. Stimmen und Schiffsgeräusch verstummten, einen Augenblick lang war alles schrecklich still, bevor sein Körper wieder nach oben kam. Mit langsamen Bewegungen zog er den Mantel aus; die Kälte machte ihn steif vor Schmerz, ihm war, als sei er schon erfroren. Er stieß sich nach oben und sah Brunos Kopf in unendlicher Ferne, wie ein moosiges Stückchen Fels halb unter Wasser.

»Du kriegst ihn nicht mehr!« hörte er Bob schreien. Eine neue Welle schnitt die Stimme ab.

»Guy!« Brunos Stimme rief draußen, in der offenen See, in Todesnot.

Guy fluchte. Er konnte – er mußte ihn erreichen. Beim zehnten Zug stieß er sich wieder nach oben. »Bruno!« Aber er sah ihn nicht.

»Guy – da!« Anne stand am Heck und wies mit der Hand.

Guy konnte ihn nicht sehen, aber er verließ sich auf die Stelle, die ihm sein Gedächtnis angab; er schwamm und tauchte und griff mit weiten Armen und ausgestreckten Fingern und suchte und suchte. Das Meer lähmte ihn. Wie in einem Alptraum war es, dachte er. Wie damals auf dem Rasen. Unter einer Woge tauchte er auf und rang nach Luft. Die *India* war nicht mehr an der alten Stelle, sie drehte bei. Warum zeigten sie ihm nicht die Richtung? Es war ihnen allen eben ganz egal!

»Bruno!«

Vielleicht hinter einem der Wellenberge. Wieder stürzte er

vorwärts und erkannte dann, daß er die Richtung verloren hatte. Eine Woge schlug ihm seitwärts an den Kopf. Er verwünschte den scheußlichen Riesenleib der See. Wo war sein Freund, sein Bruder?

Wieder tauchte er so tief er konnte und griff mit breiten Armen, weit, immer weiter ins Wasser. Doch jetzt war dort nur noch schweigende graue Leere, die allen Raum erfüllte, und er selbst war nur ein weinziges Pünktchen Bewußtsein. Die wirbelnde, unerträgliche Öde erdrückte ihn und drohte ihm das Leben zu nehmen. Verzweifelt riß er die Augen auf. Das Graue wurde zu einem schwankenden braunen Fußboden.

»Habt ihr ihn gefunden?« brachte er heraus und richtete sich auf. »Wie spät ist es?«

»Bleib liegen, Guy«, sagte Bobs Stimme.

»Er ist ertrunken, Guy«, sagte Anne. »Wir haben gesehen, wie er unterging.«

Er schloß die Augen und weinte.

Einer nach dem anderen verließ die Kabine und ging hinaus. Auch Anne.

47

Ganz leise, damit Anne nicht aufwachte, schlüpfte Guy aus dem Bett und ging nach unten ins Wohnzimmer. Die Morgendämmerung kroch durch die Fenster und ließ ihn nicht mehr schlafen. Er beneidete Bruno um seinen schnellen Tod. Es war so leicht gegangen – alles war bei Bruno immer leicht gegangen. Bruno hatte auch seine Hälfte der schweren Last stets leicht getragen. Wie sollte er, Guy, sie jetzt allein bewältigen? Ein Zittern ging durch seinen Körper. Er saß steif aufgerichtet im Sessel, nur mit einem dünnen Pyjama bekleidet, alle Muskeln angespannt. Dann plötzlich war die Spannung gebrochen, er stand auf und ging nach oben in sein Arbeitszimmer, bevor er noch wußte, was er tun wollte. Auf dem Tisch lagen noch vier oder fünf der großen glatten Bogen, die er dort liegen gelassen hatte, als er für Bob eine Sache skizziert hatte. Er setzte sich und begann zu schreiben, erst langsam, dann stetig und immer schneller. Er schrieb sich alles von der Seele: von Miriam und von der Bahnfahrt mit Bruno, von den Anrufen, von Brunos Fahrt nach Metcalf und seiner Tat, von den Briefen und dem

Revolver – und von der Donnerstagnacht. Nichts ließ er unerwähnt, bis drei der großen Bogen vollgeschrieben waren. Dann steckte er sie in einen Umschlag und verschloß ihn. Dies war für Anne. Sie würde die Bogen in der Hand halten und alles, alles lesen.

Er blieb noch eine Weile sitzen und dachte an alle, die er in seinem Bericht erwähnt hatte: Miriam und Bruno, Owen Markman, Samuel Bruno, Gerard und Mrs. McCausland und Anne. Niemand trauerte um Samuel Bruno und um Miriam. Miriam. Merkwürdig, sie war ihm als Mensch jetzt näher als je. Er hatte versucht, sie Anne zu beschreiben, sie zu bewerten. Er hatte sie für sich selber bewerten müssen: als Mensch war sie nicht allzu viel wert, weder nach Annes noch nach sonst jemandes Kriterien. Aber sie war ein Mensch gewesen. Auch Samuel Bruno hatte nicht viel getaugt, ein harter gieriger Geldverdiener, den sein Sohn haßte und seine Frau nicht liebte. Wer hatte ihn wirklich geliebt? Wer trauerte um Miriam oder um Samuel Bruno? Vielleicht Miriams Familie – Guy dachte an ihren Bruder bei der Zeugenaussage: kleine Augen, böse und haßerfüllt, ohne Kummer. Und die Mutter, rachsüchtig und hart wie immer; es kümmerte sie nicht, wer schuld war, solange nur irgend jemand schuld war; auch sie war ohne Kummer, ohne Weichheit. Hatte es einen Sinn – selbst wenn er wollte –, hinzugehen und ihnen ein Ziel für ihren Haß zu bieten? Ob ihnen danach besser zumute wäre, oder ihm? Er konnte sich das nicht vorstellen. Wenn irgend jemand Miriam wirklich geliebt hatte, war es Owen Markman.

Guy nahm die Hände von den Augen. Der Name war ihm ganz mechanisch in den Kopf gekommen; er hatte gar nicht an Owen gedacht, bis er den Brief zu schreiben anfing. Owen war immer nur eine undeutliche Figur im Hintergrund gewesen; Guy hatte noch weniger von ihm gehalten als von Miriam. Aber Owen mußte sie geliebt haben; er wollte sie heiraten, und sie hatte sein Kind getragen. Vielleicht war sie sein ganzes Glück gewesen, vielleicht hatte er den gleichen Kummer nach ihrem Tod erlebt wie Guy, als Miriam in Chicago für ihn gestorben war. Guy versuchte, sich Owen Markman möglichst genau ins Gedächtnis zurückzurufen, wie er ihn bei der gerichtlichen Untersuchung gesehen hatte: die schlappe Haltung, die ruhigen aufrichtigen Antworten und das, was er über die Eifersucht behauptet hatte. Unmöglich, daraus Schlüsse zu ziehen, was in seinem Kopf vorging.

»Owen«, sagte Guy.

Langsam stand er auf. Er sah das lange dunkle Gesicht und die vornübergeneigte Gestalt vor sich, und langsam nahm seine Idee Gestalt an. Er wollte zu Markman fahren und mit ihm reden, ihm alles sagen. Wenn irgend jemandem, so schuldete er es Markman. Sollte der ihn umbringen, oder die Polizei rufen, wenn er wollte. Er hatte ihm dann jedenfalls alles gesagt, ehrlich und offen. Das Verlangen wurde immer drängender. Ja, so mußte es sein, und ganz bald. Dann, wenn er diese persönliche Schuld bezahlt hatte, wollte er auf sich nehmen, was das Gesetz ihm auferlegte. Dann war er bereit. Er konnte noch heute nachmittag, wenn Anne ihn auf dem Rückflug nach Kanada glaubte, ein Flugzeug nach Houston nehmen und Owen Markman aufsuchen. Vormittags sollte er mit Anne vor der Polizei noch einige Fragen über Brunos Tod beantworten. Danach war er frei. Ihm war kalt und nackt zumute. Aber er hatte nun keine Angst mehr.

48

Guy hockte auf einem der Notsitze im Mittelgang des Flugzeugs nach Houston. Ihm war elend und unruhig zumute, so als sei er hier ebenso fehl am Platz wie der kleine Hocker, der den Gang versperrte und die Symmetrie störte. Falsch, unnötig – und doch war er überzeugt, daß das, was er vorhatte, notwendig war. Die Schwierigkeiten, die zu überwinden gewesen waren, bis er im Flugzeug saß, hatten seine eigensinnige Entschlossenheit noch verstärkt.

Gerard war auf der Polizeiwache erschienen, wo nach Brunos Tod die Vernehmung stattfand. Er war von Iowa herübergeflogen, sagte er. Schrecklich, dieser Tod, aber Charles war ja niemals vorsichtig gewesen. Und nun ausgerechnet auf Guys Boot. Guy hatte auf alle Fragen klar und völlig gefühllos geantwortet. Es schien ihm so unbedeutend, die ganzen Einzelheiten wegen Charles' Verschwinden im Wasser. Gerards Anwesenheit hatte ihn viel mehr beunruhigt als der Unfall. Er wollte nicht, daß Gerard ihm etwa nach Texas folgte. Um doppelt sicher zu gehen, hatte er das Ticket für den Flug nach Kanada nicht stornieren lassen; die Maschine war früher abgeflogen, und er hatte dann fast vier Stunden im Flughafen auf seine Maschine gewartet. Aber er war jetzt sicher. Gerard hatte gesagt, er werde noch am Nachmittag mit dem Zug nach Iowa zurückfahren.

Trotzdem besah sich Guy jetzt noch einmal die Fluggäste, eingehender und sorgfältiger als er es beim erstenmal gewagt hatte. Es war niemand dabei, der im mindesten an ihm interessiert schien.

In seiner Innentasche knisterte der dicke Brief, als er sich über die Papiere beugte, die auf seinem Schoß lagen. Es waren Berichte über Teilstrecken des Alberta-Dammes; Bob hatte sie ihm gegeben. Eine Zeitung hätte er hier nicht lesen können, und aus dem Fenster schauen konnte er nicht, aber er konnte sich mechanisch die Passagen des Berichts einprägen, die er auswendig kennen mußte. Zwischen den hektografierten Seiten steckte eine herausgerissene Seite aus einer englischen Architekturzeitschrift, auf der Bob einen Absatz rot angestrichen hatte:

»Guy Daniel Haines ist der bekannteste Architekt, den wir bisher aus dem Süden der Vereinigten Staaten kennen. Im Alter von 27 vollendete er seine erste selbständige Arbeit, ein einfaches zweistöckiges Bauwerk, das als ›Pittsburgh Store‹ bekannt wurde. Mit diesem Bau erreichte Haines eine Kombination von Funktion und Grazie, an der er festhielt und die seine Kunst bis heute auszeichnet. Um sein Genie zu definieren, muß man immer wieder zu dem unfaßbaren Ausdruck ›Grazie‹ greifen, ein Begriff, der in der modernen Architektur bisher gefehlt hat. Haines ist es zu verdanken, wenn sein Begriff von Grazie heute ein klassischer Begriff geworden ist. Sein Hauptbau in der bekannten Palmyra-*Gruppe in Palm Beach wurde ›Das amerikanische Parthenon‹ genannt ...«*

Dazu folgte eine Fußnote:

Mr. Haines wurde kürzlich in den Beratenden Ausschuß des Alberta-Damm-Projektes in Kanada berufen. Brücken, sagt er, haben ihn sein Leben lang interessiert. Er schätzt, daß dieses Projekt drei Jahre in Anspruch nehmen wird – eine für ihn sehr befriedigende Arbeit.

»Befriedigend«, sagte er vor sich hin. »Frieden.« Wie mochten sie auf das Wort gekommen sein?

Irgendwo schlug eine Uhr neun, als Guy abends mit dem Taxi durch die Hauptstraße von Houston fuhr. Auf dem Flughafen hatte er Owen Markmans Namen im Telefonbuch gefunden; er hatte den Koffer in der Gepäckaufbewahrung gelassen und dann das Taxi bestiegen. Ganz so einfach wird es nicht sein, dachte er. Unwahrscheinlich, daß man um neun Uhr abends ankommt und ihn dann allein zu Hause findet, bereit, einem Fremden zuzuhören. Entweder er ist nicht zu Hause, oder er wohnt da gar nicht mehr, oder er ist überhaupt nicht mehr in Houston. Vielleicht brauche ich mehrere Tage.

»Halten Sie hier am Hotel«, sagte er. Er ging an die Rezeption, wo er ein Zimmer für die Nacht nahm. Nach der alltäglichen kleinen Maßnahme fühlte er sich besser.

Owen Markman war an der Adresse in der Cleburne Street nicht mehr zu finden. Es war ein kleines Etagenhaus. Die Leute unten in der Halle, auch der Hausmeister, sahen Guy mißtrauisch an. Keiner wollte wissen, wo Owen Markman war.

»Sie kommen doch nicht von der Polizei?« fragte der Hausmeister schließlich.

Wider Willen lächelte Guy. »Nein.«

Er wandte sich zum Gehen, als ihn ein Mann auf der Treppe anhielt und ihm mit der gleichen Miene vorsichtiger Zurückhaltung anvertraute, er werde Markman vielleicht in einem bestimmten Café im Stadtzentrum antreffen.

Guy entdeckte ihn schließlich in einem Drugstore, wo er an der Theke saß mit zwei Frauen, die er nicht mit Guy bekannt machte. Er glitt vom Barhocker herab und blieb aufrecht stehen, die braunen Augen weit geöffnet. Sein langes Gesicht sah schwerer und weniger anziehend aus, als Guy es im Gedächtnis hatte. Er schob die großen Hände vorsichtig in die Taschen der kurzen Lederjacke.

»Sie kennen mich wohl«, sagte Guy.

»Hm. Kann wohl sein.«

»Könnte ich Sie wohl mal sprechen? Es dauert nicht lange.« Guy sah sich um. Das beste war sicher, ihn in sein Hotelzimmer zu bitten. »Ich habe ein Zimmer hier im Hotel *Rice*.«

Markman maß ihn mit prüfendem Blick. Nach längerem Schweigen nickte er. »Schön.«

Als sie an der Kasse vorbeikamen, sah Guy die Regale mit den Flaschen. Vielleicht sollte er seinem Gast etwas anbieten. »Mögen Sie Whisky?«

Markman taute auf, als Guy die Flasche nahm und bezahlte.

»Wissen Sie, Coca ist prima, aber 'n bißchen was dazu ist noch besser.« Guy nahm auch noch einige Flaschen Coca-Cola mit.

Schweigend fuhren sie zum Hotel, nahmen den Fahrstuhl nach oben und betraten wortlos das Zimmer. Wie sollte er bloß anfangen?

Owen setzte sich in den Sessel und teilte seine Aufmerksamkeit zwischen Guy, den er mit stiller Vorsicht betrachtete, und seinem Glas mit Whisky und Coca-Cola.

Stammelnd begann Guy. »Was ...«

»Was?« fragte Owen.

»Was würden Sie tun, wenn Sie wüßten, wer Miriam umgebracht hat?«

Markman setzte sich auf. Die zusammengezogenen Brauen bildeten über den Augen einen dichten schwarzen Strich. »Waren Sie's?«

»Nein. Aber ich kenne den Mann, und die Polizei wird ihn auch bald kennen.« Er zögerte. »Es war ein Mann aus New York namens Charles Bruno. Gestern ist er gestorben. Ertrunken.«

Owen setzte sich etwas zurück und nahm einen Schluck aus dem Glas. »Woher wissen Sie das? Hat er gestanden?«

»Ich weiß es. Ich weiß es schon seit einiger Zeit. Deshalb hatte ich das Gefühl, es war meine Schuld. Weil ich ihn nicht verraten habe.« Er fuhr sich mit der Zunge über die Lippen. Es war schwer – jede Silbe war schwer. Er sah, wie Owen die Achseln zuckte und sein Glas austrank. Automatisch stand Guy auf, um es von neuem zu füllen. »Deshalb gebe ich mir die Schuld«, wiederholte er. »Ich muß Ihnen die Begleitumstände schildern. Es war alles sehr schwierig. Sehen Sie, ich habe Charles Bruno im Zug kennengelernt, als ich nach Metcalf fuhr. Das war im Juni, kurz bevor sie umgebracht wurde. Ich wollte hinfahren und die Scheidung einleiten. Und da ...«

»Ja?« half Owen weiter.

»Ich hab ihm Miriams Namen gesagt; und ich hab ihm gesagt, daß ich sie haßte. Bruno hatte einen Mordplan. Für einen Doppelmord.«

»Herrje«, flüsterte Owen.

Das ›Herrje‹ erinnerte ihn an Bruno, und plötzlich kam Guy ein fürchterlicher Gedanke: er stellte sich vor, er könne jetzt Owen die gleiche Falle stellen, die Bruno ihm gestellt hatte, und Owen werde es dann mit einem Fremden ebenso machen, der dann einen weiteren Mann einfing, und so ging es ad infinitum fort mit Jägern und Gejagten. Guy schauderte zusammen und ballte die Fäuste.

»Sehen Sie, mein Fehler war, daß ich überhaupt mit ihm geredet habe. Daß ich einem Fremden von meinen privaten Sorgen erzählt habe.«

»Hat er zu Ihnen gesagt, er wollte sie umbringen?«

»Nein, natürlich nicht. Das war nur so eine Idee von ihm. Er war nicht normal, er war ein Psychopath. Ich sagte ihm, er sollte den Mund halten und sich zum Teufel scheren.«

»Sie haben ihm nicht gesagt, daß er es tun soll?«

»Nein. Er hat auch nicht gesagt, daß er es tun wollte.«

»Warum trinken Sie nicht 'n ordentlichen Schluck? Warum setzen Sie sich nicht hin?« Owens rauhe, langsame Stimme brachte den Raum ins Gleichgewicht zurück. Die Stimme war wie ein grobes Felsstück, das fest auf trockenem Boden stand.

Er wollte sich nicht setzen, und er wollte auch nichts trinken. Diesen Whisky hatte er damals in Brunos Abteil getrunken. Dies war das Ende, und das Ende durfte nicht ebenso aussehen wie der Anfang. Er nahm das Glas mit Whisky und Wasser in die Hand, das er nur höflichkeitshalber für sich gefüllt hatte. Als er sich umwandte, sah er, wie Owen sein Glas mit Whisky nachfüllte und weitergoß, als wollte er Guy zeigen, daß er das nicht etwa nur hinter seinem Rücken hatte tun wollen.

»Wenn der Kerl aber doch nicht ganz dicht war, wie Sie sagen – das hat doch auch das Gericht gesagt, daß er verrückt gewesen sein muß, nicht?«

»Ja.«

»Na«, sagte Owen langsam, »ich kann ja verstehen, wie Ihnen nachher zumute war; aber wenn das bloß eine Unterhaltung gewesen ist, wie Sie sagen, dann begreife ich nicht, warum Sie sich so viele Gedanken darum machen.«

Guy sah ihn ungläubig an. Mehr bedeutete es ihm also nicht? Vielleicht hatte er nicht richtig verstanden. »Nein, sehen Sie ...«

»Wann haben Sie das denn rausgefunden?« Owens braune Augen begannen zu schwimmen.

»Ungefähr drei Monate später. Sehen Sie, wenn ich nicht gewesen wäre, dann lebte Miriam heute noch.« Guy sah, wie

Owen wieder zum Trinken ansetzte. Was würde Owen jetzt tun? Aufspringen, das Glas hinwerfen und ihn würgen, so wie Bruno Miriam gewürgt hatte? Undenkbar, daß Owen einfach sitzen blieb; doch die Sekunden vergingen, und er regte sich nicht. »Ich mußte es Ihnen sagen«, sagte Guy eindringlich. »Sie waren für mich der einzige Mensch, dem ich vielleicht Kummer gemacht habe, der einzige, der gelitten hat. Es war Ihr Kind. Sie wollten sie heiraten. Sie haben sie geliebt. Sie ...«

»Blödsinn. Ich hab sie nicht geliebt.« Owen sah Guy mit unbewegtem Gesicht an.

Guy erstarrte. Nicht geliebt. Nicht geliebt. Seine Gedanken suchten den Weg zurück und bemühten sich, all die Gleichungen der Vergangenheit, die nun nicht mehr aufgingen, zurechtzurücken. »Nicht geliebt?« fragte er.

»Nee. Jedenfalls nicht so, wie Sie meinen. Klar, ich wollte nicht, daß sie stirbt, aber ich war verdammt froh, daß ich sie nicht zu heiraten brauchte. Das mit der Heirat war überhaupt ihre Idee. Deshalb hat sie sich ja auch das Kind anhängen lassen. Liegt ja nicht am Mann, so was, nicht wahr?« Owen war beschwipst und sah ihn eindringlich an.

Guy wandte sich verwirrt ab. Es half nichts, die Gleichungen gingen nicht auf. Es gab keinen Grund mehr für sein Herkommen, höchstens einen ironischen, und auch keinen Grund – oder ebenfalls nur einen ironischen – für die marternde Selbstzerfleischung im Hotelzimmer vor einem Fremden, dem das alles völlig egal war.

»Finden Sie nicht?« wiederholte Owen und griff wieder nach der Flasche, die auf dem Tisch neben ihm stand.

Guy konnte kein Wort herausbringen. Er riß sich den Schlips auf und öffnete den Kragen mit einem Blick zu den offenen Fenstern, wo er die Klimaanlage suchte.

Owen zuckte die Achseln. Er sah ganz zufrieden aus in offenem Hemd und offener Lederjacke. Guy hatte das irrsinnige Verlangen, ihm etwas in den Schlund zu stoßen, ihn zusammenzuschlagen und zu zermalmen, vor allem aber ihn aus seiner Behaglichkeit aufzustören.

»Hören Sie«, begann er, »ich bin ...«

Aber Owen hatte im gleichen Moment zu sprechen begonnen und redete eintönig weiter, ohne Guy anzusehen. »... zum zweitenmal. Zwei Monate nach meiner Scheidung haben wir dann geheiratet, und dann ging's sofort los. Keine Ahnung, ob es mit Miriam besser gegangen wäre, aber ich glaub's nicht, es wär wohl noch schlimmer geworden. Louisa hat mich schon nach zwei Monaten verlassen, als sie beinah das Haus in Brand gesteckt hatte. Großes Etagenhaus war das.« Er leierte weiter und goß sich aus der Flasche, die neben seinem Ellbogen stand, noch Whisky ein. »Das schlimme ist eben, der Mann muß es immer ausfressen, weil die Frauen viel mehr reden können. Louisa zum Beispiel ...«

Guy hielt es nicht mehr aus. »Das ist noch nicht alles, was ich Ihnen sagen wollte. Ich ... Ich habe einen Menschen umgebracht. Ich bin ein Mörder!«

Owen setzte die Füße schwer auf den Boden, er richtete sich von neuem auf und ließ sogar seine Blicke von Guy zum Fenster wandern, als überlege er, wie er entkommen oder sich verteidigen könne. Aber das grinsende Erstaunen und Entsetzen in seinen Augen war so schwach, so unecht, daß es aussah wie Spott. Guys Eindringlichkeit schien ihn zu belustigen. Er machte sich daran, sein Glas auf den Tisch zu stellen, behielt es dann aber doch in der Hand. »Wieso?« fragte er.

»Hören Sie doch!« schrie Guy noch einmal. »Ich bin ein toter Mann. Ich bin schon jetzt so gut wie tot, weil ich im Begriff bin, mich zu stellen. Jetzt, sofort. Ich habe jemanden umgebracht, begreifen Sie das nicht? Sehen Sie doch nicht so gleichgültig aus, und lehnen Sie sich nicht immer in den Stuhl zurück!«

»Warum soll ich mich nicht zurücklehnen?« Owen hielt jetzt mit beiden Händen sein Glas fest, das er eben von neuem mit Coca-Cola und Whisky gefüllt hatte.

»Finden Sie denn gar nichts dabei, daß ich ein Mörder bin und jemand ums Leben gebracht habe?«

Es war nicht festzustellen, ob Owen verstanden hatte oder nicht. Jedenfalls setzte er das Glas wieder an und trank.

Guy starrte ihn an. Die Worte, unverständliche Knäuel aus tausenden von Worten, schienen ihm die Blutbahn zu verstopfen und Hitzewellen von den Händen die Arme entlang zu jagen. Die Worte waren Verwünschungen gegen Owen, es waren Sätze und Teile des Geständnisses, das er am Morgen geschrieben hatte, Worte, die jetzt ganz durcheinander gerieten, weil der trunkene Idiot da vor ihm sie nicht hören wollte. Vielleicht glaubte ihm Owen nicht, weil er nicht wie ein Mörder aussah?

Ein Mörder sieht auch nicht anders aus als ganz normale Leute, hatte Bruno einmal gesagt. Abrupt stand Guy auf und schenkte sich einen Schluck Whisky ein, den er unverdünnt im Stehen hinuntergoß.

»Freut mich, daß einer mit mir trinkt«, brabbelte Owen. Guy setzte sich ihm gegenüber auf das saubere Bett mit der grünen Decke. Er war plötzlich sehr müde. »Sie finden nichts dabei, nein? Für Sie ist das gar nichts, was?«

»Sie sind nicht der erste Mann, den ich kenne, der jemand umgebracht hat. Und Frauen erst!« Er lachte glucksend. »Ich möchte nicht wissen, wieviel Frauen frei davonkommen.«

»Ich komme ja gar nicht davon! Ich bin nicht mehr frei. Ich habe das ganz kaltblütig getan, ohne Grund. Begreifen Sie nicht, daß das vielleicht noch viel schlimmer ist? Ich habe es getan ...« Er wollte sagen, er habe es getan, weil das Maß an Perversität, das er in sich hatte, es zugelassen habe; weil das Böse in ihm saß. Aber er sah, Owen würde das alles nicht verstehen, Owen war viel zu phantasielos. Er würde sich nicht mal die Mühe machen, Guy zu schlagen oder vor ihm wegzulaufen oder die Polizei zu rufen, weil es nämlich viel bequemer war, im Sessel sitzen zu bleiben.

Owen wiegte den Kopf, als ob er sich tatsächlich überlege, was Guy da gesagt hatte. Seine Augen waren halb geschlossen. Er wand sich und suchte etwas in seiner Hosentasche – einen Tabaksbeutel. Dann holte er Zigarettenpapier aus der Hemdbrusttasche.

Guy sah ihm zu; es schien Stunden zu dauern. »Hier«, sagte er und bot ihm die eigenen Zigaretten an.

Owen beäugte sie zweifelnd. »Was sind das für welche?«

»Kanadische. Sind ganz gut. Nehmen Sie doch eine.«

»Nee, danke.« Owen zog den Beutel mit dem Mund zu. »Ich nehme lieber meine.« Er brauchte drei Minuten dazu, die Zigarette zu rollen.

»Es war genauso, als wenn ich irgendwo in einem Park auf jemand gezielt und ihn erschossen hätte.« Guy war entschlossen, weiterzureden. »Irgend etwas trieb mich an. Das werd ich auch der Polizei sagen, aber nützen wird es mir gar nichts; worauf es ankommt ist, daß ich es getan habe. Ich muß Ihnen Brunos Idee erklären.« Wenigstens blickte ihn Owen jetzt an; nur zeigte sein Gesicht keineswegs einen Ausdruck von Spannung, sondern die freundlich-höfliche Miene des Trunkenen. Guy kümmerte sich nicht darum. »Bruno kam auf die Idee, wir beide sollten – jeder für den anderen – einen Menschen töten, er würde Miriam umbringen und ich seinen Vater. Dann kam er nach Texas und ermordete Miriam hinter meinem Rücken. Ohne mein Wissen und Wollen, verstehen Sie? Ich wußte nichts davon und hatte auch keinerlei Verdacht, jedenfalls nicht richtig. Erst nach Monaten. Und dann verfolgte er mich. Er sagte, er würde mir die Schuld an Miriams Tod anhängen, wenn ich jetzt nicht die zweite Hälfte seines gräßlichen Plans ausführte. Verstehen Sie? Das hieß, ich mußte seinen Vater töten. Die ganze Idee basierte ja darauf, daß kein Motiv für die Morde existierte. Kein persönliches Motiv. So konnte man uns in keinem der beiden Fälle auf die Spur kommen. Wenn wir uns nachher nicht wieder trafen; aber das ist eine andere Sache. Worauf es hier ankommt, ist, daß ich ihn getötet habe. Ich war am Ende. Bruno hat mich kaputtgemacht mit Briefen und Erpressungen. Wahnsinnig hat er mich gemacht. Wissen Sie, ich bin sicher, so kann man jeden Menschen fertigmachen. Ich könnte Sie auch so erledigen. In der gleichen Lage könnte ich Sie ebenso weichmachen und Sie auch dazu kriegen, jemand umzubringen. Was sonst hält die totalitären Staaten zusammen? Denken Sie manchmal über so was nach, Owen? Jedenfalls, das werde ich vor der Polizei sagen, aber ausmachen wird es gar nichts, denn sie werden sagen, ich hätte eben nicht umfallen dürfen. Sie werden sagen, ich war eben schwach. Aber das ist mir jetzt egal, verstehen Sie? Ich hab jetzt vor niemand mehr Angst, verstehen Sie?« Er beugte sich vor, um Owen ins Gesicht zu blicken, aber Owen schien ihn kaum zu sehen. Sein Kopf, auf die Hand gestützt, sackte auf die Seite. Guy stand auf und reckte sich. Er konnte es Owen nicht begreiflich machen, er merkte, Owen hatte die Hauptsache gar nicht verstanden; aber auch das war jetzt unwichtig.

»Ich werde akzeptieren, was sie auch mit mir tun. Das werde ich morgen der Polizei sagen.«

»Können Sie's beweisen?« fragte Owen.

»Beweisen? Was habe ich zu beweisen, wenn ich jemand umgebracht habe?«

Die Flasche glitt Owen aus den Fingern und fiel auf den Boden; es war jedoch nur noch so wenig drin, daß fast nichts herausfloß. »Sie sind doch Architekt, nicht wahr?« fragte Owen.

»Fällt mir nur gerade so ein.« Ungeschickt stellte er die Flasche aufrecht auf den Boden.

»Was hat das damit zu tun?«

»Ich dachte bloß so.«

»Was dachten Sie?« fragte Guy ungeduldig.

»Klingt 'n bißchen bekloppt, was Sie da sagten, wenn ich ehrlich sein soll. Na ja – klingt ja bloß so.« In Owens trüben Augen erschien ein vorsichtiger Ausdruck, als fürchte er, daß Guy zu ihm herüberkommen und ihm für seine Bemerkung eine Ohrfeige versetzen werde. Als er sah, daß Guy sich nicht regte, lehnte er sich wieder in seinen Sessel zurück und sackte noch etwas mehr in sich zusammen.

»Hören Sie, Owen«, sagte Guy mühsam. »Wie ist Ihnen zumute, wenn Sie jemand gegenübersitzen, der einen anderen umgebracht hat? Wie verhalten Sie sich dabei? Sagen Sie dem genauso freundlich guten Tag wie jedem anderen?«

Unter Guys scharfem Blick schien Owen sich anzustrengen. Er dachte nach und sagte schließlich lächelnd mit lässigem Blinzeln: »Leben und leben lassen.«

Wieder packte Guy die Wut und hielt Körper und Geist wie in einer glühenden Zange fest. Er fand keine Worte – oder zu viele Worte, die sich von selber formten und aus dem Mund herausschossen: »Sie Idiot!«

Owen bewegte sich leicht, blieb aber ungerührt. Er schien zu überlegen, ob er lächeln oder die Stirn runzeln sollte. »Was geht mich das eigentlich an?« fragte er dann.

»Was es Sie angeht? Weil – Sie sind doch ein Teil der Allgemeinheit!«

»Na, dann soll sich die Allgemeinheit darum kümmern«, gab Owen träge zurück. Sein Blick ruhte auf der Whiskyflasche, in der nur noch der Boden bedeckt war.

Es ging ihn also nichts an, dachte Guy. War das nun seine wirkliche Haltung oder war er bloß betrunken? Nein, es mußte seine wahre Haltung sein. Er hatte jetzt gar keinen Grund zu lügen. Dann fiel ihm ein, daß er selber die gleiche Haltung eingenommen hatte, als er Bruno verdächtigte, bevor Bruno anfing, ihn zu martern. War das die Haltung der meisten Menschen? Und wenn ja, wer war dann die Allgemeinheit?

Er wandte Owen den Rücken zu. Ach, er wußte ja sehr gut, wer die Allgemeinheit war. Doch die Allgemeinheit, an die er wegen sich selber gedacht hatte, die verkörperte das Gesetz, die unerbittlichen ehernen Vorschriften. Die Allgemeinheit bestand aus Leuten wie Owen, wie er selber oder zum Beispiel Brillhart, in Palm Beach. Hätte Brillhart ihn angezeigt? Unvorstellbar. Jeder würde es dem andern überlassen, der es wieder auf den nächsten weiterschob; und tun würde es keiner. Machte er sich was aus Vorschriften? War es nicht ein Gesetz, das ihn an Miriam gefesselt hatte? Und war es nicht ein Mensch, der ermordet worden war, und waren es nicht deshalb Menschen, auf die es ankam? Wenn Menschen aller Klassen, von Owen bis zu Brillhart, das Gesetz nicht so ernst nahmen, daß sie ihn anzeigen würden, warum sollte er es dann noch ernst nehmen? Warum hatte er morgens angenommen, er müsse sich der Polizei stellen? Eine masochistische Idee. Er wollte sich nicht stellen. Welche konkrete Schuld lag auf seinem Gewissen? Welcher Mensch wäre bereit, ihn dem Gesetz auszuliefern?

»Höchstens ein Spitzel«, sagte er laut. »Ein Spitzel würde einen anzeigen.«

»Ja, stimmt«, meinte Owen. »Ein dreckiger Spitzel, ja.« Und er lachte laut und erleichtert auf.

Mit gerunzelter Stirn starrte Guy ins Leere. Er suchte nach festem Boden, nach einem gangbaren Weg; er hatte eben blitzartig und weit entfernt etwas vor sich gesehen, das er zu erreichen suchte. Das Gesetz war nicht die Allgemeinheit, so fing es an. Die Allgemeinheit, das waren Leute wie Owen und er selber und Brillhart, die hatten nicht das Recht, einem andern Mitglied der Allgemeinheit das Leben zu nehmen. Aber das Gesetz tat das. »Und das Gesetz soll doch zumindest der Wille der Allgemeinheit sein. Nein, nicht mal das. Aber vielleicht der kollektive Wille«, fügte er hinzu und merkte, daß er wie immer zurückschreckte, bevor er zu einer Entscheidung kam, daß er die Dinge so kompliziert wie möglich machte, damit sie sicher wurden.

»Mm-mm-?« murmelte Owen. Sein Kopf lag wieder an der Stuhllehne, das schwarze Haar fiel ihm über die Stirn, die Augen waren fast geschlossen.

»Nein, mit kollektivem Willen kann vielleicht ein Mörder gelyncht werden, aber das soll das Gesetz ja gerade verhüten.«

»Vom Lynchen habe ich – habe ich nie was gehalten«, sagte

Owen. »Taugt nichts. Sehr schlecht für den Ruf – für den ganzen Süden. Ganz unnötig.«

»Aber wenn die Allgemeinheit niemandem das Leben nehmen darf, dann darf die Justiz es auch nicht. Die Justiz hat es doch mit Menschen zu tun, Owen, mit Menschen wie Sie und ich! Vor allem in meinem Fall. Im Augenblick spreche ich nur von meinem Fall. Ganz logisch. Wissen Sie was, Owen? Mit der Logik kommt man auch nicht immer weiter, wenn es um Menschen geht. In der Architektur ist das was anderes, beim Bauen, weil das Material sich fügt, aber –« Sein Argument versandete. Er war an einer Mauer angelangt und ließ kein weiteres Wort zu, einfach weil er nicht weiterdenken konnte. Er hatte laut und deutlich gesprochen, aber Owen hatte gar nichts gehört, selbst wenn er versuchte zuzuhören. Und dabei hatte er noch vor fünf Minuten von einer Schuld für Guy nichts wissen wollen. »Aber vielleicht ein Schwurgericht«, sagte Guy nachdenklich.

»Wieso – Schwurgericht?«

»Ich meine, ob ein Schwurgericht aus zwölf Menschen besteht oder aus einem Gesetzeskorpus. Ganz interessant. Sicher, so was ist immer interessant, glaube ich.« Er schenkte sich den Rest Whisky ein und trank ihn aus. »Das interessiert Sie überhaupt nicht, was?« Owen blieb stumm und bewegungslos. »Gar nichts interessiert Sie, nicht wahr?« Guy blickte auf Owens breite braune Schuhe, die schlaff auf den Absätzen ruhten, die Spitzen einander zugekehrt. Plötzlich erschien ihm die schamlos-weiche Schlappheit wie die Quintessenz aller menschlichen Dummheit – es war die verhaßte passive Stupidität derer, die dem Fortschritt seiner Arbeit im Wege standen. Bevor er wußte, was und warum er es tat, hatte er Owens Schuh einen harten Tritt versetzt. Owen regte sich immer noch nicht. Meine Arbeit, dachte Guy. Ja, er mußte wieder an die Arbeit. Überlegen, alles richtigstellen: das mußte warten. Erst kam jetzt seine Arbeit.

Er sah auf die Uhr. Es war zehn Minuten nach zwölf. Er wollte hier nicht schlafen. Vielleicht gab es heute nacht noch ein Flugzeug. Irgendwas mußte es geben. Sonst ein Zug.

Er rüttelte Owen. »Wachen Sie auf, Owen!«

Owen murmelte etwas Undeutliches.

»Kommen Sie. Zu Hause schlafen Sie besser.«

Owen setzte sich auf und sagte laut: »Glaub ich nicht.«

Guy nahm seinen Mantel vom Bett. Er sah sich um, aber er hatte nichts liegen lassen, weil er gar nichts mitgebracht hatte. Lieber jetzt gleich im Flughafen anrufen, dachte er.

»Wo ist hier das Klo?« Owen stand auf. »Mir ist nicht gut.«

Guy konnte das Telefon nicht finden, aber am Nachttisch hing ein Draht herunter. Er nahm ihn in die Hand und folgte ihm bis unter das Bett. Das Telefon stand auf dem Fußboden, und der Hörer lag nicht auf der Gabel; er wußte sofort, daß er nicht heruntergefallen war, denn beide Teile waren zum Fußende des Bettes gezogen worden und die Sprechmuschel war auf den Sessel gerichtet, in dem Owen gesessen hatte. Langsam zog Guy das Telefon zu sich heran.

»Mensch, gibt's hier denn nirgends ein Klo?« Owen öffnete eine Schranktür.

»Weiter unten auf dem Flur muß es sein.« Entsetzen klang aus seiner Stimme. Er hielt den Hörer sprechbereit und brachte ihn näher ans Ohr. Das wache Schweigen einer lebendigen Leitung drang zu ihm. »Hallo!« sagte er.

»Hallo, Mr. Haines.« Die Stimme klang satt, höflich und eine Spur knapp. »Wir hatten keine Zeit für ein Diktaphon. Aber ich habe das meiste hier draußen vor Ihrer Zimmertür mitgehört. Darf ich hereinkommen?«

Gerard mußte seine Spürhunde im New Yorker Flughafen gehabt haben und war ihm dann in einer Chartermaschine gefolgt. Das war möglich. Und jetzt also war es soweit. Und er war so dumm gewesen, sich im Gästebuch mit seinem richtigen Namen einzutragen. »Kommen Sie rein«, sagte er. Er legte den Hörer auf die Gabel, stand auf und blieb steif stehen, die Augen auf die Tür gerichtet. Sein Herz pochte wie nie zuvor, ganz hart und schnell, sicher würde er gleich tot umfallen. Los, lauf, dachte er. Spring, wirf dich auf ihn, sobald er reinkommt. Dies ist deine allerletzte Chance! Aber er regte sich nicht. Undeutlich kam ihm zum Bewußtsein, daß Owen sich in das Waschbecken hinten in der Ecke erbrach. Dann klopfte es an der Tür, und er ging darauf zu. So mußte es kommen. So überraschend, mit einem Fremden dabei, der nichts begreift und sich im Waschbekken übergibt. So unerwartet, die eigenen Gedanken nicht geordnet – schlimmer noch: die Hälfte davon ganz durcheinander herausgebracht. Guy öffnete die Tür.

»Tag«, sagte Gerard und trat ein, den Hut auf dem Kopf und mit hängenden Armen, genau wie er immer ausgesehen hatte.

»Wer ist das?« fragte Owen.

»Bekannter von Mr. Haines«, sagte Gerard leichthin. Das runde Gesicht war ernsthaft wie immer. Er blinzelte Guy zu. »Sie wollen sicher heute abend noch nach New York, nicht wahr?«

Guy starrte das vertraute Gesicht an, den großen Leberfleck auf der Wange, das kluge, helle Auge, das ihm eben tatsächlich zugeblinzelt hatte, ganz ohne Zweifel. Gerard vertrat das Gesetz. Aber Gerard war auch auf seiner Seite, so weit ein Mensch das sein konnte, denn Gerard hatte Bruno gekannt. Das wurde Guy in diesem Augenblick klar; er hatte es immer gewußt, aber nie hatte er vorher daran gedacht. Er wußte auch, daß er Gerard jetzt Rede und Antwort stehen mußte. Das gehörte dazu, hatte immer dazugehört. Es war unumgänglich und längst vorherbestimmt, wie die Bewegung der Erde; nichts konnte ihn davor mehr retten ...

»Na?« sagte Gerard.

Guy wollte sprechen und sagte etwas ganz anderes, als er vorgehabt hatte. »Ja. Nehmen Sie mich mit.«

Patricia Highsmith im Diogenes Verlag

Suspense
oder Wie man einen Thriller schreibt
Aus dem Amerikanischen von Anne Uhde
Broschur

Geschichten von natürlichen und unnatürlichen Katastrophen
Deutsch von Otto Bayer. Leinen

Der Stümper
Roman. Deutsch von Barbara Bortfeldt
detebe 20136

Zwei Fremde im Zug
Roman. Deutsch von Anne Uhde
detebe 20173

Der Geschichtenerzähler
Roman. Deutsch von Anne Uhde
detebe 20174

Der süße Wahn
Roman. Deutsch von Christian Spiel
detebe 20175

Die zwei Gesichter des Januars
Roman. Deutsch von Anne Uhde
detebe 20176

Der Schrei der Eule
Roman. Deutsch von Gisela Stege
detebe 20341

Tiefe Wasser
Roman. Deutsch von Eva Gärtner und Anne Uhde. detebe 20342

Die gläserne Zelle
Roman. Deutsch von Gisela Stege und Anne Uhde. detebe 20343

Das Zittern des Fälschers
Roman. Deutsch von Anne Uhde
detebe 20344

Lösegeld für einen Hund
Roman. Deutsch von Anne Uhde
detebe 20345

Der talentierte Mr. Ripley
Roman. Deutsch von Barbara Bortfeldt
detebe 20481

Ripley Under Ground
Roman. Deutsch von Anne Uhde
detebe 20482

Ripley's Game
Roman. Deutsch von Anne Uhde
detebe 20346

Der Schneckenforscher
Gesammelte Geschichten. Vorwort von Graham Greene. Deutsch von Anne Uhde
detebe 20347

Ein Spiel für die Lebenden
Roman. Deutsch von Anne Uhde
detebe 20348

Kleine Geschichten für Weiberfeinde
Deutsch von W. E. Richartz. Mit Zeichnungen von Roland Topor. detebe 20349

Kleine Mordgeschichten für Tierfreunde
Deutsch von Anne Uhde. detebe 20483

Venedig kann sehr kalt sein
Roman. Deutsch von Anne Uhde
detebe 20484

Ediths Tagebuch
Roman. Deutsch von Anne Uhde
detebe 20485

Der Junge, der Ripley folgte
Roman. Deutsch von Anne Uhde
detebe 20649

Leise, leise im Wind
Erzählungen. Deutsch von Anne Uhde
detebe 21012

Keiner von uns
Erzählungen. Deutsch von Anne Uhde
detebe 21179

Leute, die an die Tür klopfen
Roman. Deutsch von Anne Uhde
detebe 21349

Nixen auf dem Golfplatz
Erzählungen. Deutsch von Anne Uhde
detebe 21517

Elsie's Lebenslust
Roman. Deutsch von Otto Bayer
detebe 21660

Meistererzählungen
Ausgewählt von Patricia Highsmith. Deutsch von Anne Uhde, Walter E. Richartz und Wulf Teichmann. detebe 21723

Als Ergänzungsband liegt vor:

Über Patricia Highsmith
Essays und Zeugnisse von Graham Greene bis Peter Handke. Mit Bibliographie, Filmographie und zahlreichen Fotos. Herausgegeben von Franz Cavigelli und Fritz Senn
detebe 20818

Joan Aiken im Diogenes Verlag

Die Kristallkrähe
Roman. Aus dem Englischen von Helmut Degner
detebe 20138

Das Mädchen aus Paris
Roman. Deutsch von Nikolaus Stingl
detebe 21322

Der eingerahmte Sonnenuntergang
Roman. Deutsch von Karin Polz
detebe 21413

Tote reden nicht vom Wetter
Roman. Deutsch von Nikolaus Stingl
detebe 21477

Ärger mit Produkt X
Roman. Deutsch von Karin Polz
detebe 21538

Haß beginnt daheim
Roman. Deutsch von Nikolaus Stingl
detebe 21686

Für Kinder:

Das letzte Stück vom Regenbogen
Deutsch von Matthias Müller. Mit zahlreichen
Illustrationen von Margaret Walty
Ein Diogenes Kinderbuch

Margaret Millar im Diogenes Verlag

Banshee, die Todesfee
Roman. Aus dem Amerikanischen von
Renate Orth-Guttmann. Leinen

Liebe Mutter, es geht mir gut . . .
Roman. Deutsch von Elizabeth Gilbert
detebe 20226

Die Feindin
Roman. Deutsch von Elizabeth Gilbert
detebe 20276

Fragt morgen nach mir
Roman. Deutsch von Anne Uhde
detebe 20542

Ein Fremder liegt in meinem Grab
Roman. Deutsch von Elizabeth Gilbert
detebe 20646

Die Süßholzraspler
Roman. Deutsch von Georg Kahn-Ackermann
und Susanne Feigl
detebe 20926

Von hier an wird's gefährlich
Roman. Deutsch von Fritz Güttinger
detebe 20927

Der Mord von Miranda
Roman. Deutsch von Hans Hermann
detebe 21028

Das eiserne Tor
Roman. Deutsch von Karin Reese und Michel Bodmer
detebe 21063

Fast wie ein Engel
Roman. Deutsch von Luise Däbritz
detebe 21190

Die lauschenden Wände
Roman. Deutsch von Karin Polz
detebe 21421

Nymphen gehören ins Meer!
Roman. Deutsch von Otto Bayer
detebe 21516

Ross Macdonald im Diogenes Verlag

Dornröschen war ein schönes Kind
Roman. Aus dem Amerikanischen von Wulf Teichmann. detebe 20227

Unter Wasser stirbt man nicht
Roman. Deutsch von Hubert Deymann
detebe 20322

Ein Grinsen aus Elfenbein
Roman. Deutsch von Charlotte Hamberger
detebe 20323

Die Küste der Barbaren
Roman. Deutsch von Marianne Lipcowitz
detebe 20324

Der Fall Galton
Roman. Deutsch von Egon Lothar Wensk
detebe 20325

Gänsehaut
Roman. Deutsch von Gretel Friedmann
detebe 20326

Der blaue Hammer
Roman. Deutsch von Peter Naujack
detebe 20541

Durchgebrannt
Roman. Deutsch von Helmut Degner
detebe 20868

Geld kostet zuviel
Roman. Deutsch von Günter Eichel
detebe 20869

Die Kehrseite des Dollars
Roman. Deutsch von Günter Eichel
detebe 20877

Der Untergrundmann
Roman. Deutsch von Hubert Deymann
detebe 20878

Der Drahtzieher
Sämtliche Detektivstories um Lew Archer I. Mit einem Vorwort des Autors. Deutsch von Hubert Deymann und Peter Naujack
detebe 21018

Einer lügt immer
Sämtliche Detektivstories um Lew Archer II. Deutsch von Hubert Deymann und Peter Naujack. detebe 21019

Sanftes Unheil
Roman. detebe 21178

Blue City
Roman. Deutsch von Christina Sieg-Welti und Christa Hotz. detebe 21317

Der Mörder im Spiegel
Roman. Deutsch von Dietlind Bindheim
detebe 21303

Celia Fremlin im Diogenes Verlag

Klimax
oder Außerordentliches Beispiel von Mutterliebe
Roman. Aus dem Englischen von Dietrich Stössel
detebe 20916

Wer hat Angst vorm schwarzen Mann?
Roman. Deutsch von Otto Bayer
detebe 21302

Die Stunden vor Morgengrauen
Roman. Deutsch von Isabella Nadolny
detebe 21515

Rendezvous mit Gestern
Roman. Deutsch von Karin Polz
detebe 21603

Die Spinnen-Orchidee
Roman. Deutsch von Isabella Nadolny
detebe 21727

Henry Slesar im Diogenes Verlag

Coole Geschichten für clevere Leser
Aus dem Amerikanischen von Thomas Schlück. detebe 21046

Fiese Geschichten für fixe Leser
Deutsch von Thomas Schlück. detebe 21125

Schlimme Geschichten für schlaue Leser
Deutsch von Thomas Schlück. detebe 21036

Das graue distinguierte Leichentuch
Roman. Deutsch von Paul Baudisch und Thomas Bodmer. detebe 20139

Vorhang auf, wir spielen Mord!
Roman. Deutsch von Thomas Schlück
detebe 20216

Erlesene Verbrechen und makellose Morde
Geschichten. Deutsch von Günter Eichel
Vorwort von Alfred Hitchcock. Zeichnungen von Tomi Ungerer. detebe 20225

Ein Bündel Geschichten für lüsterne Leser
Deutsch von Günter Eichel. Vorwort von Alfred Hitchcock. Zeichnungen von Tomi Ungerer. detebe 20275

Hinter der Tür
Roman. Deutsch von Thomas Schlück
detebe 20540

Aktion Löwenbrücke
Roman. Deutsch von Günter Eichel
detebe 20656

Ruby Martinson
Geschichten vom größten erfolglosen Verbrecher der Welt. Deutsch von Helmut Degner
detebe 20657

Böse Geschichten für brave Leser
Deutsch von Christa Hotz und Thomas Schlück. detebe 21248

Die siebte Maske
Roman. Deutsch von Gerhard und Alexandra Baumrucker. detebe 21518

Frisch gewagt ist halb gemordet
Geschichten. Deutsch von Barbara und Jobst-Christian Rojahn. detebe 21577

Das Morden ist des Mörders Lust
Sechzehn Kriminalgeschichten. Deutsch von Barbara Rojahn-Deyk und Jobst-Christian Rojahn. detebe 21602

Meistererzählungen
Deutsch von Thomas Schlück. detebe 21621